KB167917

헤세의 여행

헤르만 헤세와 함께 하는
스위스·남독일·이탈리아·아시아 여행

헤세의
여행

Reise von Hermann Hesse

헤르만 헤세 지음 | 홍성광 편역

연암서가

편역자 **홍성광**

서울대학교 독문과 및 대학원을 졸업하고, 토마스 만의 장편소설『마의 산』연구로 박사학위를 취득하였다. 역서로는 괴테의『이탈리아 기행』,『젊은 베르터의 고뇌』, 헤르만 헤세의『헤세의 문장론』『데미안』『수레바퀴 밑에』『싯다르타』『환상동화집』『잠 못 이루는 밤』, 야스퍼스의『정신병리학총론』(공역), 뷔히너의『보이체크·당통의 죽음』, 쇼펜하우어의『의지와 표상으로서의 세계』『쇼펜하우어의 행복론과 인생론』『쇼펜하우어와 니체의 문장론』, 니체의『니체의 독설』『차라투스트라는 이렇게 말했다』『도덕의 계보학』, 토마스 만의『마의 산』『부덴브로크 가의 사람들』중단편소설집『베네치아에서의 죽음』, 카프카의『성』『소송』중단편소설집『변신』, 실러의『빌헬름 텔·간계와 사랑』등이 있다. 현재 전문 번역가로 활동 중이다.

헤세의 여행

2014년 7월 25일 초판 1쇄 발행
2015년 6월 15일 초판 2쇄 발행

지은이 │ 헤르만 헤세
편역자 │ 홍성광
펴낸이 │ 권오상
펴낸곳 │ 연암서가

등 록 │ 2007년 10월 8일(제396-2007-00107호)
주 소 │ 경기도 고양시 일산서구 호수로 896번지 402-1101
전 화 │ 031-907-3010
팩 스 │ 031-912-3012
이메일 │ yeonamseoga@naver.com
ISBN 978-89-94054-56-8 03850

값 18,000원

헤르만 헤세가 들려주는
진정한 여행의 의미

1

현대는 가히 여행과 모험의 시기다. 유럽에서 최초로 여행 열기가 고조된 시기는 18세기였다. 루이 부갱빌(1729~1811)이 프랑스인 최초로 범선 세계 일주를 감행하여 멜라네시아 군도를 발견했고, 영국의 제임스 쿡(1728~1779) 선장은 세 번이나 세계 여행에 도전하여 오스트레일리아 동쪽 해안을 탐사하고 태평양의 무수한 섬들을 찾아냈다. 여행가들 말고도 고명한 학자들까지 유럽 안팎의 새로운 땅들을 두루 돌아다녔다. 그 결과 수많은 여행단체가 생겨나고 많은 종류의 여행기가 출간되었다. 로렌스 스턴의 여행기 『프랑스와 이탈리아 감상여행』에 자극 받은 영국인들은 유럽 여행길에 즐겨 나섰고 알프스 산까지 정복하였다.

괴테도 그런 분위기에 편승해 1786년에서 1788년에 걸쳐 이탈리아 여행을 했다. 이미 소년 시절부터 이탈리아를 동경하고 있었던 데다, 일찍이 이탈리아 여행기를 썼던 아버지의 체험담, 로마의 전경全景을 그린 그림, 베네치아의 곤돌라 모형이 이탈리아를 동경하게 했던 것이다. 그리고 아버지가 현지에서 수집해 온 박물표본이나 대리석상, 그림과 스케치, 동판화와 목판화, 석고상과 세공품 등이 어린 괴테의 마음에 남국에 대한 동경을 심어주기에 충분했다. 그것 말고도 로마를 '세계의 대학'이라고 칭한 빙켈만의 저서 『고대 예술사』(1764)가 오래 전부터 이탈리아 여행을 꿈꾸던 괴테에게 좋은 참고자료가 되었다. 빙켈만의 글에는 자신의 로마 탐구를 토대로 다른 여행자들의 안목을 틔워주려는 의도가 강했다. 그가 중시한 것은 단순한 지식의 축적이 아닌 "깊은 체험을 통한 변화의 힘"이었다. 그 외에 시인 하이네도 많은 여행을 다닌 시인 중 한 사람이고, 프로이트도 남쪽 나라로 많은 여행을 다니면서 체험을 통한 변화를 겪었다.

괴테의 경우 여행의 첫 번째 목표는 인간과 예술가로서의 자기수양이었다. 새로운 세계와 만나 새로운 자연과 문화, 새로운 인간상을 천착해 감으로써 자신의 생각과 삶을 확산·심화·고양시키는 것이었다. 바이마르를 탈출하여 로마라는 학교에 첫발을 디딘 괴테의 첫 마디는 "나는 다시금 살아가는 법을 배워야 하는 어린아이와 같다."였다. 그는 너무 편협한 사고의 반경 속에 갇혀 지냈던 자신을 발견하였으며, 이 한계성을 극복하기 위해 모든 인식과 행동을 포함한 자아의 변화를 시도하지 않을 수 없었다.

　우리나라도 현재 국내여행은 물론이고 해외여행에 대한 관심이 부쩍 높아지고 있다. 최근 들어 텔레비전에서도 여행과 모험, 고행을 다루는 프로그램이 마구 쏟아지고 있다. 그런데 별 생각 없이 자연과 경치를 주마간산 격으로 구경하거나 여행의 힘듦을 애써 강조하는 것으로 그치는 경우가 많다. 이러한 시대에 젊은 시절 많은 여행을 하고 여행에 대한 깊은 성찰을 한 헤세의 글이 우리에게 바람직한 여행에 대한 하나의 지침이 될 수도 있겠다. 진정한 여행은 새로운 풍경을 보는 것이 아니라 새로운 눈을 갖는 것이 되어야 하니까.

　2

　고향과 일상에서 벗어나면 우리는 일상의 근심에서 벗어나고 일에서도 잠시 해방된다. 이러한 여행 분위기에서 우리는 평소에 하지 못하던 일을 할 수 있게 된다. 여행을 떠날 각오가 되어 있는 사람만이 자기를 묶고 있는 속박에서 벗어날 수 있는 것이다. 토마스 만의 장편 『마의 산』에는 여행에 대한 유명한 글귀가 나온다. "여행을 떠나고 이틀만 지나면 사람, 특히 삶에 아직 굳건히 뿌리박지 않은 젊은이는 자신의 의무, 이해관계, 걱정 및 전망이라고 부르는 모든 것, 즉 일상생활로부터 아련히 멀어지게 된다. 그것도 마차를 타고 역으로 가면서, 어쩌면 자신이 꿈꾸었을지도 모르는 것보다 훨씬 더 멀어지게 된다. 여행자와 고향 사이에서 구르고 돌며 도피하듯 멀어져 가는 공간에는 보통 시간에만 있다고 생각되는 힘이 깃들어 있다.

공간도 시간과 꼭 마찬가지로 시시각각 내적 변화를 일으킨다. 공간도 시간과 마찬가지로 망각을 낳는다. 공간은 인간을 여러 관계로부터 해방시켜주며, 인간을 원래 그대로의 자유로운 상태로 옮겨놓는 힘을 지니고 있다. 그렇다, 공간은 고루한 사람이나 속물조차도 순식간에 방랑자와 같은 사람으로 만들어버리는 것이다. 시간은 망각의 강이라고 하지만, 여행 중의 공기도 그러한 음료수인 셈이다. 그런데 그 효력은 시간만큼 철저하지 못한 반면 더욱 신속히 나타난다." 이처럼 여행을 통한 공간의 변화는 우리의 정신에 활력을 준다. 뿐만 아니라 우리는 여행을 통해 장소가 아닌 사물을 보는 새로운 방식을 얻게 된다.

한편 소설도 나름대로 여행의 형식을 지니고 있다. 루카치에 따르면, 소설은 '자기'를 찾아 떠나는 '여행'이다. 누가 자신을 찾아 떠나는가? 바로 근대적인 개인이다. 홀로 남겨진 근대적인 개인이 자신을 찾아 떠나는 모험의 형식이 소설이다. 그러므로 이 여행은 길이 없는 '길 찾기'다. 개인은 하늘의 별이 가야할 길을 알려주지 않는데도 자신을 찾아 모험적인 영혼의 여행에 나선다. 그리고 길이 찾아졌을 때 여행, 즉 소설은 끝난다. "여행이 끝나자 길이 시작되었다." 혹은 "길이 시작되자 여행이 끝났다." 루카치는 이를 '아이러니'라 칭한다. 모든 근대 소설은 아이러니로 끝날 수밖에 없다고 한다. 길을 찾으면 그 길은 이 세상의 것이 아니고, 그렇기 때문에 여행은 끝날 수밖에 없기 때문이다.

현대 독문학의 세 거장 토마스 만, 헤세, 카프카의 작품도 주인공이 모험적인 여행을 떠나는 것으로 시작되는 경우가 많다. 토마스 만의 중편 『토니오 크뢰거』의 주인공 토니오는 북쪽의 고향 뤼베크와 덴마크로, 『베네치아에서의 죽음』의 주인공 아셴바흐는 베네치아로, 『마의 산』의 주인공 한스 카스토르프는 알프스 고지대의 다보스 요양원으로 모험적인 여행을 떠난다. 주인공들은 그 길이 어떻게 끝날지, 예정된 대로 진행될지는 미처 알지 못한다. 한스 카스토르프의 제1차 세계대전 참전으로 그 길은 죽음으로의 또 다른 여행이 되고 있다. 또한 헤르만 헤세 소설의 거의 모든 주인공은 현재의 안일한 상황에서 탈피해 방랑과 여행을 통한 자아의 길 찾기를 하고 있다. 그는 속물들 틈에서 벗어나려고 매번 도피처를 찾는다. 『싯다르타』의 주인공도 그런 점에서 마찬가지다. 즉 헤세의 여행은 속인 내지는 속물로부터의 탈출이다. 카프카의 소설 주인공 역시 모험적인 여행을 떠나지만 그 결과는 늘 좋지 않다. 『성』의 주인공 요셉 K는 성으로 모험적인 취직 여행을 떠나지만 성으로 가는 길을 찾지 못하고 결국 실패로 끝나고 만다. 「법 앞에서」의 주인공도 끝내 법, 즉 성 안으로 들어가지 못하고 성문 앞에서 쪼그라든 몸으로 늙어 죽고 만다. 심지어 『변신』의 주인공 그레고르 잠자도 자신의 방에서 거실로 모험적인 '여행'을 시도하다가 아버지가 던진 사과에 맞아 결국 죽음에 이르고 만다. 『시골의사』의 주인공은 왕진을 갔다가 결국 집에 돌아오지 못하고 눈 오는 들판을 한없이 헤매며 떠돌게 된다.

3

슈바르츠발트의 북쪽에 위치한 소도시 칼프에서 태어난 헤세는 어린 시절 부모와 함께 바젤로 갔다가, 아홉 살 무렵 다시 고향 칼프로 되돌아왔다. 그리고 몇 번의 여행을 제외하고는 바젤, 보덴 호, 베른, 테신의 몬타뇰라에서 평생을 보냈다. 그의 아버지는 발트해 연안의 에스토니아 출신이었고, 어머니는 슈투트가르트인이자 프랑스계 스위스인의 딸이었다. 헤세는 살면서 언제나 남쪽과 해 뜨는 곳을 향해 매우 자주 강한 여행 충동을 느끼곤 했다. 하지만 그는 이탈리아나 브레멘, 프랑크푸르트나 뮌헨, 또는 빈에서가 아니라 언제나 오직 공기와 땅, 언어와 인심이 남독일적인 곳에서만 고향처럼 느꼈다.

헤세는 「요약한 이력서」(1921/24)에서 이렇게 말한다.

"나는 근대가 끝날 무렵, 중세가 되돌아오기 직전 궁수弓手자리에서 목성의 다정한 빛을 받으며 태어났다. 나는 7월의 따뜻한 어느 날 저녁 시간에 태어났다. 나는 그 시간의 온도를 알게 모르게 평생 좋아하며 찾아다녔다. 그 온도가 아니면 나는 고통스런 마음으로 아쉬워했다. 추운 나라에서는 결코 살아갈 수 없었다. 그리고 내가 살면서 자발적으로 한 여행은 모두 남쪽으로 향했다."

헤세는 1901년 처음 이탈리아 여행을 시작한다. 그의 나이 24세 때였다. 당시 그는 여행을 할 때마다 조그만 수첩을 지니고 다녔고, 거의 저녁마다 그날 일어난 일을 기록하곤 했다. 수첩에 여행의 여운을 담아 고향에 가져가고 싶었던 것이다. 그즈음 헤세는 이미 니체보다 부르크하르트의 영향을 더 강하게 받고 있었다. 그래서 부르크하르트의 책을 트렁크에 넣어 가지고 갔을 뿐만 아니라, 여행 전체, 여행의 분위기와 경향, 그가 추구하는 것과 그에게 중요했던 것이 어느 정도 부르크하르트의 영향 하에 있었다. 헤세가 구경한 취리히, 피렌체, 제네바, 빈, 드레스덴, 베네치아와 같은 도시들은 아름다웠고, 그 중 몇몇 도시는 무척 그의 마음에 들었다. 헤세가 여행에서 돌아올 때마다 소도시의 시민들은 그의 보고와 칭찬을 읽고 거듭 놀라움에 빠졌다. 더구나 그들은 나골트탈에 있는 작은 시골 마을이 헤세에게 제공할 것이 별로 없다는 것과 다른 지역의 집들이 그들 고향보다 더 아름답고, 길들이 더 밝고, 풍속이 더 우아하며, 또 그곳 사람들이 자기들보다 더 세련되고 유별나다는 것을 알게 되었다.

하지만 헤세가 마을 사람들에게 숨긴 것이 있었다. 그것은 향수와 말할 수 없이 소중한 귀향의 느낌이었다. 그는 더없이 아름다운 스위스에서, 더없이 푸른 이탈리아에서 가끔 향수에 시달렸다. 그는 고향 마을에 돌아올 때마다 열차에서 붉은 암석이 있는 좁은 녹색 골짜기를 보며 반가이 인사했다. 특이하게도 그의 고향 마을은 그가 볼 때 세상에서 가장 사랑스러운 도시였다. 그렇지만 여행에 대한 욕구와 동경이 쉽게 채워지지는 않았다.

이처럼 헤세는 젊은 시절 여행을 무척 좋아해서 1914년까지 이탈리아에 자주 갔으며, 말레이시아와 현재의 스리랑카인 실론에 가서 화가인 친구와 몇 달간 체류하기도 했다. 하지만 제1차 세계대전이 발발한 이후로 그는 여행 다니는 것을 포기하고 10년 이상 동안 스위스를 떠나지 않았다. 그러다가 1920년대에 들어 다시 남쪽 지역으로 방랑을 시작하고, 1927년에는 뉘른베르크 등지로 낭송 여행을 떠난다. 그런 뒤에는 별다른 여행을 하지 않고 스위스 테신의 몬타뇰라에서 조용히 살아간다.

4

오늘날 사람들이 여행하는 주된 이유는 무엇인가? 자기의 친척과 친구, 이웃도 여행을 가는데다, 또 여행을 갔다 와서 그것에 대해 이야기하며 남들에게 뻐길 수 있기 때문이다. 그리고 여행이 유행이고, 나중에 집에 돌아와서 다시 매우 쾌적하고 안락한 기분을 느낄 수 있기 때문이다. 이 점은 헤세의 시대나 지금이나 마찬가지다. 하지만 가치 있는 여행이 되려면 어떻게 여행해야 할까? 헤세의 말은 음미해볼 만하다. "여행은 언제나 체험을 의미해야 한다. 그리고 우리는 정신적 관계를 가질 수 있는 환경에서만 뭔가 가치 있는 체험을 할 수 있다. 기회 있을 때마다 가는 즐거운 소풍, 어떤 음식점 정원에서의 유쾌한 저녁, 멋진 호수 위에서의 증기 기선 여행은 그 자체로 체험이 아니고, 우리 삶을 풍요롭게 해주지 못하며, 계속 커다란 영향을 미치는 자극이 아니다." 이처럼 제대로 된 여행을 해야 하고 그나마 여행하지 않는 자는 책의 한 페이지만 계속 보는 사람과 같다고 할 수 있다.

모든 여행은 즐거운 것이 되고 좀 더 깊은 의미에서 하나의 체험이 되려면 확고하고 특정한 내용과 의미를 지녀야 한다. 지루한 나머지 또 김빠진 호기심 때문에 내적 본질에 진정한 관심을 느낄 수 없는 여러 나라를 두루 돌아다니는 것은 잘못되고 우스꽝스런 일이다. 마찬가지로 우리가 정성껏 가꾸거나 희생의 제물이 되기도 하는 우정이나 사랑처럼, 신중하게 고르고 사서 읽는 책처럼 모든 유람여행이나 연구여행은 좋아하기, 배우려고 하기, 몰두하기를 의미해야 한다. 여행은 어떤 나라와 민족, 어떤 도시나 풍경을 여행자의 정신적 소유물로 만들려는 목적을 지녀야 한다. 여행자는 헌신적으로 사랑하는 마음으로 낯선 것에 귀 기울여야 하고, 낯선 것에 담긴 본질의 비밀을 끈기 있게 알아내려고 노력해야 한다.

'자연' 가까이에서 자연의 힘과 위안을 맛보기 위해서는 아름다운 장소로 여행하기만 하면 된다고 생각하는 것은 널리 만연한 오류다. 번잡하고 숨 막히는 거리를 피해 달아난 도시민에게 바닷가나 산속의 시원하고 깨끗한 공기가 도움이 되는 것은 분명하다. 도시민은 그것으로 만족해한다. 그는 더 신선한 기분을 느끼고, 더 심호흡을 하며, 잠을 더 잘 잔다. 그리고 '자연'을 이제 제대로 즐기고 내부에 흡수했다고 생각하고 감사하는 마음으로 집으로 돌아온다. 그런데 그는 그 자연으로부터 가장 피상적인 것, 가장 비본질적인 것만 받아들이고 이해했으며, 가장 좋은 것은 발견하지 못하고 길가에 놓아두었다는 것을 알지 못한다. 그런 자는 보고 찾아내며 여행하는 법을 터득하지 못한다. 가만히 앉아서가 아니라 움직이면서 사고할 것을 주장하는 니체는 『인간적인 것, 너무나 인간적인 것』에서 여행자의 등급을 다섯 등급으로 나누고 있다. 그 역시 쾰스 지방을 여행하는 도중 차라투스트라에 대한 번득이는 아이디어를 얻었다.

"여행자에게는 다섯 단계의 등급이 있다. 가장 낮은 등급은 여행하면서 관찰의 대상이 되는 자들이다. 그들은 본래 여행의 대상이며 흡사 장님과 같다. 다음 등급은 실제로 세상을 구경하는 자들이다. 세 번째 등급의 여행자는 관찰한 결과로 무언가를 체험하는 자이다. 네 번째 등급의 여행자는 체험한 것을 체득해서 몸에 지니고 다닌다.

마지막으로 최고의 능력을 지닌 몇몇 사람들이 있다. 그들은 관찰한 것을 모두 체험하고 체득한 뒤 집에 돌아온 즉시, 또한 체험하고 체득한 것을 행동이나 일에서 반드시 실천해 나간다.

인생의 여로旅路를 걷는 모든 인간은 이 다섯 종류의 여행자와 같다. 가장 낮은 등급의 인간은 전적으로 수동적으로 살아가고, 가장 높은 등급의 인간은 내적으로 체득한 것을 남김없이 실천

하며 행동하는 자로 살아간다."

그러면 자연과 풍경을 진정으로 이해하려면 어떻게 해야 할까? 헤세는 이렇게 답한다. 금빛으로 물드는 여름저녁을 한가로이 바라보고, 가볍고 순수한 산악 공기를 느긋하고 기분 좋게 들이마시는 것만으로는 아직 크게 부족하다. 양지바른 따스한 초원에 드러누워 한가하게 휴식시간을 보내는 것은 근사한 일이다. 그러나 산과 시냇물, 오리나무 숲과 멀리 우뚝 솟은 산봉우리와 함께 이 초원에 친숙하고 그것을 잘 아는 자만이 자연과 풍경을 완전하게, 백배는 더 깊고 고상하게 즐길 수 있다. 그러한 조그만 땅에서 그 땅의 법칙을 읽고, 그것의 형성과 식생의 필연성을 꿰뚫어보고, 그 필연성을 역사, 건축 양식, 그곳 주민의 기질이나 말투, 의상과 관련해서 느끼려면 사랑과 헌신, 연습이 필요하다. 하지만 그렇게 노력할 만한 보람이 있다. 여행자가 열성과 사랑으로 친숙하게 자신의 것으로 만든 나라의 모든 초원과 암석은 온갖 비밀을 여행자에게 알려주고, 다른 사람들에게는 베풀어주지 않는 힘을 제공해주기 때문이다. 중요한 것은 이름을 아는 일이 아니라 느끼는 일이다. 학문적 지식은 아무에게도 축복을 안겨주지 않는다.

1904년에 쓴 글 「여행에 대하여」에서 헤세는 여행의 진정한 의미에 대해 들려준다. 그에게 여행의 시학은 일상적인 단조로움, 일과 분노로부터 휴식을 취하거나 또는 호기심을 충족시키는 데에 있는 것이 아니라 다른 사람들과 우연히 함께 하고, 다른 광경을 관찰하는 데에 있다. 그것은 체험에 의해 더욱 풍요로워지는 데에, 새로 획득한 것의 유기적인 편입에, 다양성 속의 통일성과 지구와 인류라는 큰 조직에 대한 우리의 이해의 증진에, 옛 진리와 법칙을 전적으로 새로운 상황에서 재발견하는 데에 있다. 헤세는 말한다. "우리는 동경에 이끌려 여행한다. 우리는 더 아름답고 햇빛이 더 잘 비치는 다른 나라로 여행한다. 우리의 가슴은 활짝 열리고, 좀 더 부드러운 하늘이 우리의 행복을 활짝 열어준다. 그것이 이제 우리의 낙원이다."

5

첫 소설 『페터 카멘친트』의 성공으로 1904년 여름 헤세는 바젤 출신 여자와 결혼할 수 있었다. 그리고 보덴 호 부근의 외딴 작은 마을 가이엔호펜으로 이사했다. 그곳에서 그는 처음 3년 동안 어느 초라한 농가에서 매우 검소한 생활을 했다. 그런 뒤 직접 집을 지어 1912년까지 머무르며 주변 지역으로 자주 여행을 다녔다. 그때 쓴 것이 「보덴 호」라는 제목의 글이다. 가이엔호펜에서 헤세는 부지런히 살면서 땅과 친밀한 자연 친화적인 삶을 영위하고자 했다. 그는 자신의 정원을 만들었고 세 아들을 얻었다. 그의 삶에서 시민적인 시기였다. 물론 그 역시 당시 내면의 문제성에 의해 충격을 받았고, 1911년 부부 사이의 문제, 아들의 질병과 같은 위기 상황 때문에 훌쩍 아시아 여행을 떠났다. 그는 정착민 생활에 싫증나면 번번이 유목민 생활로 넘어가곤 했다. 이 같은 탈출과 도피는 가장으로서는 무책임한 행동이 기도 했다. 이탈리아 여행 당시 가족 문제에 대한 자세한 사정은 그의 소설 『로스할데』에 그대로 묘사되어 있다.

헤세는 끊임없이 여행과 여행의 의미에 대해 질문한다. 우리 같은 사람에게 여행을 떠나게 하고, 특히 예술 여행을 떠나게 만드는 원동력은 과연 무엇일까? 우리는 무엇 때문에 수백 킬로미터 떨어진 곳으로 해마다 여행을 떠나는가? 무엇 때문에 좀 더 풍요로웠던 시대의 건축물과 그림들 앞에서 감사하는 마음으로 즐거워하는가? 무엇 때문에 우리와 아무 상관없는 낯선 민족들의 삶을 호기심어린 눈으로 지켜보며 흡족해하는가? 무엇 때문에 기차와 배 안에서 낯선 사람들과 잡담을 나누고, 낯선 대도시의 번잡한 거리에 귀 기울이는가? 헤세는 한때 그런 것을 일종의 배움 욕구이자 교양 열기로 여겼다. 여행하면서 그는 옛 교회의 프레스코 벽화가 그려진 벽 위에서 수첩 가득 감상을 적어 넣었고, 식사에서 아낀 돈을 옛 조각품들의 사진을 찍는 데 썼다. 그 후 그런 일에 다시 싫증나게 되었고, 풍경과 낯선 민족성만이 그의 관심을 끄는 좀 더 못사는 나라를 여행하기로 마음먹었다. 그때 그에게 그러한 수수께끼 같은 여행 욕구는 일종의 모험심으로 생각되었다.

그런 후 교양에 대한 갈증이 점차 사라진다. 전체 도시와 교회, 대형 박물관을 어슬렁거리며 지나가는 것은 자기에게 도움이 된다고 느끼지 않는다. 반면 그러한 사물들에서 발견하고 보는 것을 옛날보다 더 심도 있고 섬세하게 향유하게 되면서, 여행에서 모험적인 체험을 하게 되리라는 신뢰 역시 사라지게 된다. 그럼에도 그는 역시 예전처럼 자주 여행 다니고, 여전히 여행에 대한 적지 않은 충동과 욕구를 느낀다. 헤세는 아시아 여행 도중 '우린 아시아로 간다'는 여행 노래를 듣고 그 성스러운 노래 속에서 인간의 모든 언어가 울리는 것을 듣는다. 온갖 외경심, 지친 인간의 온갖 그리움, 온갖 피조물의 곤경과 거친 욕망이 그 속에서 살랑거림을 느낀다. 부모의 사랑, 구루[1]의 지도, 부처에 의한 정화, 구세주에 의한 구원을 느끼는 것이다. 그리하여 그의 그리움은 진정되었고 그의 여행은 끝난 셈이 된다.

6

헤세는 여행 도중 낯설고 이국적인 나라를 알게 되었을 뿐만 아니라 낯선 것을 체험하면서 무엇보다 그 자신의 내면을 발견하고 시험을 견뎌냈다고 생각했다. 민족의 경계와 대륙 저편에 하나의 인류가 있다는 이 사소한 자명한 진실은 여행의 최종적이고 가장 큰 체험이었다. 또 그 체험은 세계대전이 일어난 이후부터 점점 소중하게 되었다. 캔디에서 불교 승려들 틈에 있으면서도 그 전에 유럽에 있을 때와 마찬가지로 진정한 인도, 인도의 정신, 인도와의 생생한 접촉에 대한 충족되지 않은 향수를 느꼈

---

1 힌두교나 불교의 종교 지도자.

다. 인도 정신은 아직 그의 것이 되지 못했고, 그는 아직 발견하지 못한 채 계속 찾고 있었다. 그 때문에 헤세는 당시 유럽에서 도망쳤던 것이다. 그도 그럴 것이 그의 여행은 하나의 도피였기 때문이다. 그는 유럽에서 도망쳤고, 유럽의 두드러진 몰취미, 시끄러운 대목장 영업, 성급한 조바심, 거칠고도 조야한 향락욕을 증오했다. 그런데 그때 유럽의 모습은 지금 바로 우리의 모습이 되어 있다.

아시아 여행에서 헤세는 원시림에 대한 강렬한 인상을 받는다. 그에게 원시림은 생명력을 높여주는 역할을 한다. 헤세는 그 여행에서 유럽 문화의 구원과 존속이 정신적 처세술과 정신적 공유 재산의 재발견을 통해서만 가능하다는 것을 분명히 느낀다. 그는 중국인에게서 문화민족의 면모를 느끼며, 대등한 경쟁자처럼 연구해야 한다고 생각한다. 또 동양의 모든 나라에서 서양이 이성과 기술을 호흡하듯이 종교를 호흡하는 것을 본다. 「인도에 대한 추억」에서 헤세는 동양과 서양, 즉 유럽과 아시아가 단일체일 뿐만 아니라 그것을 넘어서서 하나의 인류 공동체라는 경험을 한다. "헤세는 매우 많은 일을 할 수 있다. 그의 직관은 신비주의자의 관조와 미국인의 혜안 사이에서 자신의 중용을 지키고 있다."는 발터 벤야민의 말도 서양과 동양이 하나의 단일체라는 헤세의 깨달음을 상기시킨다.

헤세도 처음에는 다른 여행객과 마찬가지로 이국적인 민족의 사람과 도시를 그냥 신기한 대상으로서만 바라보았고, 무척 재미있지만 기본적으로 자기와 아무 관계없는 동물 곡예단을 바라보듯 들여다보았다. 그러나 그가 이러한 입장을 버리고 말레이인, 인도인, 중국인, 일본인을 인간이자 가까운 친척으로 본 시점부터 비로소 그 여행에 가치와 의의를 부여하는 체험이 시작되었다. 헤세는 여행의 체험으로 서양인과 동양인의 영혼이 같고, 아시아인의 영혼도 유럽인의 영혼처럼 온전하다는 것을 깨닫는다. 이런 의미에서 "여행이란 우리가 사는 장소를 바꾸어주는 것이 아니라 우리의 생각과 편견을 바꾸어주는 것이다."는 아나톨 프랑스의 말이 우리의 공감을 얻는다.

헤세는 여행 충동과 마음의 고향을 가지려는 소망을 끝내 버리지 못한다. 언젠가는 여행과 먼 곳이 영혼 속에서 그 자신에게 속하게 되는 날과, 그것들을 실현하지 않고도 그 상들을 그의 안에 지니게 되는 날이 오기를 꿈꾼다. 자신의 안에 고향을 갖게 될 날을 여전히 꿈꾸는 것이다. 그러면 자신의 내부에 고향을 갖게 되면 정원과 조그만 빨간 집에 더 이상 눈독을 들이지 않으리라 결심한다. 그러면 하나의 중심이 있어서 그 중심으로부터 온갖 힘이 퍼져 나갈 테니 사람이 확연히 달라지리라는 것이다.

50이 넘으면서 헤세는 체력적인 이유로 여행에 부담을 느낀다. 그는 이제 별로 여행하지 않고 조용히 서재에만 틀어박혀 은둔 문필가로 살아간다. 그러다가 낭송회에 참석해 그의 글을 낭독해달라는 여러 도시의 초청을 받고 망설이다 마지못해 응한다. 그에 대한 기록이 1927년에 쓴 「뉘른베르크 여행」이다. 그는 남들처럼 초청 도시에 하루 만에 가지 않고 이곳저곳에 들르면서 여러 날에 걸쳐 목적지에 도착한다. 다른 사람 같으면 하루 낮과 밤이면 되는데 그에게는 일주일의 시일이 필요하다. 그러다보니 자연 힘도 많이 들고 경비도 많이 필요하며, 그 도시에 사는 친구들에게 폐도 끼치게 된다. 특히 뮌헨에서는 3년 전에 대작 『마의 산』을 발간한 토마스 만을 만나 서로 정신적 교감을 나누며 우정을 다지기도 한다.

7

이 책은 24세부터 50세까지 헤세가 쓴 여행과 소풍에 대한 에세이와 여러 여행 기록을 엮은 것이다. 그러므로 이 책에서는 여행과 소풍에 대한 에세이 외에 1901년과 1911년, 1913년의 이탈리아 여행, 1904년의 보덴 호 산책, 1911년의 말레이시아, 스리랑카 등지의 아시아 여행, 1919년에서 1924년까지 테신 지역 소풍, 1920년 남쪽 지역으로의 방랑, 1927년의 뉘른베르크 등지의 낭송 여행에 대한 소회를 중심으로 다루고 있다. 그러면서 아울러 자신의 원숙한 인생관과 독특한 문학관을 피력하기도 한다. 낭송 여행을 다니면서 헤세는 스위스의 로카르노, 취리히를 비롯하여 자신의 고향인 슈바벤 지방의 칭엔, 울름, 아우크스부르크, 뉘른베르크, 뮌헨 등지의 유적지를 찬찬히 둘러보면서 옛 친구들을 만난다. 특히 마울브론 신학교에 들렀을 때는 후배 학생들 사이에서 그의 신학교 탈주 사건이 전설처럼 내려오는 것을 보고 옛일을 생각하며 잠시 아련한 회한에 젖기도 한다. 그에게 알프스 고개 북쪽은 시민의 영역을, 남쪽은 예술가의 영역을 대변한다. 자신을 방랑자나 유목민으로 이해하는 헤세는 늘 남쪽으로 간다. 알프스 고개를 넘어 남쪽으로 향하면서 남쪽과 북쪽의 경계를 무시하는 그의 생각은 현대적인 탈경계의 시각을 보여준다. 헤세의 눈에서는 높고 낮은 것, 귀하고 천한 것의 경계가 무너지고, 만물이 평등해진다. 경계와 대립이 완전히 소멸되는 곳에 열반과 해탈이 있는 것이다. 그의 방랑은 슈베르트의 연가곡 〈겨울 나그네〉처럼 죽음으로 향하는 방랑일지도 모른다. 헤세에겐 도달한 목표는 이미 목표가 아니었고, 모든 길은 우회로였다. 휴식은 매번 새로운 그리움을 낳았다.

이처럼 헤세의 여행은 자신을 스스로에게 이끌어가는 하나의 고행이지만 충분히 그럴 만한 가치가 있다. 헤세의 글은 불안하고 탐욕에 흔들리는 우리 마음을 차분하게 해준다. 그렇지만 정주민에서 탈피해 유목민을 지향하고, 안락과 안정을 피해 달아나는 헤세의 글이 혹 우리의 마음에 들지 않을지도 모른다. 그것은 정주민 지향의 우리 개인과 사회가 그만큼 물화 내지는 속화되어 있고 안일과 안락에 사로잡혀 자기도 모르게 욕망의 포로가 되어 있기 때문일지도 모른다. 그렇다고 우리가 헤세의 여행 방식을 그대로 따를 수는 없고 또 따를 필요도 없겠지만, 그럼에도 이 시점에도 헤세의 잔잔하고 깊은 사유, 세상을 보고 사는 법, 무소유의 생활방식은 여전히 음미하고 귀담아 들어볼 만하다고 하겠다. 결국 복원력과 자정능력을 점차 잃어가고 있는 우리에게 가장 결여되어 있는 것이 바로 그런 것이니까. 번역은 주어캄프 출판사에서 발간한 12권짜리 전집Gesammelte Werke in zwölf Bände, 1987을 대본으로 삼았다.

2014년 6월 10일

홍성광

차례

1부
여행과 소풍

Reise von Hermann Hesse

여행의 노래

태양이 내 마음속 비춰주었네,
바람이여, 내 걱정과 무거운 마음일랑 날려버리렴!
이 세상을 두루 돌아다니는 것보다
더 큰 희열은 없다네.

평지를 향해 서둘러 발걸음 옮기다 보면
햇볕에 몸 그을리고, 바다는 시원하게 해주네.
난 온갖 감각을 활짝 열고
지상에서의 삶을 함께 느끼지.

새날이 올 때마다
새 친구, 새 형제를 사귀며
온갖 별의 손님이자 친구일지도 모르는
온갖 힘을 기어코 찬미할 때까지.

1
여행에 대하여

여행의 시학詩學에 관한 글을 써달라는 청탁을 받았다. 그 말을 듣는 순간 나는 현대 여행 산업의 끔찍함과 무의미한 여행 열기 그 자체에 대해 한번 속 시원히 비난하고 싶은 유혹을 느꼈다. 즉 현대의 황량한 호텔, 인터라켄 같은 낯선 도시, 영국인과 베를린인, 흉하고 엄청나게 많은 돈이 드는 바덴 풍의 슈바르츠발트, 알프스에서 집에 있을 때처럼 지내려는 대도시의 버러지 같은 인간, 루체른의 테니스장, 여관 주인, 종업원, 호텔의 풍속과 숙박비, 가짜 토산 포도주와 민속 의상에 대해 말이다. 그러나 나는 언젠가 베로나와 파두아 간을 달리는 기차에서 어느 독일 가족에게 이런 견해를 피력했다가 입 다물라는 차갑고 정중한 부탁을 받았다. 그 다음번에는 루체른에서 어느 비열한 종업원의 따귀를 때렸다가 간청이 아닌 폭력을 당하고 불쾌한 기분으로 급히 여관을 떠날 수밖에 없었다. 그때부터 나는 자신을 제어하는 법을 배웠다.

나는 기본적으로 짧은 일정의 모든 여행을 즐거워하며 만족했고, 여행을 갔을 때마다 크든 작든 이런저런 보물을 가지고 돌아왔다는 생각이 들기도 한다. 그런데 무엇 때문에 비난한단 말인가?

현대인이 어떻게 여행해야 하느냐의 문제를 다룬 많은 책과 소책자가 있지만, 내가 알기로 좋은 책은 보지 못했다. 누군가가 유람 여행을 계획하고 있다면 먼저 무엇을 할 것인지, 왜 그 여행을 하는지 아는 것이 좋다. 오늘날 도시에 사는 여행자는 그것을 알지 못한다. 도시인이 여행하는 것은 여름에 도시가 너무 덥기 때문이다. 그가 여행하는 것은 공기를 바꾸고, 다른 환경과 사람들을 봄으로써 일에 지친 피로를 풀고 푹 쉴 수 있기를 희망하기 때문이다. 그가 산으로 여행하는 것은 자연과 땅, 식물에 대한 막연한 동경이 이해되지 않는 갈망으로 그를 괴롭히기 때문이다. 그가 로마로 여행하는 것은 그것이 교양 여행에 속하기 때문이다. 그러나 그가 여행하는 주된 이유는 그의 모든 사촌과 이웃도 여행을 가는데다, 또 여행을 갔다 와서 그것에 대해 이야기하며 뻐길 수 있기 때문이다. 그리고 여행하는 것이 유행이고, 나중에 집에 돌아와서 다시 무척 쾌적하고 안락한 기분을 느낄 수 있기 때문이다.

이 모든 것은 이해할 만한 정직한 동기이다. 그러나 크라카우

1부 여행과 소풍

어 씨는 왜 베르히테스가덴으로, 뮐러 씨는 왜 그라우뷘덴으로, 실링 부인은 왜 성 블라지엔으로 여행 가는가? 크라카우어 씨가 그러는 것은 언제나 베르히테스가덴으로 가는 사람들을 많이 알고 있기 때문이다. 뮐러 씨는 그라우뷘덴이 베를린에서 멀리 떨어져 있고, 그곳 여행이 유행이라는 것을 알고 있기 때문이고, 실링 부인은 성 블라지엔의 공기가 좋다는 것을 들었기 때문이다. 이 세 사람은 모두 자기의 여행 계획과 일정을 교환할 수 있을지도 모른다. 또 그런다 한들 아무 상관없으리라. 사람들은 어디에나 지인이 있을 수 있고, 어디에서나 돈을 쓸 수 있으며, 유럽에서 공기가 좋은 장소는 헤아릴 수 없이 많다 그러니 무엇 때문에 굳이 베르히테스가덴으로 간단 말인가? 또는 성 블라지엔으로 간단 말인가?

여기에 잘못이 있다. 여행은 언제나 체험을 의미해야 한다. 그리고 우리는 정신적 관계를 가질 수 있는 환경에서만 뭔가 가치 있는 체험을 할 수 있다. 기회 있을 때마다 가는 즐거운 소풍, 어느 음식점 정원에서의 유쾌한 저녁, 임의의 호수 위에서의 증기 기선 여행은 그 자체로 체험이 아니고, 우리 삶을 풍요롭게 해주지 못하며, 계속 커다란 영향을 미치는 자극이 아니다. 혹시 그런 것들이 위와 같은 작용을 할 수 있을지도 모르지만, 크라카우어 씨나 뮐러 씨에게는 그럴 가능성이 거의 없다고 할 수 있다.

어쩌면 그런 사람들에게는 더욱 깊은 관계를 맺을 장소가 지구상에 결코 없을지도 모른다. 그들에게는 예감 능력에 끌리고,

보는 것으로 즐겨 꾸는 꿈을 실현하며, 알게 되는 것이 보화 수집을 의미하는 나라, 해안이나 섬, 산이나 오래된 도시가 없다. 그럼에도 그들은 한 번 여행을 가게 되면 더 행복하고 더 멋지게 여행할 수 있을지도 모른다. 그들은 여행하기 전에 비록 국가 지도에 의해서든, 적어도 그들이 가고자 하는 나라나 장소의 핵심 사항에 대해, 그곳의 위치나 지형, 기후나 민족이 여행자의 고향이나 익숙한 환경과 어떤 관계에 있는지에 대해 반드시 정보를 입수할 것이다. 또 낯선 곳에 체류하는 동안 그들은 그 지역의 특색 있는 면모에 자신의 감정을 이입하려고 할 것이다. 그들은 지나가면서 인상적인 산과 폭포, 도시를 놀라운 마음으로 멍하니 바라볼 뿐만 아니라, 그 지역에 있는 모든 것을 필연적으로 생기고 자라난 것으로, 따라서 아름다운 것으로 인식하는 법을 배울 것이다.

이것에 대해 호의를 지닌 자는 여행 기술의 소박한 비밀을 쉽게 저절로 습득하게 된다. 그는 시칠리아의 시라큐스에서 뮌헨의 맥주를 마시려 하지 않을 것이고, 그곳에서 그것을 얻게 되면 김빠지고 비싸다고 여길 것이다. 그는 낯선 나라의 언어를 어느 정도 이해하지 않고는 그 나라로 여행하지 않을 것이다. 그는 낯선 곳의 풍경이나 풍습, 사람, 요리나 포도주를 자기 고향의 잣대로 평가하지 않을 것이고, 베네치아 인이 더 민첩하고, 나폴리 인이 더 조용하고, 베른 인이 더 예의바르고, 키안티 인이 더 감미롭고, 리비에라가 더 시원하고, 석호 해안이 더 가파르기를 바라지 않을 것이다. 그는 자신의 생활 방식을 그 지역의 관습이나 특성에 적응시키려 해서, 그린델발트에서는 일찍 일어나고 로마에서는 늦게 일어날 것이다. 그리고 특히 어디서나 서민에게 가까이 다가가 그들을 이해하려 할 것이다. 그러므로 그는 국제적인 단체 관광단과 교류하거나 국제적인 호텔에서 숙박하지 않고, 주인과 종업원이 토착인인 여관에 묵거나 또는 서민의 생활 모습을 알 수 있는 개인의 가정집에 묵는 것을 더 좋아할 것이다.

우리는 어느 여행자가 아프리카에서 프록코트 차림에다 실크햇을 쓰고 낙타를 타려고 한다면 그것을 이루 말할 수 없이 우스꽝스럽게 여길 것이다. 그러나 체르마트나 벵겐에서 파리의 복장을 하고, 프랑스 도시에서 독일어로 말하고, 괴세넨에서 라인 포도주를 마시고, 오르비에토에서 라이프치히에서와 같은 음식을 먹는 것을 당연하게 여길 것이다. 그대가 이런 부류의 여행자들에게 베른의 고지高地에 대해 묻는다면, 그들은 격분하며 융프라우 철도의 차비가 너무 비싸다고 말할 것이다. 또 그들에게 시칠리아에 대해 물어보면 그대는 그곳에는 난방이 되는 방이 없다는 것과 타오르미나에서는 훌륭한 프랑스 요리를 만날 수 있다는 것을 알게 될 것이다. 그대가 그곳의 서민과 그 삶에 대해 물어보면 여행자들은 그곳 주민이 굉장히 우스꽝스러운 의상을 입고 다니고, 전혀 알아들을 수 없는 사투리를 쓴다고 들려줄 것이다.

이런 이야기는 이 정도로 하겠다. 나는 대부분의 여행자의 지각없음에 대해서가 아니라 여행의 아름다움에 대해 말하려는 것이다.

여행의 시학은 일상적인 단조로움, 일과 분노로부터 휴식을 취하는 데에 있는 것이 아니라 다른 사람들과 우연히 함께 하고, 다른 광경을 관찰하는 데에 있다. 여행의 시학은 호기심의 충족에 있는 것도 아니다. 그것은 체험에, 다시 말해 더욱 풍요로워지는 데에, 새로 획득한 것의 유기적인 편입에, 다양성 속의 통일성과 지구와 인류라는 큰 조직에 대한 우리의 이해 증진에, 옛 진리와 법칙을 전적으로 새로운 상황에서 재발견하는 데에 있다.

내가 특별히 여행의 낭만주의라고 부르고 싶은 것, 다시 말해 인상의 다양성, 명랑하거나 불안한 심정으로 깜짝 놀랄 일을 계속 기다리기, 무엇보다도 우리에게 새롭고 낯선 사람들과의 소중한 교제가 그것에 첨가된다. 도어맨이나 종업원의 유심히 훑어보는 눈초리는 베를린에서나 팔레르모에서나 똑같다. 그러나 그대는 외딴 그라우뷘덴의 황무지에서 그대가 깜짝 놀라게 한 래티엔 지역 목동의 눈초리를 잊지 못할 것이다. 그대는 언젠가 2주일간 지냈던 피스토야의 소가족 역시 잊지 못할 것이다. 어쩌면 그들 이름은 생각나지 않을지도 모른다. 어쩌면 그 사람들의 사소한 운명이나 걱정은 결코 뚜렷이 생각나지 않을지도 모른다. 하지만 그대는 적절한 순간 처음에 아이들과, 그 다음에는 조그만 아내와, 그런 뒤에는 남편이나 할아버지와 친해진 일

은 결코 잊지 못할 것이다. 그대는 잘 아는 일에 대해 그들과 이 야기할 필요가 없었고, 옛것이나 공통의 문제를 화제의 실마리로 삼을 필요가 없었기 때문이다. 그대는 그들이 그대에게 그랬던 것처럼 그들에게 너무나 새롭고 낯설었다. 그대는 그들에게 뭔가 말할 수 있기 위해서는 인습적인 것을 버리고, 그대 자신에게서 퍼내고, 그대 본질의 뿌리로 되돌아가야 한다. 그대는 어쩌면 그들과 사소한 이야기를 나누었을지도 모른다. 그러나 그대는 이 낯선 사람들을 약간이나마 이해하는 법을 배우고, 그들의 본질과 삶의 일부분에 크게 관심을 가져 그대의 것으로 취하려는 소망으로 그들과 인간 대 인간으로서 묻고 의중을 떠보며 대화를 나누었다.

낯선 풍경과 도시에서 단지 유명한 것이나 가장 눈에 띄는 것만 추구하지 않고, 본래적이고 더 심오한 것을 이해하고 사랑의 마음으로 파악하려고 갈망하는 자의 기억 속에는 대체로 우연적이고 사소한 것이 특별한 광채를 지닐 것이다. 피렌체를 기억에 떠올려보면 내게 맨 처음 생각나는 것은 성당이나 시회市會의 오래된 궁전이 아니라 자르디노 디 보볼리[1]에 있는 조그만 금붕어 연못이다. 피렌체에 처음 도착한 날 오후에 나는 그곳에서 몇몇의 부인들, 그리고 그들의 아이들과 대화를 나누었다. 나는 그때 처음으로 피렌체 말을 들었고, 그리고 많은 책을 보고 내게 그토

---

1 Giardino di Boboli. 이탈리아 피렌체의 피티 궁전 뒤에 화려하게 조경된 정원.

1부 여행과 소풍

록 친숙해진 그 도시에 대해 처음으로 서로 대화를 나눌 수 있고 손으로 만질 수 있는 뭔가 현실적이고 살아있는 것으로 느꼈다. 피렌체의 성당과 오래된 궁전, 모든 유명한 것은 그 때문에 내 기억에서 사라지지 않았다. 다시 말해 나는 그런 것을 여행 안내서를 가지고 관광하는 부지런한 많은 사람들보다 더 잘 체험하고, 더 진심으로 내 것으로 만들었다고 생각한다. 순전히 사소하고 부수적인 것에 불과하던 체험들이 내게 확실하고 통일적인 성격을 띠게 된다. 우피치엔[2]의 몇몇 그림들은 잊어버렸다 해도 반면에 내가 여주인과 부엌에서 함께했던 저녁과 조그만 와인 바에서 젊은이나 어른들과 잡담을 나누었던 밤들은 기억에서 사라지지 않는다. 그리고 자기 집 현관 아래에서 나의 찢어진 바지를 기워주고, 게다가 열렬한 정치적 연설, 오페라 멜로디와 유쾌한 민요를 오락거리로 제공해주었던 수다스러운 변두리 재단사 역시 잊히지 않는다.

그러한 하찮은 것들은 종종 소중한 추억의 핵심이 되기도 한다. 나는 여관집 딸에게 반한 어느 시골 총각과 권투 경기를 함으로써 그곳에 오랫동안 있지 않았지만—두 시간 정도 있었다— 아담한 소도시 초핑겐을 잊을 수 없다. 바덴 풍의 마을 블라운 남쪽에 있는 매력적인 마을 함머슈타인은 내가 언젠가 밤늦게 오랫동안 숲 속에서 길을 잃고 헤매다가 지극히 우연히 그곳에 도

---

2 명화 수집으로 유명한 이탈리아 피렌체의 궁전.

달하지 않았더라면 모든 지붕과 골목이 그토록 분명하고 아름답게 기억에 남아 있지 않으리라. 산의 튀어나온 부분을 돌았을 때 갑자기 예기치 않게 그 마을이 저 아래에 있는 것이 보였다. 집들이 다닥다닥 붙어 있는 조용한 마을은 잠들어 있었다. 마을의 뒤에는 바야흐로 달이 떠오르고 있었다. 내가 편안한 국도를 따라 걸어갔더라면 그 마을에 대해 더 이상 아무것도 알지 못했을지도 모른다. 그래서 나는 그곳에 한 시간밖에 있지 않았지만 평생 동안 그 마을을 아름답고 사랑스러운 영상으로 지니고 있다. 그리고 이 조그만 마을의 광경과 함께 독특한 전체 풍경도 생생히 내 기억에 남아 있다.

젊은 시절 얼마 안 되는 돈을 갖고 짐도 없이 많은 지역을 돌아다닌 자는 이런 인상을 잘 알 것이다. 클로버 밭이나 갓 말린 건초더미 속에서 보낸 밤, 외떨어진 산악 방목지의 오두막에서 얻어먹은 빵과 치즈, 마을에서 결혼식이 있을 때 뜻하지 않게 여관에 도착하여 하객으로 초대받은 일, 이런 것은 뇌리에 깊이 박혀 있다.

하지만 우연적인 것에 대해 본질적인 것이, 낭만주의에 대해 시학이 망각되어서는 안 된다. 도중에 흘러가는 대로 자신을 맡기고, 우연을 신뢰하는 것은 확실히 좋은 방식이다. 그러나 모든 여행이 즐거운 것이 되고 좀 더 깊은 의미에서 하나의 체험이 되려면 확고하고 특정한 내용과 의미를 지녀야 한다. 지루한 나머지 또 김빠진 호기심 때문에 내적 본질에 진정한 관심을 느낄 수 없는 여러 나라를 두루 돌아다니는 것은 잘못되고 우스꽝스런 일이다. 마찬가지로 우리가 정성껏 가꾸거나 희생의 제물이 되기도 하는 우정이나 사랑처럼, 신중하게 고르고 사서 읽는 책처럼 모든 유람여행이나 연구여행은 스스로 좋아하고, 찾아서 배우려고 하면서, 몰두하는 데 의미를 부여해야 한다. 여행은 어떤 나라와 민족, 어떤 도시나 풍경을 여행자의 정신적 소유물로 만들려는 목적을 지녀야 한다. 여행자는 헌신적으로 사랑하는 마음으로 낯선 것에 귀 기울여야 하고, 낯선 것에 담긴 본질의 비밀을 끈기 있게 알아내려 노력해야 한다. 뽐내려고 또 교양을 잘못 이해해서 파리나 로마로 가는 부유한 소시지 장수는 그런 점을 전혀 갖고 있지 않다. 그러나 피 끓는 젊은 시절 내내 알프스나 바다, 또는 이탈리아의 오래된 도시에 대한 동경을 품고 있다가 결국 여행 시즌을 맞아 여비를 빠듯하게 절약한 자는 외지의 모든 이정표, 덩굴장미로 덮인 양지 바른 모든 수도원 담벼락, 모든 눈 덮인 정상과 바다의 선을 열정적으로 독점하고 언제까지나 가슴에 담아두려 할 것이다. 그가 이러한 사물들의 언어를 이해하기 전에, 죽은 것이 그에게 생기 있게 되고, 말 없는 것이 말하게 되기 전에 말이다. 그는 어느 날 엄청나게 많은 것을 체험하고, 몇 년 지나면 여행 애호가가 되어 여행을 즐길 것이다. 또한 그는 평생 동안 기쁨과 이해심, 행복한 충만이라는 보화寶貨를 지니고 다닐 것이다.

돈과 시간을 아낄 필요가 없고 여행에서 즐거움을 얻는 자는 눈과 마음으로 탐낼 만한 여러 나라를 하나하나 자기 것으로 만들고, 천천히 배우고 향유하는 중에 세계의 일부를 정복하고, 많은 나라에 뿌리를 내리고, 지구와 지구의 생명체를 폭넓게 이해하는 아름다운 건축물을 짓기 위해 동과 서에서 수석을 수집하려는 욕구를 지니게 될 것이다.

나는 오늘날 유람 여행자의 대다수가 피곤에 지친 도시인이라는 것을 오해하지 않는다. 그들이 갈망하는 것이라곤 자연 생활을 접하면서 원기와 위안을 얻으려는 것뿐이다. 그들은 즐겨 '자연'에 관해 말하고, 반쯤은 불안해하고 반쯤은 생색내며 자연을 사랑한다. 그러나 그들은 어디서 사랑을 찾으며, 얼마나 많은 사람들이 사랑을 발견하는가?

'자연' 가까이에서 자연의 힘과 위안을 맛보기 위해서는 아름다운 장소로 여행하기만 하면 된다고 생각하는 것은 널리 만연한 오류다. 뜨거운 거리를 피해 달아난 도시인에게 바닷가나 산속의 시원하고 깨끗한 공기가 도움이 된다는 것은 분명하다. 그는 그것으로 만족해한다. 그는 더 신선한 기분을 느끼고, 더 심호흡을 하며, 잠을 더 잘 잔다. 그리고 '자연'을 이제 제대로 즐기고 내부에 흡수했다고 생각하고 감사하는 마음으로 귀향한다. 그런데 그는 그 자연으로부터 가장 피상적인 것, 가장 비본질적인 것만 받아들이고 이해했으며, 가장 좋은 것은 발견하지 못하고 길가에 놓아두었다는 것은 알지 못한다. 그런 자는 보고 찾아내며 여행하는 법을 터득하지 못한다.

가령 피렌체나 시에나에 관한 신뢰할 만한 표상을 얻는 것보다 스위스나 티롤, 북해나 슈바르츠발트의 작은 일부를 내면에 받아들이는 것이 훨씬 간단하고 쉽다는 믿음은 완전히 잘못된 것이다. 피렌체에 대해 베키오 궁전[3]이나 성당의 둥근 지붕 이외에는 아무것도 기억에 남아 있지 않은 사람들은 슐리어 호에 관해서도 벤델슈타인의 윤곽만, 루체른에 대해서는 빌라도 상과 푸른 호수의 안개만 가지고 갈 것이다. 그리고 몇 주 뒤에는 예전과 마찬가지로 영혼이 빈곤해질 것이다. 자연은 자신의 정체를 드러내고 도시인에게 자신을 선물하기 전에, 문화나 예술과 마찬가지로 누군가의 발치에 엎드리지 않고, 훈련되지 않은 도시인에게 곧장 무한한 헌신을 요구한다.

기차나 우편마차를 타고 고트하르트[4], 브레너나[5] 심플론[6]을 여행하는 것은 멋진 일이다. 그리고 리비에라를 따라 제네바에서 르보르노까지, 또는 거룻배를 타고 베네치아에서 치오자로 가는 것은 멋진 일이다. 하지만 그런 여행에서 확실한 인상이 남는 일은 드물다. 다만 무척 섬세하고 완전히 숙달된 사람들만이 더 위대한 풍경의 특색을 슬쩍 지나가면서 포착하고 단단히 붙

---

3 1322년에 완공된 베키오 궁전은 몇 번 개조 공사를 거쳐 현재 피렌체 시청으로 사용되고 있다.
4 스위스의 산 및 고개 이름.
5 티롤에 있는 알프스의 고개 이름.
6 스위스와 이탈리아 사이 알프스 고갯마루.

잡아둘 능력이 있다. 대부분의 사람들에게는 바다 공기, 푸른 물빛, 호안의 윤곽에 대한 일반적인 인상만 남아 있을 뿐이다. 그런데 그 인상마저 연극 장면의 기억처럼 이내 희미해지고 만다. 인기 있는 지중해 단체 관광에 참가한 거의 모든 사람들의 경우가 그러하다.

여행자는 모든 것을 보거나 알려고 할 필요가 없다. 스위스 알프스의 두 개의 산과 골짜기를 돌아다니며 철저히 둘러본 자는 같은 시간에 일주 여행 차표로 전 국토를 여행한 자보다 스위스를 더 잘 알 게 된다. 나는 루체른과 비츠나우에 다섯 번쯤 가보았다. 그런데 피어발트슈테터 호를 여전히 진정으로 이해하고 파악하지 못하다가, 일주일 동안 혼자 노 젓는 배를 타고 호수에서 지내면서 모든 만灣에 가보고, 모든 원근법을 음미해보고 나서야 그럴 수 있었다. 그 이후로 그 호수는 내게 속하고, 그 이후로 마음만 먹으면 언제라도 사진과 지도 없이도 아무리 하찮은 부분이라도 하나하나 확실히 떠올리며 새로이 사랑하고 즐길 수 있다. 즉 호안의 형태와 식생植生, 산의 모습과 높이, 교회 탑과 선착장이 있는 하나하나의 마을, 주간의 시각마다 물의 색과 반사된 빛깔을. 감각적으로 분명한 이러한 표상을 토대로 해서야 비로소 나는 그곳의 사람들도 이해하고, 호숫가 마을의 모습과 사투리, 하나하나의 소도시와 주들 주민의 전형적인 얼굴과 성姓, 개성과 역사를 구별하고 이해할 수 있게 되었다.

그리고 베네치아를 열렬히 사랑하긴 하지만, 내가 언젠가 멍하니 바라보는 것에 싫증나서 일주일 낮과 밤 동안 토르첼로 섬에 사는 어느 어부의 보트와 빵이며 침대를 나누어 쓰지 않았더라면, 베네치아의 석호는 지금도 내게 낯설고 특이하며 이해되지 않는 진기한 것이리라. 나는 섬들을 따라 노 저어 갔고, 진흙 속을 손으로 헤치며 걸었다. 그리고 석호의 물과 식물, 동물을 알게 되었으며, 석호의 독특한 공기를 호흡하고 관찰했다. 그 이후로 베네치아의 석호는 내게 친숙하고 친해졌다. 그 일주일을 나는 어쩌면 티치아노와 베로네제[7]를 위해 활용했을지도 모른다. 그러나 나는 학술원이나 총독의 궁전에서보다 밤색 삼각돛을 단 그 어부의 보트에서 티치아노와 베로네제를 더 잘 이해하는 법을 배웠다. 그리고 몇 점의 그림뿐만 아니라 베네치아 전체가 이제 더 이상 아름답고 겁나는 수수께끼가 아니라 훨씬 더 아름답고 내게 속하는 현실이 되었다. 나는 그 현실에 대해 이해하는 자의 권리를 지니고 있다.

금빛으로 물드는 여름저녁을 한가로이 바라보고, 가볍고 순수한 산악 공기를 느긋하고 기분 좋게 들이마시는 것에서 자연과 풍경을 진정으로 이해하는 것까지는 아직 먼 길이다. 양지바른 따스한 초원에 드러누워 한가하게 휴식시간을 보내는 것은 근사한 일이다. 그러나 산과 시냇물, 오리나무 숲과 멀리 우뚝 솟은 산봉우리와 함께 이 초원에 친숙하고 그것을 잘 아는 자만이

---

7 틴토레토, 티치아노와 함께 베네치아 3인방으로 불리는 베네치아 르네상스의 거장.

자연과 풍경을 완전하게, 백배는 더 깊고 고상하게 즐길 수 있다. 그러한 조그만 땅에서 그 땅의 법칙을 읽고, 그것의 형성과 식생의 필연성을 꿰뚫어보고, 그 필연성을 역사, 건축 양식, 그곳 주민의 기질이나 말투, 의상과 관련해서 느끼려면 사랑과 헌신, 연습이 필요하다. 하지만 그렇게 노력할 만한 보람이 있다. 그대가 열성과 사랑으로 친숙하게 그대의 것으로 만든 나라에서 그대가 휴식을 취한 모든 초원과 암석은 자신의 온갖 비밀을 그대에게 알려주고, 다른 사람들에게는 베풀어주지 않는 힘을 제공해준다.

그렇지만 여러분은 자신이 일주일 동안 지낸 자그마한 땅에 대해 지질학자, 역사가, 방언 연구가, 식물학자 및 경제학자가 되어 누구나 공부할 수 있는 것은 아니라고 말한다. 물론 그렇게 할 수는 없다. 중요한 것은 이름을 아는 일이 아니라 느끼는 일이다. 학문은 아무에게도 축복을 안겨주지 않는다. 그러나 헛된 발걸음을 하지 않을 필요성과, 끊임없이 전체적인 것 속에서 살아가며 세계의 짜임 속에 포함되어 있다고 느낄 필요성을 아는 자에게는 어디서나 특색 있는 것, 진정한 것, 그 지방 특유의 것에 대한 눈이 금방 뜨인다. 그는 우연적인 것을 추종하는 대신 어디서나 한 나라의 땅과 나무, 산의 형태, 식물과 인간에게서 공통적인 것을 감지하고, 이러한 것을 신뢰할 것이다. 그는 이러한 공통적이고 전형적인 것이 매우 하찮은 꽃이나 더 없이 엷은 대기의 색조, 사투리나 건축 형식, 민속춤이나 가곡의 더없이 사소한 뉘앙스에서 드러나는 것을 발견할 것이다. 그리고 각기 자신의 기질에 따라 민속적인 재기 넘치는 말이나 나뭇잎 냄새, 또는 교회 탑이나 진기한 조그만 꽃이 그에게는 일정한 형식이 될 것이다. 그에게는 그러한 형식이 어떤 풍경의 전체 본질을 빠듯하지만 확실하게 포괄한다. 또 그러한 형식은 결코 잊히지 않는다.

이 정도면 충분하다. 다만 나는 우리가 종종 듣곤 하는 어떤 특수한 '여행 재능'을 신뢰하지 않는다는 점을 덧붙이고 싶다. 여행 중에 낯선 것에 금방 친숙해지고, 진정하고 가치 있는 것을 볼 줄 아는 자들, 이들과 어떤 의미를 인식하고 자신의 운명의 별을 따를 줄 아는 자들은 똑같은 사람들이다. 삶의 근원에 대한 격렬한 향수, 모든 살아 있는 것, 창조하는 것, 성장하는 것과 친해지고 하나 됨을 느끼려는 갈망은 세계의 비밀로 들어가게 해주는 그들의 열쇠다. 그들은 먼 나라로 여행하는 도정에서 뿐만 아니라 이와 마찬가지로 일상적인 삶과 체험의 리듬 속에서도 그 세계의 비밀을 행복한 기분으로 열렬히 추구한다.

(1904)

2
머나먼 푸른 하늘

    나는 사춘기가 처음 시작되던 무렵, 가끔 홀로 높은 산 위에 서 있곤 했다. 그리고 머나먼 곳, 제일 뒤의 부드러운 언덕들 위에 피어오른 옅은 안개를 한동안 응시하곤 했다. 그 언덕들 뒤에는 세상이 깊고 푸른 아름다움 속으로 가라앉아 있었다. 싱그럽고 열망하는 내 영혼의 모든 사랑은 커다란 동경 속으로 합류했고, 마법에 걸린 눈으로 멀리 부드러운 푸른색을 마셨던 눈에는 눈물이 촉촉이 맺혔다. 가까운 고향은 내게 너무 서늘하고, 너무 딱딱하며 분명하게, 안개나 비밀도 없는 것으로 생각되었다. 그리고 저 건너편에는 모든 것이 무척 부드러운 색조를 띠고 있었고, 듣기 좋은 음향, 수수께끼, 유혹으로 넘쳐흘렀다.

    나는 그 이후로 방랑자가 되었고, 안개에 싸인 온갖 저 머나먼 언덕 위에 서 있었다. 그 언덕들 역시 서늘하고 딱딱하며 분명했지만, 멀리 저 건너편에는 어렴풋이 보이는 푸른 심연이 다시 더욱 고상하게 동경을 일깨우며 놓여 있었다. 때로는 심연이 유혹하는 듯 보이기도 했다. 나는 그 매력에 저항하지 않았다. 심연을 들여다보면 친근한 기분이 들었고, 가까운 언덕 위에 서면 서먹서먹해졌다. 그리고 내가 행복이라 부르는 것은 저 건너 쪽으로 마음이 기울어지는 일, 저 멀리 푸른 저녁 하늘을 바라보는 일, 가까운 서늘한 곳을 몇 시간 동안 잊는 일이다. 이는 내가 젊은 시절 생각했던 것과는 다른 행복이다. 그것은 뭔가 조용하고 고독한 것으로 아름답긴 하지만 즐겁지는 않다.

나는 은둔자의 잔잔한 행복을 맛봄으로써 모든 사물에서 머나먼 곳의 부드러움을 그대로 내버려두는 지혜, 어느 것도 일상적인 가까움의 서늘하고 잔인한 빛 속으로 밀어 넣지 않는 지혜, 또 모든 것은 금칠 되어 있고, 매우 가볍고 조용하며, 아끼고 존중할 만한 것처럼 대하는 지혜를 배웠다.

아무리 값진 보석이라 해도 논란의 여지가 없을 정도로 그토록 아름답진 않다. 익숙해지고 사랑하는 마음이 없어지면 가치 있는 것의 광채도 떨어지는 법이다. 어떤 직업도 너무나 고상하진 않고, 어떤 시인도 너무나 풍요롭진 않으며, 어떤 나라도 너무나 축복을 받진 않는다. 우리는 멀리 떨어져 시야에서 사라진 아름다움에는 기꺼이 예배와 사랑을 베푼다. 때문에 내게는 가까이 있고 익숙한 아름다움에도 예배와 사랑을 선물하는 것이 추구할 만한 가치 있는 기술로 생각된다. 우리는 아침 해와 영원한 별들을 덜 신성하게 받들어야 한다. 우리는 우리의 가까이에 있는 매우 하찮은 것을 아끼고 부드럽게 대하며 그것에서 시학을 빼앗지 않음으로써 그런 것에 부드러운 향기와 은근한 빛을 부여할 수 있다. 존재하는 모든 것에는 어떻게든 고유한 시학이 있는 법이다. 우리가 조야하게 향유하는 것은 쓴 맛이 나게 되고 즐기는 자의 품위를 떨어트린다. 우리가 손님으로 초대받은 낯선 사람처럼 즐기는 것은 우리에게 소중하게 남으며 우리를 더욱 고상하게 만든다.

이러한 것을 우리는 어떤 학교에서도 결핍의 학교에서만큼은 배울 수 없다. 그대는 그대의 나라에 만족하지 않는가? 그대는 더 아름답고 더 풍요로우며 더 따뜻한 나라를 알고 있는가? 그리고 그대는 동경에 이끌려 여행한다. 그대는 더 아름답고 더 햇빛이 잘 비치는 다른 나라로 여행한다. 그대의 가슴은 활짝 열리고, 좀 더 부드러운 하늘이 그대의 행복을 활짝 펴준다. 그것이 이제 그대의 낙원이다. 하지만 그것을 찬미하기 전에 좀 기다려라! 몇 년을 기다려라! 최초의 기쁨과 최초의 청춘이 지나가기를 약간만 기다려라! 그러면 그대의 옛 고향 위에 있는 하늘의 자리를 찾기 위해 그대가 산을 오를 시기가 온다. 그곳의 언덕은 얼마나 부드럽고 푸르렀던가! 그대는 그곳에 그대의 어린 시절의 집과 정원이 있으며, 그대의 청춘의 모든 신성한 추억이 그곳에서 아직 꿈꾸고 있음을 알고 느낀다. 그리고 그곳에는 그대 어머니의 무덤도 있다.

그리하여 옛 고향은 그대에게 뜻하지 않게 사랑스럽고 멀게
되었고, 새 고향은 낯설고 너무나 가깝게 되었다. 그리고 우리
의 빈약하고 불안한 삶의 모든 소유물이나 습관도 이와 마찬가
지다.

(1904)

3

한낮에 본 유령

나는 살면서 언젠가 정오에 유령을 본 적이 있었고, 태양을 끔찍하고 마귀처럼 적대적인 존재로 느낀 적이 있었다. 그것은 인도나 아프리카에서가 아닌 평화로운 저지대 바이에른의 밭 한가운데서 일어난 일이었다.

나는 뮌헨에서 며칠 동안 묵을 예정으로 이 지역으로 가서 어떤 매력적인 마을에서 내렸다. 그곳에 도착한 지 3일째 되던 날 나는 느긋한 마음으로 한 장소에서 다른 장소로 어슬렁거리며 천천히 걸어가고 있었다. 당시에 적어도 그 지역에는 아직 자동차가 없었다. 사방에 조용히 반짝이는 용수로와 밭과 함께 초원이 있었다. 잔잔한 수로를 따라 물오른 아름다운 어린 나무가 자라고 있었다. 풀과 누런 이삭의 넓은 바다 사이로 하얀 교회 탑들이 우뚝 솟아 있었다. 어떤 탑은 침처럼 뾰족했고, 다른 탑은 양

파처럼 둥근 모양이었다. 어디서나 마을은 잠에 취해 있었고 비옥하고 조용했으며, 약간 단조로운 모습이었다.

여행의 3일째 되던 날 아침에 벌써 날은 여느 때와는 달리 뜨거웠다. 나는 국도 옆의 좋지는 않지만 매력적인 들길을 따라 걸었다. 때로는 밭 가장자리에서 흔들거리는 패랭이꽃을 따기도 하고, 때로는 이삭을 따서 거의 익은 알갱이를 씹으며 걷기도 했다.

10시경에 나는 어느 조그만 마을에 이르렀다. 스무 집도 안 되는 마을이었다. 그 마을을 지나가는 중에 한 명의 어른도, 심지어 아이조차 한 명도 보이지 않았다. 모두 밭에 일하러 나간 모양이었다. 두세 마리의 집 지키는 개만이 놀랐는지, 나를 향해 잠시 짖어댔다. 그럼에도 그 마을은 활기 없다는 인상은 주지 않았다. 집집마다 뜰에는 가금류가 우글거리고 있었다. 사람이 없는 것처럼 보이는 마을에서는 수백 마리의 비둘기와 무수히 많은 닭들을 키우고 있었다. 병아리와 암탉들이 내 발자국 소리를 듣고 깜짝 놀라 우왕좌왕하며 도망쳤다. 수탉들은 좀 더 천천히 달아나다가 무시하고 멈추어 서면서도 나를 살피며 엿보고 있었다. 수탉들은 날개를 힘차게 퍼덕이며 무척이나 뜨거운 여름날 속으로 거만하게 꼬꼬댁 소리를 냈다. 거기에다가 수많은 비둘기들은 저음으로 구구 소리를 냈다. 닭과 비둘기 외에는 사람도 가축도 볼 수 없었던 그 마을은 내게 마치 마법에 걸린 것처럼 여겨졌고, 나의 배후에서 마치 동화처럼 펼쳐져 있었다.

한 구간의 거리를 더 가니까 개간되지 않은 황무지 같은 땅이 나왔다. 질경이와 푸른색과 붉은색을 띤 엉겅퀴, 꽃피어나는 풀들이 무성하게 자라는 지역이었다. 그러다가 다시 연녹색과 밝은 노란색을 띤 경작지가 연이어 나타났다. 경작지 사이에는 불타오르는 색의 양귀비, 짙은 푸른색 패랭이, 흰색 서양톱풀, 보라색 선옹초가 섞여 있었다. 나는 들판 너머로 솟아 있는 기다란 검푸른 산등성이를 바라보며 동경심에 사로잡혔다.

아침에는 그토록 쾌청했던 하늘은 온갖 색을 잃어버렸다. 하늘은 푸른색도 회색도 흰색도 아니었다. 머리가 띵한 상태에서 찌는 듯한 더위 속에 태양은 자신의 길을 가며 눈을 어질어질하게 했고, 따갑게 쨍쨍 내리쬐기 시작했다. 말할 수 없이 더워졌다. 내가 걷는 길은 바짝 말라 있었고, 그늘이 없었다. 주위에는 지금 저 멀리서 유혹하는 산등성이 이외에는 한 그루의 나무도 보이지 않았다.

천천히 한 시간은 족히 걸은 뒤 나는 다시 어느 마을에 이르렀다. 그러나 마을에 이르기 전에 늪지대가 많은 분지에서 알을 품는 듯한 형태를 한 어느 조그만 연못을 지나갔다. 연못에서는 고약한 냄새가 났다. 거위 떼와 하얀 오리 무리가 연못을 시끄럽게 지배하고 있었다. 그처럼 조그만 마을 치고는 오리가 사는 연못이 꽤 크다는 생각이 들었다. 그러나 그 마을에 이르러 보니 그런 연못이 세 개나 더 있지 않은가! 그것들은 첫 번째 연못보다 더 컸다. 그리고 연못마다 반짝이는 녹색 부초로 촘촘히 뒤덮였고,

1부 여행과 소풍

악취를 풍기고 있었다. 또 연못마다 무수히 많은 거위와 오리가 이리저리 떠다니고 있었다.

처음에는 닭 마을, 그 다음에는 오리 마을이라는 생각이 들었다. 어느 마을에서나 눈을 씻고 봐도 사람은 보이지 않았다. 게다가 젠장 이처럼 찌는 듯한 더위라니! 조그만 음식점은 음식이 맛있어 보이지 않았다. 다음의 좀 더 큰 마을이 그리 멀지 않은 곳에 있을 거라 생각해서 나는 피로와 갈증을 억누르고 계속 걸어갔다. 처음에는 고약한 들길에 대해 한탄했고, 가끔 바짝바짝 마르는 목을 뻗어 여전히 눈에 보이는 먼 숲을 바라보기도 했다. 얼마 후에는 그 일도 더 이상 할 수 없었고, 내 운명에 순응하고 그냥 앞을 향해 걸어가기만 할 뿐이었다. 의식이 몽롱하고 눈은 따끔거렸다. 나는 딱 한 번 멈춰 서서 생각에 잠겨 장난치고 있는 두 마리 도마뱀을 몇 분 동안 지켜보았다. 그러나 얼마 안 있어 이글거리는 태양 속에 서 있기가 걷는 것보다 더 견디기 힘들다는 생각이 들었다. 그래서 계속 걸어갔다.

내 감각 기능이 피로에 지쳐 마비되고, 여름날 주위의 대지가 타오르는 동안 온갖 기억이 되살아나기 시작했다. 가령 생생한 꿈속에서처럼 이전에 체험한 것이 특이한 조명 속에서 선명하게 실제로 다시 보였다. 일주일 전에 알게 되었던 사람들이 내가 유년 시절에 친하게 지냈던 사람들 사이에 나타났다. 풍경과 도시가 장소를 바꾸어 나타났고, 취리히의 친구가 바이에른의 친구와 말하는 소리가 들렸다.

나는 깊이 파인 딱딱한 바퀴자국에 발을 헛디뎌 비틀거렸다. 화들짝 놀란 나는 갑자기 몽롱한 의식으로 비틀거리고 있음을 자각하게 되었다. 오리 마을을 지나고부터 나는 벌써 몇 시간째 걷고 있다는 생각이 들었다. 가물거리는 뜨거운 공기에 눈이 부셔 고통스러웠고, 눈가에 땀이 흘러내려 눈이 따끔거렸다. 나는 휘파람을 불려고 했지만, 바짝 마른 입술에서 더 이상 소리가 나오지 않았다.

　　마침내 나는 멀리 이정표가 있는 것을 알아챘다. 그것을 계속 주시하면서 그냥 발길이 닿는 대로 기계적으로 터덜터덜 걸어갔다. 여기 밭이 있고 사람이 사는 두 마을 사이의 길에서 이처럼 더위와 갈증에 시달리고 있다는 사실에 우스꽝스럽다는 생각이 들려고 했다. 그렇지만 나는 거의 우스꽝스러운 것이나 마찬가지라고 느꼈다. 다행히도 나는 목적지로 삼아 앞으로 나아갈 수 있었던 이정표를 만났다. 그것이 내 의식을 또렷하게 했다. 그러나 아무리 다가가도 이정표가 가까워지지 않았다. 내가 너무 천천히 걸었던가? 아니면 그것이 실제로는 무한히 멀리 떨어져 있었던가? 나는 자신을 불신하기 시작했다.

　　그러는 사이 균일하게 우윳빛을 띤 찌는 듯한 하늘에서는 태양이 계속 뜨겁게 불타올랐다. 오늘 모든 것이 녹아내릴 것 같았다. 나는 점점 숨어서 불을 뿜는 적을 향해 걸어가고 있다는 상상의 제물이 되었다. 나는 무사히 통과해 갈 수 있을지 호기심이 생기기 시작했다. 나는 이정표에 단단히 희망을 걸었다. 나는 그것에 도달해야만 했다.

이정표는 서서히, 매우 서서히 좀 더 가까이 다가왔다. 나는 시간 감각을 잃어버렸고, 이정표를 향해 벌써 영원히 행진하고 있다는 생각이 들었다. 그러나 이제 그것이 가까워졌다. 그리고 나는 벌써 거의 환영幻影이라고 생각한 이정표가 분명히 커다랗게 서 있는 것을 보았다. 나는 기진맥진한 채 그 앞에 섰고, 어디에도 샛길이 보이지 않는 거기 길 한가운데 이정표가 세워져 있다는 사실에 대해 의아하게 생각하지도 않았다.

첫 순간 눈이 너무 부셔 글씨를 읽기 어려웠다. 나는 두 손으로 눈을 그늘지게 해서 힘겹게 글씨를 해독했다. 아, 그것은 이정표가 아니었다! 그것은 높다란 들보에 못을 박아 고정한 나무 판자였다. 판자에는 1887년 7월에 경제학자 알로이스 라이프핑거가 이 자리에서 벼락에 맞아 죽었다는 내용이 적혀 있었다. 나는 그의 명복을 빌지 않을 수 없었다.

나는 그곳에 우두커니 서 있었다. 약간의 실망을 느끼면서 마지막 남은 힘이 다 빠져버렸다. 나는 판자의 글자를 하나하나 또 한 번 읽어보았다. 그런 뒤 나는 큰 소리로 웃었고, 그런 다음 나 자신의 웃음소리에 깜짝 놀랐다. 그리고 계속 걸어갔다.

내가 걸어간 것은 그래야 하기 때문이었고, 유죄판결을 받았기 때문이었다. 정말이지, 나는 신성 모독죄로 유죄판결을 받은 몸이었다. 내가 하느님을 모독하지 않았던가? 나는 그 사실을 확신하지 않았지만, 그것이 내게 그럴 듯하게 여겨졌다. 내게 뭔가

끔찍한 일이 일어났다. 그렇지만 그것이 무엇인지는 더 이상 알 수 없었다. 나는 하느님을 쉽게 모독할 수 있었다. 그것은 어쩌면 정상적일지도 몰랐다. 하지만 그렇다고 해서 내가 불 속을, 맨발로 쇠사슬에 묶인 채 불이 활활 타오르는 지옥 속을 걸어야 하는 것은 너무 가혹한 일이 아닐까? 전과가 없는 내가 그냥 목이 베이고 매달리거나 또는 익사할 수 있지 않을까? 서늘한 물에서 익사할 수도 있었다. 오, 그럴 수 있다면 얼마나 고마운 일일까!

내가 유죄판결을 받을 일을 저지르지 않았을지도 모른다는 생각이 불현듯 떠올랐다. 그렇다, 내가 그토록 사랑하고, 어머니가 내게 들려주신 하느님을 무엇 때문에 모독한단 말인가? 나는 하느님에 관해 좋은 것만 알고 있었다. 하느님에 대한 나의 신앙은 어쩌면 그토록 완전히 정상은 아닐지도 몰랐다. 그러나 나는 하느님을 알고 사랑했으며, 하느님을 결코 조롱하지 않은 것은 분명했다. 부당한 유죄판결을 받고 이처럼 불 속을 걸어가는 것은 안쓰러울 정도로 가슴 아픈 일이었다. 나를 처벌한 분이 정말 하느님 그분이었을까, 아니면 결국 단지 바리새인에 불과했던 것일까?

어쩌면 나는 다른 사람이 듣지 못하게 아주 나직이 하느님 그분에게 은총과 구원을 간청할 수 있지 않을까? 정말이지, 그건 좋은 생각이었다. 나는 나직이 나의 내면을 향해 말했다. "하느님, 사랑하는 하느님!" 그러나 너무 늦은 일이었다. 불길들이 내 머리 위에서 서로 세게 맞부딪쳤다. 몇 시간 동안 실신한 뒤에 나

1부 여행과 소풍

는 깨어났다. 몸에 힘이 없었고, 극심한 고통이 느껴졌다. 날은 어두웠고, 세찬 비가 쏟아졌다. 나는 길가의 흙탕물 속에 누워 있었으며, 끊임없이 천둥이 치고 있었다. 온몸이 아팠는데, 특히 머리가 가장 많이 아팠다. 나는 안간 힘을 써서 겨우 일어날 수 있었다. 처음에는 무릎으로 일어선 뒤, 마침내 완전히 일어설 수 있었다. 그러나 나는 아직 살아 있었다.

(1906)

4

겨울 소풍

나는 며칠 간 휴식을 취하기 위해 안개가 자욱이 깔려 있고, 정오에 지붕에서 빗물이 흘러내리는 베른에서 그린델발트로 도망쳐, 아름답고 편리한 영국인 호텔에 묵었다. 그곳에 도착하면서 나는 적잖이 실망했다. 이미 남아 있는 눈이 얼마 되지 않아서였다. 내가 스키를 등에 메고 마을을 통과해 걸어가자 사람들은 의아해하며 나를 동정의 눈초리로 바라보았다. 그러나 나는 이내 그것을 잊고 내 스키를 지하실의 물품 보관소에 맡겨두었다. 날씨가 무척 좋았다. 밤에는 추웠지만 낮에는 부드러운 햇살이 내리쬐고, 바람이 불지 않았지만 높은 산에서는 푄föhn이 불고 있었다. 날마다 펜으로 그린 듯한 조그만 구름들이 바람에 흩어지는 것이 보여서 푄이 부는 것을 알 수 있었기 때문이다. 구름은 공작의 날개처럼 평행으로 열 지어 선을 그리며 연한 푸른색 하늘로 넓게 퍼지고 있었다.

내가 10년 전부터 한 번도 본 적이 없는 놀라운 그린델발트 계곡 저 밑에는 거의 눈이 쌓여 있지 않았다. 따뜻한 정오에는 마을 위쪽에서 가는 눈이 돌멩이에서 방울져 떨어지는 것이 보였고, 녹색의 어린 채소 위에는 봄에 그런 것처럼 반짝이는 눈이 보였다. 그 옆에는 분지와 바람에 흩날리는 좁은 골짜기들이 바닥을 알 수 없을 만치 눈으로 가득 차 있었다. 산책을 하다보면 자기도 모르게 어떤 눈구덩이 속에 자꾸만 빠져서 다시 일어나려면 한참 시간이 걸리곤 했다. 근사한 풍경은 다시 내게 강력하게 말을 걸었다. 알프스의 골짜기에는 그처럼 좁은 공간에 위대하고 아름다운 광경이 그토록 많이 펼쳐져 있는 경우가 드물었다. 즉 대담하고 육중한 베터호른[8], 이것을 압도할 정도로 가까운 거리에 우뚝 솟아 있고 어두컴컴하며 사람 발길이 닿지 않은, 위쪽이 칼처럼 날카로운 아이거[9], 그 뒤쪽으로 피셔호른과 핀스터아호른에까지 이르는 사람 발길이 닿지 않고 황량하며 악명 높은 세계, 또 그 사이의 거칠고 적대적인 황량함 속에서 눈부시게 푸른색을 띠고 있는 두 개의 빙하가 그런 것들이다.

이 모든 것은 매우 가까이에 나란히 있어서 한 번의 눈길로 모두 시야에 담을 수 있다. 이때 사람들 자신은 아담한 오두막과 초

---

8 Wetterhorn. 높이 3,708미터. 유럽 알프스의 베르너 고지에 속한다.
9 Eiger. 높이 3,970미터. 알프스 관광의 중심지 그린델발트 남동쪽에 있으며 융프라우, 묀히봉(峰)과 함께 '알프스의 3봉'으로 알려져 있다.

목이 무성한 산비탈의 방목지가 있는 아름답고 풍요로운 골짜기에 서 있다. 저편 양지바른 쪽에는 파울호른에서부터 슈니게 고원에까지 이르는 부드러운 산등성이와 그 안부鞍部, 일련의 더 작고 정겨운 봉우리들이 있다. 클라이네 샤이데그까지 오르면 묀히와 융프라우의 황량한 빙하가 입을 떡 벌리고 놀랄 만치 가까이에 자리하고 있다. 융프라우의 아름다운 은색 봉우리는 푸른색을 띤 얼음과 돌멩이의 혼란을 비웃고 있다. 그리고 그로세 샤이데그까지 걸어가면 오른쪽으로 베터호른의 험준하고 거대한 암벽, 수천 미터의 흰 화강암이 보이고, 왼쪽으로는 길고 진지한 콧마루를 지닌 슈바르츠호른의 측면이 보인다. 또한 앞쪽으로는 계곡과 중앙 스위스의 먼 산들이 보인다.

나는 우아한 호텔에 있으면 무척 편하긴 하지만, 가끔은 믿을 만한 마을 술집에서 포도주 한 잔이나 베르무트 주[10]를 마시며, 10년 동안 이곳에서 일어난 일에 관해 듣는 것을 더 좋아한다. 가장 중요한 것은 슈트라서 목사의 죽음이었다. 나도 빙하 목사라는 이름으로 전체 고산 지대에서 유명했던 그를 잘 알고 있었다. 그는 어떤 계기가 있을 때마다 감동적인 시를 지었고, 자신을 장식처럼 꼭 필요하다고 여기는 인물이었다. 그는 또한 신뢰할 수있는 남자이자 친구이며 조력자이기도 했다. 그러니까 이제 그는 더 이상 이 세상에 없었다. 그 이야기를 듣는 즉시 그린델발트

---

10 포도주에 향료를 섞은 술.

의 오래된 우아한 공동묘지가 불현듯 다시 생각났다. 나는 당시 10년 전에 그곳을 자주 찾아갔었다. 또 머지않아 다시 한 번 그곳에 가서 감사하는 마음에서 우리의 친구 슈트라서의 묘지를 방문하기로 마음먹었다.

그 사이 나는 다채로운 생활을 지켜보며 겨울을 보냈다. 흥겨운 모든 대목장, 장딴지에 경련을 일으키며 뻣뻣한 자세로 스케이트를 타는 늙은 신사들, 괴성을 지르며 조그만 썰매를 타는 늙은 숙녀들, 울긋불긋한 운동복을 입은 멋진 젊은이. 맨 위쪽에는 품위 있고 자신의 민첩성을 의식하는 영국인이 있었다. 그들은 스포츠를 할 때는 냉정하고 얼음판 위에서는 지배자였다. 독일인들은 좀 더 불안하고 통일성을 덜 갖추었다. 그 사이에는 우스꽝스럽고 요란한 복장을 한 약간 거드름을 피우는 몇몇 이탈리아인이 있었다. 하지만 그들은 봅슬레이 코스에서는 냉담하고 매우 철면피했다.

어느 날 아침 나는 호텔에서 햇살을 받아 아름답게 빛나는 윗마을을 보고 봄날처럼 푸른색을 띠고 있는 그 위로 급히 올라갔다. 거기에는 오래된 아담한 교회가 밝고 깔끔하게 서 있었다. 그 조그만 교회를 보자마자 다시 고인이 된 그 목사 생각이 났다. 나는 그를 찾아보기 위해 해가 비치는 조용한 공동묘지로 들어갔다. 그는 가장 아름다운 곳을 골라 잠들어 있었다. 바람으로부터 보호받는 따스한 곳이었다. 그토록 자주 노래 부르고 설교를 했던 자신의 교회와 가까운 곳에 있어서 공적 있는 그 같은 노신사가 안식을 취하기에는 안성맞춤이었다. 라일락 한 그루가 무덤 위에 미세한 그림자 그물을 그리고 있다. 산들은 위에서 들여다보고 있다. 우리 친구, 그는 좋은 곳에 누워 있다. 우리는 비록 언젠가 그렇게 잘 지내지 못한다 해도 그가 잘 지내는 것은 허락하려 한다. 내가 행여 편히 쉴 수 있는 그런 모범적인 구석진 곳은 얻지 못한다 해도 사람들은 나를 하느님으로부터 버림받은 도시 공동묘지에 묻어서는 안 된다. 도시 공동묘지의 담벼락 옆으로는 시가전차가 시끄러운 소리를 내며 지나간다. 그곳에서는 사람들의 어리석음과 허영이 자갈과 유리구슬 속에서 마음껏 분출된다. 그런 뒤 때 이르게 아름다운 불 속에서 영원히 사라지는 게 훨씬 좋겠다!

조그만 교회 묘지에는 빗물이 방울져 떨어졌고 해가 조용히 비치고 있었다. 사람은 한 명도 보이지 않았다. 몇 마리 새만이 수풀 속에서 바스락 소리를 냈다. 나는 발소리를 죽이고 수수한 무덤들 사이를 돌아다녔다. 십자가 위에는 바우만, 베르네트, 보렌, 브라반트 같은 옛날 가족들의 이름이 자꾸 나타났다. 나는 네 사람이 잠들어 있는 크고 고상한 어떤 묘비 앞에 발걸음을 멈추었다. 베터호른의 정상에서 벼락에 맞아죽은 두 명의 영국인과 두 명의 안내인이었다. 그들은 좋은 장소에서 편히 잠들어 있었다. 그린델발트와 베르글리슈토크, 또는 핀스터아호른 사이에서 사라진 실종자들은 그보다 더 나쁘지 않게 잠들어 있으리라. 저기 빙하 위와 얼어붙은 거친 산마루 뒤에는 하늘이 무척 따스하고 깊이 푸른색으로 물들어 있어서 저 뒤쪽의 이탈리아 땅에서 보내는 인사처럼 여겨졌다. 이탈리아는 우리가 있는 베른에서 너무나 끔찍할 정도로 멀리 떨어져 차단되어 있었다. 그러나 이제 얼마 안 있어 뢰취 산악 철도가 완공되면 우리는 몇 시간 내에 그곳에 다다를 수 있을 것이다. 우리가 세상에서 가장 그리워하며 기다리는 것은 바로 이 철도의 완공이다.

나는 이 지역을 다시 편안한 기분으로 바라보았고, 위쪽과 아래쪽의 빙하를 찾아갔다. 그로세 샤이데그를 올라갔고, 골짜기를 샅샅이 찾아다니거나 가파른 조그만 활강 코스를 스케이트를 타고 내려가기도 했다. 결국 나는 다시 한 번 클라이네 샤이데그도 찾아가기 위해 어느 날 아침 길을 떠났다. 정오경 나는 위쪽에 다다랐고, 빛나는 따뜻한 해를 만났다. 벵거 알프 쪽으로 비스듬히 경사진 골짜기는 깊고 부드럽게 눈에 덮여 있었다. 그 외에는 이곳도 눈이 유달리 깊지는 않았다. 사람들은 얇은 덮개 아래 비길 데 없이 황량한 이 지역의 우뚝 솟은 빙하가 청록색으로 교활하게 반짝이는 것을 보았다. 지난해에는 그린델발트의 잘 알려진 안내인이 스키를 타고 뭔히 빙하 전체를 4분 만에 내려갔다. 보통 그곳을 가로지르려면 불안한 심정으로 몇 시간이나 걸렸다. 이제는 저 위에서 스키가 필요 없을지도 모른다. 푸른색의 차가운 얼음 동굴과 틈새들은 거의 벌거벗은 채 이쪽을 향해 히죽히죽 웃고 있다.

나는 위쪽에서 먹을 것을 얻었고, 이제 족히 한 시간 동안 햇볕을 쬐었다. 나는 그린델발트로부터 소형 썰매를 가져와서, 그 위에 앉거나 휴식을 취하며 몸을 죽 뻗고 누워 출발할 시간이 될 때까지 신선한 공기를 호흡했다. 나는 그린델발트로 돌아오는 길을 대부분 썰매를 타고 올 수 있기를 희망했다. 즐거운 기분으로 나는 장갑을 끼고 썰매에 앉은 뒤 경사면을 따라 그린델발트를 향해 내려갔다. 썰매는 기차보다 더 빠른 속도로 내려갔지만, 결코 오래 내려가지는 않았다. 어쩌면 100미터쯤 내려갔을지도 모른다. 그러다가 두 다리로 얼어붙은 눈 껍질을 건드리는 바람에 그것에 박혀 있었고, 두 번 고꾸라졌으며, 결국에는 깊은 눈 속에 아주 부드럽게 머리를 처박히기도 했다. 반면에 나의 썰매는 쾌활한 조그만 개처럼 활기차게 산 아래를 내려갔다. 나는 화가 나서 일어섰고, 다음 골짜기에 가서 나의 조그만 썰매를 다시 발견할 때까지 오랫동안 걸어가야 했다. 그곳에서부터는 다시는 썰매를 놓치지 않았다. 이제 계속 산 아래로 내려갔다. 때로는 매끄러운 눈과 가파른 산비탈을 삽시간에 지나갔고, 때로는 사구砂丘와 분지를 힘겹게 걸어서 가야 했다. 그리고 눈 바깥으로 내다보고 있는 알프스 들장미의 갈색 가지를 몇 분 동안 꽉 붙들고 있을 수 있어서 가끔 기쁘기도 했다. 나는 잘못된 곳으로 달려서 자꾸만 길을 잃고 헤매는 바람에 이러다간 결국 밤이 되기 전에 집에 돌아갈 수 없으리란 사실을 깨달았다. 괴로운 심정이었다.

그러나 나는 족히 한 시간 동안 썰매를 타거나 걸어서 지나갔던 언덕 전체를 다시 힘겹게 되돌아가야만 했다. 다시 말해 사실 지금은 가동되지 않는 그린델발트의 아프트식 철도(스위스의 아프트가 발명한 철도. 두 개의 레일 중앙에 톱니 궤도를 부설하고, 그것에 동력차의 기어를 맞물려 가파른 경사면을 운전하는 장치. 주로 등산 철도에 이용.)가 있었다. 샤이데그로 향하는 그 철도는 거의 어디서나 드러나 있어 눈에 보였다. 나는 이 철도에 도달하자마자 그것을 따라가기로 마음먹었다. 시간이 오래 걸리고 힘들었다. 그런 뒤 빙판길이라서 나는 아직 긴 구간을 선로를 따라 내 썰매를 끌고 가야 했다. 그런데 선로 옆의 흉벽^{胸壁}이 20미터 정도 떨어져나가 있었다. 하지만 그런 뒤에는 선로가 좀 더 유용하게 되어 있는 것 같았다. 나는 신을 믿고 친숙한 썰매에 앉았다. 그리고 왼발을 조종 장치 삼아 거의 어디서나 눈에 드러나 있는 선로에 얹었다. 이제는 더 이상 지체하지 않고 좋은 경주용 자동차의 속도로 전 구간을 내려갔다. 때로는 둔탁한 금속성 소리가 들리기도 했고, 오른발의 통증과 머리에 충격이 느껴지기도 했다. 그리고 나서 전철기^{轉轍器}를 지나갔다. 또 숨겨서는 안 될 일이 있는데, 한 번은 조종 능력을 잃어버리고 조그만 담벼락 너머로 사라지기도 했다. 그러나 안경을 분실하고, 피부에 몇 군데 생채기가 나는 정도에 불과했다.

결국 저녁 여섯 시가 되어 깊고 푸른 밤에 나는 상자에서 나온 악마처럼 조그만 다리를 지나 그린델발트에 도착했다. 호텔까지 15분 동안 걷는 일이 내게는 지금까지의 다른 어떤 일보다 더 힘들었다. 그러나 뼈는 온전했다. 한 시간 뒤 나는 뜨거운 수프와

한 잔의 샤르트 리쾨르 주 앞에 앉아 있었다. 좋은 포도주이긴 했지만 그때만큼 맛이 좋은 적은 한 번도 없었다.

(1912)

2부
보덴 호

Reise von Hermann Hesse

1

속물의 땅에서

　날이 어두워진 지 몇 시간쯤 된다. 호수 너머 건너편에는 붉은
창이 있는 언덕의 마을들이 있다. 마을은 서로 비와 구름, 폭풍과
어둠으로 분리되어 있고, 나와도 마찬가지다. 낮게 깔린 구름이
폭풍에 휩쓸려 가는 정도에 따라 마을은 이 건너 쪽을 바라보다
가 다시 사라진다. 이 마을의 모든 것이 내게 잘 알려져 있고 사
랑스러우며, 모든 것이 벗이요 추억이다. 일요일엔 거기서 친구
들과 보낸다. 비 오는 오후엔 거기 쇠장식이 박힌 창문 뒤에서 여
주인, 주인집 아이들과 대화를 나누며 헛되이 시간을 보낸다. 그
곳의 저녁은 습하고 푸르며, 변두리의 포도원은 목가적이다. 별
들이 반짝이고 바람에 마을의 음악이 실려 오며, 포플러나무와
과일나무의 시커먼 우듬지 뒤의 희미한 굴뚝에선 나직이 연기가
피어오른다.

오래 전에 꺼진 난로는 아직 은은한 온기를 내고 있다. 고양이 한 마리가 화덕 옆에서 자다가 가끔 몇 분간 깨어나서 그르렁 소리를 내기 시작한다. 벽에는 수천 권의 내 책이 넓고 좁은 등을 드러내고 줄지어 서 있다. 창가에 가서 축축한 유리창을 닦을 때마다 저편 호수 너머 언덕 위의 은은히 이글거리는 창이 있는 마을들이 모습을 드러낸다. 모든 것이 하나의 추억이다. 세상에 들리는 소리라곤 나무 시계가 진자 운동할 때 생기는 소리밖에 없다. 창가에선 나직이 빗소리가 들리고, 가끔 졸고 있는 고양이가 조용히 그르렁 거리는 소리를 낸다. 사람들이 이런 날 저녁이면 즐겨 그러듯이 나는 추억, 오래된 편지나 일기장, 열여덟이나 스무 살 젊은이였을 때 쓴 시들을 가지고 논다. 당시에 달리 어쩔 수 있었겠나. 그것들을 읽어본다.

"그날 밤 이래로 나는 삶에 대해 알게 된다. 삶이란 잠을 자면서 꿈꾸는 자의 움직임과 같다. 조그만 물결이 끓어오르는 것과 같다. 반쯤 깨어있는 자의 홍얼거림과 같다."

그리고 또 읽는다.

"그대가 섬세하고 위안을 주는 여성적인 얼굴을 나의 흥분한 두 눈 위에 굽혔을 때 그대는 얼마나 아름다웠던가! 그대가 나와 함께 어느 오래된 노래의 추억에 조용히 귀 기울이고, 그윽한 눈으로 밤을 들여다보았을 때, 밝고 이지적인 이마로부터 금발의 성긴 고수머리가 드리워졌을 때. 그대가 눈을 내리깔고 그대의 손으로 말없이 내 손을 찾았을 때. 그대는 얼마나 아름다웠던가!"

스무 살 생일을 맞은 직후 붉은 노트에 썼던 글이다. 당시 나는 그 노트에 나의 모든 착상과 서툰 시를 기록해두곤 했다. 나는 그 것을 늦가을 밤에 썼고, 그때 이미 내 청춘과 이별한다는 감정을 지니고 있었다. 나는 형편이 좋지 않았다. 내가 체험한 것은 환멸 밖에 없었다. 밤에 나는 조그만 방에서 자지 않고 앉아 슬픈 시들을 썼다. 그러면서 이 이상하고 우울한 감정으로 가장 진정한 청춘의 희열 중 하나를 즐기고 있었다는 것은 알지 못했다. "그대는 얼마나 아름다웠던가!"

그때 두 개의 벽 가득 책들이 놓여 있었다. 모든 책은 좋은 시절이나 나쁜 시절에 돈을 아껴 조금씩 모은 아름다운 보물이었다. 책들은 좋고 튼튼한 서가에 정리되어 있고, 예전처럼 방바닥이나 소파 위에 쌓여 있지 않다. 또한 거의 모든 책이 산뜻하게 잘 제본되어 있다. 벽에는 동판화도 몇 점 걸려 있다. 내가 원하는 한 대형 난로에 불을 땔 때야 한다. 나는 장작을 헤아리거나 아낄 필요가 없다. 지하실엔 심지어 한 통의 포도주가 놓여 있고, 통의 구멍에는 마개가 하나 끼워져 있다. 낡은 양철 담뱃갑에는 늘 담배가 충분히 들어 있다. 그러니 나는 잘, 너무 잘 지낸다. 내 고양이조차 원하는 만큼 우유를 마셔 살이 쪄 있다.

그러나 숲이 다시 붉게 물들고, 가을 폭풍 속의 호수가 반짝이며 녹색과 푸른색을 띤다. 난롯가에 있는 것이 포근해지기 시작하고, 내가 노를 호숫가에서 가져와 잘 간수하고부터 이따금 이런 안락한 생활에 대한 분노가 울컥 치밀곤 한다.

어둑해지는 저녁 무렵 호숫가에 내려가 보면 선착장에 포플러 나무가 크고 작은 소리로 살랑거린다. 축축한 바람이 내 몸을 재빨리 휘감고 호수를 향해 내달려서 신음하며 거센 물결이 이는 물 위로 날라다준다. 그러면 내가 더 이상 고독한 자나 방랑자가 아니라서 가슴이 아프다. 낡은 모자를 쓰고 배낭을 짊어지기 위해 나의 조그만 집, 행복함과 안락을 기꺼이 희생하리라. 또 한 번 세상에 인사하고 나의 향수를 물과 뭍에 전달하기 위해.

어제 집에 혼자 깨어 있었다. 바람이 창문을 거세게 때렸다. 밤에는 구름이 예배당 종탑 위를 너무 급하고 신속하게 지나가는 바람에 더 이상 가만히 앉아 있을 수 없었다. 그래서 조용히 외투, 모자와 지팡이를 집어 들고 밖으로 나갔다. 저 위에서는 거센 바람이 몰아쳤고, 아래서는 어둠 속에서 호수가 요동치고 있었다. 마을 전체에서 불이 켜진 창문이 하나도 없었다. 호숫가에만 국경 감시병이 두꺼운 외투에 몸을 깊이 감싸고 목깃을 세운 채 마지못해 이리저리 돌아다니고 있었다.

최초의 언덕이 있는 곳에 왔을 때 멀리 시커먼 땅과 물이 펼쳐져 있었고, 그 뒤에는 하늘이 희미하게 빛나고 있었다. 하늘에는 묵직한 구름이 휘몰아치고 있었다. 기다란 산맥은 잠을 자며 몸을 굽히고 있었고, 여기저기서 하늘을 향해 희미한 호른 모양을 이루고 있었다. 내 가슴에 넓고 거친 물결 같은 것이 일었다. 나의 모든 청년 시절이 힘차고도 거침없이 나를 향해 몰려와서, 나를 바닥에서 들어 올리고는 전인미답의 먼 곳으로 낚아채가는 것처럼. 오, 그대 숲이여, 그대 조용하고 시커먼 숲이여, 그리고 그대 먼 호수여, 그대 물속의 잠자는 섬이여! 오, 그대 먼 산들이여! 나는 아주 멀리 떠나려는 사람처럼 슬쩍 방랑의 발걸음을 뗐다. 어둠에 싸인 이 일대는 동화의 나라처럼 말없이 내 주위를 감싸고 있었다. 한 시간 후 첫 번째 네거리가 나왔을 때까지. 나는 이 네거리에 웃음 띠며 조용히 서서 나의 아내와 집을 생각했다. 질풍처럼 떠나올 때 등불을 끄지 않았다는 것도 생각났다. 등불은 이제 좀 더 멀리서 빛나고 있었다. 나의 낡은 소책자의 누런 종이, 탁자와 벽, 잠자는 마을의 창유리 너머 석유등이 할 수 있는 한.

내일 집에 돌아가야겠다는 생각이 들었다. 나의 뜨거운 방랑벽이 서서히 누그러지기 시작했다. 하지만 이 아름다운 밤은 나의 것이었다. 나는 밤을 단호히 거절하려 하지 않았다. 밤이 기다리며 내 주위를 에워싸고 있었다. 네거리에서 생각에 잠겨 머뭇거리자 강한 향수가 나를 이끌기 시작했다. 나는 숲과 언덕의 넓은 풀밭 뒤에 둥근 탑들이 있는 오래된 도시가 있는 것을 알았다. 오래 전부터 가보고 싶었던 도시였다. 하지만 그곳으로 한번 가볼 엄두를 내지 못하고 있었다. 그곳에는 내 아름다운 청춘 시절의 한 자락이 깃들어 있었기 때문이다. 그곳은 내게 회한과 향수를 안기기 위해 나의 귀환을 애타게 기다리고 있었다. 내게는 밤 시간이 좋을 것 같았다. 나는 숲과 초지를 지나 아름다운 산길을 걸었다. 도시의 성문 앞에 잠시 앉아 휴식을 취하며 분수에 귀 기울

였다. 시원한 물을 한 모금 들이켜고 아침이 밝아오기 전에, 또 친숙한 집들을 잠에서 깨우기 전에 다시 길을 떠나 집으로 향했다.

집으로 돌아오는 도중 지나간 시절이며 둥근 탑들이 있는 옛 도시, 한때 그곳에서 겪은 것을 생각하노라니 색다른 기분이 들었다. 이제 나는 시커먼 밤의 세계를 지나 내 마을을 향해 컴컴한 호수 위의 높은 언덕을 꿈꾸듯이 걸었다. 비몽사몽간에 온갖 생각이 나래를 폈다. 젊은 시절 내가 무릎을 꿇었던 온갖 여성 형상이 떠올랐다. 나는 그들에게 나의 가장 사랑스러운 것과 최상의 것을 선물할 준비가 되어 있었다. 단지 삶의 내부에 좀 더 가까이 다가가고, 내 안에서 막연히 묻고 있는 목소리에 대한 답을 얻기 위해.

우리는 더 나이가 들고 어른이 된다. 머리의 화관을 벗고 안식을 얻는다. 그러나 우리가 한때 그리워하며 미로를 헤매게 했고, 우리에게 첫 아침햇살을 선사했던 저 여자들과 소녀들은 어떻게 지내고 있을까? 우리가 그들한테 가면 그들은 어떤 느낌이 들까? 그들이 높은 꿈으로 가득 찬 청춘 시절의 끝에 가서 마지막 남자에게 좋다고 말하며 손을 내밀 때 그들은 어떤 느낌이 들까? 우리 같은 남자들은 수많은 일을 시도한다. 우리는 일하고 연구하며 해낸다. 우리는 관직과 직업을 갖고, 수많은 소소한 기쁨과 조그만 악습을 갖는다. 하지만 사랑 속에서만 살아가는 그들 여자들은 사랑에만 무엇을 기대할 수 있단 말인가? 그 마지막 남자는 최초의 젊은이, 수줍어하기도 대담하기도 한 숭배자가 그들에게 약속하고 시로 읊어주고 거짓말한 것의 작은 일부나마 들어주기란 얼마나 어려운 일인가!

세찬 바람이 시끄럽게 나를 향해 달려들면서 빗방울과 시든 딱딱한 나뭇잎을 내 얼굴에 뿌렸다. 바람을 헤치고 나아가면서 나는 탄식과 작별을 고했고, 해결되지 않은 수수께끼를 내 뒤에 내버려두었다. 나는 우리 모두가 한때 소년으로서, 대담하고 뻔뻔한 소년으로서 삶에 관해 우리의 당연한 권리로 기대했던 것을 생각해 보았다. 그 중 실제로 실현된 것은 얼마나 형편없이 적었던가. 그렇지만 삶은 살만하고 아름답다. 삶은 신성한 힘으로 매일 우리의 마음을 감동시킨다. 어쩌면 사랑을 지닌 불쌍한 여인들에게도 같은 일이 일어날지도 모른다. 사람들은 그들에게 동화의 숲이나 달빛에 반짝이는 빛나는 정원 이야기를 들려준다. 그들은 나중에 장미 대신 하찮은 잡초가 자라는 한 뙈기의 거친 땅을 발견한다. 그들은 잡초를 꽃다발로 묶어 창가에 세운다. 저녁에 어둠이 색깔을 없애고 노래 부르는 바람이 멀리서 불어오면 그들은 다발을 애무하며 미소 짓는다. 마치 장미라도 되는 것처럼, 또 바깥의 밭이 동화의 정원이라도 되는 것처럼.

(1904)

2

저녁이 되면

날이 어두워졌다. 창 앞 골목은 벌써 한 시간 전부터 쥐죽은 듯 고요하다. 높다란 분수만이 꿈꾸며 지치지 않고 계속 재잘거린다. 걸려 있는 놋쇠 등불이 흐릿한 판자벽이 있는 낡은 거실과 벽의 좁은 걸상, 튼튼한 참나무 책상과 벽 가의 희미한 목판화를 비춰준다. 나는 꿈꾸듯 내 집과 내 방의 고요와 정적, 아무도 방해하지 않는 나의 은둔을 즐긴다. 우리는 저녁에 쓸데없는 말을 좋아하지 않는다. 정적에 귀 기울이고 엿듣는 것은 정말 멋지고 놀랍다. 대지는 잠들어 있다. 우물가에 마지막 남은 양동이가 달그락거리는 소리를 낸다. 호수 저 건너편에선 멀리 마지막 기차가 조용히 기적을 울리며 사라진다.

책상 위에 책 한 권이 놓여 있다. 어쩌면 나중에 그 책을 읽을 지도 모른다. 지난 세기에 나온 대형 4절판 책으로 오시안Ossian[1]

의 시를 번역한 것이다. 그 옆에는 내 술잔과 메르스부르크 제製컵이 놓여 있다. 그것은 상류 라인 강의 최상의 포도주 중 하나로, 호숫가 포도주에 대해 흔히 말하는 것과는 달리 시지 않고 부드러우며 맛이 좋다. 내가 갖고 있는 두 개의 컵 중에 작은 것은 빠듯이 반 리터를 담을 수 있다.

하지만 오늘은 평소와는 달리 기분이 좋아서 큰 것을 집어 들었다. 오늘은 일을 많이 한 만족스러운 날이라서 평화롭고 멋진 저녁이 꽃필 것 같아서다. 골똘히 생각에 잠겨 잔을 비우는 동안 작은 옆방에서 아내가 나직이 피아노 연주를 시작한다. 아내는 바람에 흩날리는 듯한 슈만의 소곡을 연주한다. 나직한 반주음이 불그스름한 촛불과 함께 활짝 열린 문으로 들어온다.

구석의 조그만 돌림띠가 있는 문 위에는 점토로 만든 암수 한 쌍의 뻐꾸기가 서로 마주보고 서 있다. 슈바르츠발트의 농부가 만든 예술품이다. 그것은 엄청나게 기다란 기괴한 두 개의 그림자를 벽에 드리운다. 저녁에 피곤하여 음악을 듣고 있으면 언제나 그렇듯이 이 모든 조그만 사물들이 변신하여 계속 움직이는 듯 보인다. 동시에 나의 감각은 저절로 뒤쪽으로 움직여 과거의 오솔길을 찾고 있다. 음과 등불, 술잔과 담배연기가 모락모락 피어오르는 파이프에서 추억이 솟아오른다. 추억은 길게 줄지어

---

1 3세기경의 고대 켈트족의 전설적인 시인이자 용사로 1765년 J. 맥퍼슨의 시집을 통해 이름이 알려졌다. 시는 우울한 낭만적 정서를 담고 있으며 18세기 후반의 풍조에 영입되어 많은 사람들이 애송하였고 낭만파 시인들에게 큰 영향을 끼쳤다.

부드럽게 윤무[2]를 춘다. 우리가 쉬면서 아무 일도 하지 않는 어리석은 시간들 중의 하나가 온다.

반면 환상과 기억, 그리움과 수많은 섬세하고 활동적인 신경은 일하고 만들어내며 갈망한다. 자명한 것이 수수께끼 같고 설명하기 어려워진다. 읽은 것은 체험한 것이 되고, 체험한 것은 꿈꾼 것이 된다. 잊힌 것이 현재 존재하는 것이 되고, 성취한 것이 다시 소망이 된다. 수년 전에 겪은 먼 과거, 몇 년 전부터 잊혀져버린 날과 시간이 책상과 방이나 내 자신의 손처럼 너무나 현실적이고 실제적이다. 반면 방금 바라본 그림, 방금 들은 음, 방금 한 몸짓은 꿈결처럼 멀어지고 옛 추억이 된다.

정말이지, 그것은 더 이상 슈만이 아니다! 그럼 무엇이란 말인가? 그렇다, 쇼팽이다. 물론 쇼팽이고, 녹턴 제1번이다. 또는 제3번이다. 음은 부드럽고 꺼리는 듯 하며, 박자는 희미해지며 꿈결처럼 변한다. 음형은 이상하게 얽혀 있고 우아하다. 화음은 일그러진 것처럼 자극적이어서, 협화음과 불협화음을 더 이상 분간할 수 없다. 모든 것은 경계에 있고 불확실하며 몽유병자처럼 비틀거린다. 약하게 흐르는 멜로디는 감미롭고 부드러우며 복되게도 순수하다. 쇼팽이다! 향수, 그리움과 추억으로 가득 찬 이 음악, 그리고 배경에는 파리가 있다. 오늘날의 파리가 아니라 반어적이고 감상적인 다른 파리다. 벽지와 의상이 다르고 쇼팽과 하

---

2 왈츠나 폴카 따위와 같이 남녀 한 쌍이 추는 경쾌한 사교춤.

인리히 하이네가 살던 파리다.

파리는 아름답다. 파리의 안전한 책상에 앉아 있는 것은 기분 좋고 유쾌한 일이다. 머리 위의 지붕은 안전하고, 주전자에는 믿을 만한 포도주가 들어 있다. 기름을 가득 채운 큰 등은 불타오르고 있다. 열린 문 옆에서는 한 여자가 피아노 옆에 앉아 촛불을 받으며 쇼팽의 곡을 연주하고 있다. 불현듯 비눗방울처럼 마음속에 질문이 떠오른다. 넌 정말 행복한가?

그렇다, 물론이다. 하지만 좀 기다려라. 아니, 그리 행복하지는 않다. 아니, 먼저 곰곰 생각해봐야겠다. 곰곰 생각해보니 행복에 관해선 말하지 말아야 한다는 생각이 든다. 그러니까 행복은 아무것도 아니고, 하나의 단어이자 무의미한 것에 불과하다. 생각에 잠겨 있는 동안 질문이 변한다. 이제 나의 가장 기쁜 날, 가장 행복했던 순간이 언제였던지 불현듯 알고 싶다.

나의 가장 기쁜 날이라니! 웃지 않을 수 없다. 내 기억으로는 나의 좋고 순수하며 소중한 순간이 기록된 곳이 연 이어 열 군데나 백 군데는 된다. 매 순간이 완벽하고, 순수한 즐거움으로 충만해 있다. 하나의 순간은 다른 순간만큼 아름답다. 다른 순간과 비슷한 순간은 하나도 없다. 몇 년 전 어느 날 고산 지대에서 보낸 적이 있다. 높은 알프스다. 용담과 산을 기어오르는 염소, 염소를 치며 요들송을 부르는 목동들 사이에서다. 축축한 하늘은 햇빛에 반짝인다. 부근에는 하얀 폭포가 소리친다. 그 다음은 오덴발트슈트라세에서 해뜨기 전의 아침 시각이다. 길을 잃은 한 부랑자와 대화를 나누고 있었다. 아침의 신선함, 새벽의 빛, 기대와 유머가 충만한 순간이었다. 그리고 슈바벤의 알프스에서 보낸 다른 아침 시각이다. 그때 덜컹거리는 우편마차를 타고 있었다. 앞과 뒤에서는 비가 쏟아지고 있었다. 내 맞은편 자리에는 열여섯 살 난 소녀가 반은 즐거운 기분으로 반은 불안해하며 모르는 사람과 잡담을 나누고 있었다. 그런 뒤에는 더욱 신뢰를 보이며, 결국 사내아이처럼 쾌활하고 생기발랄한 모습을 보였다.

　하지만 그날 저녁, 컴컴한 벤치 위에서 보낸 따스한 6월의 저녁을 어찌 잊겠는가! 몇 분에 한 마디씩 하는 우리의 느린 대화, 우리의 첫 키스! 또는 놀라운 동화의 밤을! 나는 몇 년간 청춘의 동경을 충족시키는 문제로 적이 마음이 무거웠다. 나는 처음으로 피렌체의 골목을 돌아다녔다. 다리를 건너고 다시 오래된 구석진 곳을 지나 광장으로 향하면서 하늘 높이 우뚝 솟은 말없는 탑 앞에 섰다. 오, 처음으로 본 바다 풍경! 오전에 제노바를 지나 언덕들 위를 돌아다니고 있었다. 아래쪽에선 폭풍에 푸르고 하얀 바다가 험준한 바위에 부딪치며 포효하고 있었던 것이다! 또한 그날 정오도 잊을 수 없다. 나는 어느 남쪽 수도원 뜰의 태양이 내리쬐는 포장도로 위에서 잠을 자고 있었다. 수위가 나무라듯 나를 깨웠다. 우리는 친구가 되어 차가운 큰 지하실로 당당하게 들어갔다. 둥근 천장은 육중했다. 내가 라인의 들판에서 탄식하며 옷을 벗었을 때처럼 무더운 한여름 오후는 아니었다. 그때 나는 찌는 듯이 은근히 더운 숲들을 지나 뇌우가 올 것 같은 단단한 하늘 아래서 한숨 돌리며 라인 강을 헤엄쳐 내려가고 있었다.

이런 이야기는 얼마든지 있다. 내가 햇볕에 얼마나 그을렸으며, 강과 하천이 나를 얼마나 시원하게 해주었던가! 얼마나 많은 길이 나를 인도했으며, 얼마나 많은 시냇물이 나와 동행했던가! 푸른 하늘과 잊을 수 없을 만치 생기 있고 사랑스러운 사람의 눈을 얼마나 많이 들여다보았던가! 얼마나 많은 동물을 사랑하고 내게로 유혹했던가! 이런 순간들 중 어느 것도 다른 순간보다 더 아름답지는 않다. 술잔을 천천히 비우고, 음악에 귀 기울이며, 사랑스러운 추억에 잠기는 이 현재의 순간도 나쁜 순간들 중의 하나는 아니다.

오, 그렇지 않다! 나는 계속 꿈꾸고 있다. 그런데 보라, 다른 영상들이 체험한 자의 바다에서 솟아오른다. 고통의 시간, 슬펐던 날, 수치와 회한, 죽을 뻔했던 순간과 패배와 두려움의 순간들이. 잊을 수 없는 나의 첫 사랑이 기만당해 고통 속에 죽었던 날이 다시 보인다. 어느 심부름꾼이 와서 인사하고, 돈을 요구하며 먼 고향에서 어머니가 돌아가셨다는 소식을 전하던 날이. 젊은 시절의 벗이 술에 취해 나를 욕하던 밤이. 서류 가방에 시와 열정적인 기사로 넘쳤던 반면, 페니히 동전으로 어떻게 빵을 얻는지 알지 못하던 시절이. 사랑하던 벗들이 괴로워하고 절망하는 모습을 보며 옆에 서서 같이 괴로워했지만, 도움과 위안을 주지 못하고 아픔을 덜어주지 못했던 많은 시간들이.

그리고 나에 대한 지배권을 가졌던 부유한 사람들 앞에 서서

헤르만 헤세와 니논 돌빈

그들의 하찮은 말을 들어주었던 순간들, 또 불끈 쥔 내 주먹을 숨겨야 했던 순간들이 보인다. 손으로 늘 내 상의의 창피스러운 기운 곳을 가렸던 사교 모임이. 잠 못 이루며 앞으로 내 삶이 어떻게 될지 몰랐던 그 모든 밤이. 마음속에서는 슬프고 참담한 기분이 들었지만, 음식점 식탁에서 함께 웃고 익살을 떨며 즐거워했던 그 모든 밤들이. 또한 절망적인 사랑의 시절, 신앙을 잃고 자신을 조롱했던 시절이. 시작한 작품이 다시 성공하지 못하고, 이상을 잃어버리고, 시도가 실패로 끝나던 시절이.

이것도 전부는 아니다! 하지만 이런 순간들 중의 어떤 것을 내놓고, 어떤 순간을 잊고 지우고 싶을까? 어떤 순간도 그러고 싶지 않았다. 가장 쓰라린 순간도 그러고 싶지 않다.

음악이 그쳤고, 옆방의 촛불이 꺼졌다. 아내가 내 옆으로 와서 포도주 잔을 들여다보며 소리 내어 웃는다. "아직 안 자고 계세요?"

"그래요, 오시안을 또 읽으려고요."

그녀는 갔지만, 난 오시안을 읽지 않는다. 나는 조용히 앉아 분이란 시간 단위가 미끄러지며 떨어지는 것을 느낀다. 나는 꿈꾸듯이 이 순간 나를 찾아온 백 가지 추억을 곱씹는다. 그토록 많은 날들, 그토록 많은 저녁들, 그토록 많은 시간들, 그토록 많은 밤들을. 모두 합쳐도 내 삶의 십분의 일도 안 된다. 다른 순간은 어디 있단 말인가? 더 이상 내게 생각나지 않고, 결코 깨어나지 않으며, 나를 바라볼 수 없던 수천의 날들, 수천의 저녁들, 수백만의 순간들은 어디 있단 말인가? 지나가라, 가버려라, 더는 돌이킬 수 없게 사라져버려라!

그런데 이날 저녁은? 그것은 어디에 머물 것인가? 언젠가 다시 뇌리에 떠올라 생생하게 기억날 것인가? 내게 큰 소리로 그리움에 젖어 지난 과거를 생각나게 할 것인가? 그렇게 생각하지 않는다. 내일이나 모레면 지나가고 죽어버려, 다시는 생각나지 않을 것이다. 오늘 일하고 애쓰지 않고 조그만 작품을 진척시키지 않는다 해도 내일이나 모레면 이 하루 전체, 이 실제적인 오늘이 구할 길 없이 바닥없는 심연으로 떨어지리라. 내가 더 이상 알지 못하는 파묻혀버린 수많은 날들한테로.

데몬이 손을 댄 운명에 의해 커다란 일방적인 열정으로 결코 쉬지 않는 삶 속을 열렬히 맹목적으로 돌진하도록 태어나지 않은 자는 모든 예술 중 첫째가는 추억의 예술을 때맞춰 익히는 것이 도움이 된다. 향유의 힘과 추억의 힘은 서로 의존하고 있다. 향유란 어떤 열매의 단맛을 남김없이 짜내는 것을 뜻한다. 추억이란 한번 향유한 것을 꽉 쥐고 있을 뿐만 아니라 그것을 점점 순수하게 완성하는 기술을 뜻한다. 우리 각자는 무의식적으로 그렇게 하고 있다. 그는 자신의 유년 시절을 생각하고, 그러면서 혼란스런 조그만 사건을 보는 것이 아니라, 환상이 된 추억이 자기 위의 복된 푸른 하늘을 펼치며 천 가지 아름다운 기억을 단어로는 도저히 표현할 수 없는 쾌감과 섞는다.

이처럼 회고는 멀리 떨어진 날들의 즐거움을 다시 향유할 뿐만 아니라 매일을 행복의 상징이자 동경의 목표이며 천국으로 드높이면서, 자꾸만 새로 향유할 것을 가르친다. 짧은 시간 내에 얼마만큼의 생활감정, 온기와 광채를 짜낼 수 있는지 아는 자는 이제 모든 새날의 선물도 되도록 순수하게 받아들이려 할 것이다. 그러면 그는 고통도 더 공정하게 평가할 것이다. 그는 큰 아픔 역시 큰 소리로 진지하게 맛보려 할 것이다. 그도 그럴 것이 그는 어두운 날들의 기억도 아름답고 신성한 소유물임을 알기 때문이다.

(1904)

3
여름이 오는 길목에

잠에서 깨어나 자리에서 일어나자 날씨가 좋아졌다. 약한 동풍이 진한 청색 호수를 어루만져 은색 고랑이 생기며 떨리게 했다. 배나무의 꽃 피어나는 화관이 연푸른색 하늘을 향해 기뻐하며 자랑스레 서 있었다. 연푸른색이 분수의 수조와 국도의 거의 마른 조그만 물웅덩이에 비쳤다. 내 창 맞은편에 있는 예배당에서는 교회지기가 5월의 성모 기념 준비를 하느라 분주했다. 내 이웃의 즉석 공사장에서는 하얀 전나무 목재가 빛나고 있었고, 이미 화려할 만치 따스한 태양 속에서 즐겁고 경사스럽게 향기를 풍기고 있었다.

그때 문득 나의 노 젓는 보트가 여전히 겨울인 양 지붕의 보호를 받고 있다는 생각이 들었다. 나는 그것을 아직 고치고 칠하지 않았으며 띄울 준비를 하지 않았다. 나는 호수로 나가도록 유혹하는 화창한 날에 나의 태만을 벌써 여러 번 질책하고 무척 아쉬워했다. 그런 뒤 게으름과 날씨에 대한 불신 때문에 그 일을 다시 다음으로 미루곤 했다. 그것은 결국 하나의 치욕이었다. 나의 조그만 배가 아직 헛간에 처박혀 있는 것을 본 이웃들은 히죽히죽 웃으며 나를 안타깝게 쳐다보기 시작했다. 지금이 절호의 기회였다. 나는 그 일을 오늘은 꼭 처리하기로 마음먹었다.

페인트는 이미 준비되어 있었고, 다만 그것을 아마인유亞麻仁油와 섞기만 하면 되었다. 곧 독하고 자극적인 기름 냄새가 온 집안에 진동했다. 나는 커다란 앞치마를 두르고 보트와 노를 깨끗이 닦은 뒤 칠하기 시작했다. 유성 페인트를 잔뜩 바른 묵직하고 넓은 붓을 배의 두꺼운 판자 위에 바를 때 얼마나 엉망으로 흘러내리고 얼룩이 졌던가! 닭들이 꼬꼬댁거리며 지나갔고, 강아지 두 마리는 뒤엉켜 싸우면서 내 페인트 통을 엎지를 뻔했다. 아이들이 옆으로 와서 내가 하는 일을 지켜보았다. 옆을 지나가던 이웃들은 웃으며 소리쳤다.

"결국 하시는군요?"

사람들은 신식 스포츠용 보트를 지금 대체로 사무실 가구처럼 연갈색이나 누런색으로 칠한다. 그러나 내 보트는 더 멋지게 보여야 한다. 나는 배를 옛날 전통대로 강렬한 녹색과 진홍색으로 바른다. 노와 부속품도 마찬가지다. 노깃은 빨간색이나 완전히 하얀색이어야 한다. 다른 어떤 색도 물의 푸른색이나 녹색과 그토록 즐겁고 생기 있게 어울리지 않는다.

나는 네다섯 시간 열심히 칠하고 기름을 발랐다. 이날은 그것으로 충분한 것 같았다. 며칠 지나면 모든 것이 준비되고 정리될 것이다. 그런 뒤 우리는 배를 두 마리 암소가 끄는 마차에 싣고 호숫가로 간다. 암소는 호각으로 장식한다. 그런 뒤 나는 올해 처음으로 혼자 조용히 노를 저으며 물놀이를 한다. 매년 그랬듯이 말없는 장엄함과 놀랍게 부풀어 오르는 추억으로 가득 찬 하루가 될 것이다.

여름을 제대로 즐기려면 내게는 세 가지가 필요하다. 작열하고 찌는 듯이 더운 누런색 밭들, 높고 시원하며 말없는 숲, 그리고 많은 노 젓는 날들. 노 젓는 날 말이다! 난 호수와 산 너머 푸른 하늘이 찬란히 빛나는 날, 대기가 더위에 떨리고 태양의 열기에 배의 목재가 삐거덕거리는 그런 날을 생각한다. 그런 날 사람들은 챙 넓은 모자를 쓰고 반나체로 눈부시게 빛나는 호수의 만으로 나가, 자주 먹을 감거나 호숫가의 짙은 수풀 속에서 휴식을 취할 수밖에 없다. 그리고 나는 하늘이 구름에 뒤덮이고 상쾌한 바람이 불 때 순전히 은색인 물 위를 가르며 노 젓는 날을 생각한다. 그리고 시커멓게 끓어오르는 물 위에서 숨을 헐떡이며 질주하던 날, 산 위에서 불어오는 세찬 바람을 피해 도망치던 날을 생각한다. 그때는 어둡고 거무스레한 수면 위에 하얀 포말이 일었고, 후려치는 강풍은 아주 가는 물보라를 일으켰다. 크게 자극받은 무더운 대기 속에서는 번개가 번쩍였다.

이 모든 것은 이제 다시 와야만 한다. 여름, 곡물 밭의 찌는 더

위와 숲의 서늘함, 갈대가 무성한 호숫가의 부드러운 저녁놀, 정오의 푸른 하늘 아래 뜨거운 여정과 가슴을 먹먹하게 하는 근사하고 세찬 뇌우. 우리는 봄이 일 년 중 가장 아름다운 계절이라는 소리를 번번이 듣는다. 하지만 일 년 중 가장 아름다운 계절은 여름에 대한 즐거움과 기대다. 태양과 지구가 사랑하고 투쟁하며 서로 좀 더 가까워지면, 따뜻함이 더해지고 심해지며 호우가 더 거칠어지고 강해지며 낮이 더 밝게 빛나고 밤이 더 푸르러지면, 부드러운, 그리움에 찬 푸른 봄은 금방 잊힌다. 그때가 되면 밤나무들은 이해할 수 없이 풍부하고 화려하게 하얗고 붉은 꽃잎에서 나오는 빛을 발산한다. 그때가 되면 재스민은 감각을 멎게 하는 구름 속에서 달콤하고 불타오르는 향내를 내뿜는다. 그때가 되면 곡물은 색이 바래고, 묵직해지고 금빛을 띠며, 수많은 줄기 위에서 무성하고 화려하게 살랑거린다. 그때가 되면 숲의 축축한 검은 땅은 발효하고, 수많은 색색의 식물을 백일하에 드러낸다. 어디서나 은밀히 도취된 생명의 열기가 이글거리며 거칠게 요동친다. 여름, 진정한 여름은 짧기 때문이다. 들판이 더할 나위 없이 금빛으로 번쩍이고, 이삭들이 온 들판에 더욱 고개 숙여 살랑거리면, 어느새 크고 작은 낫을 들고 열띤 수확 경쟁을 벌일 것 같다.

이 모든 것이 이제 다시 왔다. 연녹색의 숲 골짜기에서 지칠 줄 모르고 뻐꾸기가 울음소리를 울린다. 초원의 풀은 첫 베어들이기를 해야 할 정도로 빨리 자라고, 거무스레한 토끼풀은 무성하게 자라고 있다. 씨를 뿌린 밭은 물이 올라 녹색으로 빛난다. 숲 언저리에서는 오월의 하얀 꽃들이 넓은 잎사귀 아래서 반짝인 다. 넓은 들판엔 유황색의 유채꽃이 피어 있다.

어른이 아이가 되고 삶이 다시 기적이 될 시간이다. 하루하루 가 뜻하지 않게 새로운 것을 가져다주고, 잠깐 초원을 산책할 때 마다 하나의 놀라움이자 동화이기 때문에. 위엄 있는 계절, 여름 이 다가온다. 낮엔 곡식이 익고 밤엔 뇌우가 친다. 자, 난 여태까 지 겪지 못한 일을 또 한 번 체험하고, 과잉과 넘쳐흐르는 화려함 의 날들을 볼 준비가 되어 있다. 난 단 하루도 단 한 시간도 소홀 히 하고 싶지 않다. 농부가 너무 일찍 마차에 화환을 두르고, 탐 욕스런 낮이 익은 곡식을 베며 사각거리는 소리를 내기 전에는!

(1905)

4
한여름

오래된 나무줄기에서 녹슨 사슬을 조용히 풀고 노 젓는 배를 물속에 밀어 넣는다. 배 뒤에서 무릎을 꿇고 호숫가로부터 떠민다. 저 멀리 거울처럼 반들거리는 호수는 녹색과 은색으로 희미하게 반짝인다. 호수 저편은 푸른색으로 빛나는 하늘이 비친다. 하늘에는 둥글고 눈처럼 흰 구름이 지나가고 있다.

내 뒤에는 호숫가의 그늘진 초원이 멀어지고 있다. 초원에는 키 큰 포플러와 가지를 깊이 드리운 넓고 오래된 버드나무가 서 있다. 저기 뭍에서 일과 기쁨, 고통과 걱정을 안겨준 모든 것 역시 호안湖岸과 함께 뒤로 달아난다. 집에는 내가 놓아두게 한 모든 것이 있다. 답장해야 하는 편지, 치러야 하는 계산서, 따라야 하는 초대장, 시작한 일과 펼쳐진 책들이 있다. 천천히 호수 안쪽으로 노 저어 가면서 이 모든 일은 무의미하고 어리석으며 불필요하게 생각된다. 그것들은 내가 빠져나오고 더 이상 이해되지 않는 이상하게 변질된 세계에 속하는 것 같다. 한 석탄 장수가 내게 돈을 달라고 한다. 지난겨울 그의 석탄을 사용했기 때문이다. 한 출판업자가 다시 새 책을 쓰라고 내게 부탁한다. 마치 그 일이 여름날의 낙이라도 되는 것처럼. 한 친구가 이곳의 주거 상황과 세금에 대한 정보를 요구한다. 이 모든 것이 허접하고 우스꽝스럽지 않은가? 내 머리 위에는 저 멀리 푸른 하늘이 이글거리며 빛나고 있다. 구름은 태곳적의 신성한 윤무를 추며 이동하고, 조용한 산은 변함없이 대담하게 서 있다. 그 옆에 인간의 일과 걱정이라는 우스꽝스러운 잡화점이 여전히 존재한다는 게 어찌 가능하단 말인가! 아니다, 그 잡화점은 더 이상 존재하지 않고 몰락해버렸다. 모든 우스꽝스러운 것이 몰락하듯이. 그것은 전설과 꿈, 이해하기 어려운 과거가 되었다.

이해하기 어려운 과거라니! 알렉산드로스 대왕과 페르시아 왕 다리우스가 내게는 오늘 아침이나 어제 저녁보다 멀고 색다르거나 이해되지 않는 것이 아니다. 나는 그때 무얼 했던가? 더 이상 알지 못한다. 어쩌면 편지를 썼거나, 어쩌면 책을 읽었을지도 모른다. 나는 왜 그 일을 했던가? 필요한 일이었던가? 잘한 일이었을까? 불필요하고 무익한 일이었을까? 나는 알지 못한다. 하지만 내가 아는 것은 지금 이 순간 정오의 태양이 내 팔과 얼굴을 더 검게 만들고, 드넓은 수면에서 들어보지 못한 색채가 반짝이고 열정적으로 이글거린다는 사실이다. 또 이글거리고 빛나는 언덕에서 신이 내려다보고, 이 골짜기와 산맥, 이 호수, 마을과 수도원과 그리고 뜰과 어리석은 사람들이 있는 호안을 호의적이고 자비롭고 바라본다는 사실이다. 그리고 나는 이 순간 내가 보고 살아가며 행하는 모든 것이 좋고 필수적이고 소중하다는 것도 알고 있다.

그도 그럴 것이 나는 지금 신의 눈을 들여다보고, 지금 땅의 정령과 언덕의 정령, 호수와 멀리 뻗어 있는 산맥이 나와 대화를 나누고 있기 때문이다. 이제 나는 더 이상 개별적인 존재, 개인, 불안하게 따로 떨어져 구별되는 존재가 아니라 단순히 지구의 한 아이이다. 자신의 생각이나 소망, 걱정이 없는 그 아이는 몰두하여 공기의 더 크고 풍부한 삶, 구름과 물결을 구경한다.

이제 알지 못하는 사이에 호수 가운데에 이르렀다. 마을과 떠나온 호숫가의 교회는 멀리 떨어져 작아졌고, 호숫가의 수풀은 서로 겹쳐 보인다. 조금 전만 해도 가장 높았고 푸른색으로 선명히 보였던 높은 언덕 너머로 지금은 멀리 더 높은 산들이 솟아 있는 게 보인다. 숲의 등이 시커멓고 부드러운 산들과 가파른 낭떠러지가 있는 산들이다. 내 보트 주위로 멀리 고요한 수면이 반짝인다. 잠시 후 나는 옷을 훌훌 벗고 시원한 물속에 뛰어들어 투명하고 깨끗한 물속에서 호와 원을 그리며 정처 없이 헤엄친다. 때로는 격렬히 물장구치고 첨벙거리며, 때로는 소리 없이 조용하고도 은밀히. 가장자리가 연녹색으로 칠해진 나의 하얀 보트는 수면에 가볍게 떠서 가만히 쉬면서, 헤엄치는 새처럼 해가 비치는 측면을 수면에 비추고 있다.

나는 이 조그맣고 귀여운 탈것을 얼마나 좋아하는지! 내가 지닌 모든 물건들 중 집과 방, 일상의 일들로부터 멀리 떨어져 바깥에 살면서 한 떼기 자연처럼, 나무나 가축처럼 나를 기다리는 유일한 물건이다. 그것은 또한 내가 지닌 모든 물건들 중 아름답고 순수하며 사랑스런 추억만이 담겨 있는 유일한 물건이기도 하다.

나의 배는 나를 혹시 이미 슬픈 눈으로 생각에 잠겨 피곤하게 보고 있는지도 모른다. 그러나 나를 결코 짜증나서 불안하고 불쾌하게, 조급하고 화나서 보지는 않았다. 수많은 뱃놀이를 하면서 그것은 내게 사랑스럽고 친밀하게 되었다. 나는 배의 온갖 능력과 장점, 결점 또한 알고 있다. 나는 그 배를 수백 번 이용했고, 그 배로 수백 번 기쁨과 즐거움을 맛보았다. 나는 그 배를 아끼고 손질했으며 타르를 짙게 칠하기도 했다. 비가 온 다음이면 매번 물을 퍼내고 건조시킨 후 아름답게 페인트칠을 했다. 매번 호숫가의 좋고 안전하며 모래가 많은 선착장으로 끌고 갔다.

배는 유쾌하고 귀엽게 헤엄치며, 나를 기다리고 학수고대한다. 나는 배가 있는 곳으로 되돌아가 물을 뚝뚝 흘리면서 활기차게 배에 오른다. 노를 집어 들고 바닥에 몸을 쭉 뻗고 눕는다. 여름 햇살을 받으며 벌거벗고 누워 있는 것은 언제나 큰 기쁨이다. 풀밭이나 호숫가 모래 속 또는 집의 지붕 위 테라스에서 그렇게 하면 멋진 일이다. 하지만 어디서도 꽃받침처럼 온기를 받아들이고 간직하는 호수 속 넓은 수면에서만큼은 그렇게 멋지지 않다. 거기서는 뙤약볕이 피부와 살을 뚫고 뼛속까지 스며든다. 볕이 너무 따가우면 곧장 뛰어들어 깊고 맑은 물속에 드러누우면 된다. 몸이 아직 하얗고 옷에 익숙해 있는 초여름엔 약간의 어려움이 있다. 그땐 피부가 타고 붉어지며 껍질이 벗겨진다. 하지만 그런 뒤에는 피부가 단단해지고 검게 타서 햇볕에 잘 견디게 된다. 그런 뒤 몸이 자기 자신을 즐거워하고, 본능적인 행복감 속에서 호흡하고 단련되며, 태양이나 물과 공기를 자기와 같은 것으로 느끼는 시간이 온다. 모든 시문학이 추억인 것처럼 햇볕을 쬐는 그런 순간 우리 내부에서 일어나는 이상한 감흥과 환상적인 꿈은 아주 먼 과거, 창조와 원시시대, '물 위의 정령'에 대한 추억이다.

미풍이 나를 꿈에서 깨운다. 호수는 무한히 부드럽고 섬세한 선으로 잔물결이 일기 시작한다. 산 위의 구름들은 하나로 합해졌고, 말없이 서두르며 하늘을 향해 자라서는 시커먼 모습으로 위협적으로 변한다. 곧 바람이 불고 천둥이 칠 것이고, 어쩌면 폭풍이 올지도 모른다. 공기의 영역에서 어떻게 그런 일이 일어나고 벌어지는지! 나는 급히 외투를 걸쳐 입고 노를 잡은 뒤 집으로 돌아가기 시작한다. 호수의 잔물결은 파도로 변한다. 하지만 아직 파도는 작고 둥글어서 그다지 저항하지 않는다. 나의 작은 배는 빠른 속도로 물 위를 가른다. 아직 최초의 빗방울이 떨어지고 호숫가의 물이 거세게 일기 시작하기 전에 우리는 항구에 당도한다.

집에 돌아와 보니 책과 편지가 내 책상 위에 그대로 놓여 있다. 나는 마지못해 일하기 시작한다. 15분 후에는 다시 이 모든 일을 내려놓는다. 이런 어리석은 일이 꼭 필요하다는 생각이 아직 들지 않은 것이다. 밖에서는 소나기가 맹렬히 쏟아졌고, 마을 골목은 누런 개울이 된다. 지붕은 쏟아지는 호우로 인해 하얀 빛으로 반짝인다. 호수 너머 저쪽에는 번개가 치고 우르릉 쾅 하고 천둥소리 울린다. 나는 이런 미쳐 날뛰는 광경에 소년 시절처럼 불손한 쾌감에 사로잡힌다. 나는 휘파람을 불며 긴 장화와 로덴 천으로 만든 비옷을 입는다. 머리에 모자를 눌러 쓰고는 크게 노한 시끄러운 뇌우 속으로 걸어 나간다.

(1905)

2부 보덴 호

5
보리수꽃

이제 정말이지 벌써 보리수꽃이 다시 피어난다. 어둑어둑해지기 시작하고, 힘든 일을 마친 저녁이면 여자와 처녀들이 와서 사다리를 타고 가지에 올라가서 바구니 가득 보리수꽃을 딴다. 그것으로 그들은 누가 병들고 곤경에 빠지면 나중에 치료 효과가 있는 차를 만든다. 그들 생각이 옳다. 이 기묘한 계절의 온기와 태양, 기쁨과 향내가 왜 그처럼 이용되지 않고 사라져야 하는가? 꽃이 필 때 또는 다른 어딘가에서 그 중의 어떤 것을 농축시켜 손 닿는 곳에 걸어놓으면 왜 안 된다는 말인가? 우리가 가져가고 집으로 운반해서 나중에 춥고 힘든 시기에 그것으로부터 위안을 얻을 수 있도록 말이다.

우리가 모든 아름다운 것 중 한 봉지 가득 보관해서 필요한 시절을 위해 저축할 수 있다면! 물론 그러려면 인공적인 향기를 지닌 인공적인 꽃이라야 되겠다. 날마다 세계의 충만함이 우리 옆을 서둘러 지나간다. 날마다 꽃이 피어나고, 불빛이 반짝이며, 기쁨이 웃음 짓는다. 때로 우리는 그것에 감사하며 실컷 마시고, 때로 우리는 피곤하고 짜증나서 그것에 대해 아무것도 알고 싶어 하지 않을지도 모른다.

하지만 우리 주위에는 늘 아름다운 것이 넘쳐난다. 모든 기쁨의 더할 나위 없이 좋은 점은 그것이 과분하게 오고 결코 돈을 주고 살 수 없다는 것이다. 기쁨은 바람에 흩날리는 보리수꽃의 향내처럼 구속을 받지 않고 누구에게나 신의 선물이다. 가지들 사이에 쪼그리고 앉아 보리수꽃을 열심히 따는 여자들은 나중에 그것으로 호흡 곤란과 고열에 좋은 차를 만든다. 하지만 그들은 최상의 것과 진정으로 좋은 것은 얻지 못한다. 여름날 저녁 데이트하면서 달콤하고 몽롱한 도취 상태에 있는 한 쌍의 연인들조차 그런 것을 갖지 못한다. 하지만 지나가며 좀 더 깊이 호흡하는 방랑자는 그런 것을 갖는다. 방랑자가 모든 즐거움 중 최상의 것과 가장 좋은 것을 갖는 이유는 그가 맛을 보는 것 외에 모든 기쁨의 덧없음도 알고 있기 때문이다. 방랑자는 어떤 샘에서든 물을 마실 수 있으니 걱정할 일이 별로 없다. 그는 과잉에 익숙해져 있다.

반면 그는 잃어버린 것에 대해서도 그다지 개의치 않으며, 한 번 좋았던 곳이라 해서 곧장 뿌리내리려 하지 않는다. 해마다 같은 장소에 가는 행락객들이 있다. 아름다운 경치를 보면 곧 다시 오겠다는 결심을 하는 행락객들이 많다. 그들은 좋은 사람들일 지는 모르나 좋은 방랑자는 아니다. 그들은 사랑에 빠진 남녀의 몽롱하게 취한 상태에 있다. 보리수꽃을 따는 여인들이 조심스 럽게 꽃을 따는 심정과 같다. 하지만 그들은 조용하고 진지하게 기뻐하며 늘 떠나려는 방랑자의 마음은 갖고 있지 않다.

어제 이곳에 방랑자가 한 명 왔었다. 여기저기 편력하는 수공 업 도제였다. 그자는 걸인의 자유로운 심경으로 꽃을 따는 사람 과 주민에게 비웃는 투로 인사했다. 그는 여자들이 잔뜩 올라가 있는 큰 보리수의 사다리를 치우고 가버렸다. 내가 사다리를 여 인들에게 다시 갖다 주고 욕을 퍼붓는 그들을 달래주긴 했지만 그 행위는 나를 기쁘게 했다.

오, 방랑하는 도제여, 너희들 흥겨워하는 경쾌한 발이여! 나는 그에게 5페니히를 적선하긴 했지만 너희들 한 명 한 명이 모두 왕이라도 되는 것처럼 떠나가는 모습을 지켜본다. 존경과 경탄 과 부러움의 눈길로. 너희들 모두는 비록 가장 영락한 자일지라 도 눈에 보이지 않는 왕관을 쓰고 있다. 너희들 모두는 행복한 사 람이자 정복자다. 나 역시 한때 너희들과 같은 자였다. 나는 방랑 과 외지의 맛이 어떤지 알고 있다. 그 맛은 아주 달콤하다. 향수 와 결핍, 불확실성에도 불구하고.

미지근한 여름밤 길을 따라가다 보면 오래된 나무들에서 계속 꿀처럼 달콤한 향내가 흐른다. 아이들이 저 아래 호숫가에서 노 래 부르고, 빨간색과 노란색 종이로 만든 풍차를 가지고 놀고 있다. 연인들은 느릿느릿 편한 발걸음으로 울타리 옆에서 산책한다. 거리의 황토색 먼지 속을 벌들이 윙윙거리며 환희에 차 어지러이 날아다닌다.

정말이지 난 울타리 옆의 연인들이 달콤하고 몽롱하게 취한 상태를 부러워하지 않는다. 노는 아이들의 까닭 없이 행복한 상태나 떼 지어 날아다니는 벌들의 비틀거리는 비행을 부러워하지 않는 것처럼. 내가 부러워하는 것은 방랑하는 도제들뿐이다. 그들은 모든 것의 향내와 꽃을 지니고 있기에.

또 한 번 아무것도 모르는 젊은이로 구속 없이 뻔뻔하고 호기심어린 눈으로 세상을 돌아다니고 싶다! 허기지면 길가의 버찌로 식사하고, 네거리가 나오면 상의 단추로 '좌우'를 결정하는 생활을 하고 싶다! 또 한 번 짧고 미지근한 향내 나는 여름밤을 방랑 중 건초 더미 속에서 잠자면서 보내고 싶다! 또 한 번 방랑 시절을 숲의 새들, 도마뱀이나 풍뎅이와 사이좋게 지내며 보내고 싶다! 한 여름이나 한 켤레의 새 신발엔 그것이 가치 있으리라. 하지만 그럴 수 없다. 흘러간 옛 노래를 부르고, 방랑자의 낡은 지팡이를 휘두르며, 먼지 나는 사랑스러운 옛 거리를 걸으며 우쭐거리는 것은 무가치하다. 다시 젊어지든, 모든 것이 옛날과 같든 상관없이.

아니, 그건 지나간 일이다. 그렇다고 내가 나이 들었거나 속물이 되었다는 말은 아니다! 아, 난 어쩌면 옛날보다 어리석고 방종할지도 모른다. 나와 현명한 사람들, 그들의 일 사이에는 여전히 이

해도 동맹도 일어나지 않았다. 내게는 급박한 젊은 시절 삶의 목소리가 외치고 경고하는 소리가 아직 들리고 있다. 그 음성을 외면하겠다는 마음은 아니다. 하지만 그 목소리는 더 이상 방랑과 우정, 노래와 횃불이 있는 주연을 주장하지 않고 조용하고 다급하게 되었다. 그 목소리는 나를 점점 고독하고 어두운 조용한 길로 이끈다. 그 길이 기쁨으로 끝날지 아니면 고통으로 끝날지 나는 아직 알지 못한다. 하지만 나는 그 길을 가려하고 가야만 한다.

나는 젊은이로서 성년 남자와 전혀 다른 상상을 했었다. 이제 다시 기다림, 질문과 불안함이, 성취보단 그리움이 문제가 된다. 보리수꽃이 향내를 풍긴다. 방랑하는 도제, 꽃 따는 여인네들, 아이들과 연인들은 모두 하나의 법칙을 따르는 것 같다. 그들은 무슨 일을 해야 하는지 잘 아는 것 같다. 그러나 나만은 무슨 일을 해야 하는지 알지 못한다. 내가 아는 것이라곤 노는 아이들의 까닭 없이 행복한 상태도 방랑자의 무심한 지나감도, 연인들의 몽롱하게 취한 상태도 보리수꽃 따는 여인들의 조심스러운 채집도 내게 주어진 몫이 아니란 사실 뿐이다. 내게 주어진 몫은 삶의 목소리를 따르는 일이다. 그 목소리는 내 안에서 그것을 따르라고 외치고 있다. 비록 내가 그 목소리의 의미와 목적을 깨달을 능력이 없다 해도. 비록 그 목소리가 나를 흥겨운 거리로부터 어둠과 불확실성 속으로 점점 이끌어가려 해도.

(1907)

3부
이탈리아

Reise von Hermann Hesse

순례자의 노래

큰 파도 일렁이고 샘물이 용솟음친다.
샘물이 물결 속에서 요동친다.
우리가 세상을 방랑하는 것은
순례만이 마음에 들기 때문이다.
허나 순례를 해야 하기 때문만은 아니다.
다만 덕을 얻기 위해 순례하는 이는
순례의 전능함을 알지 못한다.
전능함은 순례를 위해 순례하는
모든 이에게 존재한다.

1
아네모네[1]

여러분은 피렌체의 봄을 아는가? 비알레에서 장미꽃이 피기 시작할 때를? 부드러운 언덕들이 과일나무 꽃의 정겹고 연한 붉은색으로 넘칠 때를? 앵초와 노란 수선화가 흥겨운 초원을 완전히 금빛으로 뒤덮을 때를?

오, 그것은 아름다운 광경이다! 검은 측백나무가 최초의 따뜻한 공기에 흔들리는 이즈음 말이다! 언덕 오솔길의 성벽이 이글거리기 시작하고, 햇볕에 뜨거워진 흉벽胸壁 위에서 처음으로 휴식을 취하고 싶은 생각이 드는 4월의 이 뜨거운 낮 시간! 그러면 지구는 어떻게 기지개를 켜고 반짝거리는지! 그때 먼 산은 여러분의 가슴이 더없이 달콤한 방랑자의 열기로 충만해질 때까지

---

[1] '아네모네'는 4~5월에 피는 꽃으로, 그리스 신화에서 미소년 아도니스가 죽을 때 흘린 피에서 생겨났다고 한다.

점점 푸르러지며 얼마나 큰 동경에 사로잡히는지!

피에졸레Fiesole[2] 위에는 4월의 정오가 햇볕을 받아 뜨겁게 빛난다. 반짝이는 깃털이 달린 푸른색으로. 제비꽃을 파는 소녀들이 골목에서 시끄럽게 외쳤고, 알록달록한 옷을 입은 외지인들은 로마 시대에 지은 극장에서 이리저리 돌아다녔다. 광장에서 수도원으로 통하는 따뜻하고 가파른 조그만 거리에는 짚 세공품을 만들면서 짚을 꼬는 여자들이 야외에 앉아 일하고 있었다. 전망대 벤치에는 갖가지 종류의 삶이 보였다. 아이들은—그중에 금발도 많이 있었다.—풀밭에 누워 놀고 있었다. 그들은 당장이라도 자리에서 벌떡 일어나 슬픈 표정을 지으며 구걸할 자세가 되어 있었다. 짚 세공품을 지닌 여자 행상인 몇 명이 잔뜩 기대에 차 서 있었다. 성벽 바로 옆에는 한 귀여운 녀석이 자신의 망원경을 설치해놓았다. 그 망원경으로 토레 델 갈로Torre del Galo[3]에 이르기까지 피렌체의 모든 건물을 볼 수 있었다. 기분 좋게 따스한 바람이 아름다운 쌍둥이 측백나무 주위에 조용히 불고 있었다.

수도원 아래로 한 젊은 독일인이 걸어왔다. 그의 모습 하나하나에 기쁨과 감격이 넘쳤다. 그의 발걸음은 기쁨으로 가벼웠고, 그의 두 눈은 반짝거렸으며, 그의 양팔은 흥분해서 움직이고 있었다. 어느 젊은 북국 사람이 봄에 처음으로 피에졸레를 본다면 이와 다르지 않으리라. 여러분은 그 독일인을 지켜보고 그가 홀

---

2 피렌체의 가장 높은 전망대.
3 수탉의 탑.

3부 이탈리아

룡한 인물 로렌초, 야콥 부르크하르트와 뵈클린, 이와 동시에 반쯤 연민을 품고 먼 고향을 생각한다는 것을 알 수 있다. 이제 그는 소년 시절부터 듣고 열광한 나라에 두 발을 내디딘 것이다! 그제 그의 발치에 피렌체가 놓여 있다. 그의 주위에 위대한 역사를 지닌 대단히 아름다운 언덕과 별장, 정원이 몰려든다.

그는 아직 도시로 돌아가서는 안 되고 오늘은 일을 해서는 안 된다고 느낀다. 방랑할 때만 그런 날을 맛볼 수 있다. 그러므로 그는 피에졸레를 어슬렁거리며 돌아다니고, 세티냐노 쪽으로 향하는 산등성이의 길에 접어든다.

봄에 이 길은 걸을 만하다. 도시는 사라지고, 이내 집도 사람도 더 이상 보이지 않는다. 울긋불긋한 인근 풍경, 푸르러지는 들판, 풀이 가득한 초원, 근엄하고 아름다운 산맥만 보일 뿐이다. 그 사이엔 특이한 빈칠리아타 성이 메마르고 어린 침엽수림 속에 회색으로 외롭게 서 있다. 방랑자는 흐뭇한 기분이 들었다. 꽃이 피어나는 나무마다 그를 기쁘게 했다. 언덕의 능선에 불쑥 나타나는 측백나무마다 힘차게 활활 타오르는 모습으로 그를 황홀케 했다. 하지만 가장 아름다운 것은 맨 마지막에 보았다.

그것은 아네모네였다. 물론 그것은 원래 토스카나적인 것은 아니다. 그것은 어디서나 볼 수 있지만, 여기서 특별히 무성하게 자라고, 싱그러운 봄 전부를 합한 것보다 더 아름답다. 그것은 푸른색과 붉은색, 하얀색과 노란색, 담자색과 보라색을 띠고 있다. 그것은 꽃이 커다랗고 둥글며, 초지 전체를 뒤덮고 있다. 우리는 아네모네가 정말 웃고 있다고 말할 수 있다. "보라, 초지가 웃고 있다!" 그것은 아이들처럼 놀란 눈으로 솔직하고 행복하게 세상을 들여다본다. 그것은 초지를 즐겁고 알록달록한 양탄자로 만든다. 이탈리아 전기 르네상스 시대의 수많은 토스카나 그림들에서도 그 꽃들을 볼 수 있다. 그리고 그것은 그 그림의 달콤하고 순진한 매력을 높여준다.

젊은 외지인은 아네모네를 보고 다시 황홀해했다. 그는 꽃을 향해 달려가서는 두 손 가득 꽃을 꺾었다. 그는 꽃 몇 송이를 눌러 말린 채 집에 보내 자기 방에서 볼 생각을 하며 흐뭇해했다. 시타 데이 피오리Cita dei Fiori[4]에서 보내는 인사로서.

그런 뒤 그는 계속 걸어갔다. 빈칠리아타는 그냥 내버려두고 세티냐노를 향해 나아갔다. 익숙하지 않은 더위와 지치게 하는 봄 안개가 결국 그를 조용하고 피곤하게 만들었다. 세티냐노 앞에서 꽃을 든 한 소녀가 그를 향해 달려왔다.

"아저씨, 꽃 사세요, 꽃 사세요!"

그는 소녀에게 자신의 꽃다발을 내밀었다. 그때서야 그는 그것이 시든 것을 알았다. 그는 자신의 꽃을 아쉬운 마음으로 내던지고는 소녀의 꽃을 샀다.

반시간 후 두 번째 방랑자가 같은 길을 걸어간다. 같은 독일인이고 나이가 약간 더 들었을 뿐이지만, 감격은 덜하다. 태양이 그

---

4 꽃의 도시.

를 지치게 하진 않았다. 그의 귀에 울리는 것은 메디치 가문의 이름들이 아니었다. 그는 나라의 아버지인 코시모 데 메디체에서부터 대공이 된 코시모 1세에 이르기까지 잘 알고 있었다. 그도 한때 메디치 가문의 매력에 사로잡혀 있었지만, 그 이후 그에게는 갖가지 다른 일들이 더 중요해졌다.

하지만 그는 아름다운 봄을 그 젊은이 못지않게 사랑했다. 그는 이곳의 모든 언덕과 모든 오솔길을 알고 있었고, 가끔 그 모든 길을 걷기도 했다. 그는 뜨거운 날씨에 이 모든 조그만 성벽 위에서 혼자 휴식을 취했다. 그가 알지 못하고 그와 조그만 추억이 얽히지 않은 어떠한 농장이나 네거리, 올리브 정원도 없었다.

그는 좋아하는 아네모네도 보았다. 그는 수많은 아네모네가 지금 다시 외지인에 의해 꺾이고 밟히리라 생각했다. 그는 따스한 눈길로 그 꽃들에게 인사하며 고개를 끄덕였다.

세티냐노에 가까워졌을 때 시든 꽃다발이 거리에 놓인 것이 보였다. 그는 화가 나서 욕설을 퍼부었다.

"고약한 녀석들! 프라 안젤리코[5]한테 열광하면서도, 야만인처럼 꽃을 들고 돌아다니다니!"

그는 벌써 몇 걸음을 계속 걸어갔다. 그러다가 다시 발걸음을

---

5 Fra Angelico(1387~1455). 이탈리아 르네상스 시대의 화가. 원래 이름은 귀도 디 피에트로(Guido di Pietro)이다. 신앙심이 두터워서 '천사와 같은 사람(Fra Angelico)'이라 불렸다. 도미니크 수도원의 성직자로 들어가 성직자 화가인 로렌초 모나코 밑에서 그림 공부를 했으며, 후에 그곳의 원장이 되었다. 프레스코 화에 뛰어났으며 피렌체파의 대표적인 화가다. 작품으로 〈수태 고지〉, 〈성모의 대관〉, 〈최후의 심판〉 등이 있다.

3부 이탈리아

돌려 거리에 떨어진 꽃을 집어 들었다. 그리고 시들지 않은 꽃이 있는지 살펴보았다. 그러나 모든 꽃이 시들어 있었다.

그는 꽃다발을 다시 내던지려 했다. 하지만 곰곰 생각하며 다음 다리까지 그것을 들고 갔다. 그곳에서 그는 시원한 시냇물에 그것을 던졌다. 꽃다발이 풀어졌다. 시든 아네모네는 한 송이씩 천천히 시냇물 위를 떠내려갔다. 그는 꽃들을 지켜보며 은밀히 그 방랑자를 다시 질책했다.

그는 마음속으로 그 방랑자의 대답을 들었다. "저 건너편에 아직 수천 송이의 아네모네가 있어요."

그러자 그는 나무라는 듯 떠내려가는 꽃들을 가리켰고, 자신이 혼자였다는 사실을 잠시 완전히 잊어버렸다.

(1901)

2
석호 연구

처음 베네치아를 방문한 이래로 근 10년 만이다. 그것은 오랫동안 손꼽아 기다렸던 나의 첫 이탈리아 방문이었다. 나는 이탈리아 여행을 위해 오랫동안 돈을 모았다. 맨 먼저 밀라노를 지나 피렌체로 갔었다. 토스카나에서 몇 주를 보냈고, 볼로냐와 라벤나를 방문했다. 그리고 파도바에서 잠깐 체류한 뒤 베네치아로 갔었다.

당시 나는 여행을 할 때마다 조그만 수첩을 지니고 다녔고, 거의 저녁마다 그 안에 기록하곤 했다. 수첩에 그러한 여행의 여운을 담아 고향에 가져가고 싶었던 것이다. 나는 지금 첫 베네치아 여행기를 담은 두 권의 조그만 수첩을 손에 들고 있다. 방수포로 만든 수첩이다. 바야흐로 다시 이탈리아 여행을 하려는 참이기 때문이다. 나는 그 시절과 그 여행의 놀라운 감정을 떠올리고 있다. 그때 내 형편이 얼마나 옹색했으며, 돈에 얼마나 의존했던가! 이따금 이탈리아 여행 일수를 남은 현금과 얼마나 불안하게 계산해보았던가! 그렇지만 여전히 한 주가 흘러갔다. 아끼며 살수록 나는 더욱 흡족한 기분이 되었다. 그때 나는 베네치아를 형편이 좋은 곤돌라 선원보다 훨씬 잘 알고 있었기 때문이다.

당시 수수께끼 같은 도시보다 나를 더욱 자극하고 내 관심을 끈 것은 석호, 신비로운 조용한 물이었다. 도시와 섬들은 그 물 위에서 헤엄치고 있다. 나는 내 노트에 그에 관해 몇 줄 써 놓고 있다. 그때 관찰한 것은 내게 여행의 발견 욕구, 청년 시절 지녔던 매일의 체험 욕심과 감수성을 생생히 상기시키고 있다.

5월 3일 베네치아

낮 12시. 나는 산 조르조 마지오레 성당의 높은 종탑 위에 있다. 바다의 수평선이 안개 때문에 흐릿하게 보인다. 하지만 근처의 모든 건물은 색채와 윤곽 속에 깨끗하고 선명하다. 처음으로 석호의 흐릿한 영상이 언뜻 떠오른다. 조금 있다가 낮은 해안에서 관찰해야 한다. 일 레덴토레 성당 바로 근처에 조그만 배 한 척이 떠 있다. 얼마 전에 주홍색으로 칠한 그 배는 더없이 밝은 햇빛을 받고 있다. 배가 비록 움직이지 않고 밝게 빛나고 있지만 그럼에도 석호에서 배의 영상은 불안정한 붉은 반점으로 인식될

뿐이다. 색깔은 수면 속에서 이상하게 바래 있고, 놀라우리만치 미묘한 음영을 얻고 있다.

물의 광경 자체는 더욱 이상하다. 나는 그러한 색조를 여태껏 바다에서도 호수에서도 발견하지 못했다. 가끔 녹색으로 물드는 연한 푸른색이 지배적이다. 하지만 그 색에 푸른 바다의 깊이와 광도는 없다. 오히려 색을 입힌 유리의 색깔이나 돌멩이들, 다시 말해 오팔의 젖빛 푸른색을 생각나게 한다. 그 색은 얼핏 광택이 없어 보이지만 놀랄 정도로 빛에 민감하다. 마치 자신의 색을 지닌 것 같고, 당장이라도 무지개 색으로 넘어가려는 듯하다.

색색으로 빛나는 어떤 섬들은 내게 완전히 수수께끼 같다. 다시 말해 붉은 색조로 수면을 갈라놓고, 때로는 가벼운 전율에 휩싸이듯 은빛에 덮이는 섬들이다. 그것들은 남쪽으로 나 있다. 나는 그 전율을 새삼 다시 느끼지 않을 수 없다. 얼마나 경이로운 일인가!

5월 4일

낮 1시. 산 조르조 성당의 높은 종탑. 시간과 빛은 어제와 거의 똑같다. 붉은 배가 여전히 그곳에 있다.

그러므로 남쪽으로 나 있는 불그스름한 반점들은 진흙층이다. 오늘은 어제보다 더 잘 관찰할 수 있다. 진흙층이다! 그것은 무언가 불쾌하고 보기 흉한 것처럼 들린다. 하지만 내가 보는 것은 아름답고 부드러운 색의 원이다. 가장 먼 것들은 불타오르는 듯한 보랏빛을 띠고 있다. 바로 내 눈앞에 있는 진흙층만은 흐릿하고 푸르스름하게 보인다. 다음 것은 벌써 적갈색이고, 좀 더 먼 것은 보라색이다. 푸르스름한 석호와 이러한 붉은 반점의 관계에서 음영과 결합의 묘미는 비길 데 없다! 탁 트인 바다 역시 이런 색채를 모두 지니고 있다. 심지어 훨씬 빛나고 훨씬 불같이 이글거린다.

하지만 다른 것은 어느 정도 영혼이 다르고, 완전히 다른 종류의 색채와 아름다움을 지니고 있다는 점이다. 맑은 물속에서 태양에 의해 만들어지고, 구름의 이동과 파도에 의해 변하는, 바다 위 화려하게 빛나는 엄청난 색채의 화재火災. 여기 조용하고 깊이가 다르며, 바다지만 바다가 아닌 부분적으로 진흙으로 된 물 위의 이 같은 태양. 다시 말해 반사된 빛은 더 약하다. 더 부드럽고 미묘하며 달콤해 보인다.

나는 이 석호 자체가 색을 창조하는 힘을 자체 내에 갖고 있다는 믿음을 점점 확고히 갖게 된다. 그것이 티치아노의 색채란 것도 이제 알게 된다. 피티 갤러리에 있는 스포잘리치오[6]에서 그 색을 처음 보고 오해를 했다. 얼마나 아름다운 세계인가! 나는 어제 저녁과 '황금 시간'[7]을 생각한다. 나는 말라모코로부터 멀리 떨어

---

6 라파엘의 작품 〈처녀의 결혼〉을 말함.
7 앙겔리카 바르딜리(Angelika Bardili)의 그림.

3부 이탈리아

져 있지 않았다. 석호는 금빛을 띤 따뜻한 녹색을 지니고 있었고, 베네치아는 투명한 금빛 안개 속에 흰색과 장밋빛을 띠고 있었다. 섬 저편에는 탁 트인 바다가 진한 푸른색을 띠고 있었다.

남쪽의 선박과 작은 배가 나의 시야를 가르며, 부드러운 후광처럼 그것들을 감싸고 있던 금빛 안개 속으로 갑자기 떠오르는 것이 보였다. 나는 꿈, 문학이나 예술에서 그와 같은 비유를 알지 못한다. 눈에 보이는 익숙한 사물이 갑자기 창조적인 아름다움의 영역으로 들어가서 시나 아름다운 전설이 된 것 같다. 나는 햇빛 아래서 갑자기 눈에 드러나는 사물을 보게 된다면 사물의 이런 변신이 모든 밭이나 국도에서도 일어날 수 있음을 잘 알고 있다. 하지만 이곳에서 일어난 기적은 더 아름답고 특이하며 매력적이었다. 석호의 가벼운 금빛 물안개 말고 다른 것으로는 설명이 되지 않는다.

5월 7일

오늘 무지갯빛으로 빛나는 물을 지나 무라노에서 돌아오면서 부드럽고 독특한 무라노 유리 공예가 이곳에서 생겨난 것이 갑자기 이해된다고 생각했다. 그것은 하나의 착각이었다. 일은 그리 간단하지 않다. 그럼에도 사람들은 이곳에서 자연적인 것이 문화적인 아름다움의 차원으로 우아하게 승화했다고 느낄지도 모른다. 아무튼 조형과 선에 대한 감각이 부족한 베네치아인들이 즐거운 마음으로 그 매력적인 재료를 다룬 것은 분명하다. 또한 그들이 아무리 자유로운 상상력을 가졌다 해도 재료를 망치지 않고 늘 고상한 양식 감각을 간직했다는 것은 대단한 일이다. 그러한 감각의 전통은 오늘날에도 무라노에서 완전히 사라지지 않았다.

5월 8일

리도에서 방금 돌아왔다. 균일하게 암청색을 띤 바다는 하얀 거품을 일으키며 심하게 요동치고 있었다. 물은 미지근했고, 목욕은 상쾌했다. 늘 그렇듯이 바다와 석호의 대조는 놀라움을 안겨주었다. 오늘은 심지어 평소보다 더 했다. 색다른 기분이 들었다. 싸한 맛이 나는 바다 쪽으로 다가갔다. 잿빛을 띤 노란색 모래 너머로 넓고 푸른 바다가 펼쳐지자 가슴속의 환호성이 느껴졌다. 나는 기쁜 마음으로 멱을 감았고, 금속 빛이 나는 먼 바다를 한참이나 훑어보았다. 돌아오면서 이제 석호를 각성의 예감을 갖고 바라보았다. 거친 파도가 휘몰아치는 넓은 바다를 바라볼 때는 석호의 조용하고 창백한 수면이 내게 그런 느낌을 불러일으키리라고는 생각할 수 없었다.

나는 착각했었다. 이번에 나는 석호와 바다를 비교해선 안 된다는 사실과, 두 개의 아름다움이 판이하게 다른 아름다움이란 사실을 분명히 알았다. 나는 석호가 조용하고 조그만 파도에 의해 가려지는 것을 발견했다. 거의 모든 색이 사라져버렸다. 푸른 색이 날아가 완전히 창백한 색이 되었다. 하지만 파도는 진주색으로 깜빡이는 희미한 빛의 무한히 섬세한 쉼 없는 유희를 일으켰다. 모든 물마루의 밝은 쪽은 빛이 계속 어른거리며 반짝였다. 나는 이제 틴토레토와 위대한 파올로 베로네제[8]가 빛과 색 그늘의 믿을 수 없이 달콤한 광택을 어떻게 이용했는지 갑자기 알게 되었다.

(1911)

---

8 베네치아 양식의 화가들.

3

크레모나의 저녁

나는 또다시 산으로부터 이탈리아 저지대를 향해 달렸다. 눈
덮인 풍경으로부터 푸른 옥수수 지역의 묵직한 안개 속으로, 지
나치게 밝은 산과 계곡의 맑음으로부터 녹색을 띤 포 강 유역의
조용하고 따스한 무한함 속으로. 내가 다시 뜻하지 않게 며칠간
아무 일없이 묵게 된 베르가모 출신의 여관 주인은 나를 위해 크
레모나 행 열차를 어렵게 찾아주었다. 나는 두 시간 이내에 벌써
그곳에 도착했어야 했다. 열차는 언덕으로부터 연녹색의 드넓은
평원 속으로 출발했다. 하늘에는 엄청난 먹구름이 끼어 있었다.
모든 일이 순조롭게 되었다. 우리는 정시에 출발했고, 적당히 빠
른 속도로 여행했다. 반시간 뒤에 우리는 벌써 트레빌리오에 도
착했다. 그곳에서 이상하게도 많은 사람들이 차에서 내렸다. 홀
로 열차에 남은 나는 여행자의 느긋한 우월감으로 바삐 움직이

는 사람들을 지켜보았다. 그때 차장이 나도 내려야 한다고 소리쳤다. 알고 보니 이 열차는 이곳에서 더 이상 가지 않았다. 크레모나로 가려면 이곳에서 세 시간 반을 기다려야 했다.

그래서 나는 트렁크를 들고 열차에서 내려 역에 그것을 맡겼다. 이런 식으로 열차를 갈아타는 것이 영 마음에 들지 않았다. 전에 언젠가 이와 유사한 정거장에서 좋지 않은 경험을 한 적이 있었기 때문이다. 당시 나는 포사토 비코에서 하차했다. 움브리엔 북쪽의 폴리뇨 근처에 있는 도시였다. 급행열차가 서고 대기하는 교통 요충지에 여행 안내서에 나와 있지 않은 어떤 좋고 오래된 아늑한 도시가 분명 있으리라 생각했다. 혹시 볼만한 에트루리아풍의 조그만 시청이 있을지도 모르니까. 그러나 시청은 없었고 도시도 없었다. 나는 오후 내내 쓸쓸한 역에서 시간을 보내야 했다. 할 수 없이 나는 생각에 잠겨 역에서 조그만 도시 쪽으로 어슬렁어슬렁 돌아다녔다. 햇볕이 내리쬐는 거리는 먼지에 덮여 있었고, 그다지 기대할 것 없는 신축 건물들은 작고 허름했다. 그러나 실제로 어떤 조그만 도시가 있었다. 그 소도시는 아담하고 조용했으며 잠들어 있었다. 그 소도시에는 성 마르틴 교회가 있었다. 그 교회의 현관 벽에는 고딕 시대의 매력적인 성 마르틴이 말을 타고 있었다. 그림엽서 가게에는 늙은 여자가 있었다. 그녀는 언젠가 젊은 시절 며칠 동안 취리히에 가본 적이 있었다. 그녀는 아직 세 마디의 스위스 독일어를 알고 있었고, 내가 그녀의 말을 알아듣고 대답하자 마냥 즐거워했다. 나는 그 이래로 취리히가 번성한 이야기를 들려주었다.

최초의 시간은 빈둥거리며 보냈다. 나는 조용한 광장으로 가서 해가 비치는 조그만 탁자에 앉아 커피를 시켰다. 그리고 담배를 피우며 아주 작은 시골 소도시의 삶을 지켜보았다. 누군가의 장례가 치러지고 있었다. 하얀 어깨띠를 걸친 아이들이 촛불을 들고 있었고, 그에 맞춰 높은 탑에서는 약간 가락이 맞지 않는 낡은 실로폰 소리가 울려왔다. 그런 뒤 다시 조용해지다가 마침내 두루 여행 중인 자동차 한 대가 광장에 멈춰 섰다. 그러자 다시 활기를 띠게 되었다. 아이들이 몰려들었고, 운전사가 기름을 넣는 동안 둔탁한 소리의 경적을 울리기도 했다. 그런데 그것도 지나가자 한 무리의 새로운 아이들이 반쯤 졸고 있는 나를 깨웠다. 학교가 파한 것이다. 젊은이들은 맨발로 달려와 광장을 격렬한 삶으로 채웠다. 그들은 교회 앞의 방충석 위에서 체조를 하기도 했다. 다시 좋이 한 시간이 지나갔다. 나는 카페에서 나와 역으로 돌아가는 길을 찾아보았다. 어느 구석 창문의 돌림띠 위에는 활짝 핀 히아신스 네 그루가 화분에 담겨 있었다. 위를 쳐다보니 지하실처럼 그늘진 골목에서 밀랍처럼 희미하게 빛나고 있는 꽃들이 보였다. 꽃 뒤에는 두 명의 어린 소녀가 앉아 바느질을 하고 있었다. 예쁜 한 소녀는 나를 보지 않는 척했다. 하지만 열 걸음쯤 가다가 다시 몸을 돌려 또 한 번 쳐다보니 그녀는 깔깔거리며 웃고 있었다. 그녀는 자기 여동생과 우스꽝스런 대화를 시작했고, 낯선 이방인을 곁눈질하면서 자꾸만 웃음을 터트렸다. 유감스럽게도 나는 가야만 했다. 꽃으로 가득 찬 창가, 여동생을 데리고 있는 그 뒤의 소녀 때문에 트레빌리오에 머물 수는 없는 일이다.

역에서 질 좋은 포도주 한 잔을 마셨다. 기차가 왔고, 구름이 낮게 깔려 어둑해진 그 지역을 지나 남쪽으로 갔을 때 트레빌리오에 대해 만족스런 생각이 들었다. 바퀴의 소음 사이로 천둥소리가 들렸다. 얼마 안 있어 후드득 소리를 내며 비가 비스듬히 쏟아졌다. 그런 뒤 비가 오고 구름이 끼어 있는 흐릿한 하늘에 푸른색 좁은 섬이 수줍은 듯 빠끔 모습을 내밀었다. 이제 세찬 비가 그친 뒤 조용하고 좀 더 나직이 흘러내리자 흐릿한 창가에 저녁 불빛이 하나둘씩 들어오기 시작했다. 불빛의 물결이 더없이 넓은 평원에 쫙 퍼졌다. 평원의 적갈색 농토에서는 결실의 냄새가 났다. 거의 밤이 되어 크레모나에 도착했다. 내 여관이 있는 도시의 다른 끝까지 먼 거리를 우산을 쓰고 걸어갔다. 그 여관은 이탈리아에서 출장을 다니는 여행자와 시골에서 온 사제가 묵는 곳들 중 하나였다. 그것은 베르가모에서 추천받은 여관이었다. 먼 거리를 걷느라 지친 나머지 하마터면 다른 여관으로 갈 뻔했다. 하지만 나는 이미 몸이 젖어 있었다. 그러니 내가 견뎌낸 것을 후회하지 않는다. 여관은 평판과 다름없음이 입증되었다. 나는 그곳에서 야채수프와 가르다 호수에서 잡은 송어를 맛있게 먹고 기분 좋은 여행 분위기에 흠뻑 젖어 있었다. 그래서 도시 모습이 어떤지 궁금해 아직 밤이고 비가 오는데도 밖으로 나갔다.

나는 멀리 가지는 않았다. 빗소리가 나는 것 말고는 아주 조용하며 아름다운 아케이드가 있는 조그만 광장이 나왔다. 나는 우산을 접고 만족한 기분으로 홍예 복도 아래를 계속 걸어갔다. 좁은 골목을 건너뛰어 어둠 속에서 몇 개의 육중한 돌계단이 있는 곳에 이르렀다. 흥분하고 잔뜩 긴장해서 어느 커다란 건물 속으로 들어갔다. 높은 둥근 천장을 지나 어느 안뜰로 들어갔다가 건너편의 어두컴컴한 새로운 둥근 천장 안으로 들어갔다. 거대한 기둥들이 바깥의 비에 젖은 새로운 광장에 비쳤다. 나는 바깥으로 나가 의아해하며 위를 쳐다보았다. 놀란 시선으로 보니 눈앞에 성당 광장이 있었다. 기막히게 아름답고 대담한 건축학적인 하나의 그림이었다. 조그만 광장의 위에는 성당의 정면이 흐릿한 빛을 내며 놀랄 만치 균형 있고 흡족하게 우뚝 솟아 있었다. 커다란 정면 입구 위에는 불분명한 조각품과 아름답고 거대한 장미꽃 모양의 창이 있었다. 그 옆의 귀엽고 가벼우며 정교한 조그만 기둥 위에는 고상한 두 열의 조그만 원형 아치가 가볍고 우아한 자태를 뽐내고 있었다. 그리고 위쪽에는 박공 장식으로 두 개의 엄청나게 크나 속은 빈 대담한 소용돌이무늬가 있었다. 음악성과 소중한 조화로 가득 찬 이 모든 것이 동시에 눈에 들어왔다. 그 옆에는 환상적으로 높고, 말할 수 없이 높은 탑이 자랑스럽게 또 거의 끔찍한 모습으로 공중에 치솟아 있었다. 위쪽에는 조그만 회색 기둥들이 있는 회랑이 밤 속으로 뻗어 있었다.

나는 빗속에 서서, 이러한 건축물들의 크기와 거의 뻔뻔스런 대담함에 행복과 충격을 느끼며 그 놀라운 광경을 내 자신 속으로 빨아들였다. 이러한 거대한 소용돌이무늬가 하부 구조보다 나중에 생긴 것은 의심할 여지가 없었다. 그 소용돌이무늬는 전성기 르네상스 시대에 유희적인 대담함으로 저 위에 보태졌다. 고대 로마 건축물과 완전히 다른 시대에 만들어진 것임에도 그것들은 마치 그렇게 되어 있어야 하는 것처럼 자신 있게 그곳에 있었다. 이처럼 모든 것이 이 동화 같은 광장에 있었다. 모든 것이 대담하고 거대하며 극히 모험적으로 생각되었다. 그럼에도 모든 것은 아름다웠고, 감각과 절도로 가득 차 있었다. 거의 깜짝 놀랄 듯한 첫 인상은 좀 더 부드럽고 약해졌고, 온갖 급작스런 충격이 진작 가라앉자 그 첫 인상은 내 마음속에 순수하고 즐겁게 계속 울렸다. 내일 이 모든 것은 얼마나 아름다워지겠는가. 낮의 햇빛을 받으며 조용하고 느긋하게 바라보면 예기치 않은 얼마나 많은 아름다움이 거기에 첨가될지 누가 알겠는가.

여관방에 돌아와서 나는 오랫동안 침대 위에 앉아 있었다. 성당 광장의 순수한 음악이 여운으로 남아 내 마음속에 계속 울렸다. 그러는 사이에 떠오르는 기억의 영상들은 내게 건축물과 정원, 베르가모의 사람들, 기차 여행에서 본 넓은 평야의 풍경, 트레빌리오의 햇볕이 내리쬐는 석조 광장을 보여주었다. 몇 시간 전에 본 이 모든 것이 벌써 이상하게도 오래 전의 일처럼 여겨졌다.

나는 다시 한 번 곰곰 생각에 잠겼다. 우리 같은 사람을 여행 떠나게 하고, 특히 예술 여행을 떠나게 만드는 원동력은 과연 무엇일까? 우리는 무엇 때문에 수백 킬로미터 떨어진 곳으로 해마다 여행을 떠나는가? 무엇 때문에 좀 더 풍요로웠던 시대의 건축물과 그림들 앞에서 감사하는 마음으로 즐거워하는가? 무엇 때문에 우리와 아무 상관없는 낯선 민족들의 삶을 호기심어린 눈으로 지켜보며 흡족해하는가? 무엇 때문에 기차와 배 안에서 낯선 사람들과 잡담을 나누고, 이상하게도 낯선 대도시의 번잡한 거리에 귀 기울이는가? 한때 내게는 그런 것이 배움에 대한 일종의 욕구이자 교양에 대한 열기로 여겨졌다. 당시에 나는 옛 교회의 프레스코 벽화가 그려진 벽 위에서 수첩 가득 적어 넣었고, 식사에서 아낀 돈을 옛 조각품들의 사진을 찍는 데 썼다. 그 후 나는 그런 일에 다시 싫증나게 되었고, 풍경과 낯선 민족성만이 내 관심을 끄는 좀 더 가난한 나라들을 여행하기로 마음먹었다. 그때 내게 이러한 수수께끼 같은 여행 욕구는 일종의 모험심으로 생각되었다. 하지만 그런 것은 엄밀히 따져보면 여행 중에 겪는 모험이 아니다. 잘못된 곳으로 가버린 트렁크, 도난당한 외투, 뱀이 나오는 방, 모기가 있는 침대를 모험으로 간주하지 않는다면 말이다. 물론 그런 것 역시 제대로 된 것은 아니었다. 내게는 지금 교양에 대한 갈증이 거의 남아 있지 않으며, 전체 도시와 교회, 대형 박물관을 어슬렁거리며 지나가는 것으로는 지금 내게 아무런 도움이 되지 않는다. 반면 그러한 사물들에서 발견하고 보는 것을 옛날보다 더 심도 있고 섬세하게 향유하는 지금, 여행에서 모험적인 체험을 하게 되리라는 신뢰 역시 내게서 사라졌다. 그럼에도 나는 15년 전이나 10년 전, 또는 5년 전보다 드물지 않게 여행을 다니고, 여행에 대한 충동과 욕구도 그때보다 줄어들지 않았다.

내 생각에 여행하며 밖으로 돌아다니는 생활은 좀 더 지적으로 된 우리 같은 사람이 더욱 창백하게 체험하는 삶의 한 조각을 일반적으로 대체하는 것 같다. 뿐만 아니라 그 생활은 우리 여러 민족들에게 거의 완전히 사라진 순전히 미적인 충동에 의한 활동도 대체하는 것 같다. 위대한 시기의 그리스인이나 독일인, 이탈리아인에겐 그런 미적인 충동이 있었다. 아시아에서도 어디서나 아직 그런 충동을 발견할 수 있다. 가령 일본에서는 유치하지 않고 현명한 사람들은 목판화, 나무나 암석, 정원이나 하나하나의 꽃을 관찰하면서 우리에겐 흔치 않고 제대로 형성되지 않은 어떤 감각의 훈련, 원숙함과 전문적 지식을 향유하는 법을 터득하고 있는 것 같다. 순수한 직관, 어떤 목적 추구나 의욕에 의해 흐려지지 않은 관찰, 자체적으로 흡족한 눈과 귀, 코와 촉각의 훈련, 그것은 우리들 중 좀 더 섬세한 사람들이 짙은 향수를 느끼는 하나의 천국인 셈이다. 우리가 여행할 때 가장 잘 또한 가장 순수하게 추구할 수 있는 곳이 바로 그러한 천국이다. 미적으로 훈련된 사람은 언제나 그러한 집중을 할 수 있지만, 우리 같은 불쌍한 사람들은 적어도 속박에서 벗어난 이런 날과 순간에나 그것이 가능하다.

고향과 일상에서 벗어나면 우리는 어떠한 걱정도 하지 않고 일에서도 완전히 해방된다. 이러한 여행 분위기에서 우리는 평소에는 하지 못하던 일을 할 수 있게 된다. 몇 개의 훌륭한 그림 앞에서 조용히 감사하며 아무 목적 없는 시간을 보낼 수 있고, 고귀한 건축물에서 울리는 아름다운 음을 열린 마음으로 황홀하게 들을 수 있으며, 어느 풍경의 선을 진심으로 즐기며 따라갈 수 있다. 그때 평소 단지 우리의 의욕과 관계, 소망의 흐릿한 그물 속에서만 생각되던 것이 우리에게는 그림이 된다. 다시 말해 골목과 시장의 삶, 태양의 유희와 물이나 땅 위 그림자의 유희, 수관(樹冠)의 형태, 동물의 외침이나 움직임, 인간의 걸음걸이와 태도 같은 것이. 목적을 추구하는 삶으로부터의 이러한 해방을 마음속으로 추구하지 않고 여행을 떠나는 자는 아무런 결실 없이 빈손으로 돌아오고, 기껏해야 자신의 교양이라는 주머니를 약간 묵직하게 해야 한다는 부담을 가질 뿐이다.

하지만 순수하게 바라보고 사심 없이 받아들이려는 이런 미적 충동은 더 넓고 높은 관계를 갖지 않는가? 그 충동이 막연한 쾌감에 대한 동경에 불과한 걸까? 그 충동이 단지 소홀히 한 힘과 욕구의 복수하고 경고하는 고통에 불과한 걸까? 은폐된 배고픔과 은폐된 에로틱, 은폐된 분노와 은폐된 약함에 불과한 걸까? 이 모든 것에도 불구하고 만테냐[9]의 그림을 보는 것이 멋진 도마

---

9 Andrea Mantegna(1431~1506). 이탈리아의 르네상스 시대 화가이자 판화가.

뱀을 보는 것보다 내게 더 많은 것을 주는 건 무엇 때문일까? 조토[10]나 시뇨렐리[11]의 그림이 그려진 예배당에서 보내는 한 시간이 해변에서 뒹굴면서 보내는 한 시간보다 더 많은 의미가 있는 것은 결국 무엇 때문일까?

그렇다, 요컨대 우리는 어디서나 인간적인 것을 추구하고 갈망한다. 내가 어떤 아름다운 산에서 즐기는 것은 우연한 현실이 아니다. 나는 나 자신을 확인한다. 나는 보고 선을 느끼는 능력을 즐긴다. 나는 어느 낯선 아름다운 경치에서 결코 문화로부터 달아나버리지 않고, 경치에서 나의 감각과 사고를 시험해 보면서 순전히 문화를 익히고 사랑하며 즐긴다. 따라서 나는 언제나 다시 감사하며 순순히 예술로 되돌아간다. 따라서 어느 대담한 건축물, 어느 아름답게 그려진 벽, 어느 좋은 음악, 어느 가치 있는 그림은 결국 제어되지 않은 자연을 관찰하는 것보다 더 많은 향유, 막연한 탐색이라는 더 많은 만족을 내게 허용해준다. 내 생각에 미적 충동이 지향하는 바는 가령 우리 자신으로부터 벗어나는 것이 결코 아니다. 오히려 우리의 나쁜 본능과 습관에서 벗어나 우리 내부의 가장 좋은 것을 확인하고, 인간 정신에 대한 우리의 은밀한 믿음을 확인하는 것이다. 바다에서의 기분 좋은 미역감기, 즐거운 공놀이, 대담한 눈 속 방랑이 나의 신체적인 자아를 확인해주고, 최상의 욕구와 예감 속에서 자아의 옳음을 인정

---

10 Giotto di Bondone(1266?~1337), 이탈리아의 화가이자 건축가.
11 Signorelli Luca(1445~1523), 이탈리아의 화가.

하며, 별 탈 없는 삶을 통해 자아의 갈망에 답하듯이, 인간 문화와 지적 성과라는 위대한 보물은 순수한 직관으로 인간성 일반에 대한 우리의 강력한 믿음에 답하기 때문이다. 티치아노의 그림들이 내 예감을 실현시켜주지 않는다면 그의 그림을 보는 즐거움은 무엇 때문에 나의 충동을 확인하고 나의 꿈을 정당화해주겠는가?

그러므로 내 생각에 우리는 깊디깊은 근저에서 인간성의 이상에 대한 구도자로서 외지를 여행하고 바라보며 체험하는 것 같다. 그런 점에서 미켈란젤로라는 인물, 모차르트의 음악, 투스카니아 지방의 성당이나 그리스의 신전이 우리의 생각을 확인하고 굳건하게 해준다. 어떤 감각, 심오한 통일, 인간 문화의 불멸성에 대한 우리의 갈망의 강화와 정당화는 그런 것을 굳이 생각하지 않더라도 우리가 여행하면서 특히 진심으로 향유하는 바로 그것이다.

나는 오랫동안 자리에 앉아 곰곰 생각에 잠겼다. 여러 생각들이 아주 어릴 때부터 한 수백 번의 여행에 대한 추억들과 합류했다. 내게는 다음 사실이 분명해졌다. 아무리 많은 시간을 빼앗고, 아무리 늦게 되고 피곤해지며 좀 더 약해진다 해도, 우리 여행 충동의 진정한 의미인 체험은 자신의 광채를 결코 완전히 잃지는 않으리라. 내가 10년이나 20년이 지나 지금과는 다른 견해나 체험, 다른 삶의 감정으로 세상을 여행한다 해도 그것은 결국 지금과 같은 의미에서 일어날 것이다. 나라와 민족의 온갖 차이나 매

력적인 대립성을 넘어서 모든 인간성의 통일적인 의미는 내게
점점 더 많이 또 점점 더 분명히 다가올 것이다.

(1913)

4
코모 호숫가 산책

늦은 오후였다. 맑은 하늘에 돌풍이 불기도 하고 때로는 조용히 비가 내리기도 하면서 날씨가 오락가락 했다. 날은 서늘했다. 산들에서는 상쾌하고 창백한 눈이 내려다보았다. 나는 코모에서 하차했다. 고트하르트에서 오는 경우 그러는 것이 이탈리아 땅으로 가장 멋지게 입장하는 것 같아서였다. 산은 아직 가까이에 있다. 그렇지만 예감과 소망에 의해 평지와 먼 곳의 조용한 결실이 느껴진다. 코모는 북부 이탈리아적인 좋은 유형의 소도시다. 깨끗하고 유복하며, 친절하고 손님을 후대한다.

루가노나 모든 유명한 호반도시와는 달리 코모는 호수를 등지고 있다. 사람들은 아담하고 조그만 포구에서, 주머니에 표를 갖고 멋진 구경을 하려는 의무감에 잘 정돈된 경치의 맞은편 맨 앞줄 특별석에 앉아야겠다는 지루하리만치 불안한 감정을 갖지 않

3부 이탈리아

는다. 사람들은 별 생각 없이 귀엽고 생기 있는 도시를 어슬렁거리며 걷는다. 옛날의 아름다움은 자못 풍부하지만 어디서도 박물관이 있을 것 같은 인상은 주지 않는다. 이곳 사람들은 외지인을 친절하게 견뎌준다. 외지인은 괴물로 여겨지는 놀라움의 대상도 아니고 억측의 대상으로 악용되지도 않는다. 벌써 이곳에서 골목의 삶은 이탈리아적인 매력을 지니고 있다. 수공업자들은 노래 부르며 야외에서 일하고 있다. 아름답고 민첩한 소녀와 아낙네들은 귀여운 거리에서 숲 속의 행복한 새처럼 움직인다. 그들은 무게를 잡지 않고, 새나 나비와 마찬가지로 애교를 부리지 않는다.

조용한 걸음으로 골목을 지나 항구의 텅 빈 광장에 도착했을 때 날씨는 좋은 시간을 약속해주는 것 같았다. 조그만 증기선이 대기하고 있다가 출발의 뱃고동 소리를 울렸으므로 나는 판자다리를 지나 급히 달렸고, 어디로 가는지 알지도 못한 채 무턱대고 배에 올라탔다. 우리는 단지 큰 항구에 불과한 코모의 보잘것없는 내항에서 빠져나와서는 별장과 봄의 정원들을 지나 더 넓은 호수로 들어갔다. 차가운 바람이 조그만 갑판 위를 휩쓸고 지나갔다. 몇몇 여행객이 엔진 부근에 모여 있었다. 나는 이 호수를 결코 제대로 사랑할 수 없었다. 그것은 대단히 아름답고 찬란히 빛나며, 자신의 풍요로움을 무척 순순히 제공한다. 그러나 호수가 가질 수 있는 가장 아름다운 것인 멋지게 펼쳐진 고요한 호안湖岸이 없다. 산들은 부담스러울 만큼 높고, 가차 없이 가파르게 떨어진다. 위쪽은 험준하고 황량하며, 아래쪽은 마을과 정원, 여름 별장과 여관들이 정말로 많다. 모든 것이 근사하고 가까운 화려한 현실이다. 모든 것이 맑은 소리를 내며 화려함과 충만함으로 빛난다. 갈대가 무성한 늪지대나 잠들어 있는 버드나무, 호숫가의 축축한 풀밭이나 유혹적인 황량한 덤불 어디에도 꿈과 예감을 위한 장소는 남아 있지 않았다.

그럼에도 나는 이번에도 대단한 아름다움에 강하게 끌리고 매혹 당했다. 가파른 산비탈에 위치한 마을의 낭만적인 암석, 정원과 공원, 보트 선착장을 갖춘 귀족적인 별장의 자부심 강한 근엄함, 농장주와 건축물들의 이웃을 배려하는 사교성에. 마을들 중 토르노라고 불리는 곳이 있었다. 요염한 혀 모양의 갑에 위치한 그 마을의 모습이 무척 우아하고 매력적이어서 나는 하마터면 배에서 내릴 뻔했다. 배는 변덕스런 만을 따라 호안 가까이에서 달렸다. 어린 너도밤나무의 연한 푸른색 뒤에는 소리 없는 기다란 폭포가 불가사의하게 하얗고 뿌연 색으로 흘러내렸다. 그 폭포는 여기 어디서도 그런 것을 찾을 수 없을 만치 숨겨져 있어 조용했다. 조그만 마을 자체는 언덕의 약간 경사진 곳에 자리하고 있었다. 호수에서 바라보면 마을의 황홀한 앞면이 보였다. 다시 말해 넓고 평평한 돌계단이 있는 선착장과 세탁장, 발치에 묶어 놓은 보트들, 아치형 대문과 조그만 발코니를 갖춘 녹색으로 뒤덮인 집, 조용하고 밝은 자갈밭, 그 뒤의 아름다운 교회의 정면과 탑, 어린 나무들 아래 항구의 반원형 담벼락이. 그것은 완벽하

3부 이탈리아

고 균형이 잘 잡힌 그림이었다. 무척 사랑스러운 마을이어서 나는 마지막 순간 아름다운 영상을 파괴할 결심을 할 수 없었다. 나는 내 자리에 머물러 있었고, 그 조그만 보석이 지나가게 하고 옆으로 밀어붙여 좀 더 작아지게 했다. 나는 그 마을에 감사하며 고개를 끄덕였고 쉽게 작별할 수 있었다. 나는 '첫눈에 반하는' 일이 경치에서보다 그림과 특히 건축 양식에서 좀 더 자주 확인되는 것을 발견했다.

호수 저 건너편에 있는 몰트라시오에서 배는 멈추었다. 나는 배가 여기서 한 시간쯤 머물다가 코모로 돌아간다는 것을 알았다. 그래서 배에서 내려 이방인의 유쾌한 기분에 젖어 마을로 어슬렁거리며 들어갔다. 정면이 매끄럽고 평온하며, 창문이 닫혀 있는 위압적일 만치 큰 조용한 별장에는 눈길을 끄는 것이 아무것도 없었다. 나는 정면 입구의 높다란 격자 창가에 서서 엄격히 대칭을 이룬 약간 경사진 정원을 들여다보았다. 달걀꼴의 조그만 연못 위에는 동백꽃이 피어 있었고, 잔디밭에는 별 모양의 푸른 꽃들이 피어 있었다. 정원에서 위쪽의 집으로 넓고 우아한 공원길이 나 있었다.

그런 뒤 나는 첫 번째 오솔길을 따라 산 위로 계속 올라갔다. 끝없이 이어지는 높다란 돌담 옆의 무수히 많은 돌계단 위로 길이 나 있었다. 돌담 위에는 조그만 계단식 지형에 높다란 측백나무가 일정한 간격으로 솟아 있었다. 집들이 나타났고, 가까운 골목에서 희미하게 들리는 사람 소리와 섞여 어디선가 물 떨어지는 소리가 들렸다. 오솔길은 좁아지다가 어두워지는 지붕들을 지나 어느 교회의 조그만 앞뜰로 나 있었다. 나는 교회로 들어갔다. 교회는 텅 비어 있었다. 나는 색색의 귀여운 프레스코 벽화가 그려진 합창대 앞에 잠시 머물렀다. 나는 발걸음을 돌려 아치형 천장 아래를 지나갔다. 그리고 약간 굽어진 조그만 다리 위에서 갑자기 발길을 멈추었다. 내 위에는 거품을 내며 급류가 흐르고 있었다. 그 급류는 아래쪽으로 떠 있는 다리들을 지나 이끼 낀 담장과 녹색의 정원 울타리 사이 서너 개의 독특한 폭포에서 골짜기에 이르렀다. 귀여운 소녀들이 머리에 구리 솥을 이고 물을 나르고 있었다. 소녀들은 다리 위에서 균형을 잡고 걸어가 좁은 골목의 습기 찬 어둠 속으로 사라졌다.

나는 갓 씨앗을 뿌린 채소밭을 지나 언덕길을 계속 걸었다. 가끔 저 아래와 멀리 호수 쪽을 바라보기도 했다. 곧 돌아갈 시간이 되었다. 나는 선착장이 있는 길을 둘러보기 시작했다.

그러다가 뜻하지 않게 높다란 측백나무들 사이의 풀이 무성한 길 쪽으로 빠져들었다. 위쪽과 아래쪽에는 커다란 정원의 신록으로 덮인 담벼락이 있었고, 그 옆에는 비바람에 풍화되어 쓰러질 것 같은 회색의 종탑이 있었다. 사위가 조용하고 서늘했으며 동화 속에서처럼 잠들어 있었다. 나의 시선은 왼쪽의 기다란 정원 담벼락을 좇았다. 나는 담벼락에 창문 같은 시커먼 구멍이 나 있는 것을 발견하고 좀 더 가까이 다가갔다. 낡은 석조 건축물엔 깊고 음침한 벽감壁嵌이 입을 크게 벌리고 있었다. 철제 격자는 잠

겨 있었다. 격자 뒤 차가운 어스름 속에서는 무언가 이상하게 창백한 것이 희미하게 빛나고 있었다. 좀 더 가까이 가서 보니 해골로 만든 커다란 피라미드였다. 그것은 기념하고 경고하기 위해 여기 어둠 속에서 수많은 시대를 견뎌내고 있었다. 그 광경은 내게 낯설지 않았다. 나는 오스트리아와 알사스 지방에서 그런 해골 피라미드를 여러 번 본 적이 있었고, 그런 것을 결코 색다르게 여기지 않았다. 하지만 이 피라미드는 나를 황홀하게 했고, 나의 기억에서 잊히지 않고 있다. 그도 그럴 것이 경직된 질서 속에서 히죽거리며 삶의 무상함을 드러내 보이는 음침하고 시커먼 격자가 아이들 손에 의해 온통 싱싱한 진홍색 동백꽃으로 장식되어 있었기 때문이다. 해골 피라미드 앞 철제 격자의 어린이다운 환한 꽃 장식은 뱃길이나 화려한 호안, 폭포나 평화로운 그림이 있는 합창석보다 더욱 강렬하게 내 기억 속에 깊이 아로새겨져 있었다.

· (1913)

5

베르가모

　현대식 역과 현대식 도시가 나를 반가이 맞아주었다. 넓고 으리으리한 길가에는 식당과 가게들이 밝게 빛나고 있었다. 비가 오는 음산한 저녁인데도 많은 사람들이 길을 오가고 있었다. 시가 전차는 만원이었다. 전차는 구시가지와 케이블카 역 쪽으로 갈수록 점점 텅 비어갔다. 마침내 나는 케이블카에 거의 혼자 타게 되었다. 내 발 밑에는 활기찬 저녁 도시의 불빛이 명멸하고 있었다. 위에서는 시멘트를 바른 평범한 승강장이 나를 맞아주었다. 나는 호기심 어린 눈으로 실내에서 바깥으로 나가 어두운 구도시의 한가운데에 있었다. 좁은 골목은 텅 비어 있었고, 가게 문은 닫혀 있었다. 갑자기 나는 집들 사이에 불쑥 솟은 있을 법 하지 않은 높은 탑을 보고 깜짝 놀랐다. 그 탑은 위쪽 밤 속으로 자취를 감추었다. 내가 갑자기 남쪽 토스카나나 중부 지역 움브리아의 산악 마을에 있는 것처럼 생각되었다.

놀랍게도 그 직후 골목은 해체되어 크고 무척 아름다운 광장으로 흘러 들어갔다. 오른쪽엔 기다란 아치형 복도가 있었고, 왼쪽에는 현대적인 커다란 기념비가 흐릿하게 보였다. 아무래도 가리발디[12] 상像인 것 같았다. 그 뒤에는 고상한 검은 건축물이 있었다. 기둥이 묵직하고 아치형 천장이 아름다웠다. 광장 전체에는 약국과 조그만 카페의 흐릿하게 불 밝혀진 유리창 외에는 개미 한 마리 얼씬 하지 않았다. 약국의 창문에는 녹색과 주황색 병들이 보석처럼 빛나고 있었다. 나는 심호흡을 했다. 오래 전부터 나는 더 이상 이런 야밤에는 이탈리아의 낡은 집에 들어가지 않았다. 예감에 부푼 나머지 어둠에 유혹되어, 느닷없이 나타나는 고상한 건축물에 놀라, 좁은 석조 골목의 축축한 안개에 이끌려.

여관에서 나는 붉은 포석이 깔린 방을 얻었는데, 궁전처럼 큰 방이었다. 부드러운 염소 구이를 먹었고, 포도주는 질이 좋았다. 주인에게는 아름다운 처제가 있었다. 그럼에도 나는 곧 다시 밖으로 나갔다. 사람들이 부지런히 오가는 커다란 석판 위로 비가 부드럽게 떨어졌다. 극도로 화난 네 마리 사자가 지키는 가리발디 상은 높다란 대좌臺座 위에 근엄하고도 약간 침울하게 서 있었

12 Giuseppe Garibaldi(1807~1882). 19세기 이탈리아 통일운동에 헌신한 군인·공화주의자. 공화주의에서 사르데냐 왕국에 의한 이탈리아 통일주의로 전향. 해방전쟁 때 알프스 의용대를 지휘했고 남이탈리아 왕국을 점령하는 등 이탈리아 통일에 기여했다.

3부 이탈리아

다. 그 중 세 마리의 으르렁거리는 청동 입에 2솔도[13]씩 넣어주었다. 다음 날 아침에 가보니 동전이 모두 그대로 있었다. 그동안 나는 그 기념비 주위를 돌아다니다가 어느 놀라운 궁전 앞에 멈추어 섰다. 일층에는 아치형 천장이 있는 엄청나게 큰 회랑이 있었는데, 바깥쪽에는 각진 굵은 기둥이 있었고, 안쪽에는 아름답고 무척 가벼운 둥근 기둥이 있었다. 회랑을 통과해 가니 왼쪽에 성당으로 통하는 무척 크고 하얀 계단이 보였다. 눈앞에는 환상적으로 보이는 커다란 두 번째 성당이 버티고 있었다. 밤하늘에 둥근 지붕은 흐릿하게 보였다. 고딕식으로 보이는 아주 오래된 정면 입구의 조그만 둥근 천장 아래에는 인물 모형들이 있었다. 옆쪽으로 정면이 화려하고 장식이 많은 예배당이 하나 있었다. 모든 것은 희미한 빛 속에 흐릿하게 보였고, 모든 것은 더없이 아름다운 놀라움을 줄 것 같은 예감과 약속으로 가득 차 있었다. 나는 내일에 대한 기대에 차서 흥분된 마음으로 옆을 지나갔다. 여행안내서나 관광 안내 책자를 보고 긴장과 여행의 참맛을 망치려는 생각은 조금도 하지 않았다.

다음 날 아침에 나는 이제 낮의 햇볕 속에 밤의 모든 약속을 실현시킨 광장으로 맨 먼저 다시 갔다. 가리발디 상만은 위엄이 떨어졌다. 동상은 높다란 대좌 위에 초라하게 서 있었다. 지금 보니 네 마리의 사나운 사자들은 아둔해 보였을 뿐만 아니라 다행스

---

13 이탈리아의 화폐. 리라의 20분의 1.

럽게도 무척 작았다. 아치형 회랑이 있는 궁전에는 베르가모의 유명한 도서관이 있었다. 그 도서관은 수백 권의 희귀본을 소장하고 있다고 한다. 마음만 있었다면 그것을 볼 수 있었을지도 모른다. 기둥들에 의해 지탱되는 속빈 벽돌 지붕을 인 대담하고 거대한 계단이 도서관으로 통하고 있었다. 나는 도서관은 내버려두고 기대감에 차서 회랑을 통과해 시인 타소를 묘사한 역동적인 어느 바로크 조각상 옆을 지나갔다. 이제 나는 밤에는 유령처럼 내 쪽을 쳐다보던 두 개의 성당 건축물을 바라보았다. 그것들은 아침 햇살에 분명하고 대담하게 서 있었다.

건너편엔 성당이 장엄한 모습으로 즐겁게 환히 서 있었다. 들어가는 입구 앞엔 넓고 위엄 있는 계단이 있었다. 성당 옆으로 내 앞에는 성모 마리아 마조레 성당이 있었고, 그 옆에는 증축 중이며 놀랄 만치 외관과 실내 장식이 거친 콜레오니 예배당이 자리하고 있었다. 교회의 정면 입구 앞에는 조그만 돌출 건축물이 있었다. 다시 말해 여섯 개의 보잘것없는 돌계단, 두 마리 사자가 떠받치는 기둥 위의 넓은 로마식 원형 아치가 그것이다. 로마식 아치 위에는 높고 대담한 고딕식 구조물이 있었다. 세 개의 벽감이 있는 조그맣고 귀여운 일종의 회랑이었다. 벽감마다 오래되고 소박한 조각물이 있었는데, 가운데 조각물은 말을 타고 있었다. 각각의 조각물 위에는 지붕이 뾰족한 좁은 층이 있었다. 어떤 조그만 방 앞에는 두 개의 밝고 귀여운 기둥이 있었고, 그 안에는 세 명의 성자가 있었다. 이 모든 것에는 수줍은 우아함과 야생의 순진무구함, 익명성의 매력이 있었다. 이러한 종류의 예술품은 원시 부족의 예술품과 마찬가지로 한 사람의 머리가 아닌 전체 세대와 전체 부족의 생각과 감정에서 나온 것 같기 때문이다.

성당에 들어가기 전에 내 시선은 콜레오니 예배당의 장식이 지나친 정면에 머물러 있었다. 건물의 윤곽은 분명 아름답고 단순했다. 입증된 옛날식 배열의 운치 있는 반복이었다. 정면 입구와 두 개의 미닫이 창, 정면 입구 위의 커다란 장미꽃 모양의 창, 위에는 마지막으로 귀엽고 작은 기둥이 있는 밝고 가벼운 회랑이 있었다. 하지만 무언가가 맞지 않는다. 전체가 전적으로 순수하게 완벽히 어울리지는 않는다. 벽과 둥근 지붕 사이에는 뭔가 텅 비어 있고 불완전하다. 게다가 사람들은 정면 전체에 훗날 성당 내부에 있던 크고 작은 수백 개의 조각들을 붙였다. 내부를 새로 단장할 때 그런 것들은 없어도 되었던 것이다. 그곳에는 크고 작은 기둥들, 온갖 가능한 재료들로 된 부조浮彫들, 초상화와 조그만 천사들이 우글거리고 있다. 건물의 토대가 되는 두 가지 색의 대리석 무늬는 유감스러운 많은 현대식 마룻바닥처럼, 모든 자연 법칙을 거슬러 확연히 사람의 눈에 띄는 정육면체들의 배열처럼 보이게 한다. 아, 이탈리아인의 몰취미와 심한 탈선을 찾아내서 때때로 좋은 기분이 들기도 한다. 정말이지 때로 충분히 외적이고 아주 뛰어난 그들이 아닌가. 하지만 우리와는 달리 그들은 건축과 장식에서는 그런 고약한 실수를 저지르는 경우가 거의 없다.

나는 문신한 모습에 겁먹지 않고 예배당 안으로 들어갔다. 그
곳에는 베네치아의 콜레오니 장군[14]이 딸과 함께 묻혀 있다. 그리
고 지금도 거기서는 신심 깊은 야전군 사령관이 거액의 기부를
한 것을 기려 매일 그를 위한 미사를 드리고 있다. 오목한 벽감에
있는 그의 관 위에서 금색으로 빛나는 장군은 다소 경직된 위엄
을 보이며 위대하고 멋진 모습으로 금도금한 말을 타고 있다. 바
로 옆의 벽에는 돌로 조각된 가냘픈 어린 딸이 돌베개를 베고 귀
엽고 우아한 모습으로 누워, 커다란 아버지처럼 자신의 존속 기
간과 명성에 대해서는 알지 못한 채 미지의 예술가에 의해 불멸
의 존재가 되어 잠들어 있다. 감동적인 아름다운 모습이다.

이제 호기심어린 눈으로 기둥을 지탱하는 정면 입구의 불그
스름한 사자 상들을 지나 커다란 성당을 향해 서둘러 가서 안으
로 들어갔다. 이내 경건하고 장엄한 빛과 향기에 둘러싸였다. 어
두운 제단화와 흐릿한 프레스코 벽화 위는 으스름한 금빛으로
반짝였다. 벽감과 벽에는 끌로 새기고 조각한 갖가지 작품이 있
었고, 어디에나 화려함과 풍부함이 넘쳐흘렀다. 사람들은 그곳
을 통과하고 자랑스러운 과거의 열정과 자부심을 호흡하며, 퍼
뜩 알아채고 돌로 된 얼굴, 풍경화나 풍경화의 느낌을 주는 그림,
금색 장식에 인사하고는 계속 걸어간다. 가면서 흘끗 본 것은 잊
어버린다. 남아 있는 것은 풍부한 화려함과 품위 있는 어스름의

---

14 Bartolomeo Colleoni(1400~1475). 1454년 베네치아 군의 사령관으로 취임한 장군
으로서 15세기 최고의 전략가로 평가받는다.

음향뿐이다. 그러나 사람들이 다시 잊지 않는 것이 한 가지 있다. 그것은 이 특이한 성당의 성가대 석이다. 모두 합해서 몇 십 개쯤 되는 이 걸상들 뒷면은 그림 하나하나가 상감 세공으로 되어 있다. 로렌초 조토나 베르가마스카의 다른 예술가들의 스케치에 따라 조각하고 조립한 것들이다. 할아버지와 아들, 손자들이 150년 이상 작업해서 그 일을 해냈다.

정말이지 이 시간과 수고가 아깝지 않다. 이러한 소중하고 우아하며 매력적인 예술보다 더 큰 행복을 주는 것은 볼 수 없다. 목재들은 갈색, 노란색, 녹색, 흰색, 벌꿀색이고, 같은 향내와 금빛을 내는 모든 것은 풍부하고 따스한 음색으로 은은히 빛을 발한다. 눈은 미지근하고 기분 좋은 목욕을 한다. 그때 아브라함은 하가르를 쫓아내고, 솔로몬은 판결을 내린다. 다윗은 사울 앞에서 하프를 연주하며 거인을 때려죽인다. 유디트는 홀로페르네스의 천막에서 나오고, 족장들은 천막과 신전 안이나 또는 표정이 풍부하고 그리움에 젖은 나무들과 바위투성이 산맥이 있는 아름다운 풍경 속을 거닐며 행동한다. 군데군데 특별한 광채를 내는 간판이 보이고, 소묘에 대한 섬세한 착상이 즐겁게 떠오른다. 하지만 평소에는 150년 전에 제작된 이 모든 그림들은 애정 넘치는 작업 덕택으로 의연히 똑같은 매력과 똑같은 풍부한 색조, 똑같은 참을성 있는 정확함과 신중한 기품을 지니고 있다. 나는 승려풍의 미세화에서만 이 고귀한 단순함을 감지했고, 유쾌하게 선명한 채색으로 유혹한다는 생각을 가졌다. 조용하고 섬세하며

참을성 있는 사람이 있었음이 분명하다는 생각을. 그들은 지칠 줄 모르고 예술에 정진하고, 낮의 햇빛에 대해선 아무것도 알지 못한 채 품격 있게 묘사하며 햇볕을 쬐었고, 자신의 숙련된 재능을 기뻐했다. 우리는 일본의 목공예와 중국의 자수刺繡를 보고도 같은 인상을 받는다.

　나는 성당 안을 들여다보았다. 흰색과 금색, 그리고 이상하게도 냉정함과 결합한 화려함을. 그런 뒤 일광의 유혹에 따라 비스듬히 경사진 조그만 광장으로 올라갔다. 거기 석판들 사이에는 얇고 뾰족한 연녹색 풀이 자라고 있었다. 그 뒤의 거대한 궁전의 열린 창문에서는 초등학생들이 단조로운 음성으로 낭송하는 소리가 흘러나왔다. 나는 거창하게 테르치 광장이란 명칭을 지닌 한적하고 외진 구석 쪽으로 계속 걸어갔다. 조그만 광장의 한쪽은 높다란 계단식 담장으로 이루어져 있었다. 조악하고 묵직한 담장은 매혹적으로 커다란 벽감에 의해 중단되어 있었고, 그 안에는 실물보다 큰 아름다운 여성 조각상이 부드럽고 기품 있게 서 있었다. 아마 곡물의 여신인 듯싶었다. 이 모든 것 위에는 마지막으로 작고 귀여운 회랑이 있었고, 그 양쪽에는 풍요의 뿔과 볏단을 지닌 두 개의 동자상이 있었다. 난 황홀한 기분으로 그대로 서 있었다. 그것은 이탈리아에서 최상인 한 부분이었고, 수많은 조그만 놀라움과 여행의 기쁨들 중 하나였다. 그런 것 때문에 여행하는 보람이 있는 것이다. 몸을 돌리자 조각상 맞은편에 궁전의 정면 입구가 열려 있었다. 높고 순수한 아치 아래에는 식물과 현등이 있는 뜰이 보였고, 그 뒤로는 하나의 우아한 난간과 윤곽이 선명한 두 개의 커다란 입상立像이 공중에 꿈결처럼 떠 있었다. 담장의 좁은 구석에서 보니 그것들은 포 평원 위의 공간이 무한히 멀고 넓다는 예감을 일깨웠다.

(1913)

4부
인도

Reise von Hermann Hesse

1

밤에, 수에즈 운하에서

두 시간 전부터 배에 모기들이 달려들어 성가시게 군다. 날씨가 몹시 덥다. 그래서인지 지중해의 명랑한 분위기가 놀랄 만치 급히 사그라졌다. 많은 이들은 홍해의 악명 높은 열기를 무척 두려워하고 있다. 하지만 대부분의 승객들은 짧은 휴가를 보내거나 고향 방문을 하고 집에 돌아가는 길이거나 또는 난생 처음 여행에 나선 사람들이다. 이제야 그들 모두에게서 고향이 가라앉기 시작하고, 더위와 모기, 모래, 일찍 떠오르는 아침 해와 함께 동양의 세계가 불쑥 모습을 드러낸다. 그들 모두 그곳에서 돈을 벌긴 하지만 그렇다고 동양을 좋아하지는 않는다. 몇 쌍의 젊은 독일인이 이등칸의 식당에서 먹고 마시고 있을 뿐 대부분의 승객은 벌써 선실에 들어와 있다. 포트사이드에서 우리 배에 탄 이집트 검역관은 언짢은 기색으로 왔다 갔다 하고 있다.

잠을 청해보려고 조그만 선실의 침대에 몸을 눕힌다. 머리 위에는 선풍기가 덜덜거리며 돌아가고 있다. 조그만 둥근 창구멍으로 내다보니 뜨거운 밤이 검푸른 색을 띠고 있다. 작은 모기들이 윙윙거리며 노래 부른다. 제노바를 떠난 이래 오늘만큼 조용한 밤이 없었다. 길고 황량한 철둑에 카이로 발 열차가 나타났다. 몇 시간 전부터 그 열차가 조용히 선로를 구르는 소리 외엔 어떤 소음도 들리지 않는다. 그 열차는 유령이라도 나올 듯한 인근 지역을 헐떡이며 지나가더니 넓고 황량한 풍경의 갈대밭 속으로 묘한 여운을 남기며 사라져버렸다.

미처 잠이 들기 전에 엔진이 갑자기 멎는 바람에 나는 번쩍 잠이 깬다. 우리는 가만히 누워 있다. 난 옷을 입고 상갑판으로 올라가본다. 주위는 일찍이 겪어보지 못한 고요에 휩싸여 있다. 시나이 산에서 기우는 달이 다가온다. 멀리 떨어진 탐조등에서 이리저리 비추는 불빛에 희미한 모래더미가 죽은 듯이 빛을 잃고 모습을 드러낸다. 끝없는 검은 줄무늬 물 자국 속에 눈부신 반사광이 깜박인다. 묵직하고 희미한 달 아래 수많은 호수와 늪지, 웅덩이와 골풀이 자라는 연못의 애처로운 수면이 노란색으로 차갑게 번득인다. 우리가 탄 배는 더 이상 움직이지 않는다. 외침이나 뱃고동소리도 내지 않는다. 배는 마법에라도 걸린 듯 꼼짝 않고 서 있다. 그러나 사막에는 위로를 주는 현실이 넘친다.

후갑판에서 상하이 출신의 조그맣고 우아한 중국인과 마주친다. 그는 난간에 꼿꼿한 자세로 기대어 서서 검고 총명한 눈으로 탐조등을 뒤쫓는다. 그러면서 언제나처럼 귀여운 미소를 짓는다. 그는 『시경詩經』을 완전히 암기할 줄 안다. 중국의 온갖 시험을 다 치렀는데 이젠 영국의 몇몇 시험도 치르려 한다. 그는 물 위에 비치는 달빛에 관해 유창한 영어로 부드럽고 상냥하게 말하며 독일과 스위스의 아름다운 경치를 칭찬한다. 그는 중국을 자랑하고 싶지 않은 모양이다. 그러나 유럽을 칭찬하는 말을 할 때는 예의를 갖추기는 해도 우월감이 가득하다. 마치 상냥한 형이 동생의 강한 팔을 칭찬하는 것 같다. 우리 모두는 바로 이 무렵 중국에서 황제의 목이 달아날지도 모르는 대혁명이 새로 시작되고 있음을 알고 있다. 상하이 출신의 작고 우아한 그 남자는 분명 우리보다 훨씬 많이 알고 있을 것이다. 그가 지금 여행하고 있는 게 결코 우연이 아닐지도 모른다. 하지만 그는 태양에 빛나는 산봉우리처럼 조용하고 순진하다. 온갖 불편한 질문에도 득의만만한 미소를 띠고 예의 바르고 명랑하게 받아넘긴다. 그런 명랑한 태도에 우리 모두는 어리둥절해하고 나는 황홀해한다.

해안에 조그만 밝은 반점 같은 게 나타난다. 하얀 개 한 마리다. 개는 해안을 따라 한동안 달리다가 여윈 목을 길게 빼고 우리 쪽을 건너다본다. 하지만 짖지는 않는다. 잠시 겁먹은 듯 조용히 건너다본다. 흐릿한 바닷물 냄새를 맡고는 소리 없이 빠른 걸음으로 가버린다. 곧게 뻗은 해안선을 따라 계속해서.

중국인이 유럽의 언어에 대해 이야기한다. 영어는 편리하고 불어는 듣기 좋다고 칭찬하고는 독일어는 아주 조금밖에 못하고 이탈리아어는 전혀 배우지 못해 죄송하다며 아쉬워한다. 그러면서 다정하고 푸근한 미소를 지으며 물기 어린 총명한 눈으로 배에서 나오는 불빛의 움직임을 좇는다.

그러는 사이 대형 증기선 두 척이 천천히 또 매우 조심스레 우리 곁을 지나간다. 우리 배는 해안에 묶여 있다. 대운하는 건설하는 데 비용이 많이 들고 부서지기 쉽기 때문에 금덩이처럼 아낀다.

스리랑카 출신의 영국인 관리가 우리에게 다가온다. 우리는 한참 동안 서서 고요한 바다를 응시한다. 달은 벌써 다시 지기 시작한다. 고향을 떠난 지 여러 해가 된 듯한 기분이다. 우리가 탄 훌륭한 배 외에는 아무것도 내게 말을 걸지 않고, 아무것도 내게 가깝고 사랑스럽지 않으며, 아무것도 나를 위로해주지 않는다. 몇 개의 널빤지, 꺾쇠, 전등이 내가 가진 전부다. 무척 많은 날을 같이 지내 어느덧 친숙해진 엔진 소리가 갑자기 들리지도 느껴지지도 않아서 불안한 기분이 든다.

중국인이 영국인 관리와 고무 가격에 대해 말한다. 고무에 대한 영어 단어가 자꾸 귀에 들린다. 열흘 전만 해도 몰랐던 단어였는데 이젠 매우 익숙한 단어가 되었다. 동양을 지배하는 단어다. 중국인은 냉정하고 귀여우며 예의 바르게 말한다. 그는 흐릿한 전깃불 아래서 내내 부처처럼 빙그레 미소 짓는다.

달은 조그만 호를 그리며 기울어지다가 회색의 돌조각 더미 밑으로 가라앉는다. 달과 함께 늪지와 호수의 표면에 깜박거리던 수많은 차가운 불빛도 사라진다. 탐조등의 빛줄기에 의해 선명히 갈라진 밤은 깊고도 컴컴하다. 탐조등 빛줄기는 운하 자체처럼 무시무시하고 고요하며 끝없이 곧게 뻗어 있다.

2
아시아의 저녁

저녁녘에 페낭에 도착했다. 인도차이나 반도에서 만난 가장 아름다운 유럽인 호텔인 이스턴 앤드 오리엔트 호텔에서 나는 방 네 개가 딸린 으리으리한 객실에 묵었다. 베란다 앞에는 녹갈색 바다가 호텔 벽을 철썩철썩 때렸고, 붉은 모래사장에는 석양에 물든 큰 나무들이 당당하게 서 있었다. 튼튼한 줄로 용의 비늘처럼 만든 수많은 배들의 적갈색과 노란색의 돛들이 마지막 태양빛에 반짝였고, 그 뒤로 페낭 해안의 하얀 모래톱이 보였다. 또 태국의 푸른 산들이며 놀라운 만의 짙은 숲에 덮인 아주 작은 온갖 산호섬들이 보였다.

나는 불안한 마음이 들 정도로 비좁은 선실에서 몇 주간 불편하게 지내다가 족히 한 시간 동안 넓은 공간을 즐겼다. 나는 통풍이 잘 되는 대기실에 있는 황송할 정도로 편안한 접이식 침대 의

자에 앉아보았다. 그러자마자 철학자의 눈과 외교관의 손을 지닌 키 작은 중국인이 소리 없이 차와 바나나를 대기실의 탁자에 올려놓았다. 나는 욕실에서 목욕을 하고 몸을 씻었다. 그런 뒤 아주 훌륭한 음악이 흐르는 근사한 식당에서 처음으로 영국과 인도식 호텔의 음식을 먹어보았는데 결과는 약간 실망스러웠다. 그 사이 별들도 보이지 않는 깊고 어두운 밤이 찾아왔다. 이름을 알 수 없는 큰 나무들은 미지근하고 묵직한 바람에 기분 좋게 살랑거렸고, 이름을 알 수 없는 큰 딱정벌레와 매미, 벌들이 울어대고 윙윙거렸다. 어린 새들도 저마다의 날카로운 소리로 사방에서 격렬하게 울부짖었다.

나는 모자도 쓰지 않고 가벼운 슬리퍼 차림으로 큰 거리로 나가 릭샤꾼을 불렀다. 즐거운 모험심을 갖고 가벼운 마차에 올라타 처음으로 신중하게 말레이어로 말해보았다. 민첩하고 튼튼한 짐꾼은 내 말을 알아듣지 못했다. 나 역시 그의 말을 알아들을 수 없었다. 그는 이런 경우 모든 릭샤꾼이 하는 행동을 했다. 그는 내게 친절하게 미소를 지어보였다. 선하고 순진무구한 아시아인의 깊이를 가늠할 수 없는 미소였다. 그는 몸을 돌리고 경쾌한 걸음으로 달려갔다.

잠시 후 우리는 시내에 도착했다. 골목과 광장마다, 집들마다 놀랍고 무진장하여 강도 높으면서도 그다지 소란스럽지 않은 생기가 넘쳤다. 어디서나 동양의 은밀한 지배자인 중국인들로 북적거렸다. 가는 곳마다 중국인 가게, 중국인의 가설 흥행장, 중국인 수공업자, 중국식 호텔과 클럽, 중국 찻집과 유곽이 들어차 있었다. 그 사이에 말레이인이나 검은 수염을 기르고 머리에 하얀 터번을 두른 다른 인종들로 가득 찬 골목도 가끔 있었다. 남자들의 어깨는 구릿빛으로 번들거렸다. 완전히 금 장신구로 치장한 조용한 여자들의 얼굴이 횃불에 순간적으로 번쩍이기도 했다. 배가 볼록 나오고 놀랍도록 아름다운 눈을 지닌 암갈색 피부의 아이들은 깔깔 대고 웃거나 갑자기 괴성을 지르기도 했다.

이곳은 일요일도 밤도 없는 것 같다. 끝도 눈에 보이는 휴식 시간도 없이 느긋하고 한결같이 일은 계속 된다. 어디서도 초조감이나 지나친 구석이 보이지 않는다. 어디서나 부지런하고 명랑하다. 영세한 노점상이 자기 가게의 높은 널빤지에 현명하고 참을성 있게 쪼그리고 앉아 있다. 왁자지껄한 거리의 가장자리에는 이발사가 조용하면서도 위엄 있게 일하고 있다. 어떤 제화공의 작업장에서는 스무 명의 노동자들이 두드리거나 꿰매고 있다. 한 이슬람교 상인은 낮고 넓은 가판대에 거의 다 유럽에서 들여온 아름다운 천을 펼쳐놓고 있다. 일본 매춘부들이 하수구 가장자리에 웅크리고 앉아 살진 비둘기처럼 달콤한 말로 속삭인다. 중국 유곽에는 격식을 갖춰 잘 차려진 가정용 제단이 금빛으로 번쩍인다. 거리 위 높고 탁 트인 베란다에서는 중국인 노인들이 흥미진진한 노름판에 모여 있다. 거동은 차분하지만 눈에는 불을 켜고 있다. 다른 사람들은 누워서 쉬거나 담배를 피우며 음악에 귀 기울이고 있다. 우아하고 정교하며 리듬이 극히 복잡한 중국 음악이다.

골목에서는 요리사들이 무언가를 삶거나 굽고 있다. 허기진 사람들이 긴 널빤지 탁자에 모여 식사하고 있다. 10센트만 줘도 내가 호텔에서 3달러를 주고 먹었던 음식보다 못하지 않고 맛도 좋다. 과일 장수들은 처음 보는 과일들을 내놓는다. 한적하면서도 아주 풍요로운 자연이 만들어낸 환상적인 산물이다. 조그만 가게에는 초라한 물건들이 있는데, 한 움큼의 건어물이나 세 무더기의 구장柳聘[1]에 촛불을 밝혀 잘 보이도록 해놓았다. 이곳에서는 특히 중국인이 좋아하는 휘황찬란한 불빛 속에 동양의 동화에 나오는 온갖 인물들이 옛날 그대로 돌아다니고 있다. 다만 왕과 대신, 형리는 대체로 사라지고 없었다. 그러나 수백 년 전이나 다름없이 숙달된 이발사가 머리를 깎고, 곱게 화장한 매춘부가 춤을 추고 있다. 하인은 공손하게 미소 짓고, 주인은 거만하게 바라본다. 언제나 그렇듯이 짐꾼이나 일을 찾는 이들은 구장을 씹거나 이야기를 주고받으며 쪼그리고 앉아 대기하고 있다.

중국 연극을 관람했다. 거기서 남자들은 조용히 앉아 담배를 피우고 여자들은 조용히 차를 홀짝이고 있다. 그들이 앉은 높다란 2층 관람석 앞에서는 커다란 구리 주전자를 든 차 시중꾼이 흔들리는 널빤지 위에서 곡예하듯 아슬아슬하게 움직인다. 널찍한 무대에는 한 무리의 악사들이 앉아 극의 흐름에 따라 정교하

---

1 빈랑나무의 열매로 만든 씹어 먹는 기호품.

게 박자를 넣는다. 주인공의 동작이 커질 때마다 부드럽게 울리던 나무 북을 세게 쳤다. 배우들이 옛날 복장을 한 옛날 극이었는데, 나는 그것을 거의 이해하지 못했고 극을 10분의 1도 보지 못했다. 그도 그럴 것이 며칠에 걸쳐 공연되는 긴 극이기 때문이다. 거기서는 모든 것이 고대의 성문율에 따라 엄격하고 정교하게 짜여 있었고, 리듬을 갖춘 예식으로 양식화되어 있었다. 몸짓 하나하나는 정확하고 조용하며 경건하게 행해졌고, 많은 의미를 담고 있는 움직임 하나하나는 규정되어 있었다. 풍부한 감정이 담긴 음악이 그러한 것을 이끌고 있었다.

유럽에는 무대 장치의 음악과 움직임이 이곳 판자 무대에서처럼 완벽하고 정확하며 서로 조화를 이루는 오페라 극장이 한 곳도 없다. 아름다우면서도 단순한 선율이 자꾸 반복되었다. 아무리 애써도 기억할 수 없는 단조短調의 짧고 단조로운 가락이었다. 나중에는 그 가락을 수도 없이 자꾸 듣게 되었다. 그도 그럴 것이 그것은 내 생각과는 달리 똑같은 곡조가 아니라 중국의 기본 선율이었던 것이다. 중국의 음계가 유럽의 그것보다 훨씬 단순하므로 우리는 그 기본 선율의 수많은 변주를 제대로 감지하지 못한다. 이때 팀파니와 징을 너무 자주 사용하는 것이 우리에게는 거슬린다. 그것을 빼면 이 음악은 정말 우아하다. 저녁 무렵 어느 잔치 집의 베란다에서 그 음악이 울려올 때는 무척 낙천적이고 간혹 매우 열정적이며 쾌락을 탐하는 듯이 들린다. 우리 고향에서는 특정 악단에서만 그런 일을 할 수 있다. 연극에서는 원시적인 조명 이외에 유럽이나 외국의 것은 하나도 없었다. 옛날의 철두철미 양식화된 예술이 오래된 성스러운 순환을 계속하고 있었다.

그런 뒤 나는 유감스럽게도 말레이 연극도 보러가자는 유혹에 넘어가고 말았다. 정신을 빼앗는 요란한 무대는 기괴하고 추하게 장식되어 있었다. 체크 마이라는 중국인이 말레이인의 본능을 나름대로 잘 표현한 무대라는데, 유럽 예술의 온갖 탈선에 대한 하나의 패러디였다. 연극 전체는 어리석은 우스꽝스러움과 절망을 주는 것으로 차 있어서, 잠시 배꼽잡고 웃고 나면 도저히 참을 수 없어진다. 역겨운 의상을 입은 말레이 광대들이 버라이어티 쇼 같은 방식으로 알리 바바의 이야기를 연기하며 춤추고 노래했다. 나중에도 그랬듯이 나는 여기서도 어디서나 가련한 말레이인을 보았다. 그들은 더없이 고약한 유럽의 영향을 받아 어쩔 수 없이 자신의 모습을 상실한 사랑스럽고 연약한 어린이들이었다. 그들은 겉보기에는 능숙하게 연기하고 노래했다. 나폴리 식으로 격렬하게, 때로는 즉흥적으로. 거기에 현대식 풍금도 한몫 거들었다.

밤늦게 시내를 떠났다. 뒤에 남겨진 골목은 밤이 이슥하도록 계속 음악이 울렸고 흥청거렸다. 호텔에서는 한 영국인이 밤의 고독을 즐기라고 축음기에서 상부 바이에른의 요들 사중주를 내보냈다.

3

드라이브

　날씨가 좋을 때 싱가포르에서 즐기는 드라이브보다 더 멋진 일이 있으랴! 릭샤에 타고 앉아 다른 풍경 외에도 움직이는 일꾼의 등을 계속 마음 편히 바라본다. 그 등은 박자에 맞춰 총총걸음을 하며 위아래로 출렁인다. 중국인의 구릿빛 등이다. 그 아래로 역시 구릿빛 두 다리가 보인다. 운동선수처럼 잘 발달된 튼튼한 다리다. 등과 다리 사이에 푸른 린넨 천으로 만든 빛바랜 수영 팬티를 입었다. 그 푸른색은 구릿빛 몸, 갈색 거리, 도시 전체, 대기, 그리고 세상과 매우 절묘하게 조화를 이룬다. 대부분의 거리 모습이 절묘하게 조화를 이루는 것 역시 제대로 옷을 입고 다닐 줄 아는 중국인 덕분이라 할 수 있다. 그들은 푸른색, 흰색, 검은색 옷을 입고 골목을 가득 메운다. 그들 사이에 암갈색의 비쩍 마른 팔다리에 고행자의 눈을 한 키가 껑충한 타밀인과 첫눈에 마치

폐위당한 라자$_{raja}$[2]처럼 보이는 인도인이 영웅처럼 당당하게 거리를 활보한다. 하지만 그들 모두는 말레이인보다 나아 보이지 않는다. 그들은 수입품이라면 사족을 못 쓰고 달려들고, 일요일엔 나들이옷을 입은 하녀들처럼 울긋불긋한 옷을 입고 다닌다. 그런 반면 그와 똑같이 자극적이고 눈부시며 원색적인 옷을 입고 다니지만 검은 피부에 매우 잘 생기고 고상하게 보이는 사람들도 있다. 마치 상상력이 풍부한 가게의 젊은 점원이 고향 마을의 가면무도회에 가기 위해 차려 입은 것 같다. 실로 민속 의상의 희화戲畵인 셈이다!

서구의 영리한 상인들은 인도의 비단과 린넨을 무용지물로 만들어버렸다. 그들은 면을 물들였고, 아시아에서 봤던 것보다 훨씬 색이 요란하고 인도식으로, 더 울긋불긋하고 조잡하며 눈부시게 찍어냈다. 말레이인과 함께 선한 인도인은 고마운 고객이 되어 유럽에서 온 색이 요란한 싸구려 천을 구릿빛 허리에 두르고 다닌다. 그런 옷을 입는 인도인이 열 명만 돼도 활기찬 거리의 색을 어지럽게 만들고 가짜 동양으로 변화시키기에 충분하다. 하지만 여기서는 그런 사람들이 두드러지지 않는다. 그들은 아직 왕처럼 활보하고 앵무새처럼 화려하게 치장하고 싶어 한다. 그들은 중국에서 온 신중한 황인종에 의해 둘러싸여 있고 억눌려 있으며 조용히 가려져 있다. 부지런한 중국인은 한결같이 수많은 거리에

---

2 인도나 말레이시아에서 왕을 일컫는 칭호.

4부 인도

서 개미처럼 빽빽하게 모여 살고 있다. 중국인은 누구도 색에 탐닉하려 하지 않고, 왕이나 어릿광대처럼 요란하게 꾸미려 하지 않는다. 푸른색, 검은색, 하얀색 옷을 입은 엄청난 수의 중국인은 싱가포르의 도시 전체를 가득 채우고 지배한다.

중국인들 덕분에 긴 거리는 안정감 있고 보기 좋게 균형 잡힌 모습을 지니게 되었다. 집들이 푸른색으로 소박하게 조용히 열지어 있다. 한 집이 다른 집을 떠받쳐주고 인정해주며 돋보이게 한다. 적어도 파리에서처럼 우아하고 신중하게. 그러나 널찍하고 아름다우며 깨끗하고 편안한 길, 정원처럼 우아하게 꾸며 놓은 교외, 싱가포르 전체에서 가장 아름다운 것이라 할 만치 근사하게 나무가 심어져 있는 것은 영국인 덕이다.

바로 앞쪽에는 바닷가가 있다. 호화로운 건물과 한낮이면 태양이 무자비하게 뜨겁게 내리쬐는 텅 비고 황량하며 어마어마하게 넓은 운동장 사이 한가운데에는 매우 널따란 광장이 있다. 근사한 나무들이 자라는 매우 넓은 가로수 길은 나뭇잎과 가지들로 그늘진 어엿한 홀이 만들어져 언제나 시원하다. 반짝이는 바다, 수많은 선박과 돛단배, 흔들리는 보트들 위로 뜨거운 태양이 비스듬히 내리쬐는 이른 오전에 이곳에서 드라이브하는 것은 멋진 일이다. 바다와 선박, 섬들 뒤로 수평선을 따라 하얀 아침 구름이 탑이나 거대한 나무 모양으로 멋지게 걸려 있는 모습은 환상적이다. 사방에서 온갖 것이 한낮의 열기에 끓어오르고 부화되는 모습 또한 볼 만하다. 눈부신 태양 아래 있다가 컴컴하고 서늘한 가로수 길에 들어서는 것은 여름 낮에 시장 광장에 있다가 컴컴한 둥근 천장이 있는 서늘한 성당 안에 들어설 때와 다르지 않다. 그러나 저녁이 되면 금빛을 띤 따스한 햇볕이 비스듬하게 떨어지고, 바다에선 향기로운 바람이 상쾌하게 불어온다. 한숨 돌린 사람들은 흰 옷을 입고 흡족한 기분으로 드라이브 하며, 저녁놀에 물든 잔디가 녹색 보석처럼 반짝이는 평평한 녹색 땅에서 공놀이를 하기도 한다. 밤이 되어 마법의 동굴 속에 들어서듯 넓은 광장에 들어서면 나무 꼭대기 사이 조그만 틈새로 녹색으로 반짝이는 별들이 보인다. 반딧불이 떼가 서늘한 빛 속에 희미하게 보인다. 바다 위에는 선박들의 신비로운 불빛 도시가 수천 개의 붉은 눈을 가지고 떠다닌다.

외곽 도시의 공원길은 끝없이 이어져 있다. 그래서 매우 잘 손질된 매끄러운 길을 언제까지나 달릴 수 있다. 곳곳에 길이 갈라져 조용한 길이 나온다. 녹색의 풍요로운 나무 공원을 지나면 조용하고 바람이 잘 통하는 시골 별장이 나오는데 향수를 일깨워 주는 별장마다 행복을 품고 있는 것 같다. 머리 위와 주위에 놀라운 나무 경치가 조용하고도 생기 있게 숨 쉬고 있다. 몇 시간을 가도 참나무, 떡갈나무, 자작나무, 물푸레나무를 생각나게 하는 나무들로 이루어진 공원은 끝나지 않는다. 하지만 모든 나무는 약간 이국적이고 동화처럼 보이며 독일 나무보다 굵고 높으며 무성하다.

갑자기 다시 집들이 나타난다. 작업장과 가게, 중국인들의 꿀벌 같은 진지한 삶을 지나며 보면 금도금한 도자기, 연노랑색의 놋쇠 제품이 진열창에서 반짝인다. 뚱뚱한 인도 장사꾼이 비단 천 더미들 사이 낮은 판매대 위에 앉아 있거나 다이아몬드와 녹색을 띤 흑옥으로 가득 찬 진열 상자 옆에 기대고 있다. 바쁘게 움직이는 거리의 생활은 유쾌한 이탈리아 도시를 생각나게 하지만, 고함 소리는 전혀 들리지 않는다. 이탈리아에서는 성냥팔이 소년마저 자기 물건을 사라고 고래고래 소리 지른다.

나지막한 집들이 다시 나타난다. 그 사이에 나무들이 서 있는 반쯤 시골 같은 교외 분위기다. 갑자기 야자수 아래로 들어선다. 야자수 잎으로 덮인 나지막한 오두막이 나타나고 염소와 벌거벗은 아이들이 보인다. 말레이인이 사는 마을이다. 눈이 닿는 데까지 수많은 야자수가 엄숙하고 황량하게 서 있다. 그 아래는 희끄무레한 초록빛 일광이 어른거린다.

눈이 주위 경관에 익숙해지자마자, 일직선으로 정돈된 야자수 밭과 무성한 잎이 부드럽고 혼란스러운 공원 풍경 사이의 심한 대조를 즐겨야겠다고 생각하자마자 모든 것이 흔들거리며 갈라진다. 시선은 깜짝 놀라 아득히 먼 곳을 향한다. 바닷가에 온 것이다. 완전히 새로운 모습의 무척 조용하고 넓은 바다다. 평평한 야자수 해안에 배는 거의 보이지 않는다. 뒤쪽으로는 섬들이 푸른빛의 언덕 실루엣을 만들며 아치 모양으로 떠 있다. 하늘로 오르는 용의 비늘처럼 수백 개의 정교한 늑골을 드러내고 있는 중국의 대형 돛단배가 모든 것을 압도하고 조그맣게 만든다.

4

눈요깃거리

웨이터가 방금 뚜껑을 딴 병에서 탑처럼 높은 이프리트Ifrit[3]가 세 가지 소원을 들어주겠다고 한다면 난 주저 없이 이렇게 말하리라. 건강, 젊고 예쁜 애인과 만 달러가 넘는 돈을 달라고.

그런 다음 릭샤를 잡아타고 짐을 드는 별도의 짐꾼을 고용하고, 주머니에 수천 달러를 쑤셔 넣은 뒤 시내로 갈 것이다. 나는 "오, 나리, 나리님!" 하고 마구 소리쳐 애인을 놀라게 하며 내 주위에 몰려드는 구걸하는 아이들은 그다지 신경 쓰지 않을 것이다. 반면 매일 호텔 앞을 돌아다니며 장난감을 파는 열한 살 난 중국인 소녀에게는 1달러를 희사할 것이다. 그 아이는 이미 말한 대로 열한 살이나 됐지만, 키나 외모는 훨씬 어려 보이고 나이도

---

3 이슬람 신화에서 천사와 악마보다 아래 수준인 진(jinn) 계급에 속하는 힘이 세고 교활한 지하의 영(靈).

더 적어 보인다. 그럼에도 그 아이는 거리에서 물건을 판 지 벌써 6년이나 된다. 아이가 직접 내게 해준 말이긴 하지만, 한 싱가포르 노인이 확인해주지 않았다면 그 이야기를 하지 않았을지도 모른다. 작고 가냘픈 소녀는 귀여운 아이 얼굴을 하고 있다. 귀엽게 생긴 중국인은 나이가 들어도 종종 그런 동안을 간직하고 있다. 아이는 영리하고 냉정한 눈을 갖고 있다. 어떻게 될지는 몰라도 어쩌면 그 아이는 싱가포르의 중국인 중 가장 전도유망하고 똑똑한 아이일지도 모른다. 그도 그럴 것이 아이는 수년 전부터 다섯 식구를 먹여 살리고 있기 때문이다.

아이의 어머니는 일요일이면 으레 조호르[4]로 도박을 하러 간다. 꼬마는 머리를 멋지게 땋고, 통이 넓은 검은 바지에 빛바랜 푸른 블라우스를 입고 있다. 아무리 나이 많은 외국인이라 해도 값을 깎거나 농담을 해서 아이를 한 순간도 당황하게 하지 못하리라. 안타깝게도 가진 자본이 매우 적고 시장에 대한 안목도 없지만, 그 상황은 나아질 것이다. 가벼운 아이 몸에다 아이처럼 말끔한 얼굴이라서 그 장사가 도움이 될 것 같다면 현재로서는 어린이용 장난감을 파는 게 그 아이에겐 현명한 판단일지도 모른다. 훗날 아이는 돈 많은 젊은 남자들이 필요로 하는 물건을 취급할 것이다. 결혼을 한 뒤에는 도자기, 청동 제품, 골동품 장사를 할 것이다. 결국 투기 거래를 하고 돈놀이를 해서 재산의 절반을

---

4 서(西)말레이시아 남쪽 끝에 있는 주.

엄청나게 호화스러운 저택을 짓는 데 쓸 것이다. 저택의 무척 많은 방에는 매우 많은 전등이 불을 밝힐 것이고, 금으로 치장한 거대한 집안의 사당이 번쩍거릴 것이다.

그러므로 소녀는 내가 준 돈을 받아야 한다. 소녀가 놀라거나 그다지 고마워하지 않으면서 돈을 주머니에 집어넣은 뒤 나와 애인은 하이 스트릿High Street을 향해 달릴 것이다. 우선 나는 어느 옆길로 들어가 등나무 공예를 가장 잘 하는 집에 멈춰 나와 내 애인을 위해 몇 개의 접이식 침대 의자를 주문할 것이다. 조금도 흠이 없고 가장 신축성 있는 소재로 만들어진 최고의 공예품을 말이다. 각각의 의자는 우리의 체격에 딱 맞는 것으로 구하고, 조그만 차 받침대와 조그만 책꽂이, 담뱃갑 그리고 정교하게 엮은 멋진 새장도 재미삼아 곁들였으면 좋겠다.

하이 스트릿에 가면 우리는 먼저 인도 보석상에 들를 것이다. 이들은 유럽과 너무 많은 거래를 하므로 보석을 예전처럼 더 이상 순수하고 고상하게 세공하지 않는다. 그들은 영국과 프랑스식 도안에 따라 작업하고 이다와 포르츠하임에서 발간되는 잡지를 구독한다. 하지만 그들의 보석은 대체로 아름답다. 인내심을 갖고 꼼꼼히 살펴보면 적어도 루비를 박은 고상한 금팔찌나 푸르스름한 빛이 도는 옅은 색 월장석이 박힌 가늘고 섬세한 목걸이 하나쯤은 발견할 것이다. 우리에게 시간은 충분하리라. 아시아의 장사꾼들은 자기 마음대로 하게 두더라도, 아무튼 그들의 시간은 헤아리기 어렵고 그들의 인내심과 예의는 무엇과도 견줄

174

수 없다. 어느 가게에 들어가 두 시간 동안 차분히 구경하면서 아무것도 사지 않고 온갖 물건과 가격에 대해 물어봐도 괜찮다.

그런 다음 우리는 웃음을 머금고 중국인 가게에 들어갈 것이다. 그곳에선 앞쪽에서는 양철로 만든 트렁크와 칫솔을, 다음 칸에서는 장난감과 문구류를, 그 다음 칸에서는 청동 제품과 상아 조각 제품을, 맨 뒤 칸에서는 옛날 신들의 모형과 꽃병을 살 수 있다. 여기서 가게의 중간 지점까지는 유럽의 오페레타 식으로 차려 놓았지만, 훨씬 뒤쪽으로 가면 아직 모조품과 위조품이 있다. 그러나 모양은 진짜와 똑같아서, 중국인이 느낄 수 있는 모든 것을 표현해내고 있다. 극도로 차가운 품위에서부터 무척 거친 기괴함을 터무니없이 즐기는 데까지. 우리는 이 가게에서 긴 코를 높이 세운 쇠로 만든 코끼리, 녹색과 푸른색의 용이나 공작을 새겨 넣은 옛날 도자기 두세 개, 적갈색이나 금색으로 고대의 가족 모습이나 전쟁 장면을 그린 옛날 찻잔 세트를 하나 살 것이다.

그런 다음 우리는 일본인 가게로 갈 것이다. 현기증은 이곳이 가장 심하다. 우리는 은제품이나 도자기, 그림이나 목판화가 아닌 별 가치도 없는 아기자기한 조그만 물건들을 잔뜩 살 것이다. 예컨대 아주 가는 나무로 만든 익살스런 부채, 귀엽게 상감 장식을 한 향기 나는 조그만 목갑 같은 것을. 이 목갑은 은밀히 손가락으로 살짝 눌러야만 열린다. 또 풍부한 상상력으로 짜 맞춰야 하는 나무와 뼈로 만든 인내와 집중력을 요하는 노리개, 손을 대면 30개의 조각으로 허물어지는 공 모양의 물건이 있다. 그것을 다시 조립하려면 일주일은 족히 걸릴 수 있다. 그리고 50센트만 주면 살 수 있는 사람과 동물 모양의 조그만 인형이 있다. 독일의 공예가들은 그렇게 단순하면서도 표정이 풍부한 인형은 만들어 내지 못하리라.

그런데 이번에는 자바인과 타밀인 가게 차례가 되리라. 새와 잎사귀, 달팽이와 삼각형 무늬의 옛날 바틱 날염 사롱[5], 수마트라 남부 산産의 화려하고 묵직한 금란으로 된 사롱도 있다. 이것은 해질녘의 짙은 빛을 낸다. 그리고 중국과 인도의 비단으로 만든 스카프와 장식 띠들이 있는데, 그것들은 황금색과 적갈색, 쑥색으로 된 것이 많다. 빳빳한 소재로 된 조그만 여자 신발도 있다. 은과 진주로 수놓아진 그것은 일본의 나무다리처럼 끝이 뾰족하고 가운데가 둥그스름하다. 그런데 나는 녹색 사롱, 갈색 사롱 바지에다 녹색 벨벳 모자, 노란 비단으로 만든 매우 얇은 잠옷과 모닝 가운을 구입할 생각이다. 그런 뒤 레이스 차례가 되고, 그 다음에는 아름다운 상아 조각품 차례가 되리라. 예컨대 코끼리와 신전, 불상과 신상, 저고리 단추와 지팡이 손잡이, 그리고 코끼리 이빨, 주사위, 장난감, 소형 모형과 통과 같은.

또한 우리는 중국인 거주 구역으로 건너간 뒤 한참 더 가서 노스 브리지 로드North Bridge Road에서 내리는 것도 잊어선 안 된다. 그곳에는 중고품 가게와 골동품 가게가 줄지어 늘어서 있다. 거

---

5 인도네시아와 말레이시아의 이슬람교도가 허리에 두르는 천.

기서 장화와 선원용 은제 회중시계, 중고 남성복과 놋쇠 담배 파이프 외에도 아름다운 옛날 놋사발이나 꽃병을 발견할 수 있다. 시간과 인내심이 있으면 때로는 옛날 도자기도 만날 수 있다. 아무튼 더없이 아름다운 중국산 장신구들이 그곳의 유리 상자에 걸려 있거나 놓여 있다. 그것들은 어두운 가게 구석에서 신비로운 빛을 내고 있다. 다시 말해 단순하면서도 아름다운 보석과 진주를 박아 넣은 옛날 금반지나 은반지, 갖가지 종류의 길고 가는 금목걸이들이.

이 모든 것은 연한 황색의 중국산 금으로 만들어져 있어 사람을 흥겹고 명랑하게 해준다. 황금색 물고기가 걸린 비교적 두툼한 목걸이도 있다. 그것은 꼬리치며 헤엄쳐 다니는 수많은 미세한 비늘로 덮인 기괴한 물고기다. 눈은 오팔로 만든 톡 튀어나온 퉁방울눈이다. 금팔찌나 젖빛 연녹색 흑옥으로 만든 팔찌도 있다. 이런 물건은 재료를 통째로 조각한 것이다. 옛날 중국 금화로 만든 브로치는 모두 약간 색이 바래 골동품이 되어 있다. 그것들은 모두 한결같이 놀랍도록 정교하고 멋지게 기교를 부린 작품들이다. 주화는 모든 소박한 민족들이 그렇듯이 이곳에서 무조건 값진 장신구로 간주된다. 예컨대 남독일 슈바르츠발트 지역의 농부들은 오늘날에도 은화를 상의 단추로 달고 다녔으며, 지금도 그렇다. 태국에서는 옛날 은제 티칼 주화가 같은 용도로 활용된다. 나 자신도 하얀색 상의에 그런 티칼 주화 단추를 달고 다닌다. 아름다운 장식문자가 새겨진 중국과 태국의 금화는 어디서나 브로치나 커프스단추로 이용된다. 나는 이곳의 어느 가게에서 언젠가 온갖 나라의 금화로 만들어진 값싼 신식 브로치를 잔뜩 수집해둔 것을 본 적이 있었다. 그중에는 20페니히짜리 옛날 독일 동전으로 만든 브로치도 있었다. 오래 전에 사용이 중지되어 사라져버린 얇고 조그만 그 은화 말이다.

이 모든 물건을 사느라 파산해서 애인이 나를 버린다 해도 나는 여전히 이 가게 거리를 가끔 돌아다니리라. 진열품 앞에 서서 진열창 안을 들여다볼 것이고, 고급 나무의 냄새를 맡아보고 부드러운 직물을 만져볼 것이다. 인내심과 집중력을 요하는 수백 가지의 놀이와 기발한 착상에 대한 내 재능을 익힐 것이다. 그러면서 동양이 내게 제공하는 눈요깃거리를 즐길 것이다. 동양은 그런 눈요깃거리를 내보이도록 강요받고 있다. 아시아에서는 돈을 주고 살 수 있는 것은 뭐든지 미심쩍다. 침대에서 식사에 이르기까지, 하인에서 환전에 이르기까지. 그러나 아시아의 풍요와 예술이 사방에서 무진장하게 빛나고 있다. 사방에서 압박받고 도둑맞고 파헤쳐지고 유린당하면서. 어쩌면 이미 말도 못하게 허약해져 벌써 단말마의 고통을 겪고 있을지 모르지만, 아시아는 우리 유럽에서 꿈꿀 수 있는 것보다 아직 훨씬 풍요롭고 다양하다. 곳곳에서 보물들이 눈에 보인다. 모든 것은 눈요깃감을 보고 즐길 줄 아는 사람 몫이다. 백 달러를 주고 사든 만 달러를 주고 사든 나는 돈을 준 대가로 곧 나를 실망시킬지도 모르는 그 하나의 매력적인 물건을 얻기 때문이다. 잔뜩 쌓인 보물의 영상,

크고 다채로운 아시아 시장의 광채로부터 내가 서양으로 가져올 수 있는 것은 기억 속의 희미한 잔영밖에 없다. 나중에 집에서 중국과 인도의 물건이 가득 든 하나의 상자나 열 개의 상자를 풀어 놓는다 해도 그것은 한 병이나 스무 병의 바닷물을 떠온 것이나 다름없다. 수백 톤을 가져온다 해도 그것이 바다일 리는 없다.

5

어릿광대

싱가포르에서 말레이 연극을 또다시 보러갔다. 애당초 연극을 관람한 것이 말레이 민속이나 예술에 관한 무언가를 본다거나 그 외에 가치 있는 연구를 할 수 있으리라는 희망 때문은 아니었다. 오히려 한가로운 저녁 느긋한 저녁 분위기에 취해 낯선 항구 도시에서 식사와 커피를 들고 난 뒤 버라이어티 쇼를 즐기겠다는 마음 때문이었다.

매우 노련한 배우들이 바타비아[6] 지방에서 일어난 신식 부부 이야기를 연기했다. 배우 중 한 명은 유럽인 역할을 했다. 어느 시나리오 작가가 신문 기사와 법정 이야기를 토대로 각색한 작품이었다. 낡은 피아노 한 대, 바이올린 세 대, 콘트라베이스 한

---

6 인도네시아의 수도 자카르타의 옛 이름.

대, 호른과 클라리넷 한 대로 구성된 악기의 반주에 맞추어 성악곡이 삽입되었는데 가슴 찡한 익살극이었다. 여배우들 중 자바 출신인 듯한 빼어나게 아름다운 어느 젊은 말레이 여자의 걸음걸이는 매혹적일 만치 고상했다.

한데 눈에 띈 것은 여자 어릿광대라는 드문 역할을 맡은 깡마른 젊은 여배우였다. 매우 민감하고 무척 지적이며 다른 모든 배우보다 훨씬 월등한 그 배우는 까만 자루 속에 들어가 있었다. 검은 머리 위에는 연한 금발의 끔찍한 삼베 가발을 쓰고 있었고, 얼굴은 석회로 분칠하고 있었다. 오른쪽 뺨에는 커다란 검은 반점을 그렸다. 엄청나게 추한 거지 가면을 쓴 매우 능숙한 그 인물은 극에 대단히 중요하지는 않은 조연을 맡고 있었다. 그렇지만 그녀는 무대에 계속 나와 있었다. 매우 야비한 광대 역할을 했기 때문이다. 그녀는 입을 비죽이며 웃었고 원숭이처럼 바나나를 먹었으며 동료 배우와 악단을 성가시게 했다. 기지를 발휘해 연극을 중단시키기도 하고 입을 다문 채 다른 배우를 패러디하며 흉내 내기도 했다. 그런 뒤 다시 10분 동안 무대 바닥에 냉담하게 앉아 있었다. 팔짱을 끼고 매우 영리하고 차가울 만치 우월한 눈으로 무심하게 허공을 바라보거나 맨 앞줄에 앉은 관객을 따가운 눈초리로 쏘아보았다. 이러한 비정상적인 행동을 하는 그녀가 더 이상 기괴해 보이지 않고 오히려 비극적으로 보였다. 불타는 듯이 붉은 입술은 냉담하게 다물어져 있었고, 너무 웃은 탓에 지쳐 보였다. 덕지덕지 분칠한 얼굴의 냉정한 두 눈은 슬프고도 고독하게 기대감 없이 바라보았다. 관객은 셰익스피어 연극에 나오는 광대나 햄릿에게 하듯 그녀에게도 말을 걸고 싶은 생각이 들지도 모른다. 다른 연기자의 몸짓이 그녀를 자극해야 그녀는 온몸에 생기가 돌며 일어섰다. 그녀는 힘을 하나도 들이지 않고 너무나 가차 없이 무시하는 과장된 동작으로 그 몸짓을 패러디해서 상대 배우를 절망에 빠뜨렸다.

하지만 이 천재적인 여배우는 한낱 어릿광대에 불과했다. 그녀는 동료 여배우들처럼 이탈리아 아리아를 불러선 안 되었다. 그녀는 굴욕을 의미하는 까만 원피스를 입고 있었다. 영어로 된 프로그램에도 말레이어로 된 프로그램에도 그녀의 이름은 나와 있지 않았다.

6
싱가포르에서 꾸는 꿈

　오전에 나는 유럽인의 정원들 사이 풀이 자라고 나뭇잎으로
둘러싸인 길에서 나비를 잡았다. 그러고 나서 한낮의 더위에 걸
어서 시내로 되돌아왔다. 오후에는 사람들이 활기차게 우글거리
는 싱가포르의 아름다운 거리에서 산책도 하고 가게를 둘러보고
쇼핑을 하며 보냈다. 저녁에는 호텔의 높은 주랑 홀에서 같이 여
행하는 사람들과 식사를 했다. 선풍기의 커다란 날개가 공중에
서 윙윙거리며 열심히 돌아가고 있었다. 하얀 린넨 옷을 입은 중
국인 웨이터들은 조용하고 침착하게 홀을 드나들며 영국-인도
식의 형편없는 음식을 날라 왔다. 위스키 잔에 떠 있는 조그만 얼
음 조각에 전깃불이 반짝였다. 나는 피곤한데다 배가 고프지도
않아 친구들 맞은편에 앉아 차가운 음료를 홀짝거렸다. 조그만
황금빛 바나나 껍질을 벗겼고, 일찌감치 커피와 시가를 달라고

소리쳤다.

다른 사람들은 극장에 가기로 결정했지만, 나는 쨍쨍 내리쬐는 햇볕 속에서 일을 했더니 눈이 너무 피곤해 가고 싶지 않았다. 그렇지만 그냥 저녁 시간을 보낼 요량으로 결국 같이 가기로 했다. 우리는 모자도 쓰지 않고 가벼운 야회용 신발을 신고 호텔 앞으로 나가 사람들이 우글거리는 거리를 어슬렁거리며 돌아다녔다. 푸른빛이 도는 밤공기는 서늘해져 있었다. 좀 덜 붐비는 뒷골목에서는 수백 명의 중국인 일꾼들이 등피燈皮가 씌워진 촛불 곁의 길고 거친 판때기 탁자에 쪼그리고 앉아 갖가지 신비롭고 만들기 복잡한 음식을 먹고 있었다. 기분은 흡족해 보였고 자세는 단정했다. 거의 공짜나 다름없는 그 음식에는 내게 생소한 향료들이 잔뜩 들어갔다. 수천 개의 촛불이 깜박거리는 밤거리에는 건어물과 따뜻한 야자유 냄새가 진동했다. 푸른색 아케이드에는 알아들을 수 없는 동양의 언어로 외치고 고함지르는 소리가 메아리쳤다. 화장한 예쁜 중국인 여자들이 가벼운 격자문 앞에 앉아 있었고, 문 뒤에는 화려한 황금빛 집안의 사당이 어슴푸레한 빛을 내고 있었다.

우리는 극장의 컴컴한 2층 관람석에 앉아 머리를 길게 땋은 수많은 중국인 관객들 너머로 눈부신 네모난 스크린을 바라보았다. 파리의 연극배우 이야기, 모나리자 절도사건, 실러[7]의 『간계와 사랑』에 나오는 장면들이 공연되고 있었다. 모든 것이 비현실적이거나 민망할 만치 미심쩍은 분위기에서 활기 없고 모호하며 곱절로 허깨비 같은 모습으로 진행되었다. 서구의 이야기가 중국인과 말레이인 앞에서 다뤄질 때 어쩔 수 없이 그런 분위기를 띠었다.

내 집중력은 이내 마비되었다. 내 시선은 높은 홀의 어스름한 곳에서 긴장을 풀고 푹 휴식을 취했다. 내 생각은 뒤죽박죽이 되었고, 순간적으로 필요하지 않아 그냥 내버려둔 꼭두각시 인형의 팔다리처럼 따로 놀며 생기를 잃었다. 나는 머리를 떠받치고 있던 손을 내렸고, 곧 이어 생각에 지치고 영상들로 가득 찬 머리가 원하는 대로 기분을 내맡겼다.

처음에는 나직이 중얼거리는 듯한 어스름한 분위기가 나를 감쌌다. 나는 그 속에서 아늑한 기분을 느꼈고, 그 분위기에 대해 곰곰 생각해야겠다는 욕구를 느끼지 않았다. 나는 배의 갑판 위에 누워 있다는 것을 서서히 깨닫기 시작했다. 밤이었다. 몇 개의 석유등만이 타고 있었고, 많은 남자들이 나란히 누워 자고 있었다. 각자 바닥에 여행용 담요나 인피靭皮 돗자리를 깔고 드러누워 있었다.

내 옆에 누운 남자는 자고 있는 것 같지 않았다. 그의 얼굴은 낯익었지만 이름은 생각나지 않았다. 그는 몸을 움직였다. 팔꿈치로 몸을 괴고 금테안경을 벗어 부드러운 플란넬 천으로 조심

---

7 Johann Christoph Friedrich von Schiller(1759~1805). 독일의 극작가·시인·미학 사상가. 폭풍노도 시기에 혁명적 극작가로 등장하여 『도적들』, 『간계와 사랑』 등을 저술했다. 칸트 철학을 연구하고 그의 미학·윤리학을 발전시켜, 괴테와 함께 고전주의 예술 이론을 세웠다.

스레 닦기 시작했다. 그 순간 나는 그를 알아봤다. 그는 나의 아버지였다.

"우리 어디로 가는 거지요?" 나는 졸리는 듯 물었다.

그는 쳐다보지도 않고 안경을 계속 닦으면서 차분히 말했다.

"우린 아시아로 간다."

우린 영어를 섞어 말레이어로 얘기를 나누었다. 영어를 쓰니 유년 시절이 오래 전에 지나갔다는 생각이 떠올랐다. 당시 우리 부모님은 비밀 이야기는 모두 영어로 말했기 때문이다. 그래서 나는 그 내용을 전혀 알아듣지 못했다.

"우린 아시아로 간다." 아버지가 되풀이하셨다.

그러자 갑자기 모든 게 다시 분명해졌다. 물론 우리는 아시아로 갔다. 아시아는 세계의 한 부분이 아닌 인도와 중국 사이 어딘가에 있는 특정한 신비로운 장소다. 그곳에서 민족과 가르침, 종교가 퍼져 나갔고, 그곳이 모든 인류의 뿌리이자 모든 생명의 어렴풋한 원천이었다. 그곳에 신들의 상과 율법 서판이 있었다. 오, 내 어찌 그걸 잠시라도 잊을 수 있으랴! 나야말로 벌써 오랫동안 아시아를 여행하는 중이었다. 많은 남녀, 친구와 낯선 이들과 함께.

나는 나직이 우리의 여행 노래를 중얼거렸다. "우린 아시아로 간다." 그리고 금으로 된 용, 존귀한 보리수, 성스러운 뱀을 생각했다.

아버지는 나를 다정하게 바라보시더니 말씀하셨다. "나는 네게 가르치는 게 아니라 상기시켜줄 뿐이다." 이렇게 말씀하시는 동안 그는 더 이상 내 아버지가 아니었다. 그는 잠시 미소 지었다. 그의 얼굴은 꿈속에서 우리의 지도자 구루가 짓는 미소와 아주 똑같았다. 그 순간 미소는 사라져버렸다. 얼굴은 연꽃처럼 둥글고 고요했고, 완성된 자인 부처의 황금 초상화와 똑같았다. 그리고 다시 미소 짓자 그 얼굴은 구세주의 원숙하고 고통스러운 미소가 되었다.

내 곁에 누워 미소 짓던 남자는 이제 사라지고 없었다. 낮이었다. 잠자던 사람들은 모두 일어났다. 당황한 나 역시 벌떡 일어나 커다란 배 위에서 낯선 사람들 사이를 헤매고 다녔다. 검푸른 바다 위의 섬들이 보였다. 섬의 험준한 석회석 바위는 반짝반짝 빛나고 있었다. 바람에 흔들리는 키 큰 야자수와 짙푸른 화산이 있는 섬들도 보였다. 갈색 피부의 총명한 아랍인과 말레이인이 앙상한 손을 가슴에 대고 바닥에 닿도록 절을 하며 율법에 따른 기도를 올리고 있었다.

나는 큰 소리로 외쳤다.

"난 아버지를 뵈었어요. 아버지가 배에 타고 계세요!"

일본산 꽃무늬 모닝 가운을 입은 늙은 영국 관리가 나를 바라보고 담청색 눈을 반짝이며 말했다.

"당신의 아버지는 여기에도 계시고 저기에도 계십니다. 그는 당신 안에도 계시고 당신 밖에도 계십니다. 당신의 아버지는 어디에나 계십니다."

나는 그와 악수하며 성스러운 나무와 뱀을 보기 위해 그리고
생명의 원천으로 돌아가기 위해 아시아로 가는 길이라고 그에게
얘기했다. 만물이 시작되고, 현상의 영원한 일치를 의미하는 생
명의 원천으로 돌아가기 위해.

그러나 한 장사꾼이 나를 붙잡고 늘어지며 내게 요구했다. 영
어로 말하는 싱갈인이었다. 그는 작은 바구니에서 조그마한 천
뭉치를 꺼냈다. 그것을 펼치자 작고 큰 월장석이 나왔다.

"훌륭한 월장석들입죠, 나리." 그는 주문을 외듯 소곤거렸다.

내가 격하게 몸을 돌리려 하자 누군가가 내 어깨에 가벼운 손
을 얹으며 말했다.

"제게 그 돌 몇 개만 선물해주세요. 정말 예쁜 돌이네요."

그 목소리는 이내 내 마음을 사로잡았다. 달아난 아이의 마음
을 사로잡는 어머니의 말투다. 내가 상기된 얼굴로 돌아보자 미
국에서 온 웰스 양이 인사를 했다. 이해할 수 없는 일이다, 그녀
를 그토록 까맣게 잊을 수 있었다니!

"아, 웰스 양. 애니 웰스, 당신도 이 배에 타고 있었어요?"

"제게 월장석 하나 선물해주시겠어요, 독일 양반?"

나는 얼른 호주머니를 뒤져 손으로 뜬 긴 지갑을 꺼냈다. 소년
시절 할아버지한테서 받은 지갑인데 청년 시절 처음으로 이탈리
아 여행을 갔다가 잃어버렸다. 그것을 다시 찾게 되어 기뻤다. 나
는 지갑에서 스리랑카의 은화 루피를 한 움큼 쏟아냈다. 그러나
아직 내 옆에 서 있는 줄 알지 못했던 내 여행 동료인 화가 슈투

르체네거가 미소 지으며 말했다.

"그런 동전은 바지 단추로나 달고 다닐 수 있을 겁니다. 여기선 하나도 가치가 없어요."

의아해하면서 나는 그가 어디 있다가 오는지, 말라리아를 정말 이겨냈는지 물었다. 그는 어깨를 으쓱하며 말했다.

"현대 유럽 화가들을 모두 한 번씩은 열대 지방에 보내는 게 좋아요. 그래야 오렌지색 팔레트를 쓰는 버릇을 다시 버릴 수 있을 겁니다. 바로 이곳에서 좀 더 진한 색 팔레트로 자연에 훨씬 가까이 다가갈 수 있거든요."

맞는 말이었다. 나는 그의 견해에 적극 동의했다. 그러나 아름다운 애니 양은 그 사이 사람들 무리 속으로 사라져버렸다. 나는 답답한 마음으로 거대한 배 안을 계속 돌아다녔다. 하지만 선교사들 무리를 밀치고 지나갈 엄두가 나지 않았다. 그들은 둥그렇게 둘러앉아 넓은 갑판의 통행을 가로막고 있었다. 그들은 경건한 노래를 불렀는데 나도 원래부터 아는 곡이어서 곧 같이 따라 불렀다.

마음은 들볶이고 괴롭힘 당하는데
그럼에도 진정한 즐거움 찾을 길 없네…….

나는 그 가사에 동의했다. 우울하고 비장한 선율이 내 마음을 슬프게 만들었다. 나는 아름다운 미국 아가씨와 우리의 여행 목적지 아시아를 생각했고, 불확실하게 하고 걱정거리가 되는 많은 이유를 찾아냈다. 그래서 한 선교사에게 이제 어떻게 할 것인지, 그의 신앙이 정말 좋은 것인지, 그것이 나 같은 사람에게도 필요한지 물어보았다.

나는 위로받고 싶은 마음에 이렇게 말했다.

"전 문필가에다 나비 수집가입니다……."

"당신은 잘못 생각하고 있습니다." 선교사가 말했다.

난 내 설명을 되풀이했다. 하지만 나의 모든 말에 그는 밝고 어린이 같고 겸손하며 의기양양한 미소를 지으며 같은 대답을 했다.

"당신은 잘못 생각하고 있습니다."

나는 혼란스러운 기분으로 그곳을 빠져나왔다. 이곳에서 제대로 적응하지 못한다는 생각이 들었다. 그래서 모든 것을 포기하고 아버지를 찾아 나서기로 마음먹었다. 아버지는 분명 나를 도와주리라. 다시 근엄한 영국 관리의 얼굴이 보였고, 그의 말이 들리는 것 같았다. "당신의 아버지는 여기에도 계시고 저기에도 계십니다. 그는 당신 안에도 계시고 당신 밖에도 계십니다." 나는 그것이 하나의 경고임을 깨달았다. 나는 내 자신 속으로 빠져들어 내 자신 안의 내 아버지를 찾기 위해 몸을 웅크렸다.

이처럼 난 조용히 앉아 생각하려고 했다. 하지만 그건 쉬운 일이 아니었다. 온 세상이 이 배로 모여들어 나를 방해하려는 것 같았다. 또한 끔찍하게 더웠다. 시원한 소다수 한 잔을 얻는다면 손으로 뜬 할아버지의 돈지갑이라도 기꺼이 내줄 수 있을 것 같았다.

내가 더위를 의식하기 시작한 이 순간부터 그 악마 같은 더위는 참을 수 없이 날카로운 끔찍한 울림처럼 계속 심해지는 것 같았다. 사람들의 자세는 흐트러졌다. 그들은 늑대처럼 게걸스럽게 바구니에 든 병의 물을 마셨다. 그들은 더할 나위 없이 이상한 방식으로 편한 자세를 취했다. 내 주위에서는 자제력을 잃은 어이없는 일들이 벌어졌다. 보아하니 배 전체가 바야흐로 미쳐가고 있었다.

나와는 말이 통하지 않았던 친절한 그 선교사는 덩치가 매우 큰 중국인 일꾼 두 명의 제물이 되었다. 그는 극히 파렴치한 방식으로 그들의 노리갯감으로 이용되었다. 그들은 중국 기예의 기막힌 묘기를 부려 선교사의 장화 신은 두 발이 그의 입에 닿도록 했다. 또 다른 압박을 가해 그의 두 눈이 움푹 들어간 눈두덩에서 빠져나와 소시지처럼 늘어지게 했다. 선교사가 두 눈을 다시 집어넣으려 하자 그들은 눈에 매듭을 지어 그러지 못하게 했다.

기괴할 만치 추한 광경이었다. 하지만 그 일은 생각했던 것보다는 나를 덜 불안하게 했다. 아무튼 웰스 양이 내게 보여준 모습보다는 덜 했다. 그도 그럴 것이 그녀는 놀라울 정도로 통통한 맨몸에 신비스러운 녹갈색 뱀 한 마리만 걸치고 있었기 때문이다. 뱀은 그녀 몸을 칭칭 감고 있었다.

절망감에 빠진 나는 두 눈을 감았다. 우리가 탄 배가 이글거리는 지옥의 입구를 향해 매우 빠른 속도로 내려가고 있다는 기분이 들었다.

그때 장엄한 노래가 수많은 음으로 울려 퍼졌다. 안개 속에서 길을 잃고 헤매는 방랑자에게 종소리가 마음에 위안을 주듯 말이다. 나는 곧 따라 불렀다. '우린 아시아로 간다'는 성스러운 여행 노래였다. 그 노래 속에서 인간의 모든 언어가 울렸다. 온갖 외경심, 지친 인간의 온갖 그리움, 온갖 피조물의 곤경과 거친 욕망이 그 속에서 살랑거렸다. 나는 아버지와 어머니의 사랑, 구루의 지도, 부처에 의한 정화, 구세주에 의한 구원을 느꼈다. 이제 죽음이든 축복이든, 무엇이 오든 내게 전혀 상관없을 것 같았다.

나는 몸을 일으키고 눈을 떴다. 내 주위에 있는 모든 사람들, 즉 영국인 선교사와 구루와 내 눈에 보였던 모든 얼굴이 내 아버지이자 내 친구였다. 그들은 감동받은 아름다운 눈으로 똑바로 바라보았다. 나 역시 그들을 바라보았다. 우리 앞에 수천 년 된 수풀이 열렸다. 하늘높이 솟은 어스름한 우듬지에서 영원이 살랑거렸다. 신성한 그림자의 깊은 밤 속에 아주 오래된 신전 문이 황금빛으로 번쩍였다.

그 순간 우리 모두 무릎을 꿇었다. 우리의 그리움은 진정되었고 우리의 여행은 끝났다. 우린 눈을 감았다. 깊숙이 몸을 숙이고 땅에 머리를 댔다. 한 번 그리고 또 한 번, 리듬감 있게 기도하면서.

내 이마가 세게 부딪치면서 통증이 왔다. 번쩍이는 섬광이 내 눈 속으로 들어왔다. 내 몸은 딱딱하게 굳어 있다가 힘겹게 움직이기 시작했다. 내 이마는 난간의 나무 모서리에 놓여 있다. 내 밑에는 중국인 관객들의 싹 밀어버린 두개골이 희미하게 빛나고 있었다. 무대는 어두웠고, 박수갈채와 웅성거림이 커다란 극장에 메아리쳤다.

우리는 일어나 밖으로 나왔다. 고통스러울 만치 더웠고 야자유 냄새가 진동했다. 하지만 바깥에서는 밤바다의 바람이 우리에게 불어왔고, 항구의 명멸하는 불빛과 희미한 별빛도 우리에게 다가왔다.

7

도 항 (渡航)

싱가포르를 출발해서 네덜란드의 조그만 연해를 항해하는 기
선을 타고 적도를 넘어 남南수마트라 섬으로 향했다. 선창에서부
터 수하물 문제로 어려운 일이 생기기 시작하더니 하마터면 사
고를 당할 뻔했다. 선객과 많은 상자를 범선 갑판에 실어다줘야
하는 소형 발동선이 선창을 떠나기 무섭게 좀 더 큰 배가 빨리 가
려고 다투다 우리 배의 옆구리를 세게 들이받는 바람에 우리 모
두는 겹겹이 넘어졌고 벌써 바다에서 헤엄칠 생각을 해야 했다.
그렇지만 공격자가 손상을 입었다. 우리 배를 들이받은 그 배는
뱃머리에 큰 구멍이 난 채 물러서야 했다.

범선에서 우리 셋[8]이 일등칸의 유일한 승객이라 배는 우리에

---

8 헤세와 한스 슈투르체네거, 그리고 페낭에서 이들과 합류한 로버트 슈투르체네거를
말함.

게 마치 개인 요트 같았다. 조그만 후갑판은 네덜란드 식으로 아늑하게 꾸며졌다. 고풍스러운 팔걸이의자가 딸린 흰 천으로 덮인 탁자가 있고, 그 옆에 아무리 칭찬해도 모자란 네 개의 아시아식 침대의자가 있었다. 그 의자에는 다리를 높이 올려놓을 수 있게 나무 받침대가 있었다. 또 빨갛고 흰 줄 무늬 커버를 한 두 개의 소박하고 우직한 모양의 소파도 있었다. 모든 서비스는 말레이 식이었다. 곧 이어 싹싹하고 숙달된 예쁜 세 명의 자바인이 첫 식사를 날라 왔다. 쌀을 주식으로 한 아주 풍성하고 충실한 식사였다. 인도 호텔에서 형편없는 제사용 빵을 먹어야 했기에 감사하는 마음으로 먹었다. 말레이 해협과 말레이 연방의 호텔에서는 어디서나 중국인 호텔 보이가 시중을 든다. 그들은 유럽의 중급 호텔 종업원처럼 성의 없이 시중을 든다.

반면 이곳 자바인은 착한 간호사처럼 성심성의껏 우리를 편안하게 해주려고 애썼다. 그들은 줄곧 우리 주위에서 살피고 있다가 아무리 사소한 욕구라도 미소 지으며 미리 들어주었다. 그들은 우리에게 음식을 날라 왔고 겸손한 몸짓으로 최상의 것을 칭찬하며 제공했다. 음료수를 한 모금 마실 때마다 다시 조심스레 잔을 가득 채웠다. 우리 세 사람에게 남은 술을 공평하게 나누어 따랐고, 햇빛과 바람도 막아주었다. 시가를 꺼내면 즉시 성냥을 켜고 대기하고 있었다. 그들의 표정과 움직임은 마지못해 시중들거나 비겁한 노예 일을 하는 것으로는 보이지 않았다. 오히려 즐거운 마음으로 봉사하고 헌신을 다하는 호의적인 자세였다.

선체의 중간 부분에서는 중국인 세 명이 엎드려 말없이 카드 놀이를 하고 있었다. 하지만 그들도 슈바벤의 군인이나, 바이에른의 사냥꾼, 프로이센의 선원들처럼 좋은 패를 낼 때는 희망에 차 의기양양해하고 나쁜 패를 낼 때는 풀이 죽어 내던진다. 할아버지, 부모, 네 자식으로 이루어진 톤칼에서 온 한 말레이인 가족이 인피로 만든 여행용 돗자리를 깔고 누워 있다. 아이들은 행복하고 건강해 보였으며, 목걸이와 은발찌를 차고 있었다. 해가 지자 할아버지는 빈 공간을 찾더니 절을 하고 무릎을 꿇었다. 다시 일어나서는 느릿느릿 위엄 있는 자세로 저녁 기도를 마쳤다. 노인의 늙은 등은 정확히 같은 박자로 굽어졌다가 펴졌다. 붉은 터번과 뾰족한 회색 구레나룻이 어스름해지는 황혼 빛에 선명한 대조를 이루었다. 우리는 두 명의 장교와 함께 앉아 푸짐한 네덜란드 식 저녁식사를 했다. 별이 하나둘 떠올랐고, 바다는 칠흑처럼 어두워졌다. 조그만 섬들이 만들어내는 들쭉날쭉한 실루엣은 더 이상 느낄 수 없었다. 잠자리에 들고 싶었지만 그러기에는 너무 더웠다. 우리는 모두 조용히 앉아 있었는데도 계속 흘러내리는 땀에 푹 젖었다.

우린 위스키를 주문했다. 주문하기 무섭게 진작부터 갑판에서 자고 있던 어떤 종업원이 벌떡 일어나 위스키와 소다수를 가지러 달려갔다.

찌는 듯이 더운 밤에 우리는 수백 개의 섬들을 지났고, 때로는 등대가 우리에게 인사하기도 했다. 우린 미지근한 음료수를 홀짝거렸고, 네덜란드 시가를 피웠다. 어두운 더운 하늘 아래 느릿 느릿 마지못해 숨을 쉬었다. 그러다가 배나 수마트라, 악어나 말라리아에 대해 가끔 한 마디씩 던지기도 했다. 하지만 그건 아무에게도 중요하지 않았다. 가끔 누군가 일어나서 배의 난간에 몸을 기대거나 시가의 재를 바닷물에 떨어트리기도 했다. 어두컴컴한 곳에 뭔가 볼 것이 있는지 찾아보기도 했다. 그리고 우리는 흩어져서 각자 혼자씩 갑판이나 선실에 누워 있었다. 땀이 계속 흘러내렸다. 이날 밤 우리는 모두 여행으로 지쳐 기분이 좋지 않았다.

다음 날 아침 우리는 어느새 적도를 넘어 수마트라 섬에 있는 어느 큰 강의 넓은 암갈색 하구로 들어가고 있었다.

8

펠 라 양

사업상의 목적이 아닌 다른 이유로 말레이 군도에 오는 유럽인은 자신의 소원 성취를 희망하지는 않더라도 반 찬테 섬의 풍경과 원시적인 낙원 같은 순진무구함을 자신의 상상과 소망의 배경으로 삼고 있다. 순수한 낭만주의자라면 이런 낙원도 가끔 발견할 것이고, 대다수 말레이인들의 선량한 어린이다움에 매료되어 자신도 잠시 원시 상태에 참여하고 있다고 여길 것이다.

나는 그런 자기기만을 완전히 즐기는 일이 결코 없었다. 하지만 세상과 멀리 떨어진 조그만 마을을 발견해서 그곳의 원시림에 한동안 손님으로 초대되어 고향집에서 지내는 것처럼 편안하게 지냈다. 내 기억 속에서 그곳은 수마트라 섬의 모든 밀림과 강의 결정체이자 표현이었다. 주민이 백여 명 정도 되는 이 마을의 이름은 펠라양이다. 잠비에서 강 상류 쪽에 있는데 뱃길로 이틀 걸린다. 아직은 별로 알려지지 않은 잠비 지역의 내부에 있는 그곳은 최근에야 평화를 얻었으며, 대부분은 처녀지의 원시림으로 이루어져 있다.

그곳에서 우리는 중국인 요리사 고목까지 합해 네 명이 대나무로 된 오두막집에서 살았다. 지붕과 벽은 야자 잎으로 엮었고, 높은 나무 기둥이 받쳐 주고 있었다. 우리는 2.5미터 높이의 공중에 떠서 아기자기하게 엮은 노란 새장에서 마음 내키는 대로 살았다. 두 명의 사업가는 밀림 속 철목鐵木의 가치를 견적하러 다녔고, 화가[9]는 팔레트를 들고 강가를 이리저리 다니다가 말레이 여인들에 대해 화를 냈다. 예쁜 여자들이 자신들을 그리지 못하게 했고 가까이서 보지도 못하게 했기 때문이다. 나는 하루의 시간과 날씨에 따라 적당히 생활했으며, 환상적인 그림책 속을 움직이듯 끝없는 원시림 속을 돌아다녔다. 각자 자신의 길을 갔고, 자신의 방식으로 모기와 악천후, 원시림과 말레이인, 지긋지긋한 성가신 찜통 같은 무더위를 견뎌내야 했다.

그러나 우린 열대에서 매우 빨리 찾아드는 저녁이면 모두 늘 함께 모였고, 책상이나 전등 옆 베란다에 누워 있었다. 바깥에서는 뇌우가 쏟아지거나 창문 틈으로 우리를 들여다보던 원시림에선 미쳐 날뛰는 곤충 연주회가 벌어졌다.

그러나 우리는 밀림의 야생적인 삶에 싫증났다. 편히 살고 싶

---

9 한스 슈투르체네거(1875~1943)를 말함.

었고 성가신 적도의 위생 상태를 잊고 싶었다. 그래서 우리는 눕거나 앉아 소다수와 위스키, 적포도주와 백포도주, 셰리주와 브레머 맥주가 든 큰 박스 네 개를 해치웠다. 그런 다음 우리는 모기장을 치고 바닥에 깔아놓은 좋은 매트리스 위에서 잠을 잤다. 각자 부적처럼 면으로 된 복대를 차고 있었다. 또는 조용히 누워 양동이에 시끄럽게 소리 내며 떨어지거나 야자수 이파리에 노래하듯 부드럽게 떨어지는 빗소리에 귀 기울였다. 이른 아침 무소새나 수많은 이름 모를 새들이 노래를 시작하고, 원숭이들이 이상야릇한 울음소리로 하루를 맞을 때까지.

그런 뒤 우리는 예닐곱 채의 오두막을 지나 숲 속으로 들어갔다. 거머리나 뱀의 공격을 피하기 위해 겨울철 그라우뷘덴에서 썼던 모직 각반을 착용했다. 이내 울창한 숲이 우리를 맞이했다. 그 밀림은 나와 세상을 어느 바다보다도 더 낯설고 멀게 갈라놓았다. 그때 얌전하고 귀여운 다람쥐들이 내 앞을 뛰어갔다. 배가 희고 앞다리가 붉은 검은 다람쥐들이다. 큰 새들이 굳은 표정으로 나를 퉁명스레 바라보았다. 얼마 안 가 원숭이들이 떼를 지어 나타나서 하늘이 보이지 않을 만치 촘촘한 녹색 나뭇가지 사이를 뛰어다녔다. 나뭇가지를 잽싸게 오르내리거나 큰 가지에 웅크리고 있기도 했으며 고통스런 소리로 길게 울부짖기도 했다. 이따금 오색찬란한 큰 나비 한 마리가 넘실거리며 내 머리 위를 날아다니기도 했다. 지면에서는 조그만 벌레가 자신의 일을 하고 있었다. 발 길이만한 다지류들이 정신없이 급하게 무리 속을

4부 인도

기어갔다. 곳곳에 회색, 갈색, 붉은색, 검은색 개미들이 빽빽이 시커먼 행렬을 이뤄 공통의 목적지를 향해 가고 있었다. 썩어가는 아름드리 나무줄기들이 여기저기 널브러져 있고, 그 위에는 다채로운 모양의 양치식물과 가늘고 질긴 가시덤불이 겹겹이 무성하게 자라고 있었다. 이곳에서는 자연이 쉬지 않고 놀랄 만치 비옥하게 발효하고 있다. 광분하는 생명의 열기와 낭비의 열기 속에서. 그 열기는 내 의식을 마비시키고 나를 거의 경악하게 만든다. 나는 북구北歐인의 감정으로 숨 막히는 생식生殖 열기의 와중에서 개별적인 형태를 특별히 완성시켜 보여주는 그 모든 현상을 감사하는 마음으로 대한다. 때로는 두꺼운 덤불을 뚫고 멋진 승리자처럼 우뚝 솟은 한 그루 거목이 있다. 믿을 수 없을 만치 굵고 크다. 그 나무 꼭대기에는 수많은 동물들이 둥지를 틀고 살 것이다. 그 당당한 높이에서 반듯하고 나무만큼 굵은 덩굴식물의 줄기가 아래로 조용하고도 고상하게 드리워져 있다.

　바로 얼마 전부터 이 숲에서 사람들도 일하기 시작한다. 잠비마차피지[10]가 아직 전혀 이용되지 않고 있는 이 땅에 최초의 거대한 삼림 개발권을 따내 그곳의 철목을 베어가기 시작한다. 하루는 얼마 전에 큰 나무 기둥이 잘리고 베인 곳으로 가보았다. 한동안 무척 힘든 벌목 작업을 지켜보았다. 20미터 길이의 강철처럼 무거운 나무줄기들을 벌목꾼들이 노래를 부르고 숨을 헐떡이

---

10 네덜란드의 무역회사.

며 기중기와 지레를 이용해 베고 있었다. 깊숙한 원시림의 어스름하고 질퍽한 협곡에서 밧줄과 쇠사슬에 매달아 나무를 끌어올렸다. 나무 롤러나 원시적인 썰매에 실어 늪지와 가시덤불, 수풀과 무성하고 축축한 잡초를 지나 1엘레[11]씩 끌어당기고 붙잡고 떠받치고 다시 끌어당긴다. 그렇게 시간마다 조금씩 끌어온다. 장난삼아 이 나무의 조그만 가지를 잡아보았는데 어찌나 무거운지 두 팔로 온 힘을 다해도 들어 올릴 수 없었다. 무게 때문에 나무를 운반하기가 그토록 힘든 것이다. 이 나라에 철도는 아직 없다. 유일한 길은 강인데 철목은 물에 뜨지 않는다.

나무를 베고 운반하는 광경은 색다른 구경거리였다. 하지만 일하는 사람들을 지켜보는 것이 즐겁지는 않았다. 그곳에서 일은 아직 짐이자 저주고 노예로 만들기였다. 이 불쌍한 말레이인은 유럽인이나 중국인, 일본인과는 달리 주인이나 기업가가 되어 그런 작업을 하지는 못할 것이다. 그들은 언제까지나 벌목하고 끌어당기고 톱질하는 일꾼으로 살 것이다. 그렇게 해서 번 돈은 거의 맥주를 마시고 담배를 피우고 시곗줄이나 나들이용 모자를 삼으로써 다시 외국 기업가에게 돌아갈 것이다.

그러나 원시림은 자신의 풍요로움을 앗아가려는 몇몇 보잘것없는 적에도 불구하고 여전히 끄떡 않고 버티고 있다. 악어들이 강가에서 햇볕을 쬐고 있고, 습한 무더위 속에서 식물은 쉼 없이

---

11 옛날 길이 단위로 1엘레는 55~85센티미터에 해당함.

자라고 있다. 토착민이 벼를 심기 위해 땅을 개간하는 곳에서는 2년 뒤에는 벌써 다시 큰 덤불이 자랄 것이고 6년 뒤에는 벌써 다시 큰 숲이 생길 것이다.

우리는 출발하기 전에 빈 병들을 갈색 강물 속에 가라앉혔다. 매트리스는 인피로 만든 돗자리에 돌돌 말아 보트로 옮겼다. 우리가 묵었던 노란색 대나무 오두막은 영원한 원시림의 시커먼 가장자리에 서 있으면서 점점 작아지는 것이 보였다. 그러다가 우리가 강물의 첫 번째 굽이를 돌 때 모든 것이 수평선 아래로 가라앉아 아무것도 보이지 않게 되었다.

9
갑 판 위 의 밤

  중국의 소형 외륜外輪 기선을 타고 하천 여행을 한 지 이틀째 되는 저녁이다. 갑판 위 내 옆 자리에 귀엽게 생긴 젊은 자바인이 있었다. 재단사인 그는 반나절 동안 싱거 사社 재봉틀로 열심히 드르륵거렸다. 그는 자신의 기계를 싸 넣고 매트리스를 꺼냈다. 그리고 천천히 또 철저하게 이슬람 식 저녁기도의 모든 절차를 마치고 나서 자리에 드러누웠다. 그는 허리춤에서 아랍어로 된 기도서를 꺼내 읽다가 몇 쪽을 혼자 중얼중얼 읊더니 잠들었다. 꾸벅꾸벅 졸면서도 조그만 기도서는 조심스레 다시 허리춤에 챙겨 넣었다. 그의 뒤에서는 그을음 나는 등불 아래 세 명의 중국인이 카드놀이를 하고 있었다. 그 옆에는 어느 말레이 여인이 아이 넷을 데리고 인피로 된 돗자리 위에 누워 잠을 자고 있었다. 그 중 한 아이는 희미하고 붉은 각등 아래 누워 있었는데, 아홉 살이

나 열 살쯤 되는 긴 머리의 아름다운 소녀였다. 소녀는 아직 귀걸이는 하지 않았지만 귀여운 손목과 발목에 두꺼운 은팔찌와 은발찌를 차고 있었고, 두 발의 두 번째 발가락에는 각기 하나의 금발가락찌를 끼고 있었다.

그것 말고도 사방에 잠자는 사람과 반쯤 잠든 사람들이 누워 있었다. 바닥에 몸을 대고 누운 이들의 움직임에는 원시 민족에게서 볼 수 있는 부드럽고 유쾌하게 동물적인 탄력성이 있었다. 양 발바닥을 바닥에 대고 쪼그리고 앉아 자는 사람도 있고, 개중에는 나직이 잡담을 나누는 남자 무리도 있었다. 배의 고물 뒤쪽에는 커다란 바퀴가 물레방아에서처럼 솨솨 소리 내며 돌아가고 있었다. 바깥에는 가끔 짙고 두꺼운 어둠이 휙 지나가기도 했다. 나무를 연료로 하는 기관실 화덕에서 섬광이 일어 잠시 환해졌다가 다시 더 어두워졌다.

나는 한 시간 가량은 아직 생기가 있었다. 흐릿한 불빛 속에서 내가 쓴 메모를 읽으며 주위에서 진동하는 악취로부터 정신적으로 격리되려고 했다. 토착민들이 요리하거나 유감스럽게도 몸에도 바를 때 쓰는 야자유나 레몬유 냄새는 찝찝하고 역겨우며 쉽게 사라지지 않았다. 내가 아시아에 머무는 동안 유일한 문제는 이 냄새였다. 그 문제 때문에 나는 토착민으로부터 인간적으로 진지하게, 정말 마지못해 등을 돌리게 되었다.

나는 매트리스를 바닥에 펼쳤다. 소다수로 양치질을 하고 회중시계의 태엽을 감아놓았다. 매일 먹는 일정량의 키니네를 복용하고 열쇠와 지갑을 베개 밑에 숨겨놓았다. 그런 뒤 밤에 자다가 콧등을 밟히지 않으려고 매트리스의 머리맡에 두 개의 의자를 세워놓았다. 옷을 벗고 잠옷으로 갈아입은 뒤 자리에 드러누웠다. 이제 중국인들도 카드놀이를 끝내고 각등에 린넨 상의를 걸었다. 우리 모두 배 엔진의 단조로운 소음을 들으며 어둠 속에서 쉬고 있었다. 그 어둠은 진하고 고약한 야자유 냄새만큼이나 짙고 끈질기며 묵직했다. 가끔 선원들이 소음을 내기도 했다. 가끔 그들은 칠흑 같은 어둠 속에서 격렬하게 경적을 울렸다. 나는 두 시간이 지난 뒤에도 잠을 이룰 수 없어 이물 갑판으로 갔다. 그곳에는 완전한 어둠 속에서 항해사가 서 있었다. 그는 불가사의한 자신감을 갖고 한결같이 캄캄한 뚫기 어려운 밤 속으로 배를 조종하고 있었다. 그는 호랑이처럼 밤눈이 밝은 모양이었다. 그가 키를 조종하는 모습을 보니, 또 우리가 굴곡진 원시림 강의 좁은 수로를 돌아다녔다고 생각하니 거의 섬뜩할 정도였다. 반면 나는 아무리 정신을 집중해도 강가에서 흐릿한 빛이나 그림자도 발견할 수 없었다. 선장은 그의 옆에서 몸을 웅크리고 자고 있었다.

나는 다시 잠자리에 들었다. 무척 더웠고, 내가 누운 쪽으로는 바람도 통하지 않았다. 나는 맨발을 보호하기 위해 덮은 여행용 담요를 자꾸만 차냈다. 그런데 모기가 무는 바람에 다시 담요를 자꾸만 덮을 수밖에 없었다. 마침내 자정 무렵 잠이 들었다. 이따금씩 거듭 울리는 경적에 잠이 깼을 때 나는 많이 잤다고 생각했는데 겨우 1시 반이었다. 여기저기서 자다가 놀란 사람들이 비틀거리며 일어났지만 대부분은 곧 다시 주저앉았다. 그리고 조용해졌다. 다른 사람들은 서 있다가 각등에 씌운 수건을 벗겨냈다. 불빛에 빙 둘러 엉클어져 누워 자던 사람들의 모습이 모두 드러났다. 경적이 계속 울려댔다. 엔진은 멈추었고 배는 방향을 돌렸다. 배의 난간에 가보니 느닷없이 육지가 보였다. 우리 바로 옆에 뗏목 하나와 갈대 오두막 한 채가 있었다. 배가 뭍에 살짝 부딪치며 정박했다. 불을 땔 연료가 없어서 나무를 실어야 했던 것이다.

시커먼 남자 둘이 강가 높은 곳에서 연기가 피어오르는 횃불을 들고 계단을 내려왔다. 그들의 횃불은 마른 잎사귀를 돌돌 말아 수지樹脂에 담가 만든 것이다. 뗏목에는 장작더미가 잔뜩 쌓여 있었다. 이제 장작을 배에 싣는 작업이 시작되었다. 나는 그걸 두 시간 동안 지켜보았으며, 말하자면 귀 기울였다. 선원들과 장작 나르는 일꾼들은 횃불을 밝혀놓고 두 줄로 늘어서 있었다. 다 합해 수천 개나 되는 장작이 하나씩 손에서 손으로 옮겨졌다. 인도引渡인이 큰소리로 노래 부르듯 장작의 수를 하나씩 셌다. 그는 부드럽고 느리고 듣기 좋은 말레이인의 목소리로 거침없고 놀랄 만치 엄숙한 선율을 끊임없이 변화시키며 넘기는 장작의 수를 캄캄한 밤과 강물을 향해 읊어댔다. 엄팟-리마! 리마-언남! 언남-투조![12] 이렇게 그는 한결같은 단조로운 음으로 두 시간 동

---

[12] 말레이어로 각각 넷-다섯, 다섯-여섯, 여섯-일곱이라는 뜻.

안 노래하며 일했다. 그는 새로 백을 셀 때마다 선율을 넣어 기쁨의 환성을 질렀다. 그러고 나서 그는 계속 노래했다. 때로는 졸리고 탄식하는 듯, 때로는 희망에 차 위안을 주는 듯 늘 같은 기본 선율을 분위기에 따라 마음대로 조금씩 굴절시키고 변화를 주었다. 이곳의 일꾼들과 농부들은 밤에 조그만 통나무배로 이동하다가 밤이 깃들면 모두 그런 식으로 노래 부른다. 그 시간이 되면 그들은 불안해지기에 끝없이 위로가 필요하다. 그 시간이 되면 그들은 악어와 밤이면 강물 위를 떠도는 죽은 혼령을 두려워한다. 그때가 되면 대나무가 밤바람에 노래하듯 귀의와 열정, 고통과 희망을 담아 무의식중에 부르는 노랫소리를 들을 수 있다.

엔진이 다시 돌아가기 시작하는 동안 나는 다시 조용히 누워 꾸벅꾸벅 졸았다. 이제 비가 내렸고, 가끔 미지근한 빗방울이 내게 튀기도 했다. 담요를 무릎 위로 끌어당기려 했으나 너무 피곤해서 이내 잠이 들고 말았다.

다시 눈을 떴을 때는 흐릿하고 뿌옇게 안개 낀 서늘한 아침이었다. 내 잠옷은 완전히 젖어 있었고, 나는 추위에 오들오들 떨었다. 졸리는 눈으로 축축한 담요에 손을 뻗쳐 끌어당겼다. 그러면서 고개를 돌려보니 내 머리 옆에 긴 머리에 귀여운 말레이 소녀가 서 있었다. 조그만 갈색 발은 발가락찌로 장식하고 있었다. 뒷짐을 지고 아름답고 침착한 눈으로 주의 깊게 나를 관찰하고 있었다. 백인이 대체 어떻게 생겼는지 잠자는 모습을 엿보려는 모양이었다. 산악 여행 중 헛간에서 잠이 깼을 때 암염소나 송아지가 호기심 어린 아름다운 눈으로 자신을 바라보고 있는 것을 발견했을 때와 똑같은 기분이었다. 소녀는 한동안 내 눈을 뚫어져라 바라보다가 내가 몸을 일으키자 자기 어머니가 있는 곳으로 갔다.

갑판 위에서는 벌써 활기를 띠고 있었다. 아직 자고 있는 사람은 몇 명밖에 되지 않았다. 어떤 이는 추운 밤에 잠자는 개처럼 몸을 돌돌 감고 잔뜩 웅크리고 있었다. 다른 이들은 인피로 된 돗자리를 둘둘 감고 사롱을 허리에 두르고 있었다. 또 두건이나 터번을 머리에 쓰고 있었다. 이들은 축축한 아침을 멍한 눈으로 아무런 감회 없이 바라보았다.

10
숲 속 의 밤

우리는 해가 지기 직전 조그만 보트를 타고 소풍을 갔다가 돌아왔다. 후텁지근한데다가 영원한 숲들 사이에 있는 넓은 갈색 강물 위의 철벙거리는 배 안에서 몇 시간 동안 있느라 지쳐 있었다. 우리는 매주 바탕 하리로 운항하는 중국의 소형 증기선을 만났는데 잠비로 귀항하는 중이었다. 우리는 비둘기 몇 마리와 무소새 한 마리를 총으로 쏘아 잡았고, 작년에 쌀농사를 지으려고 개간한 지역에 마지막으로 황량하게 서 있는 대나무 오두막을 사진 찍었다. 한 말레이 노인이 조금씩 밀고 들어오는 정글에 포위당하면서도 아내와 함께 아무 걱정 없이 살고 있었다. 우리는 커다란 녹색 나비 몇 마리를 잡았고, 결국 밤이 되기 전에 돌아오기 위해 서둘러야 했다.

우리가 배를 접안시키고 오랫동안 비좁게 앉아 있어서 뻣뻣해진 몸으로 우리의 오두막 앞 조그만 뗏목에 올라탔을 때는 태양이 뿌옇게 숲 위에서 지고 있는 중이었다. 강물은 햇빛을 받아 흐릿하게 반짝였고, 강가는 어느새 캄캄해졌다. 양쪽에서 숲이 몰려와 가늘고 약한 빛을 압박이라도 하듯이.

밤과 악어가 몰려오기 전에 강가에서 양동이에 물을 가득 담아 머리에 뒤집어쓰고, 깨끗한 옷으로 갈아입은 뒤 넓은 베란다로 나갈 시간이 아직 있었다. 베란다에는 마음씨 좋은 뚱뚱한 중국인이 벌써 저녁식사를 차려놓고 있었다. 나는 하늘을 쳐다보았다. 벌써 어두워졌다. 희미하게 불 밝혀진 베란다가 있는 우리 오두막은 원시림과 가파른 강가 사이 넓은 장소에 아름답게 서 있었다. 부드러운 야자수 잎으로 된 지붕과 시커먼 하늘이 거의 구별되지 않았다. 밤이 무엇인지는 열대에서만 알 수 있다. 밤은 아름다우면서 낯설고 적의를 품고 있다. 칠흑 같은 짙은 어둠이고 묵직한 검은 커튼이다. 열대의 한낮이 북유럽의 한낮보다 더 이글거리고 뽐내는 것만큼이나 열대의 밤 역시 깊이를 알 수 없고 칠흑같이 어둡다.

우리는 고정된 커다란 철목 식탁에 둘러앉아 기름에 튀긴 생선과 츠비박[13]을 먹었고, 네덜란드와 인도의 많은 음료수를 마셨다. 질은 좋지만 건강에는 좋지 않은 독한 음료수였다. 우리는 셋이 여러 날을 같이 있었기에 서로 할 말이 별로 없었다. 우리는

---

13 두 번 구워 비스킷처럼 바삭바삭한 과자.

지쳐 있었다. 목욕을 했는데도 금세 다시 덥고 축축하게 몸이 젖었다. 주위 어둠 속에서 날개 가진 수많은 큰 곤충들이 현악 오케스트라보다 더 시끄럽게 울어댔다. 맑으면서 귀청을 찢는 소리로, 또는 깊고 어둡게 윙윙거리는 소리로. 우린 중국인을 도와 식탁을 치워주었고 식탁에는 병들만 남았다. 희미한 호롱불은 대나무를 엮어 만든 벽에 부딪혔다가 열린 밤 속으로 맥없이 퍼져나갔다. 엽총이 오두막 입구에 기대 있었고, 그 옆에 나비 채집통이 있었다. 우리 중 한 명이 매다는 등 아래 접이식 침대의자에 누워 타우흐니츠 문고판을 읽으려 했고, 다른 사람은 엽총을 닦기 시작했다. 나는 나비 채집에 쓰려고 신문지로 조그만 봉지를 접었다.

9시 반도 채 안 된 이른 시각에 우리는 서로 잘 자라는 인사를 나누고 자러 들어갔다. 난 옷을 벗어던지고 높이 쳐진 모기장 아래로 미끄러지듯 재빨리 들어갔다. 편안한 매트리스 위에 사지를 쭉 뻗고 피곤한 상태로 선잠에 빠져들었다. 나는 오래 전부터 그런 상태로 밤을 보냈다. 굳이 눈을 감을 필요가 없었다. 열린 창문 구멍의 사각형을 간신히 인식할 수 있었기 때문이다. 저 바깥쪽은 대나무 벽과 인피로 된 돗자리 사이보다 그다지 환하지 않았다. 그러나 바깥 야생의 자연은 끊임없이 욕정을 좇고 생명을 탄생시키면서 발효하고 끓고 있는 것을 느낄 수 있었다. 수많은 짐승들 소리가 들렸고 식물이 무성하게 자라며 내는 냄새가 났다. 이곳에선 생명이 그다지 소중하지 않다. 자연은 조심스레 보살피지 않고 이곳에선 아낄 필요가 없다. 그러나 백인들은 이미 그것을 따라하며 벌써 거의 백 명의 말레이인이 사는 조그만 마을을 갖고 있다. 그들은 영원한 원시림을 개발해 돈을 우려내는 백인을 도와야 한다. 얼마 전부터 이곳에서 총림 사이로 도끼 소리와 일하면서 나는 지속적인 굉음이 들린다. 세상이 생긴 이래 처음 있는 일이다. 3년 전 이곳에서 거칠고 비열한 정찰대에 의해 토착민들이 살해당했다. 북쪽의 교활하고 잔인한 아치족만큼 오래 버틸 수 없었던 검은 피부의 겁 많은 쿠부족이었다. 밤이면 살해당한 자들의 영혼이 강물 위를 떠돈다. 하지만 이곳의 그들 형제들만 그 영혼을 두려워할 뿐 우리 백인은 이에 개의치 않고 주인처럼 울창한 숲 속을 헤집고 다닌다. 또한 형편없는 말레이어로 차가운 명령을 내리고 태곳적의 시커먼 철목이 베어지는 것을 아무런 동정 없이 바라본다. 조선소를 짓는 데 필요한 나무다.

나는 흐릿한 의식으로 꾸벅꾸벅 졸았고, 지친 가운데 꿈과 현실 사이의 몽롱한 시간을 가졌다. 나는 어린이가 되어 울고 있었다. 어머니가 나를 자장자장 흔들어 재웠다. 그러나 어머니는 말레이어로 자장가를 불렀다. 납덩이처럼 무거운 눈을 떠서 어머니를 보려 하자 내 머리 위에 허리를 굽히고 속삭이는 것은 천년된 원시림의 얼굴이었다. 그렇다, 난 원시림의 심장부에 와 있었다. 이곳 세계는 10만 년 전 세계와 다름없었다. 사람들은 가우리 상카르 산[14]에 철사 줄을 박아놓을 수 있고, 모터보트를 타고 다님으로써 에스키모인의 물고기 사냥터를 망쳐버릴 수 있다. 그러나 이 원시림에 대해서는 아직 꽤 오랫동안 대적하지 못하리라. 말라리아가 이곳 사람들을 파멸시켜버리고, 녹이 우리의 못과 엽총을 못 쓰게 만들었다. 종족들은 사라지고 소멸했다. 썩은 시체 더미에서는 육욕적이라 없앨 수 없는 새 혼혈 종족이 꾸역꾸역 자꾸만 생겨났다.

엄청난 충격에 나는 갑자기 잠에서 깼다. 잠에서 깨자마자 공중으로 솟아올랐다가 다시 넘어진 뒤 다시 일어났다. 이제 눈을 뜨고 모기장을 걷었다. 거칠고 끔찍하게 눈부신 하얀 빛이 내 눈을 어질어질 하게 했다. 잠시 뒤에야 그 빛이 쉬지 않고 연달아 번쩍이는 번갯불임을 깨달았다. 우르릉 쾅쾅 울리며 천둥이 그 뒤를 따랐다. 대기가 이상하게 요동쳤고 온통 전류로 가득 찼다.

나는 어리둥절해서 비틀거리며 번갯불에 흔들거리는 창문 구멍 쪽으로 다갔다. 구멍의 모서리는 빠른 속도로 스쳐 지나가는 기차의 연이어진 창문들처럼 밀려갔다. 거기 두 발짝 떨어진 곳에서 밀림이 나를 응시하고 있었다. 그것은 여러 형태, 복잡한 가지, 무성한 나뭇잎과 줄기들이 얽힌 마구 휘저어진 바다였다. 바다는 물결치며 필사적으로 저항하고 있었다. 번갯불이 스치자 경련을 일으키며 움찔하는 검은 심장부까지 상처입고 절규하며 격앙되어 있었다. 난 창가에 서서 그 무시무시한 광경을 응시했다. 눈이 어질어질 했고 몸이 마비되었다. 나는 대지의 광분하는

---

14 해발 7134미터의 네팔 명봉의 하나.

생명이 쏟아지고 낭비되는 것을 또렷한 의식으로 느꼈다. 난 그 사이에 서서 호기심어린 눈으로 지켜보았고, 내 인생의 수많은 밤과 낮을 생각했다. 지켜보고 싶다는 이상한 충동에 끌리고 유혹되어, 이곳에서처럼 지구 어디에선가 서서 낯선 사물과 현상을 관찰했던 모든 수많은 시간을 생각해보았다. 수마트라 섬 늪지 원시림의 남쪽에서 열대의 야간 뇌우를 바라보는 것은 한순간도 무의미하게 생각되지 않았다. 나는 어떤 예감이 들었고, 이곳에서 멀리 떨어진 장소에서 쓸쓸히 호기심을 갖고 불가해한 것을 놀라워하며 지켜보고 있는 나 자신을 수도 없이 볼 수 있었다. 내 안의 불가해한 것과 불합리한 것이 그에 대한 답을 주었으며 서로 친교를 맺었다. 이처럼 감동받아 무책임하게 지켜볼 때와 똑같은 느낌으로 나는 어린 시절 동물이 죽거나 나비가 나방에서 깨어나는 광경을 지켜보았다. 그와 같은 느낌으로 죽어가는 사람의 눈이나 꽃받침을 들여다보았다. 그것은 사물들을 설명하려는 바람이 아니라, 그 자리에 함께 있으려는 욕구, 다시 말해 위대한 목소리가 내게 말을 걸고 나와 내 인생이며 감각이 사라져서 무가치하게 되는 진기한 순간을 놓치지 않으려는 욕구일 뿐이었다. 그냥 가는 고음이 심한 천둥을 일으키거나 또는 불가해한 일에 대해 더 심한 침묵을 야기하기도 하기 때문이다.

오래 고대해온 드문 순간이 왔다. 나는 수 천 개로 갈라지는 하얀 번갯불에서 원시림이 자신의 신비로움을 잊고 지독한 단말마의 공포로 떠는 것을 보았다. 그때 뭔가가 내게 말을 걸었다. 그

것은 내가 살아오면서 열 번도 백 번도 더 들었던 것과 똑같은 것이었다. 알프스 협곡을 바라보았을 때, 폭풍우가 몰아치는 바다를 항해했을 때, 스키장에 높새바람이 불어 닥쳤을 때 말이다. 그것은 내가 뭐라고 표현할 수 없는 것이기에 자꾸만 체험하려고 하지 않을 수 없었다.

　그런데 갑자기 모든 것이 끝났다. 그것은 이 모든 시끄러운 뇌우보다 더 특이했고 더 소름끼쳤다. 더 이상 번개도 천둥도 없었다. 다만 형용하기 어려운 짙은 어둠과 자신을 파괴할 듯이 마구 쏟아지는 폭우밖에 없었다. 주위에는 저음으로 뒤흔드는 웅성거림과 마구 파헤쳐진 원시림 지면의 색정적인 냄새밖에 없었다. 나는 너무 피곤한데다 자고 싶은 마음밖에 없어서 선 채로 잠이 들어 매트리스 위에 비틀거리며 쓰러졌다. 다시 깨어났을 때는 해가 떠오르고 있었고 숲에서는 원숭이들이 울부짖는 소리가 메아리치고 있었다.

11

팔렘방

팔렘방은 수마트라 섬의 남동쪽에 위치한 수상가옥 도시다. 인구가 약 6만 5천 명쯤 되는 그 도시는 큰 강의 늪지대에 자리하고 있다. 그래서 대충 구경하고 지나간 여행객들로부터 말레이의 베네치아라는 이름을 얻게 되었다. 그 도시가 물가와 물 위에 있고, 수상교통이 주라는 점 외에는 별다른 공통점이 없다고 할 수 있다.

팔렘방은 정오부터 자정까지는 물속에, 자정부터 정오까지는 늪지, 즉 더럽고 끈적끈적한 진흙탕에 잠겨 있다. 그곳은 지독한 악취를 풍긴다. 그걸 쳐다보고 냄새를 맡았더니 그곳을 떠나 탁 트인 바다에 나왔어도 일주일 동안이나 구역질과 메스꺼움이 없어지지 않았다. 그 사이 이런 역겨운 기분에도 불구하고 나는 설레는 모험을 하듯 이 아름답고 색다른 도시를 체험했다.

팔렘방은 강과 수백 개의 잔잔하고 운하 같은 지류들 가에 위치하고 있다. 강과 지류들은 아침에는 모두 저녁때와 반대 방향으로 흐른다. 매우 평평한 이 지역은 70에서 80킬로미터 정도 떨어져 있는 바다보다 2미터밖에 높지 않기 때문이다. 그래서 만조 때는 매일 바다가 멀리까지 역류해 올라오므로 강물의 방향이 바뀌게 된다. 이때 늪지는 호수로, 더러운 도시는 근사한 동화의 나라로 바뀐다. 그제야 도시 전체는 사람이 살 만한 곳이 된다.

만조가 되는 시간은 날이 가면서 바뀐다. 내가 그곳에 머무는 동안에는 정오에 시작되었다. 만조 때가 되면 수천의 수상 가옥들은 갈색을 띤 잔잔한 수면 위에 은은하고도 매혹적으로 비친다. 무척 작은 운하 같은 지류 위에는 수백 척의 날렵하고 그림 같은 범선들이 조용히 생동감 있게 놀랄 만치 능숙하게 뒤섞여 우글거리고 있다. 벌거벗은 사내들, 몸을 가린 여자들이 가파른 나무 계단의 발치에서 멱을 감는다. 집집마다 그 계단에서 강물로 연결되어 있다. 뗏목 위를 떠다니는 깔끔한 중국인 수상가게의 호롱불이 아시아의 저녁생활과 수상생활의 놀라운 단면을 여지없이 보여준다.

그러나 간조 때는 이 도시의 절반이 시커먼 하수구가 된다. 조그만 수상 가옥들은 죽은 듯한 늪지에 비스듬히 누워 있고, 검게 그을린 사람들은 물과 진흙, 시장의 쓰레기와 오물이 섞여 죽처럼 된 그곳에서 미역을 감는다. 무자비하게 뜨거운 태양 아래 모든 것이 암담하고 빛을 잃어 보인다. 모든 것에서 이루 말할 수 없이 지독한 악취가 난다.

그렇다고 해서 나는 토착민을 부당하게 평가해서는 안 된다. 강물이 빠져나갈 곳이 없어 깨끗하지 않은 것은 그들의 탓이 아니다. 그들로서는 부엌의 쓰레기나 변소의 오물이 집 주위에 널려 있는 것과 무자비한 태양이 진창을 그토록 빨리 발효시키는 것을 어떻게 할 수 없다. 이곳의 청결 상태를 보고 외지인은 가끔 섬뜩한 기분이 들지도 모른다. 며칠간 목욕을 포기하고 이빨을 소다수로 닦는다 해서 그걸 뽐내며 말레이인한테 우월감을 느낄지 모른다. 그러나 사실은 동아시아인이 유럽인보다 더 깨끗하고, 유럽인의 모든 현대적인 청결 습관은 인도인과 말레이인한테 배운 것이다. 매일 목욕을 해야 한다는 것으로 시작되는 이 모든 청결 습관은 영국에서 유래했다. 이것은 앵글로 인도인과 열대에서 살다가 귀환한 사람들의 영향으로 영국에서 생겨났다. 그들은 목욕하기, 자주 입을 헹구기와 같은 이 모든 청결법을 인도와 스리랑카, 말레이 지역에서 배워왔다.

나는 이곳의 평범한 아낙네들이 식사가 끝날 때마다 이쑤시개로 이를 청소하고, 깨끗한 물로 입을 헹구는 것을 보았다. 우리나라 사람은 5%나 10% 정도도 그렇게 하지 않는다. 나는 일 년에 기껏해야 두 번이나 세 번밖에 목욕하지 않는 뷔르템베르크와 바덴의 농부들을 많이 알고 있다. 반면 말레이인이나 중국인은 적어도 하루에 한 번이나 대체로 그 이상 목욕을 한다. 그리고 이들은 벌써 오랫동안 그렇게 해오고 있다. 중국의 아주 오래된 고

전도 수시로 그러한 청결한 생활을 당연한 것으로 언급했다. 예컨대 '만물의 근원에 관한 책'인 『열자列子』에는 "그가 숙소에 돌아와 세수와 입 헹구기, 물기 닦기와 빗질을 끝냈을 때"라고 적혀 있다.

이 특이한 도시 팔렘방에서는 옐로톤과 고무, 면화와 로탕, 생선과 상아, 후추, 커피, 수지樹脂 그리고 현지에서 나는 직물과 레이스가 거래된다. 수입되는 것은 영국과 스위스에서 만든 모조 사롱천, 뮌헨과 브레멘의 맥주, 독일과 영국의 메리야스 직물, 메클렌부르크와 네덜란드에서 들여온 멸균 우유, 렌츠부르크와 캘리포니아 산 병조림 과일 등이다. 네덜란드인이 운영하는 서점에서는 온갖 언어로 된 통속소설 번역본을 구할 수 있지만, 물타툴리[15]의 『막스 하벨라르』[16]는 그렇지 못하다. 백인들을 위해서는 유럽 소도시들의 상점에서 들여온 선물용 상품이 따로 마련되어 있고, 토착민에게는 일본의 악덕업자가 독일과 미국에서

---

15 물타툴리(Multatuli, 1820~1887). 본명은 에두아르트 데커(Eduard Douwes Dekker). 네덜란드의 소설가. 인도네시아에서 지방관과 부이사관을 지냈으며, 대표작 『막스 하벨라르』는 이때의 체험을 바탕으로 썼다. 본국의 식민지 통치의 기만성과 학정을 풍자하였으며, 그의 정열적 이상주의는 근대 네덜란드 문학에 큰 영향을 끼쳤다. 가혹한 식민지정책에 시달리는 원주민을 동정하여 상관과 충돌한 끝에 사직하고 1857년 귀국하였으며, 네덜란드·벨기에·독일 등의 각지를 방랑하면서 저작·강연·기부 등에서 얻은 수입으로 생활하였다.
16 물타툴리의 자전적인 요소가 일부 들어 있는 이 소설은 계몽적 한 관리가 인도네시아에서 토착민들에 대한 네덜란드의 착취를 폭로하려 애쓰지만 헛수고에 그치고 만다는 내용이다. 여기서 그는 소설의 기본구조를 통해 자바에서의 정의실현을 탄원하고, 네덜란드 중산층의 사고방식을 신랄하게 풍자하는 이중 효과를 거둘 수 있었다. 대화식 문체와 독특한 유머는 당대의 작가들을 훨씬 능가하는 것이었으며, 이리하여 이 소설은 네덜란드에서 오랫동안 독보적 존재로 남게 되었다.

들여온 엉터리 물건을 내놓는다. 이곳에서 수 킬로미터 떨어진 곳에서는 호랑이가 염소를 물어가고, 코끼리가 전봇대를 파헤쳐서 망가뜨린다. 근사한 물새, 왜가리, 독수리가 우글거리는 늪지를 지나 운하들 아래서는 수백 마일 떨어진 곳에서 원유가 철관을 타고 이 도시의 정유 공장으로 눈에 보이지 않게 조용히 계속 흘러든다.

나는 중국의 아주 오래된 실크스카프를 상인이 유럽산 강철 펜 열두 개들이 한 상자 값으로 요구한 금액의 한 배 반을 주고 샀다. 기묘하게도 관세가 없는 영국령 항구도시들인 페낭과 싱가포르나 콜롬보에서는 관세가 높은 이곳 네덜란드령에서보다 거의 두 배나 비싼 값을 주고 살아간다. 네덜란드의 높은 관세는 장사를 마비시킬 정도다. 그러기에 네덜란드의 식민통치는 어디서나 원주민을 근시안적으로 착취하고 있다는 인상을 준다. 반면 네덜란드-인도식 식단은 항상 훌륭한 것은 아니지만 아주 형편없는 경우라도 영국인들이 식민지의 비싼 호화 호텔에서 내놓는 음식에 비하면 천국의 요리라 할 수 있다. 유감스럽게도 영국인에게는 문화민족으로서 갖추어야 할 두 가지 기본 재능, 즉 멋진 요리에 대한 감각과 음악에 대한 감각이 결여되어 있다. 그렇지 않다면 영국인은 지상의 월등히 뛰어난 일류 민족이 될지도 모른다. 이 두 가지 점은 영국 식민지에서 조금도 기대하지 말아야 한다. 그 밖의 모든 것은 세계 일류다.

이곳 사람들은 끔찍하게 굽실거리는 굴종적인 태도를 지니고 있다. 그동안 노예화된 말레이인은 유럽식의 안락함과 향락, 주인 행세를 받아들이는 데는 무척 잽싸다. 예컨대 한 시간 전만 해도 초라한 행색으로 시중들어 무척 가엾게 생각되던 일꾼이 하얀 양복(손님 것이거나 세탁소 주인이 빌려주었을 수도 있다.)을 빼입고 시간 당 10센트 하는 자전거를 빌려 으스대며 달려가는 것을 볼 수 있다. 그는 노란 구두에 담배를 입에 물고 단골손님인 양폼을 잡으며 당구장으로 들어간다. 그런 다음 다시 자신의 오두막으로 돌아가 사롱을 다시 입고 느긋하게 휴식을 취한다. 그리고 강가 나무 계단에 앉아 조금 전 자신이 용변을 본 바로 그 자리에서 운하의 물로 이빨을 닦는다.

12

물의 동화

사랑하는 여인과 함께 다시 한 번 그 길을 가고 싶다. 어제 팔렘방을 떠나 작고 좁은 돛단배를 타고 달렸던 뱃길 말이다.

우리가 탄 배는 이리저리 흔들리며 달렸다. 흘수吃水가 손 너비도 안 되어서 아무리 작은 실개천이라도 달릴 수 있는 배였다. 갈색을 띤 좁은 어느 지류를 따라 달렸다. 저녁 무렵이라 아직 만조때였다. 수상 오두막들 사이에는 늘 그렇듯이 소박한 삶이 활기를 띠었고, 그물을 이용한 온갖 방식의 고기잡이가 이루어졌다. 말레이인들은 새를 잡거나 노 젓는 일에서처럼 고기잡이에도 진정한 대가들이다. 벌거벗은 아이들은 소리 지르며 떼 지어 놀고 있고, 소매상들은 소다수나 시럽을 팔러 강 위를 떠다닌다. 코란과 조그만 이슬람 기도서를 사라며 나직이 소리치는 상인들도 있다. 멱을 감는 사내아이들도 보였다. 이곳에선 싸우는 사람은 거의 보이지 않고, 술에 취한 사람은 아예 없다. 서구에서 온 여행객은 그런 사실을 알고 부끄러운 생각이 든다.

우리를 태운 배는 유유히 떠갔다. 시냇물이 좁아지고 얕아지면서 오두막은 보이지 않았고, 초록빛을 띤 늪지와 수풀이 우리를 말없이 에워쌌다. 나무들이 강가 여기저기에 서 있었고, 물속에서도 자라고 있었다. 알지 못하는 사이에 나무들이 더 많아져 서로 뒤엉킨 수많은 뿌리들을 우리 쪽으로 뻗고 있었다. 우리 머리 위에는 녹색의 나뭇잎과 잔가지가 그물과 둥근 천장을 이루어 점점 촘촘히 걸려 있었다. 이내 어떤 나무도 한 그루씩 더 이상 구별할 수 없게 되었다. 나무마다 원뿌리나 곁뿌리, 원가지나 곁가지, 덩굴손의 형태로 다른 나무와 얼키설키 뒤엉켜 있었고, 온갖 종류의 양치류와 덩굴식물, 기생식물들이 그 나무들을 에워싸며 서로 엉겨 붙어 있었다.

이 고요한 밀림 속에서 이곳에 많이 서식하는 물총새가 가끔 화려한 색을 뿜내며 날아오르기도 했다. 또는 잿빛의 조그만 도요새가 휙 날아가기도 했고, 까치처럼 흰색과 검은색이 섞인 지빠귀 같은 통통한 원시림의 새가 지저귀기도 했다. 둥근 천장 모양으로 무성하게 자라는 나무들이 내적으로 성장하고 호흡하며 서로 들러붙는 것 외에는 아무 소리도 들리지 않았고 어떠한 생명체도 보이지 않았다. 가끔 폭이 우리 배 넓이밖에 안 되는 시냇물은 시시각각 새로 변덕스럽게 굽이치고 있었다. 질량감이나 거리감도 완전히 사라져버렸다. 우리는 어리둥절한 심정으로 얽혀 있는 녹색의 영원 속을 조용히 달렸다. 서로 뒤엉킨 나무들이 머리 위에서 촘촘히 둥근 천장을 이루었고, 잎사귀가 넓은 수초들이 주변에 늘려 있었다. 다들 말없이 앉아 경탄의 눈길을 보냈다. 이러한 마법이 언제 어떻게 다시 깨어질지 생각하는 사람은 아무도 없었다. 나는 그러한 마법의 순간이 반시간이나 한 시간 또는 두 시간 지속되었는지 더 이상 알지 못한다.

그 마법은 우리 머리 위에서 마구 울부짖는 소리와 나뭇가지 우듬지가 심하게 흔들리는 바람에 부지불식간에 깨어지고 말았다. 곧이어 회색의 큰 원숭이 가족이 나타나 우리를 빤히 쳐다보았다. 우리의 침입으로 방해받아 기분이 상했던 것이다. 우리는 걸음을 멈추고 꼼짝 않고 그대로 서 있었다. 그러자 녀석들은 이리저리 뛰어다니며 다시 놀기 시작했다. 두 번째 원숭이 가족이 나타났고, 다시 한 떼가 합세했다. 마침내 우리 머리 위 밀림에는 긴 꼬리의 회색 원숭이들로 우글거리게 되었다. 가끔씩 녀석들은 다시 화가 나서 불신의 눈초리로 내려다보았고, 사슬에 매인 개처럼 격분해서 씩씩거리며 으르렁거리기도 했다. 백 마리는 넘어 보이는 이 원숭이들이 우리 위에 앉아 다시 씩씩거리며 아주 가까이서 이빨을 드러내 보이기 시작했다. 그러자 우리의 팔렘방 친구가 소리 없이 경고의 손짓을 보냈다. 우리는 신중하게 조용히 서서 나뭇가지 하나라도 건드리지 않으려고 조심했다. 그도 그럴 것이 팔렘방의 덤불과 늪지에서 한 시간 동안 머물다가 어느 원숭이 무리한테 목 졸려 죽는 것은 우리 모두에게 불

명예스러운 종말 같았기 때문이다.

우리의 말레이 친구는 짧고 가벼운 노를 조심스레 물에 담갔다. 기가 꺾인 우리는 말없이 조용히 되돌아갔다. 우리가 탄 배는 원숭이와 많은 나무들 밑을 통과하고 오두막과 집들을 지나갔다. 다시 큰 강에 이르렀을 때는 이미 해가 진 뒤였다. 어느새 밀려든 밤의 어둠 속에서 도시는 큰 강 양쪽에서 매혹적으로 반짝였다. 수없이 많은 작고 희미한 불빛을 내며.

13

마라스 호

악취와 모기에 시달리고 깨끗한 물에서 목욕할 기회도 없이 팔렘방의 시커멓고 조그만 운하 뒤편 뉴커크 호텔 뒤쪽에서 한 동안 살아본 사람이라면 결국 어디로든 떠나야겠다는 간절한 갈망을 하게 된다. 다음 배가 들어오는 시간을 손꼽아 기다리기 시작하는 것이다. 우편물을 받지 못한 지 한 달이 되었고 불면증으로 머리에 열이 났다. 특이한 도시에서의 삶과 더위에 지치고 목욕을 하지 못해 몸이 축 늘어졌다. 때문에 중국 증기선 마라스 호에 좌석을 예약했다. 금요일 아침 일찍 입항해서 토요일 중에 싱가포르로 떠나는 배였다. 그래서 희망을 품고 모기장 아래 누워 금요일 아침이 오기를 기다렸다. 큰 상자를 싱가포르에 두고 왔기에 진작부터 더 이상 읽을거리도 없었다. 집에서 연락이 오지 않은 지도 어언 이주일이 되어 갔다. 할 수 있는 일이라곤 매일

같이 시내를 돌아다니다가 피곤해지면 몇 시간씩 누워 기다리며 메모장을 들춰보고 말레이어 어휘를 익히는 게 고작이었다. 그런데 이제 배가 들어온다니 하루나 이틀 뒤면 떠날 수 있으리라. 그간의 위안을 주는 경험에 비추어 보면 이내 나날의 못마땅한 온갖 일이 기억 속에 오그라들어 사라지고 많은 아름답고 다채로운 일과 즐거웠던 체험만이 남으리라.

하지만 금요일 오전이 지나고 오후가 되어도 마라스 호는 오지 않았다. 토요일 밤이 되도록 종일 입항하는 배의 경적소리에 귀 기울였지만 허사였다. 토요일도 그렇게 흘러갔다. 일요일 아침이 되어서야 배가 도착했다는 연락이 왔다. 비가 너무 많이 오지 않으면 내일 출발할 거라고 한다.

일요일은 새벽부터 밤까지 강물 위에서 보냈다. 나는 악어 사냥에 합류했다. 묵직하고 낡은 네덜란드산 무기를 무릎에 얹고 조그만 보트 위에 잠복하며 앉아 있었다. 더위와 강물에 반사되는 햇빛에 눈이 화끈거렸다. 하지만 그런 날에는 운이 없는 법이다. 한 번도 총을 쏠 기회가 없었다. 물이 너무 많이 불어난 상태에서 몇 마리의 악어나마 보게 된 것을 다행으로 여겨야 했다.

그것과는 상관없이 아무튼 내일이면 내 배는 떠난다. 그러면 수마트라 섬의 모든 악어와도 이별이다. 도시로 돌아오는 중에 마라스 호가 내일 아침 일찍, 어쩌면 오후나 저녁에는 떠나리라는 소식을 접했다. 나는 나름대로 철저히 정성껏 트렁크를 꾸렸다. 그러나 마라스 호는 아침에도 오후에도 출항하지 않았다. 그러다가 함께 떠나려면 늦어도 밤 10시까지는 승선해야 한다는 전갈이 왔다.

그걸 놓칠 수는 없는 일이었다. 9시에 짙은 어둠을 뚫고(유럽인은 칠흑 같은 어두운 밤이 무엇인지 예감도 하지 못할 것이다!) 배를 향해 갔다. 가로등이 없어 캄캄한 거리를 더듬으며 낯선 배들과 노 젓는 일꾼이 잠자는 곳을 지나갔다. 접이식 사다리로 통하는 길을 찾아내서 희망에 넘쳐 곡예하듯 배에 올랐다. 배에는 짐이 잔뜩 실려 있었고, 배의 내부는 모두 옐로톤 나무와 면화로 가득 찼다. 배 옆에는 로탕을 가득 실은 스무 척이거나 그 이상의 화물용 보트가 대기하고 있었다. 그래서 짐이 계속 실리는 중이었다. 초만원인 어두운 갑판에는 백 명의 일꾼들이 우글거리고 있었다. 나는 상자와 높은 나무 기둥을 지나 갑판 위로 기어 올라가야 했다. 몇 개의 각등들 중 하나에 그들이 가까이 다가왔을 때 보니 땀에 젖은 벌거벗은 누런 몸이 혼잡한 어둠 속에서 따스하게 번쩍였다.

네덜란드 선장이 그곳에 있었다. 나는 선실을 하나 배정받았다. 그러나 선실은 마치 증기탕처럼 뜨거웠다. 장화를 벗는 순간 그 이유를 알 수 있었다. 옆방에 기관실이 있었던 것이다. 바닥이 너무 뜨거워 내 발바닥이 쑤실 정도였다. 통풍창은 회중시계의 문자판 크기 정도밖에 되지 않았다. 반면 환풍기와 전등이 있긴 했지만 몇 년 전부터 더 이상 가동되지 않고 있었다. 그래서 선실 조명은 그을음 나는 조그만 석유등이 대신하고 있었다.

매시간 배가 출항할 듯 희망을 주었지만 새벽 1시가 되도록 배는 꿈쩍도 않고 있었다. 피곤에 지친 나는 상갑판의 어느 의자에 뻣뻣한 몸으로 앉아 있었다. 퉁퉁 부은 눈으로 멍하니 배 안을 들여다보았다. 그런 뒤 선실로 들어가 자리에 드러누웠다. 축 늘어진 손에서 굵은 땀방울이 바닥으로 떨어지는 소리가 들렸다. 다시 일어나 비 내리는 바깥으로 나가 일꾼들 틈에서 담배를 한 대 피워 물었다. 컴컴한 배 안을 이리저리 헤매고 다니다가 잠자는 사람들 위에 넘어지기도 하고 살아있는 원숭이가 든 우리를 쓰러뜨리기도 하고 상자 모서리에 부딪히기도 했다. 동이 틀 무렵 나는 상갑판에서 완전히 망가지고 녹초가 되어 있었다.

새벽 6시에 보르도 산 포도주를 마시고 독한 인도산 시가를 피우기는 난생 처음 있는 일이었다. 오늘 나는 그 일을 했다. 그러고 나니 벌써 다시 두 눈을 뜨고 있을 수 있었다.

내가 이 메모를 적고 있는 이 순간 배가 출발하고 있다. 그러니까 한 시간 전, 정오가 되어 배가 움직인 것이다. 다른 할 일이 있었더라면 글을 쓰는 것 말고 다른 일을 했으리라. 선실에서는 글을 쓸 수 없고, 갑판에는 이용할 수 있는 의자가 한 개밖에 없다. 글쓰기를 멈추자 선장이 와서 나를 담소하는 데 끌어들이려 한다. 그는 호감이 가는 인물로 그의 아내도 함께 배에 타고 있다. 선장 부부는 상갑판의 선장실에 기거한다. 그는 엄청난 양의 우표 수집물과 비루먹은 중국산 개를 가지고 있다. 녀석은 유감스럽게도 충직한 편이 아니라서 나를 잘 따른다. 그의 부인은 다섯 마리의 어린 고양이와 새장에는 열 마리나 열한 마리의 새를 가지고 있다. 그것 말고도 우리는 네 마리의 살아 있는 원숭이(내가 간밤에 쓰러뜨린 원숭이들이다.)를 가지고 있다. 그 중 가장 어린 녀석은 매우 온순해서 내가 만지고 쓰다듬어줘도 가만히 있는다. 유감스럽게도 원숭이들한테서 지독한 악취가 난다.

우리가 탄 배는 느릿느릿 강을 따라 내려간다. 저녁에는 바다에 이를 것이고 약 서른두 시간 뒤에는 싱가포르에 도착할 것이다.

저녁때의 추가 기록

나는 앞서 말한 모든 것을 철회한다. 글쓰기를 멈춘 것은 누군가의 방해를 받아서가 아니라 오히려 꽤 훌륭한 점심식사에 초대받았기 때문이다. 그 후에 선장 부인이 상갑판 앞쪽에 마련해준 야전침대에서 두 시간 동안 휴식을 취할 수 있었다. 그러자 모든 게 곧 다시 훨씬 나아 보였다. 내 생각에 그 중국산 개는 비루먹은 게 아닌 것 같다. 열대 지역에 있는 거의 모든 개들이 다 그렇듯이 털이 빠졌을 뿐이다. 뒤쪽에서부터 털이 빠지고 있는데 딱한 생각이 든다. 그도 그럴 것이 남아 있는 털로 판단하건대 전에는 적갈색의 아주 귀여운 개였을 것 같기 때문이다. 선실 통풍창은 어찌나 작은지 아담한 벽시계의 문자판 크기밖에 안 된다. 회중시계의 문자판만하다고 한 것은 과장된 표현이었다.

나는 몸에 비누를 충분히 칠하고 강물을 끼얹었다. 열흘 만에 처음으로 하는 상쾌한 목욕인 것이다! 이젠 힘들이지 않고도 눈으로 다시 볼 수 있다. 저녁 5시가 되자 벌써 어둑어둑해진다. 배는 넓은 강 하구에 도착했다. 우리 앞에는 엷은 황색 바다가 펼쳐져 있다. 수로 안내인이 키를 잡고 있으니 곧 우리와 작별할 수 있겠다. 맞은편에는 길고 높은 산맥들과 함께 아름다운 방카 섬이 진한 남색으로 떠 있다.

밤 10시의 추가 기록

그 개는 역시 비루먹은 모양이다. 개와 고양이, 새와 원숭이 말고 바늘두더지와 멋진 어린 재규어 같은 아르마딜로 속 동물이 배에 있다. 모두 살아 있다. 동물은 우리에 갇혀 있긴 하지만 선실에 있는 나보다 훨씬 많은 공기를 누리고 있다. 저녁식사는 매우 즐거운 분위기에서 했다. 선장 부인은 쾅쾅 울리는 대형 축음기를 가지고 있었는데, 나를 위해 틀어놓았다. 달러 공주, 카루소가 흘러나왔다. 열대에 사는 모든 유럽인은 축음기를 가지고 있다. 그래서 나는 싱가포르로 돌아오기도 전에 벌써 다시 오페레타 같은 분위기에 휩싸이게 되었다. 그런 분위기는 동양에 사는 유럽인의 독특한 모습으로 여겨진다.

14
캔디에서의 산책

유명한 캔디[17]는 인공 호숫가의 좁은 계곡에 위치해 있다. 캔디는 옛날 사원과 놀랄 만치 아름다운 삼림 말고는 이렇다 할 만하게 내세울 게 없다. 하지만 어쩌면 무척 부유한 영국인들에 의해 조직적으로 망쳐진 관광도시로서의 온갖 폐해와 결함을 지니고 있을지도 모른다. 하지만 그 대신 캔디에서 사방으로 뻗은 세계에서 가장 아름다운 산책길을 따라가면 경이로운 자연 경관과 만나게 된다. 나는 이곳에 제법 오래 머물렀지만 유감스럽게도 그 모든 것의 절반밖에 보지 못했다. 우기가 늦게 찾아왔다. 그래서 도시는 계속 우중충한 잿빛을 띠었고, 짙은 안개가 끼어 있었다. 늦가을의 슈바르츠발트 계곡과 같은 모습이었다.

---

17 스리랑카 중부의 도시. 캔디 고원 해발 488미터 지점에 자리 잡고 있다. 캔디 왕국의 마지막 왕이 건설한 인공호수 근처에 마하웰리 강을 끼고 있다.

어느 날 오후 나직이 비가 내리는 중에 나는 시골 같은 말라바르 가를 어슬렁거리며 돌아다녔다. 웃통을 벗어젖힌 싱갈인 청년을 보고 마음이 흐뭇해졌다. 아무런 걱정 없는 원시적인 자연인을 볼 때마다 격세유전의 편안함과 고향에 온 것 같은 느낌이 들었다. 실망스럽게도 열대의 전형적인 풍경을 보면서는 결코 느껴보지 못한 감정이었다. 우리가 보통 '남국의 순결함'을 찾아 떠나는 이탈리아 같은 나라에서보다 이곳 인도에서 아름다움과 진지함을 훨씬 더 많이 볼 수 있다. 특히 이곳 동방에는 지중해 연안 도시들에서 신문팔이와 성냥팔이들이 세상의 중심이라도 되는 양 미친 듯이 큰 소리로 떠들어대는 끔찍한 소음 공해가 전혀 없다. 인도인, 말레이인, 중국인이 강도 높고 다채로운 힘찬 삶을 살아가며 인구가 많은 도시들의 수없이 많은 거리를 메운다. 그렇지만 이들의 삶은 마치 개미의 움직임처럼 소리 없이 진행되어 남유럽의 모든 도시들을 부끄럽게 만든다. 특히 싱갈인은 평소 그다지 강한 인상을 주진 않지만 다들 서구에서는 볼 수 없는 사랑스러운 온순함과 조용하고 얌전한 태도로 단순하고 가벼운 그다지 복잡하지 않은 생활을 해나간다.

오두막 앞에는 어디서나 담벼락과 도로 사이에 아주 작고 소박한 정원이 있다. 그 정원에는 어디에나 몇 그루 장미가 피어 있고 템플 플라워temple flower[18]가 핀 조그만 나무 한 그루가 서 있

---

[18] 프랑기파니(Frangipani), 혹은 인도재스민이라고도 한다.

다. 문지방 앞에는 흑갈색 피부에 머리가 긴 또는 우스꽝스럽게 머리를 싹 밀어버린 귀여운 아이들 몇 명이 우르르 몰려다닌다. 좀 더 어린 아이들은 완전히 벌거벗고 다니지만, 가슴에는 부적을 달고 발목과 손목에는 은팔찌와 은발찌로 장식하고 있다. 그들은 말레이 아이들과는 확연히 다르게 낯선 외국인을 전혀 겁내지 않고 심지어 관심을 끌기 위한 행동도 매우 즐겨 한다. 처음 배우는 영어 단어는 돈을 구걸하는 말인데 때로는 싱갈어를 배우기도 전에 그 말부터 먼저 배우기도 한다. 가끔 무척 아름다운 소녀와 아주 젊은 여자들이 있는데 그들은 모두 예외 없이 아름다운 눈을 가지고 있다.

짙은 푸른색 덤불 속으로 가파르게 사라지는 샛길이 내 마음을 끌었다. 나는 당황스러울 만큼 식물이 무성한 협곡을 통과해 내려갔다. 협곡에는 온실에서처럼 발효하는 냄새가 났다. 그 사이 수없이 많은 조그만 계단식 지형에는 진창 같은 논들이 있었다. 질퍽질퍽한 논에서는 벌거벗은 농부와 회색 물소들이 쟁기질을 하며 논을 일구고 있었다.

오솔길의 마지막 낭떠러지를 지나자 나는 갑자기 마하웰리 강 위에 서 있었다. 비로 불어난 아름다운 계곡물이 좁은 암벽의 시커먼 원생암原生巖 위로 폭포처럼 흘러내렸다. 조그맣고 거친 돌섬과 낭떠러지가 반짝이는 청동상처럼 갈색의 거품을 일으키며 시커멓게 빛나고 있었다.

넓은 암반에 뗏목 같은 나룻배가 막 접안했다. 눈먼 노인이 묻으로 안내되었다. 그는 참을성 있는 얼굴과 시든 노란 손으로 가파른 강기슭을 더듬으며 올라갔다. 들어 올린 손에서 빗물이 그의 옷 속으로 스며들었다. 나는 재빨리 뗏목에 올라타고 불그스름한 암벽 풍경을 지나 강을 건넜다. 그리고 건너편의 바위 계단을 지나고 새로 나타난 시커먼 덤불을 통과해 길을 올라갔다. 다시 오두막과 계단식 논을 지나갔다. 막 추수를 끝낸 농부들이 즉시 파종을 하기 위해 늪지를 다시 지체 없이 갈아엎고 있다. 이런 기후와 진흙 토양에서는 추수가 끝나자마자 끊임없이 식물이 자라기 때문이다. 땅이 붉고 넘쳐흐르듯 촘촘히 식물이 자라는 좁은 계곡은 쏴쏴 비 내리는 가운데 뜨거운 결실의 냄새를 뿜어냈다. 곳곳에서 부드러운 진흙탕이 비밀스러운 생식 행위를 하느라 끓어오르는 것처럼.

2마일 더 위로 올라가면 스리랑카에서 가장 오래되고 가장 신성한 석굴 불교 사원이 나온다고 한다. 얼마 안 가 작은 절과 승려들이 가꾸는 조그만 정원이 내 머리 위 가파른 산비탈에 걸려 있는 것이 보였다. 이제 사원이 나타났다. 그 앞의 움푹 파인 암석 바닥에는 빗물이 가득 고였고, 최근에 만들어진 것으로 색칠되지 않은 아치형 벽들로 이루어진 초라한 현관이 있었는데, 이 모든 것은 황량하고 컴컴하며 을씨년스러워 보였다. 한 소년이 달려가더니 승려를 데려왔다. 성전聖殿의 첫 번째 문이 열렸다. 승려가 손에 든 두 개의 조그만 밀랍 양초가 불안스럽게 깜빡거렸다. 그 촛불로는 작고 시커먼 공간을 환히 밝힐 수 없었다. 희미하고 붉은 불빛에 늙은 승려의 맨 머리만 어슴푸레 빛날 뿐이었다. 희미한 불빛은 가끔 고대 벽화의 일부를 소생시켜주었다. 난 벽화를 자세히 보고 싶었다. 그래서 우리는 그을음을 내는 희미한 두 개의 촛불을 밝히고 벽을 따라가며 벽면에서 바닥까지 차근차근 살펴보았다. 어마어마한 프레스코 벽면이 마치 우표 수집물이라도 되는 것처럼 말이다. 연한 노란색과 붉은색으로 칠해진, 옛날의 원시적인 윤곽을 한 수없이 많은 아름답고 사랑스러우며 재미있기도 한 그림들이 모습을 드러냈다. 불교 전설에서 유래한 그림들이었다. 아버지의 집을 떠나는 부처, 보리수 아래에 있는 부처, 제자인 아난다와 카운디냐와 함께 있는 부처 등이다. 나도 모르게 불현듯 아시시가 생각났다. 그곳 성 프란체스코 조토의 텅 비어 있는 큰 성당에는 조토가 그린 성 프란체스카 전설이 벽면을 장식하고 있다. 그와 똑같은 정신이었다. 다만 이곳은 모든 것이 작고 귀엽다는 것이 다를 뿐이었다. 그림의 스케치에는 문화와 삶은 혹시 담겼을지도 모르지만, 인격은 보이지 않았다.

이제 노 승려가 가장 안쪽의 문을 열었다. 그곳은 칠흑 같이 캄캄했고, 뒤쪽의 암석 동굴은 닫혀 있었다. 그곳에 뭔가 어마어마한 것이 있다는 예감이 들었다. 촛불을 들고 좀 더 가까이 다가가자 어떤 거대한 형체가 불빛과 그림자 속에서 흔들리며 나타났다. 우리가 든 흐릿한 촛불로는 전모를 평가할 수 없었다. 엄청나게 큰 부처의 누워 있는 머리임을 차츰 알 수 있었다. 전율이 느꺼졌다. 거대한 불상의 하얀 얼굴이 번쩍였다. 촛불의 희미한 빛으로는 어깨와 팔만 알아볼 수 있었다. 다른 촛불은 어둠 속에서 빛을 잃었다. 나는 두 개의 촛불을 들고 수없이 왔다 갔다 하며 승려에게 폐를 끼쳐야 했다. 그런 연후에 어슴푸레하게나마 불상의 전체 모습을 파악할 수 있었다. 누워 있는 불상(와불상)의 길이는 42피트다. 부처는 동굴 벽을 자신의 거대한 몸으로 가득 채우고 있다. 왼쪽 어깨 위에 암석이 버티고 있어서, 부처가 일어나기라도 한다면 우리 위의 산이 와르르 무너져 내릴지도 모른다.

15

캔 디 에 서 쓴 일 기 장

저녁이다. 난 호텔 방에 누워 있다. 며칠 전부터 적포도주와 아편으로 살아간다. 장이 형편없이 좋지 않다. 오늘 저녁은 서 있거나 걸어가기에도 용기와 힘이 달린다. 또한 지금은 우기다. 이제 겨우 저녁인데도 바깥은 비에 흥건히 젖어 있고 칠흑같이 캄캄한 밤 같다. 어떻게든 현실로부터 벗어나야겠기에 두 시간 전에 보았던 일을 메모해볼 생각이다.

6시쯤 밖에 안 되었는데 벌써 밤이다. 비가 내렸다. 난 침대에서 일어나 바깥으로 나갔다. 누워 있고 단식을 하느라 몸이 허약해졌고, 아편이 든 마취제 때문에 정신이 몽롱했다. 나는 아편제로 이질과 싸우고 있다. 나는 별 생각 없이 사원으로 가는 길에 접어들었다. 잠시 후 컴컴한 물 위 오래된 성전의 입구에 서 있었다. 이 성전에는 아름답고 찬란히 빛나는 불교가 우상숭배의 일종으로 진정 희귀하게 번성했다. 꿈결 같은 어렴풋한 음악소리가 울려왔다. 여기저기서 시커먼 형상의 기도자들이 허리를 잔뜩 굽혀 무릎을 꿇고 중얼거리고 있다. 달콤하고 강한 꽃향기에 정신이 어질어질해졌다. 사원 정문을 통해 음침하고 어두운 공간을 들여다보았다. 그 안에는 수많은 가느다란 촛불들이 도깨비불처럼 일렁거리며 타오르고 있었다.

한 안내인이 나를 보더니 즉각 막무가내로 앞으로 밀어냈다. 흰 옷을 입은, 착하고 부드러운 싱갈인의 눈을 한 두 청년이 급히 달려왔다. 각자 두 개의 촛불을 들었는데 나의 안내를 돕기 위해서였다. 허리를 잔뜩 숙이고 앞장서서 걸어가며 열심히 길을 비추었다. 아주 조그만 계단이나 내가 부딪칠 수 있는 튀어나온 기둥마다. 나는 몽롱한 의식으로 아랍 동화에 나오는 보물 동굴로 들어가듯 모험의 세계로 들어갔다.

누군가 놋그릇 하나를 내 앞에 들이밀더니 사원에 입장하는 대가로 시주를 요구했다. 나는 1루피를 집어넣고 촛불을 든 안내인을 따라 계속 걸어갔다. 누군가가 달콤한 향내가 나는 부처님께 공양드릴 꽃을 내밀어서 몇 송이를 집어 들고 돈을 주었다. 꽃송이를 다양한 벽감이나 다양한 그림들 앞에 헌화했다. 내 눈앞 어둠 속에서 수백 개의 금빛 촛불이 불타오르며 춤추고 있었다. 그러는 동안 나는 안내인을 따라 조그만 석조 사자상과 연꽃 그림이 많이 있는 곳, 조각이 새겨지고 채색된 기둥을 지나 컴컴한 계단을 올라갔다. 그런 뒤 유리로 된 커다란 성물함 앞에 섰다. 성물함의 유리와 받침대는 먼지투성이였고 안에는 불상으로 가 득 차 있었다. 불상은 금, 은, 동, 상아, 화강암, 나무, 설화석고, 보 석 등으로 만들어졌다. 북인도와 남인도, 태국, 스리랑카에서 온 불화도 있었다. 하지만 화려하게 장식된 어떤 은 성물함 속에는 아름다운 고대 불상이 자리하고 있었다. 하나의 거대한 수정을 조각한 그 불상은 고요하고 우아하며 더없이 매혹적인 모습이었 다. 내 뒤의 촛불은 불상의 투명한 몸체를 통해 색색으로 반짝였 다. 깨달은 자를 나타내는 이곳의 모든 불상들 중에서 내가 잊을 수 없는 유일한 것은 이 수정으로 된 불상이었다. 그것은 구원받 은 자의 완전한 모습을 표현하고 있었다.

이곳을 비롯해 사방에 승려, 사원 관리인, 잡역부들이 모여 있 었다. 이들은 나를 향해 손을 뻗었다. 가는 곳마다 제식용의 놋주 발이나 은주발을 내밀었다. 요컨대 나는 서른 번 이상 돈을 주었 다. 그렇지만 승려에게 던진 모든 질문처럼 나는 흐릿하고 몽롱 한 상태와 반쯤 무의식적인 상태에서 그 일을 했을 뿐이다. 한심 한 승려들한테 아무런 존경심도 생기지 않았다. 나는 불화와 성 물함, 우스꽝스런 금과 상아, 백단 목재와 은을 무시해버렸다. 하 지만 착하고 부드러운 인도 종족에게 깊은 연민을 느꼈다. 이들 은 수 세기 만에 숭고하고 순수한 가르침을 망쳐버렸고, 대신 의 지가 안 되는 신앙심, 어리석을 만치 진심어린 기도, 제물, 가슴 아플 만큼 그릇된 인간의 어리석음과 유치함이 담긴 대형 건축물만 세워놓았다. 그들은 부처의 가르침 중 우둔한 자기들이 이해할 수 있는 미약하고 맹목적인 것만을 숭배하고 애지중지하고 신성시하며 잘 단장해 놓았다. 오직 그것에만 그들은 제물을 바치고 소중한 불상을 세웠다. 반면 서구에서 온 현명하고 정신적인 우리들은 무얼 하고 있는가? 부처와 모든 인식의 원천에 훨씬 가까이 다가가 있는 우리들 말이다.

나는 제단과 기둥이 있는 곳을 지나며 계속 끌려 다녔다. 여기저기 금과 루비가 반짝였고, 광택 없는 오래된 은도 무더기로 보였다. 이 사원 보물의 환상적인 풍요로움과는 달리 하인과 승려는 초라했고, 나무 선반과 유리 진열장은 빈약했으며, 조명시설은 참담할 정도로 열악했다. 이 모든 것을 보자니 마음이 무너지는 것 같았다. 승려들은 사원에 있는 옛 성전을 보여주었다. 은박으로 호화롭게 제본된 서적이었다. 서적은 산스크리트어나 팔리어로 되어 있어 추측건대 그들 자신도 더 이상 읽을 수 없을 것이다. 그들이 돈을 받고 야자 잎에 써주는 것은 멋진 격언이나 이름이 아니라 날짜나 지명 정도였다. 무미건조하고 초라한 영수증인 셈이다.

마침내 부처의 성스러운 치아(사리)가 보관된 제단 성물함과 사리함을 보게 되었다. 유럽에도 이 모든 것이 있다. 다시 소액의 돈을 기부하고 계속 갔다. 스리랑카의 불교는 아기자기해서 사진을 찍거나 그에 대해 신문이나 잡지의 문예란에 글을 쓰기에 좋다. 그걸 넘어서는 스리랑카의 불교는 구제할 길 없는 인간의 고뇌가 정신과 강함의 위기나 부족을 드러내는 수많은 감동적이고 기괴한 형식들 중 하나일 뿐이다.

이제 그들은 나를 부지불식간에 밤 속으로 내몰았다. 쾌적한 어둠 속에 세찬 비가 계속 몰아쳤다. 청년들이 들고 있는 촛불이 내 발 밑 거북이가 자라는 성스러운 연못에 비쳤다. 사람들이 나를 끌어당기고 밀었고, 나는 어둠 속에서 장님처럼 느끼고 아무런 생각 없이 그들을 따라갔다. 서둘러 몇 개의 계단과 축축한 풀밭을 지나 바깥으로 나갔다. 갑자기 어둠 속에 두 번째의 좀 더 작은 사원이 눈앞에 나타났다. 열린 문은 붉은 네모 모양으로 불 밝혀져 있었다. 나는 안으로 들어가 꽃을 바쳤더니 안쪽의 어느 문으로 들여보내졌다. 갑자기 바로 내 앞 놀랄 만치 가까운 벽에 와불상이 보였다. 18피트의 길이에 화강암으로 만들어졌는데 원색의 빨간색과 노란색으로 칠해져 있었다. 놀라운 일이었다. 이 모든 형상들의 매끈한 공허함을 뚫고 근사한 이념이 빛을 발하고, 완성된 자의 얼굴에서 주름살 없이 명랑한 매끈함이 드러나는 것이.

이제 구경이 끝났다. 난 다시 비를 맞으며 서서 안내인, 촛불 든 청년들, 좀 더 작은 사원의 승려들에게 대가를 치러야 했다. 그러다 보니 내 돈이 완전히 바닥났다. 시계를 보니 의아하게도 밤에 사원을 모두 구경하는 데 20분밖에 걸리지 않았다. 나는 호텔로 급히 되돌아갔다. 몇 명의 채권자 무리가 비를 맞으며 사원에서 내 뒤를 따라왔다. 나는 호텔 금고에서 돈을 꺼내 그들에게 나누어 주었다. 돈의 위력 앞에 승려, 안내인, 촛불을 든 두 청년은 허리 굽혀 인사했다. 나는 오들오들 떨면서 많은 계단을 올라 내 방으로 갔다.

16

페드로탈라갈라 산

나는 인도와 차분히 멋지고 품위 있는 이별을 하기 위해 떠나기 전 마지막 어느 날 혼자 스리랑카에서 가장 높은 페드로탈라갈라 산의 정상에 올랐다. 비 오는 날의 상쾌한 아침이었다. 영국의 단위인 피트로 표현하면 높이가 엄청난 것처럼 들리지만 실제로는 2,500미터가 될까 말까 했다. 오르막은 산책길 정도였다.

누렐리아의 시원한 녹색 계곡은 가볍게 비 오는 아침에 은빛으로 반짝였다. 골함석 지붕, 사치스럽다 할 만치 큰 테니스장과 골프장은 전형적인 영국-인도식 풍경이었다. 싱갈인들은 오두막 앞에서 이를 잡고 있거나 모직 두건을 두르고 오들오들 떨고 앉아 있었다. 슈바르츠발트와 비슷한 풍경은 생기가 없었고 감추어져 있었다. 몇 마리 새 외에는 오랫동안 생명체가 보이지 않았다. 어느 정원 울타리에서 독성을 띤 녹색의 살진 카멜레온 한 마리를 본 게 고작이었다. 나는 녀석이 곤충을 잡으려고 음흉하게 움직이는 모습을 한참 동안 살펴보았다.

오솔길은 조그만 협곡에서 가팔라지기 시작했다. 몇 안 되는 지붕들이 사라졌고, 세찬 계곡물이 내 밑에서 쏴쏴 소리 내며 흘러갔다. 한결같이 좁고 경사가 급한 길을 족히 한 시간은 올라가야 했다. 마른 덤불과 성가신 모기떼를 통과해 갔다. 길이 굽어지는 곳에서만 드물게 전망이 트였고, 그 외에는 호수나 호텔 지붕과 함께 늘 똑같이 귀엽고 다소 지루한 계곡만 보였다. 비는 점차 그쳤고, 시원한 바람도 멎었다. 이따금씩 태양이 몇 분 동안 얼굴을 내비치기도 했다.

정상에 이르기 전 어느 봉우리에 올랐다. 길은 탄력 있는 늪지와 몇 개의 아름다운 계곡물을 지나 계속 이어졌다. 이곳에는 알프스 들장미가 어른 키 세 배나 되는 튼튼한 나무에서 고향보다더 무성하게 자라고 있다. 모피처럼 흰 꽃이 핀 은색 잡초는 영락없이 에델바이스를 생각나게 했다. 나는 고향의 들꽃을 많이 발견했다. 그러나 모두 이상하게도 덩치가 크고 높이 자랐으며 고산성 식물의 특성을 지니고 있었다. 그러나 이곳의 나무들은 수목 생육의 한계선에 구애받지 않고 마지막 꼭대기까지 힘차고도 무성하게 자라고 있다.

이제 산의 마지막 단계에 가까워졌다. 산은 다시 급격하게 가팔라지기 시작했고, 이내 나는 다시 숲에 둘러싸였다. 특이하게 고요하고 마법에 걸린 듯한 숲이었다. 뱀처럼 칭칭 감긴 줄기와 가지들이 짙고 긴 허연 이끼 수염을 달고 나를 노려보았다. 축축하고 싸한 나뭇잎 냄새와 안개 냄새가 그 사이에 걸려 있었다.

이 모든 것은 무척 아름다웠다. 하지만 내가 은밀히 생각했던 것과는 달랐다. 인도에서 여러 가지 실망스런 일을 겪었는데 오늘 또 한 가지가 더해질까 두려웠다. 그 사이 숲은 끝났다. 오시안이 읊는 잿빛 황무지로 발을 내디디니 덥고 약간 숨이 찼다. 눈앞 가까이서 조그만 돌 피라미드가 있는 황량한 정상이 보였다. 차갑고 매서운 바람이 살 속을 파고들었다. 나는 외투를 걸치고 천천히 마지막 남은 백 걸음을 뗐다.

꼭대기서 본 것이 어쩌면 전형적인 인도 모습이 아닐지도 몰랐다. 하지만 그것은 내가 스리랑카에서 받은 가장 크고 순수한 인상이었다. 지금 막 바람이 드넓은 누렐리아 계곡을 모조리 깨끗이 청소했다. 스리랑카의 고산지대가 엄청난 장벽을 이루며 짙은 푸른색으로 거대하게 펼쳐진 것이 보였다. 가운데는 태곳적 분위기를 풍기는 성스러운 애덤스피크 산의 아름다운 피라미드가 있었다. 그 옆에는 아득히 멀고 깊은 곳에 바다가 푸른색으로 매끈하게 놓여 있었다. 그 사이로 수많은 산과 넓은 계곡, 좁은 협곡, 강과 폭포가 보였다. 수많은 주름이 잡히고 온통 산으로 이루어진 섬도 있었다. 옛 전설에 따르면 그 섬은 낙원이었다. 내 발 밑 깊은 곳에서는 하나하나의 골짜기 위로 엄청난 구름떼가 몰려오며 천둥 치는 소리를 냈다. 내 뒤에서는 암청색의 깊은 곳에서 구름 안개가 소용돌이치며 피어올랐다. 이 모든 것

위로 쏴쏴 소리 내는 차가운 산바람이 거칠게 불었다. 가까운 곳과 먼 곳이 축축한 대기 속에 변용된 모습을 띠었고, 푄으로 색채가 어우러져 뿌옇게 보였다. 이 땅은 정말 낙원이라도 되는 것 같았고, 구름에 싸인 푸른 산에서 금방이라도 최초의 인간이 의젓하고 당당하게 계곡으로 내려올 것 같았다.

이러한 원시 풍경은 내가 인도에서 본 다른 어느 것보다 더 큰 감동을 주었다. 야자수와 극락조, 논과 풍요로운 해안 도시의 사원들, 열대 저지대의 번식력이 왕성한 계곡들, 이 모든 것과 또 원시림조차 아름답고 매혹적이었다. 하지만 그것은 내게 언제나 낯설고 기이했다. 결코 완전히 친밀하거나 완전히 내 것처럼 느껴지지 않았다. 거친 고지의 공기가 차고 구름이 소용돌이치는 이 위에 와서야 우리의 존재와 우리 북유럽 문화가 더 조야하고 빈곤한 땅에 뿌리박고 있음이 내게 완전히 분명해졌다. 우린 동경에 가득 차 남쪽과 동양으로 간다. 고향에 대한 막연한 예감과 감사하는 마음에 이끌려. 우리는 이곳에서 낙원, 자연이 주는 모든 선물의 충만함과 넘치는 풍요로움을 발견한다. 또한 낙원에 사는 수수하고 소박하며 어린이 같은 인간과 만난다. 그러나 우리 자신은 그렇지 않다. 우리는 이곳에서 이방인이고 시민권이 없다. 우린 오래 전에 낙원을 잃어버렸다. 우리가 갖고 싶어 하고 세우려고 하는 새로운 낙원은 적도에는 없고, 동양의 따뜻한 바닷가에서도 찾을 수 없다. 그 낙원은 우리 마음속에 우리 자신이 살아가는 북유럽의 미래에 깃들어 있다.

17

귀로(歸路)

다시 낮과 밤, 몇 날 몇 주일을 검푸른 바다에서 항해하고 있다. 조그만 선실이 내 거처다. 저녁때는 몇 시간 동안 배의 난간에 기대고 서서 황량한 시커먼 수면이 저녁노을에 밝아지는 것을 본다. 초록빛 저녁 하늘 위에 기묘하게 자리가 바뀐 별들이 반짝이고, 환히 빛나는 반달은 어둠 속에 쪽배처럼 동동 떠 있다. 영국인들은 갑판의 선객용 의자에 누워 철 지난 영자英字 잡지나 신문을 읽고 있고, 독일인들은 흡연실에서 가죽 컵에 주사위를 넣어 던지는 놀이를 한다. 나도 가끔 놀이에 참가한다. 늘씬한 몸매의 까무잡잡하고 호랑이 같은 호놀룰루 출신의 아가씨가 지나갈 때면 때로는 갑판에 정적과 긴장이 감돌기도 한다. 발걸음 하나하나는 탄력 있고 생명력과 동물적인 자부심이 엿보인다. 그렇다고 그녀에게 반하는 사람은 아무도 없다. 그녀의 상대가 될 수 있다고 느끼는 사람은 아무도 없다. 사람들은 그녀를 아름답지만 강력한 자연현상, 즉 뇌우나 지진을 보듯 한다. 하지만 선객들 중 많은 이들은 키가 2미터나 되는 유연하고 매우 호리호리한 영국 처녀에게 반했다. 소년 같은 얼굴을 지닌 그녀는 천사처럼 미소 지을 줄 안다. 그녀는 블라디보스토크를 경유해 중국의 친척을 방문한 뒤 이제 수에즈 운하를 지나 집으로 돌아간다고 한다. 낮에는 우아하고 고상하며 실용적인 여행복을 입고 저녁에는 근사하게 차려입는다. 보아 하니 그녀는 행복한 젊은 시절을 지구상의 온갖 바다와 나라들을 돌아다니며 자신의 사랑스러움을 뽐내는 것으로 보내는 듯하다.

지난 몇 달간 받은 무수한 인상들은 나의 젊은 감각을 신선하게 에워싸고 있는 반면 나의 소망과 생각은 벌써 모두 고향에 가 있다. 그럼에도 그것들은 아직 아득히 먼 곳에서 반쯤은 비현실적인 상태에 있다. 그 인상들에 대해 곰곰 생각해보면 진정으로 '이국적'인 것은 얼마 없다는 것이 드러난다. 대부분의 인상은 순전히 인간적인 종류의 것이고, 낯선 의상 때문이 아니라 내 자신과 모든 인간 존재와의 친근성에 의해 중요하고 사랑스럽게 되었다.

지금도 매우 신선하게 느껴지는 이국적인 이미지에 속하는 것으로는 페낭의 야자수 해변이 있다. 해변에는 하얀 모래 띠와 어부들의 노란 오두막이 있었다. 또 말레이 해협과 말레이 연방 도시들의 눈부시게 푸른 중국인 거리, 말레이 군도에 밀집해 있는 구릉이 많은 섬들, 원시림의 원숭이 떼, 수마트라 섬의 악어가 서식하는 강들이 그런 이국적인 이미지에 속한다. 마지막으로는 누와라 엘리아 산의 꼭대기에서 그런 인상을 받았다. 거기서는 모든 것이 마치 고향 독일처럼 단순하고 투박하며 회색이었다. 사원도 없고 야자수도 없었다. 하지만 내가 처음 외출했을 때 어떤 아름다운 하얀 꽃이 내게 말을 걸었다. 그 꽃은 우리가 어린 시절에 경험하는 최초의 더없이 강력한 인상만큼이나 내게 큰 감동을 주었다. 나중에는 세상의 어떤 바다나 산맥도 더 이상 줄 수 없는 인상을 말이다. 새롭고 낯선 무척 피상적인 인상을 받으며 몇 주간을 보낸 뒤 나는 이 꽃에 의해 마음 깊은 곳에서 감동받고 추억을 되새길 수 있었다. 생각해보니 곧 기억이 떠올랐다. 그 꽃은 어린 시절 어머니의 방에 피었던 것과 같은 꽃받침이 넓은 하얀색 토란이었다. 걸어가면서 똑같은 하얀색의 큰 꽃을 계속 발견했다. 슈바르츠발트의 고향집에서 애지중지하며 키우던 대단한 희귀종이었다. 이 꽃은 고향에서 4월에 피는 민들레만큼이나 수도 없이 많이 피어 있었다. 아름답고 무성했다. 하지만 반가움과 기쁨도 절반으로 줄어들 뿐이었다. 옛날 어머니에게는 자랑이었고 큰 보살핌을 받았던 그 꽃이 이곳 스리랑카에서는 아무도 거들떠보지 않는 잡초로 자라고 있다니.

　장기간의 해상 여행에서 가장 멋지고 인상적인 것은 북쪽에서 바라본 소코트라 섬이었다. 빛바랜 죽은 듯한 모래 언덕, 군데군데 하얀색으로 갈라진 황량한 석회 산으로 이루어진 섬이었다.

그 다음으로는 칼라브리아의 남단이 그러했다. 그곳은 험악한 바위산에 건설되어 천년 동안 고립된 도시들이었다. 또한 고상한 윤곽을 이루며 연한 장밋빛 속에 투명하게 서 있던 시나이 산도 잊을 수 없다. 그리고 돌아오는 길에 보았던 수에즈 운하도 잊을 수 없었다. 그것은 이집트 대기의 영향을 받아 온갖 다채로운 색채로 반짝이고 있었다.

이 모든 아름다운 광경들보다 훨씬 기억에 남는 광경은 인간의 수많은 소소한 일들이다. 주인의 문지방 앞 방바닥에 있는 얇은 인피 돗자리 위에서 자는 비쩍 마르고 조용한 중국인 하인은 한밤중에 별것 아닌 일로 주인이 소리치며 깨우면 벌떡 일어나야 한다. 하인은 잠시 눈꺼풀을 바르르 떨며 고개를 돌린다. 그런 뒤 총명하고 참을성 있는 갈색 눈으로 위를 쳐다보며 몸을 일으킨다. 정신을 차리고 체념해서 헌신적인 나직한 소리로 "투안[19]!" 하고 외친다.

바탕 하리의 벌목 인부를 이끌던 말레이인도 생각난다. 옛날 라자족의 친척으로 귀족 가문 출신인 그는 마른 몸에 아름답고 슬픈 얼굴을 하고 있었다. 나는 어느 날 밤 그가 소리 없이 우리의 베란다로 와서 자신의 등불을 끄고 집주인에게 알리던 모습을 본 적이 있었다. 그의 몸가짐은 예의바르고 고상했는데 우리 고향의 귀족 장교에게서도 그런 모습을 보기 힘들었다.

---

19 sir, master, lord에 해당하는 말레이 사람의 경칭.

원시림 마을의 거무스레한 아이들도 빼놓을 수 없다. 이들은 호기심과 긴장감을 갖고 우리 배가 도착하는 것을 멍하니 지켜보다가 우리가 육지에 첫발을 디디자마자 화들짝 놀라, 소리 없이 도망치며 마치 숲 속의 짐승들처럼 사라졌다.

중국인 도시에서 저녁이면 젊은 친구들이 쌍을 이뤄 산책하는 모습은 얼마나 멋졌는지. 아름다운 갈색 눈과 소박하고 명랑하며 지적인 얼굴을 한 우아하고 날씬한 청년들이었다. 그들은 완전히 흰 옷이나 완전히 까만 옷을 입고 가늘고 고상한 손을 지니고 있었다. 이들은 왼손으로 친구의 오른손을 잡거나 친구의 어깨에 팔을 얹고 부드럽고도 즐거운 모습으로 돌아다녔다.

말레이 군도 곳곳의 선량하고 친절한 말레이인들은 네덜란드인의 엄격한 훈육을 받아 예의바르고 헌신적이다. 스리랑카에서는 부드럽고 섬세한 싱갈인을 만났다. 그들은 질책을 받으면 슬픈 표정의 아이들 얼굴이 된다. 지시를 받으면 짐짓 열성적인 태도를 보이며 일을 시작한다. 농담을 던지면 얼굴 가득 환한 웃음을 터뜨린다. 그들은 모두 똑같이 아름답고 애절한 눈빛을 지니고 있다. 그리고 모두 쉽게 감동하는 마음에다 자연 그대로의 순진하고 변명할 줄 모르는 성정을 지니고 있다. 식사를 하느라 중요한 일을 잊어버리고, 노름을 할 때는 너무 정신없이 빠지는 바람에 가끔 심각한 일이 벌어져 서로를 때려죽이는 일이 벌어지기도 한다. 진짜로 심각하고 중요한 일에는 말할 수 없이 비겁하면서 말이다. 나는 누렐리아에서 한 노동자가 건축 현장에서 내

쫓기고 건축 감독에게 추방돼 계속 두들겨 맞는 것을 본 적이 있었다. 무슨 사기를 쳤던 모양이다. 그는 처벌을 받을 용의는 있었지만 완전히 쫓겨나지는 않으려 했다. 그는 건축 현장을 떠나려 하지 않았다. 그곳에 머무르면서 어떻게든 자신의 일과 밥벌이, 자신의 명예와 다른 사람들과의 공동체를 지키려 했다. 젊고 건장한 그 남자는 저항도 못하고 내동댕이쳐져서 채찍질을 당했다. 천천히 그는 폭력에 굴복했다. 그러면서 그는 상처 입은 맹수처럼 길길이 날뛰며 큰 소리로 울부짖었다. 시커먼 얼굴 위로 닭똥 같은 눈물방울이 떨어졌다.

이 모든 사람들, 즉 힌두교도, 이슬람교도, 불교도의 종교 의식을 보는 것도 아름다웠고 생각에 잠기게 했다. 이들은 자택이 있는 부유한 도시인에서부터 일꾼과 최하층민인 파리아에 이르기까지 모두 종교를 가지고 있었다. 이들의 종교는 열등하고 부패했으며, 허식화되고 야비해졌다. 하지만 종교는 태양과 공기처럼 막강하고 어디에나 존재했다. 종교는 생명의 강줄기이고 마법적인 분위기다. 종교야말로 우리가 이 억압받는 가련한 여러 민족들을 부러워할 수 있는 유일한 것이다. 우리 같은 북유럽인은 우리의 주지주의적이고 개인주의적인 문화에서, 가령 바흐 음악을 들으며 고갈되지 않는 요술피리의 원천으로부터 힘을 얻고 하나의 이념적인 공동체에 소속한다는 몰아적인 느낌을 갖기 어렵지 않은가. 그러나 세상에서 가장 멀리 떨어진 곳에서 저녁이면 절을 하고 기도를 올리는 이슬람교도에겐 그것이 가능하다. 불교도는 사찰의 시원한 법당에서 매일 그렇게 한다. 유럽인이 좀 더 높은 형태로 이를 되찾지 못한다면 우리는 머지않아 동양에 대한 권리를 더 이상 갖지 못할 것이다. 자신의 종족을 엄격히 가꾸는 것과 민족성이란 점에서 일종의 대체 종교를 지니고 있는 영국인은 나라 바깥에서 이를 진정한 권력과 중요한 문화로 삼은 유일한 서양인이기도 하다.

내가 탄 배는 달리고 또 달린다. 그저께만 해도 아시아의 맹렬한 태양이 갑판 위에서 타올랐다. 그래서 우리는 통풍이 잘 되는 곳에서 얇은 흰 옷을 입고 얼음이 든 찬 음료를 마셨다. 이제 우리는 어느새 유럽의 겨울에 다가서고 있다. 포트사이드를 지나니 이내 냉기와 소나기가 우리를 맞이한다. 그러면 아시아 섬들의 뜨거운 해안과 싱가포르의 이글거리는 태양은 추억 속에서나 광채를 발하리라. 하지만 이 모든 것보다 더 사랑스럽고 소중한 점은 내가 인도인, 말레이인, 중국인과 일본인 사이에서 얻은 확고한 감정이었다. 모든 인간 존재는 하나의 단일체이고 서로 가까운 친근성을 지니고 있다는 감정 말이다.

18

아시아에 대한 추억

체험된 것이 추억 속에서 어떻게 변화하고 명백해지며 사라지는지에 대해, 그리고 우리가 얼마 뒤에 마음속에 지니고 다니는 체험의 영상이 그 체험을 할 때 우리 마음속에 나타났던 것과 얼마나 다른지에 대해 가끔 분명히 해두는 것이 좋다.

말레이시아 여행을 하고 3년이 지난 지금 동양을 떠올려보면 여행의 개별적인 구체적 영상이 약간 흐릿해지고 일반화되어 나타난다. 싱가포르는 콜롬보와, 쿠알라룸푸르는 이포와, 바탕 하리 강은 모에시 강과 대략적인 개성 면에서 더 이상 그리 선명하게 구별되거나 다르지 않다. 그 대신 몇 개의 커다란 연관성이 더욱 분명히 드러난다. 사람들이 내게 오늘날 팔렘방이나 페낭 또는 잠비에 대한 정확하고 분명한 세부 사항을 묻는다면 나는 자료를 찾아봐야 하고, 구체적인 내용을 끄집어내기 위해 약간 애를 쓴다. 그러나 사람들이 나의 전체 여행의 가치나 주된 인상에 대해 묻는다면 그 당시 귀국한 직후보다 더 잘 더 빨리 대답을 할 수 있다.

내가 말라카 반도와 수마트라 섬의 도시와 숲에서 보낸 몇 주에 관해 다음과 같은 주된 인상이 백 개의 조그만 세부 사항으로 용해되고 조합된 체험으로서 내게 남게 되었다. 최초의, 어쩌면 가장 강력한 외적 인상은 중국인들이다. 한 민족이 본래 의미하는 것이 무엇인지, 다수의 사람이 인종, 신앙, 정신적 친근성과 삶의 이상의 동일성에 의해 어떻게 하나의 단일체로─그 속에서 개개인은 제약을 받으며 꿀벌 나라의 하나하나의 꿀벌처럼 세포로서 함께 체험할 뿐이다.─뭉쳐지는지에 대해 나는 아직 한 번도 실제로 체험하지 못했다. 나는 프랑스인을 영국인과, 독일인을 이탈리아인과, 바이에른인을 슈바벤인과, 작센인을 프랑켄인과 구별할 줄 알았다. 그러나 결국 영국인으로부터는 인종과 역사를 자랑스럽게 생각하고, 자신의 특성을 잘 간직한 민족 공동체의 인상을 받았을 뿐이었다. 그런데 저급한 민족은 그런 것에 무관심했다. 중국인에게서 나는 처음으로 어떤 민족 본성의 통일이 매우 절대적으로 우세해서 모든 개별 현상은 그 속에 완전히 묻혀버리는 것을 보았다. 외적으로 또 회화적繪畵的으로 사람들은 말레이인, 힌두인 또는 흑인에 대해 똑같은 인상을 가질 수 있다. 피부색이나 의상, 그리고 생활방식이 이 모든 민족을 획일화해서 금방 눈에 띄게 통일시킨다. 그러나 중국인은 처음부터 문화민족의 인상을 주었다. 중국인은 오랜 역사를 거치며 형성된 민족이었고, 그들은 자신의 문화 의식 속에서 과거를 바라보지 않고 활동적인 미래를 들여다보았다.

원시 민족이 주는 인상은 이와는 뭔가 다른 것이다. 나는 말레이인을 그들의 무역, 이슬람교, 그리고 외적인 문명 능력에도 불구하고 그런 민족에 포함시킨다. 나는 중국인에 대해서는 언제나 깊은 공감을 느꼈지만, 거기에는 라이벌 의식이나 위험하다는 감정도 섞여 있었다. 내게 중국 민족은 때에 따라 우리의 친구나 적이 될 수 있는, 아무튼 우리에게 대단히 유익할 수도 해로울 수도 있는 대등한 경쟁자처럼 연구해야 한다고 생각되었다. 원시 민족이 그런 경우는 전혀 없다. 원시 민족 역시 즉각 나의 사랑을 얻었지만, 그것은 더 어리고 약한 남매에 대한 어른의 사랑이었다. 동시에 이런 민족을 도와주고 이끌어주는 형제나 동정하는 친구, 도와주는 안내자가 아니라 오늘날까지 다만 그들에게 도둑, 정복자이자 착취자가 되었던 유럽인의 죄책감도 눈을 뜨게 되었다. 이런 선량한 갈색 민족이 우리 문화에 큰 위험이 되거나 이득을 줄 거라고는 전혀 기대할 수 없다. 그러나 유럽의 영혼이 그들에 대해 부채의식과 속죄하지 않은 죄의식에 가득 차 있는 것은 부인할 수 없는 사실이다. 적도 지역의 억압받은 민족들은 가령 유럽의 노동자 계급처럼 좀 더 오래되고 같은 근거가 있는 권리를 지닌 채권자로서 우리의 문명에 맞서고 있다. 자가용 속에서 모피 옷을 걸치고, 피곤한 몸으로 덜덜 떨면서 집으로 가는 노동자들 곁을 지나가는 자는 스리랑카나 수마트라 또는 자바에서 말없이 봉사하는 유색인들 사이에서 주인으로 살아가는 자보다 자기 자신에 대한 좀 더 진지한 양심의 문제를 제기할 수 없다.

　내가 여행에서 세 번째로 받은 강력한 인상은 원시림이었다. 나는 인간의 원래 고향에 대한 최신 이론을 알지 못한다. 적도의 원시림은 내게는 적어도 상징적으로는 생명력을 높여주는 어떤 것이다. 적도의 원시림은 태양과 젖은 흙으로 생명체를 빚을 수 있는 단순한 원시적인 도가니다. 우리 모두는 자연의 생산력을 극한까지 착취한, 적어도 알고 측정한 나라에서 살고 있다. 우리는 수치와 치수 면에서 익숙한 사고를 하며 생명의 요람에 있는 것처럼 원시림의 한가운데에 있다. 그리고 거기서 지구가 뒤늦게 미약한 경련을 하는 차가워진 별이 아니라 생명을 탄생시키는 원시 진흙임을 예감하고 놀라워한다. 악어나 왜가리, 독수리나 대형 고양이 사이에서 하는 강물 여행, 또는 솜털 달린 식물이 우거진 숲의 햇빛에 누렇게 변색한 나뭇가지 사이에서 커다란 원숭이 가족이 큰 소리로 소리 내며 맞이하는 숲의 아침은 분명히 구획된 들판이나 면밀하게 조성된 숲, 규제된 사냥구역에 익숙해진 사람에게는 놀랍고도 강력한 체험이다. 게다가 김이 피어오르는 축축한 정글에서 새나 나비를 찾을 때 우리는 위험한 냄새를 맡으며, 단독 생활이 무가치하다는 느낌을 받는다. 신비로운 정글에는 사방에 위험이 도사리고 있으며, 무성한 식물이 자라고 있다. 그리고 좁은 범위의 땅마다 동물들이 새끼를 품으며 무수히 살아가고 있다. 그리고 옛날처럼 그곳은 당연히 해가 지배하고 있다! 그러나 그것은 유럽에서는 수천 번이나 잊혀버린 사실이다. 모든 것을 근본적으로 변화시키는 밤의 원초적인 침입, 생명을 다시 되돌려주는 신속한 아침의 이글거림, 무한히 신속하고 격렬한 생성, 맹렬히 퍼붓는 비와 뇌우, 젖은 비옥한 땅의 따스한 동물성 냄새, 이 모든 것이 우리에게는 우리 생명의 원천으로 신비롭고도 유익하게 돌아가는 느낌을 준다.

그렇지만 결국 인간에 대한 인상이 가장 강력하다. 그것은 이 모든 수백만 명의 영혼이 종교적으로 질서가 있으며 속박되어 있다는 인상이다. 동양의 모든 나라는 서양이 이성과 기술을 호흡하듯이 종교를 호흡하고 있다. 서양의 정신생활은 불교도든 이슬람교도든 그 외의 무엇이든 상관없이 아시아인의 보호받고 장려되며 신뢰할 만한 종교성과 비교해볼 때 원시적이고 우연에 모두 맡겨져 있는 것 같다. 이러한 인상이 다른 모든 인상을 지배하고 있다. 이런 비교는 동양의 강함을, 서양의 곤경과 약함을 보여주기 때문이다. 그리고 동양에서 모든 사람들은 우리 영혼의 회의, 걱정과 희망이 강화되고 확인되는 것을 느낀다. 어디서나 우리는 우리의 문명과 기술의 우월함을 인식하고, 어디서나 우리는 동양의 종교적 민족들이 우리에게 결여된, 바로 그 때문에 우리가 모든 저 우월함보다 높이 평가하는 어떤 재화를 즐기는 것을 본다. 동양에서 온 어떤 수입품도 우리에게 도움이 될 수 없으며, 인도나 중국으로 되돌아가는 것이나, 어떻게든 표현된 기독교 신앙으로 도피하는 것 역시 우리에게 아무런 도움이 될 수 없다는 것은 분명하다. 그러나 유럽 문화의 구원과 존속이 동양의 정신적 처세술과 정신적 공유 재산의 재발견을 통해서만 가능하다는 것 역시 분명하다. 종교가 극복되고 대체될 수 있는 것인지는 의문이 있을 수 있다. 아시아의 여러 민족들 사이에서 지내다 보면 종교나 그것의 대체물이 우리에게 지극히 결여되어 있다는 사실을 분명히 알 수 있다.

(1914)

19

인도에 대한 추억

(화가 한스 슈투르체네거의 그림에 대해)

한스 슈투르체네거가 인도에서 가져온 그림과 스케치들을 보면 인도 여행을 함께 한 날들의 추억이 물밀 듯이 밀려온다. 이 작품들은 세 달 간의 여행에서 겪은 많은 체험을 떠올려준다. 그 여행은 화가뿐만 아니라 내게도 의미심장했다. 여행 도중 우리는 배와 뭍에서 오랫동안 긴밀하게 함께 생활하며 서로를 속속들이 알게 되었다. 추측건대, 아니 필경 그도 나와 비슷한 감정을 느꼈으리라. 나는 여행 도중 낯선 이국적인 나라를 알게 되었을 뿐만 아니라 낯선 것을 체험하면서 무엇보다 나 자신의 내면을 발견하고 시험을 견뎠다고 생각했다.

1911년 뜨거운 여름 우리는 함께 스위스와 햇볕이 이글거리는 북부 이탈리아를 지나 제노바로 갔다. 거기서부터 우리는 쉬지 않고 바다로 가서 해협식민지[20]까지 갔다. 무덥고 화창한 어느 날 저녁 우리는 페낭에서 난생 처음으로 아시아 도시의 팽창하는 삶을 접하게 되었다. 처음으로 무수히 많은 산호섬들 사이에서 인도양이 반짝이는 것을 보았고, 힌두교 도시, 중국인 도시, 말레이 도시에서 골목 생활의 다채로운 현상을 바라보고 놀라움을 금치 못했다. 언제나 가득 찬 골목에는 알록달록한 옷을 입은 사람들이 우글거렸다. 밤에는 엄청나게 많은 촛불이 반짝였고, 바닷가에는 야자수가 조용히 서 있었다. 수줍어하는 아이들은 벌거벗고 있었고, 원시 세계의 배에는 검게 탄 어부들이 노를 젓고 있었다. 벌써 약간 유럽화한 항구 도시들에 대한 이런 최초의 인상에서부터 수마트라 남동쪽의 길이 없는 조용한 원시림에 이르기까지 영상들이 쌓이고 강화되어, 결국 우리들 각자는 자신의 인도, 자신의 아시아를 발견하고 내면에 간직하게 되었다. 이러한 표상도 나중에는 또 변했고, 그것의 가치와 해석을 달리하게 되었다. 아득히 먼 조상을 꿈결에 찾아간 기분이었고, 인류의 동화 같은 유년 상태로 돌아간 느낌이었다. 나는 이런 체험으로 동양의 정신에 대한 깊은 외경심을 느꼈다. 그 이후로 인도와 중국에 의해 각인된 동양은 내게 자꾸만 더 가까워졌고, 위로해주는 사람이자 예언자가 되었다. 그도 그럴 것이 서양의 노쇠한 자식인 우리는 원시 민족의 원형과 순진무구한 상태로 결코 되돌아갈 수 없었기 때문이다. 그러나 라오스에서 예수스까지 이르는

---

20 Straits Settlement. 동남아시아의 옛 영국령 식민지(1826~1946).

'동양의 정신'에서 귀향과 생산적인 쇄신이 우리에게 손짓하는지도 모른다. 그 동양의 정신은 고대 중국 예술을 낳았으며, 오늘날에도 진정한 아시아인의 온갖 몸짓으로 말하고 있다.

여행하는 동안 우리는 그런 일은 그다지 생각하지 않았고, 그에 대해서는 더 적게 말했다. 우리는 모든 순간의 감각적인 인상에 완전히 사로잡혀 있었다. 나는 중국의 사찰과 연극 공연장, 거대한 나무, 나비나 다른 아름다운 골동품을 쫓아다녔다. 반면 나의 여행 동료는 어느 이국적인 도시에서 화가로서의 최초의 어려움을 톡톡히 맛보았다. 나는 그의 모습이 아직 눈에 선하다. 그는 싱가포르의 어느 혼잡한 중국인 거리에서 홀로 인력거에 높이 올라타 작열하는 태양 아래 먼지를 뒤집어쓰고 스케치를 하다가 결국 치근대는 군중에 쫓겨나고 말았다.

얼마나 놀랍고, 오래 붙잡아둘 수 없는 광경인가! 우리를 둘러싸고 있는 현상계의 얼마나 근사하고 풍부한 충만함인가! 한스 슈투르체네거가 그 중 참으로 많은 광경을 그의 화폭에 담아갈 수 있었다는 것이 나로서는 여전히 놀랍고 부럽다. 그러나 순간적으로 묘사하거나 또한 기록하는 것만도 불가능한 수백 장의 그 그림들은 아직 나의 기억 속에 잘 보존되어 있다.

가령 어느 날 오후 인도차이나 반도의 큰 도박장인 조호르에서 있었던 일이었다. 그곳의 좁고 어두운 공간에는 수백 명의 중국 노동자들이 다닥다닥 붙은 채 조야한 탁자 옆에 서 있었다. 그들은 판돈의 성공을 고대하며 긴장해서 창백한 얼굴로 조용히 있었다. 탐욕스럽게 기다리는 눈 속에는 그들의 생명이 응축되어 있었다.

또는 어느 날 저녁 배의 난간에 기대어 조용히 서 있을 때였다. 나는 별들이 반짝이는 드넓은 푸른 밤하늘을 바라보고 있었다. 배가 지나간 창백한 자국에는 인광燐光이 번쩍이고 있었다.

말레이의 어느 연극 공연장에서 오페라의 밤을 개최한 날이 있었다. 믿기지 않은 기교를 지닌, 원숭이처럼 약삭빠르고 무한히 재능 있는 배우들은 유럽 연극을 희화화한(유감스럽게도 반어적인 의미를 담지는 않은) 모방품을 내놓기 위해 작품에 대단히 열심히 몰두했다.

그리고 원시림 지대의 강에서 보트를 타고 어느 말레이 마을에 다가가는 일은 얼마나 긴장되고 신비로웠던가! 벌써 멀리서부터 강가의 조그만 경작지가 보인다. 원시림의 영원히 동일한 식물 대신 야자수와 나지막하고 통통하며 즙이 많은 바나나나무가 솟아 있다. 그런 뒤 오두막들의 갈대 지붕, 조그만 논, 원시적인 선착장이 나타난다. 벌거벗은 시커먼 젊은이들이 호기심 어린 눈으로 강가에 서 있다. 그들의 얼굴을 제대로 보기도 전에, 보트가 선착장 쪽으로 방향을 돌리자마자 그 사람들은 소리 없이 어디론가 순식간에 사라져버렸다. 보트에서 내리며 보니 야자수 뒤 멀찍이 여기저기서 살피는 듯한 몇 개의 검은 눈이 번득인다.

우리는 엄청난 강물 속의 말뚝 위에 도시가 있는 것을 보았다.

수천 척의 보트가 소리 없이 떠다녔고, 장사꾼이 탄 배에는 양탄자나 과일, 이슬람교의 기도서나 생선을 실은 조그만 가게가 꾸려져 있었다.

우리는 암석이나 흙, 산호나 진창으로 이루어진 섬들을 보았다. 버섯만큼 작은 섬도 있었고, 스위스만큼이나 큰 섬도 있었다. 우리는 해질녘 멀리서 짙은 푸른색으로 빛나는 섬과, 태양이 불타오르는 정오에 여태까지 보지 못한 색으로 반짝이거나 강력한 뇌우의 촘촘한 안개 장막 속에서 회색으로 유령처럼 사라지는 섬들을 보았다. 우리는 뇌우와 천둥, 미처 날뛰는 폭우라는 엄청난 환상적인 괴물을 보고 느끼지 않았던가!

우리는 중국인, 말레이인, 스리랑카인의 시중을 받았다. 윤기가 흐르는 검은 변발을 한 남자들이었다. 어떤 남자들의 머리칼은 대단히 진지한 얼굴 위에 높이 올라가 있었고, 넓은 금속 빗으로 고정되어 있었다.

그리고 동물들! 우리는 어떤 동물들을 보았던가! 야생 코끼리(우리는 길들인 코끼리만 보았다.)도 호랑이도 아니었다. 그러나 멋지고 기이하며 잊을 수 없는 얼마나 많은 동물들이 있었던가! 우리는 크고 작은 원숭이를 보았다. 홀로 돌아다니거나 가족을 이룬 원숭이, 때로는 큰 무리를 이룬 원숭이들도 있었다. 우리는 야생 원숭이들이 시끄럽게 여행하는 것을 보았다. 감동적일 만치 본능적이고 환상적인 여행이었다. 전 가족과 부족이 땅거미가 지는 숲의 높은 나뭇가지를 타고 이동하고 있었다. 또 우리는 뱃줄에 매인 길들인 집 원숭이들이 주인의 명령에 따라 야자나무에 올라가서 열매를 따오는 것을 보았다. 그리고 강물 속의 악어, 배의 선미 뒤 바닷물 속에서 뛰노는 상어, 원시 그대로의 이구아나, 갈색의 물소, 수마트라의 크고 붉은 다람쥐를 보았다. 어쩌면 가장 멋진 것은 새와 강물 속의 하얀 왜가리, 많은 독수리, 새된 소리를 지르는 무소새였을지도 모른다. 그러나 어쩌면 풍뎅이, 잠자리, 나비, 손바닥 크기의 비단처럼 부드러운 회색 나방, 꽃무지, 도마뱀, 그리고 하나하나의 뱀이 더 소중했을지도 모른다. 또한 독성 식물이 자라는 어둡고 축축한 숲 속의 창백한 하얀 꽃받침, 높은 나무들 옆의 주홍색 꽃다발, 원추 꽃차례 속의 흰색과 푸른색을 띤 사람보다 더 큰 야자수 꽃잎은 얼마나 놀랄 만한 꽃들의 모험이었던가!

그러나 이 모든 것보다 더 멋진 것은 언제나 우리가 인간에 관해서 본 것이었다. 어느 힌두인의 꿈결 같은 걸음걸이, 얌전한 스리랑카인의 슬프도록 아름다운 노루 같은 부드러운 눈초리, 검은색을 띤 구릿빛의 타밀족 노동자의 새하얀 눈동자, 고상한 중국인의 미소. 낯선 방언으로 중얼거리는 거지의 더듬는 말, 열 개의 상이한 언어를 지닌 민족들의 사람들끼리 말하지 않고도 이해되는 현상, 억압받는 사람들에 대한 연민, 우쭐대는 압제자에 대한 조소, 그리고 이들 모두가 우리와 같은 인간이자 형제이며 운명을 같이 하는 사람이라는 독특하게 행복한 감정! 낯선 외모를 지니고 본성과 인종이 약간 은폐된 이들이 우리 곁을 지나갔다. 남인도의 이슬람교도는 도도하고 자의식이 있었고, 의젓하게 걸어가는 중국인은 위엄 있고 명랑했고, 작고 날씬한 스리랑카인은 수줍어하는 소녀 같았고, 아담한 말레이인은 영리하고 부지런했고, 근면한 일본인은 작고 현명했다. 그들 모두는 피부색과 외모는 무척 달랐지만 공통점이 있었다. 베를린 출신이든 스톡홀름 출신이든, 취리히나 파리 또는 맨체스터 출신이든 상관없이 우리 외국인이 모두 신비롭지만 아주 명백한 방식으로 서로에게 속하고 유럽인인 것처럼, 그들 모두는 아시아인이었다.

이것만 해도 멋지고 때로는 놀랍게 보일 수 있었다. 유럽인과 아시아인은 서로를 이해하지 못하고 무시하긴 하지만, 모든 유럽인에게 뭔가 공통되고 서로를 묶어주는 요소가 있듯이, 모든 아시아인도 그와 마찬가지였다. 그러나 내게 더 멋지고 엄청나게 더욱 중요한 것은 때때로 온갖 감각 속에서 선명하게 되풀이되는 경험이었다. 그것은 동양과 서양, 즉 유럽과 아시아가 단일체일 뿐만 아니라 그것을 넘어서서 인류라는 하나의 소속이자 공동체가 있다는 경험이었다. 누구나 그런 사실을 알고 있다. 그렇지만 그런 사실을 책에서 읽는 것이 아니라 전혀 낯선 민족과 서로 눈을 맞대고 체험하면 그것은 누구에게나 무한히 새롭고 소중하게 된다.

민족의 경계와 대륙 저편에 하나의 인류가 있다는 이 사소한 태곳적의 자명한 진실은 내게 그 여행의 최종적이고 가장 큰 체험이었다. 그리고 그 체험은 세계대전이 일어난 이후부터 점점 더 소중하게 되었다.

여기서부터 비로소 다시, 형제애와 내적 동일성의 느낌으로부터 낯설고 상이한 것, 나라와 인간들의 다채로움은 가장 친밀한 최고의 매력과 마력을 얻는다. 다른 수천 명의 여행객과 마찬가지로 이국적인 민족의 사람과 도시를 얼마나 자주 다만 신기한 대상으로서만 바라보았으며, 무척 재미있지만 기본적으로 우리와 아무 관계없는 동물 곡예단을 바라보듯 들여다보았던가! 내가 이러한 입장을 버리고 말레이인, 인도인, 중국인, 일본인을 인간이자 가까운 친척으로 본 시점부터 비로소 그 여행에 가치와 의미를 부여하는 체험이 시작되었다.

이 모든 문제에 대해 나는 한스 슈투르체네거와 그다지 대화를 나누지 않았다. 하지만 내가 그의 인도 작품을 바라볼 때면 호기심이 아니라 이해할 수 있고 친근하며 사랑스러운 인간성이 검고 길게 찢어진 눈으로부터 나를 바라본다. 나는 이 사람들과 대화를 할 수 없거나 조금밖에 할 수 없었다. 하지만 그들의 영혼은 우리의 영혼과 같고, 우리의 영혼처럼 온전하다. 그들은 어느 나무의 이파리들이 서로 다르지 않은 만큼이나 우리의 꿈이나 소망과도 그리 다르지 않은 꿈과 소망을 품고 다닌다.

(1916)

20

인도에서 온 손님

익지 않은 과일을 따는 것은 우리에게 아무 도움이 되지 않는다. 나는 생애의 절반 이상을 인도와 중국 연구에 바쳤다. 또한 학자라는 평판을 듣지 않기 위해 인도와 중국 문학의 향기와 경건성의 향기를 호흡하는 데 익숙해 있었다. 하지만 11년 전 인도로 여행을 떠났을 때 야자수와 사찰이 있는 것을 보았고, 향냄새와 백단재 냄새를 맡았으며, 떫은 망고와 부드러운 바나나를 먹었다. 그러나 이 모든 것과 나 사이에는 아직 하나의 베일에 가려져 있었다. 캔디에서 불교 승려들 틈에 있으면서도 그 전에 유럽에 있을 때와 마찬가지로 진정한 인도, 인도의 정신, 인도와의 생생한 접촉에 대한 충족되지 않는 향수를 느꼈다. 인도 정신은 아직 내 것이 되지 못했고, 나는 아직 발견하지 못한 채 계속 찾고 있었다. 그 때문에 나는 당시 유럽에서 도망쳤다. 그도 그럴 것이 내 여행은 하나의 도피였기 때문이다. 나는 유럽에서 도망쳤고, 유럽을 거의 증오하다시피 했다. 유럽의 현저한 몰취미, 시끄러운 대목장 영업, 성급한 조바심, 거칠고도 조야한 향락욕을.

인도와 중국으로 가는 여정은 배나 기차를 타고 가는 것이 아니었다. 마법적인 다리를 모두 직접 찾아서 가야만 했다. 거기서 유럽의 구원을 모색해야겠다는 생각을 포기해야 했고, 마음속으로 유럽을 적대시하려는 생각도 포기해야 했다. 내 마음과 정신 속에서 진정한 유럽과 진정한 동양을 내 것으로 만들어야 했다. 그러는 데 다시 여러 해가 걸렸는데, 그것은 고뇌의 세월, 불안의 세월, 전쟁의 세월, 절망의 세월이었다.

그런 뒤 때가 왔다. 아직 그리 오래된 것은 아니다. 그때 나는 스리랑카의 야자수 해변, 베나레스의 사원 거리를 더 이상 동경하지 않았다. 불교 신자나 도교 신자가 되는 것, 성자나 마법사를 스승으로 모시는 것을 더 이상 소망하지 않았다. 이 모든 것은 중요하지 않게 되었다. 존경하는 동양과 병들고 고통 받는 유럽 사이의 큰 차이는 사실 내게 더 이상 중요하지 않았다. 되도록 많은 동양의 지혜와 제식祭式의 탐구에 더 이상 가치를 두지 않았다. 오늘날 노자를 숭배하는 수많은 이들이 도道라는 말을 들어보지도 못한 괴테만큼도 도에 대해 알지 못하는 것을 알게 되었다. 나는 아시아에서처럼 유럽에도 기관차의 발명으로도 비스마르크에 의해서도 파괴되지 않았던 비밀스러운 영원한 가치세계와 정신 세계가 존재하는 것을 알았다. 그리고 이 같은 시간을 초월한 세계 속에, 정신적인 세계의 이 같은 평화 속에 살아가는 것이 좋고 올바르다는 것을 알았다. 유럽과 아시아, 베다와 성서, 부처와 괴테가 똑같은 몫을 갖는 세계에서 말이다. 나의 마법 학교는 여기서 시작되었고, 지금도 계속되고 있다. 여기에는 배움의 끝이란 존재하지 않는다. 하지만 인도에 대한 갈망과 유럽에서 도망가는 것은 끝냈다. 이제야 비로소 부처와 담마파다dhammapada[21], 『도덕경』이 고향에서 울리는 소리처럼 순수하게 들렸고, 더 이상 수수께끼 같지 않았다.

이제 이 과일이 익게 되었고, 이제 그것이 내 인생의 나무에서 떨어졌다. 그 계기와 과일의 이름은 비밀로 하겠다. 모든 일이 어떻게 이루어졌는지, 어떻게 일어났는지, 어떻게 은자의 삶에서 다시 며칠간이나마 세상 속으로 밀려 왔는지, 어떻게 갑자기 새로운 사람들과 새로운 관계들과 마주치게 되었는지는 말하지 않겠다. 그 중에서 인도적인 일화 한 가지만 소개하겠다.

얼마 전 어느 맑은 날 약간 어둑해진 저녁에 거무스름한 피부의 잘생긴 남자가 우리 집에 찾아왔다. 벵골 출신의 학자로 힌두교도였는데 타고르의 제자 겸 친구였다. 그는 우리 집에 찾아와 내 방 문 아래에 들어서자마자 "아, 여긴 인도와 아주 똑같군요." 라고 말했다. 그런 즉시 마치 자기 집에 온 것처럼 편안해했다. 그는 영어와 불어를 할 줄 알았고, 게다가 여자 통역사도 함께 데

---

21 법구경 팔리어본의 명칭.

리고 왔다. 그는 내 강연을 들었고, 모든 것을 정확히 번역시켰다. 그런데 그가 나를 찾아온 목적은 유럽에 동양의 사고를 교훈적인 가르침을 통해 지적으로 알고 있을 뿐만 아니라 마음속으로 친숙하고 고향처럼 느끼는 사람이 있는 것에 자기가 놀라워하고 기뻐한다는 사실을 내게 알리기 위해서였다. 나는 그가 아는 것보다 그런 유럽인이 더 많다고 말했다. 나는 그에게 몇몇 친구들 이야기를 들려주었다. 나는 보이지도 않고 현대적이지도 않으며, 국수주의적으로 되지 않고 군국화되지 않은 유럽 정신에 대해 들려주었다. 또 괴테(그는 괴테가 인도 정신을 거부했다고 잘못 알고 있었다.)도 익명의 서동西東적 가르침을 신봉하고 함께 고지한 사람이라고 알려주었다.

그 인도인은 멋지고 친절한 미소를 지었다. 우리는 금방 친구가 되었고, 금세 흉금을 털어놓았으며 서로에게 깨달음을 주었다. 나는 오래 전부터 이런 즐거움을 더 이상 맛보지 못했었다. 그런데 그런 즐거움을 주는 한 사람이 있다. 유럽인이긴 하지만 거의 평생 동안 일본에서 지냈으며 지금도 다시 거기서 살고 있는 사람[22]이다. 나는 그와 비슷한 방식으로 관련되어 있다. 나는 그와 함께 마법적인 이해라는 동일한 공통의 땅 위에 서 있었다. 그것은 말하지 않고도 신호와 미소, 침묵을 통해 서로 이해하는 관계였다. 그런데 벵골 출신의 이 남자와도 그와 똑같은 관계를

---

22 헤세의 외사촌 동생으로 불교학자인 빌헬름 군데르트(1780~1971)를 말함. 선(禪) 사상에 몰두한 그는 『벽암록』을 번역했다.

체험했다. 우리는 서로를 보는 첫 순간 동질감을 느꼈고, 무슨 말을 하기만 하면 상대방이 미소 짓고 고개를 끄덕였다.

그는 곧장 열린 발코니 문으로 걸어 나갔다. "여기도 인도를 생각나게 하는군요." 그가 말했다. "이 아름다운 나무들, 이 정적, 귀뚜라미의 이 연주회, 산속의 이 푸른 어스름함이 말입니다. 히말라야에는 불교 사원들이 있지요. 그 사원들은 무한한 정적과 무한한 평화 속에 그러한 산이며 어스름함과 마주하고 있습니다. 친애하는 선생님, 그곳으로 가봐야 합니다. 몇 달 동안이든 몇 년 동안이든 제가 사는 벵골에 와보셔야 합니다."

나는 그의 초대에 감사의 뜻을 표했다. 그리고 나는 내 방에서도 내 발코니에서도 인도적인 평화를 발견한 사람이 바로 그 자신이라는 사실을, 또 그러한 사실만으로 내게는 충분함을 그에게 상기시켜주었다. 나는 어둠이 내리는 푸른 골짜기 저편의 산 위로 맨 처음 떠오르는 별을 가리켰다.

그러자 내 손님은 두 손을 합장하고 잠시 눈을 감은 채 정신을 가다듬었다. 그런 뒤 벵골의 노래를 하나 읊어주었다. 사랑하는 어머니가 조그만 방에 켜놓은 작은 호롱불이 하늘의 별과 대화를 나누는 시였다. 나는 오랫동안 인도의 소리를 들어보지 못했다. 그것은 내게 다른 어느 것보다 매력이 있다. 그도 그럴 것이 그 소리는 아주 어린 시절부터 내게 (인도어는 이해하지 못할지라도) 친숙하기 때문이다.

언젠가 인도의 시와 중국의 음악과 연극에서도 느꼈듯이 이러한 소리에서도 동아시아의 모든 문학과 음악 예술의 비밀이 내게 즉각 다시 당혹스러울 만치 가슴에 와 닿았다. 다시 말해 엄격하고 제식처럼 단단히 각인되었으며 복잡한, 거의 고집스럽다 할 정도의 운율이었다. 나는 친구에게 노래도 하나 불러달라고 청했다. 그는 손가락으로 나직이 박자를 맞추며 민요 두 곡을 불러주었다. 선율은 우리의 귀에 중요하지 않았고 무디며 흩날리는 듯했다. 하지만 이런 노래에도 나름대로의 긴장감과 예리함, 엄격하고도 산뜻한 억양과 운율, 어떤 규율과 구조에 대한 감각이 지배하고 있었다. 우리의 문학, 최소한 현대 문학은 유럽의 어떤 언어에서도 그런 감각을 지니지 못하고 있다.

별이 떠올랐고 다른 별들도 나타났다. 우리는 조그만 발코니 위에 몇 시간 동안 서서 우파니샤드, 중국과 일본에 대해 이야기했다. 학자인 내 손님은 인도 역사를 개관해 주었다. 그것은 전쟁과 협정, 영주의 결혼으로 이루어진 역사가 아니라 노래와 기도, 철학과 요가 수련법, 종교와 사원 건축물로 이루어진 역사였다. 그리고 나는 그에게 눈에 보이지 않는 유럽, 중세와 괴테, 내 테신의 골방이 그에게 인도와 히말라야를 생각나게 했던 근거가 되는 모든 것을 이야기해 주었다.

어느덧 작별할 시간이 되어 마침내 우리가 방에 되돌아 왔을 때 그는 내가 소유하고 있는 조그만 인도제 청동상을 손에 집어 들었다. 피리 부는 크리슈나 신상이었다. 그런 뒤 인드라, 크리슈나, 루드라-시바와 같은 여러 신들에 관해 이야기했다. 그리고 이 신들의 변신과 상호 침투 작용, 영원한 상승과 몰락에 대해 이 야기했다. 그러고 나서 그는 다정하게 미소 지으며 떠나가 밤 속 으로 사라졌다. 나는 잠시 그가 '정말로' 이곳에 왔는지 헷갈렸다.

그러나 그는 다시 왔다. 그 후 우리는 서로의 집에서 가끔 만 났고, 많은 시간 동안 서로 대화를 나누었다. 그가 이제 다시 떠 나가게 될 때면 우리 각자는 함께 지낸 시간을 통해 하나의 확인, 위안과 자극을 얻을 것이다. 우리는 벗이 된 것이다.

한번은 그가 내 수채화를 보고 있기에 그 중 하나를 골라 가지 라고 했다. 그는 어느 강물 위 가운데에 다리 하나가 걸려 있는 그림을 골랐다. 강 옆에는 키 큰 나무들이 서 있는 그림이었다. 그러면서 그는 이렇게 말했다. "이 그림을 택하겠습니다. 당신도 저처럼 나무를 잘 알고 사랑하기 때문이지요. 그리고 이 다리는 우리가 함께 만난 날들에 새로 생긴, 동서양을 잇는 다리의 상징 이기 때문이지요."

(1922)

5부
방랑
— 수기 —

Reise von Hermann Hesse

흰 구름

오, 보렴, 다시 두둥실 떠가고 있구나,
잊힌 아름다운 노래들의
나지막한 선율처럼
푸른 하늘 저쪽으로!

오랫동안 떠돌아다니지 않고
온갖 시름을 알지 못하는 사람은
구름을 이해할 수 없지,
방랑의 기쁨을.

해님과 바다와 바람처럼
난 흰 구름을 사랑하지,
집 없는 사람에겐
누이이자 천사이기 때문에.

1

농가

나는 이 집 근처에서 작별을 고한다. 오랫동안 그런 집을 다시는 볼 수 없으리라. 알프스의 고갯길에 가까워지고 있으니까. 독일 풍경, 독일어와 함께 독일의 북방식 건축 양식도 여기서 끝이 난다.

그런 경계를 넘어가는 것은 얼마나 멋진 일인가! 방랑자는 여러 가지 면에서 원시인이다. 유목민이 농부보다 원시적이듯이 말이다. 하지만 정주定住의 극복과 경계의 무시는 그럼에도 나 같은 유형의 사람들을 미래로 향하는 이정표로 만들 것이다. 나처럼 국경을 무시하고 사는 사람이 많다면 더 이상 전쟁도 봉쇄도 없을 텐데. 경계만큼 보기 싫고 어리석은 것도 없다. 경계는 대포나 장군과 같다. 이성, 인간성과 평화가 지배하는 한 경계에 대해 아무것도 못 느끼고 그것에 대해 비웃는다. 하지만 전쟁과 광기가 발발하자마자 경계는 중요하고 성스러워진다. 전시에는 경계가 우리 같은 방랑자에게 얼마나 고통과 감옥이 되었던가! 그런 것은 악마나 잡아 가라지!

나는 메모지에 그 집을 그려본다. 내 눈은 독일식 지붕, 독일식 들보, 독일식 박공, 친숙한 것과 고향 같은 많은 것과 작별을 고한다. 이것으로 작별이기에 이런 고향 같은 모든 것을 마음속 깊이 진심으로 다시 한 번 사랑한다. 내일은 다른 지붕, 다른 오두막을 사랑하리라. 연애편지에서처럼 내 마음을 이곳에 남겨두지 않으리라. 오, 아니야, 내 마음을 함께 가져가야지. 산 너머 저쪽에 가서도 내 마음은 언제나 필요하겠지. 난 농부가 아니라 유목민이니까. 난 불충과 변화, 환상의 숭배자다. 내 사랑을 지구의 어느 지점에 붙잡아두는 것을 중요하게 여기지 않는다. 나는 우리가 사랑하는 것을 늘 하나의 비유에 불과하다고 여긴다. 나의 사랑이 한곳에 머물러 성실과 덕목이 된다면 그 사랑은 내게 미심쩍어진다.

농부에게 복 있을지어다! 소유하고 정주하는 자, 성실하고 덕 있는 자에게 복 있을지어다! 나는 그런 사람을 사랑하고 존경하며 부러워할 수는 있다. 하지만 난 그런 사람의 덕목을 모방하려다 반생을 잃어버리고 말았다. 나는 내가 아닌 것이 되고자 했다. 시인이 되려고 했지만 그와 동시에 시민이 되려고도 했다. 예술가이자 공상가가 되려 하면서도, 덕목을 갖추고 고향을 향유하려고도 했다. 오랜 세월이 지나서야 나는 인간이란 그 둘 다 될 수도 가질 수도 없다는 것을, 내가 농부가 아니라 유목민이며 지키는 자가 아니라 무언가를 찾는 자임을 알게 되었다. 오랫동안 나는 신들과 법 앞에서 고행을 해왔다. 그렇지만 그것들은 내게는 우상에 지나지 않았다. 그것은 나의 오류이자 고통이었고, 세계의 비참함에 대한 나의 공동책임이었다. 나는 나 자신에게 폭력을 가하고, 구원의 길을 감히 걷지 않음으로써 세상의 죄와 고통을 가중시켰다. 구원의 길은 왼쪽이나 오른쪽으로가 아닌 자신의 마음속으로 나 있다. 그곳에만 신이 있고, 그곳에만 평화가 있다.

습기 찬 산바람이 내 곁을 스친다. 건너편의 푸른 하늘은 다른 땅을 내려다보고 있다. 저 하늘 아래서 나는 때로는 행복하기도, 때로는 향수에 젖기도 할 것이다. 나 같은 부류의 완벽한 인간, 순수한 방랑자는 향수를 알지 못해야 하리라. 그런데 나는 향수를 알고 있고, 완벽하지도 않다. 또한 그렇게 되려고 애쓰지도 않는다. 나는 기쁨을 맛보듯 향수를 맛보고 싶다.

나를 향해 불어오는 이 바람은 놀랍게도 저편과 먼 곳, 물과 언어가 갈라지는 곳, 산맥과 남국의 냄새를 풍긴다. 바람은 약속으로 가득 차 있다.

잘 있거라, 조그만 농가와 고향 풍경아! 젊은이가 어머니와 이별하듯 나는 그대에게 작별을 고한다. 다시 말해 젊은이는 어머니로부터 떠나갈 때가 되었음을 알고 있다. 그는 또한 아무리 해도 어머니를 결코 완전히 떠날 수는 없다는 것도 알고 있다.

시골의 공동묘지

비스듬한 십자가 위 담쟁이덩굴 언덕
부드러운 햇살, 향내와 꿀벌들의 노래.

포근한 대지에 가슴을 대고
편히 누워 있는 그대들은 복되도다.

조용히 귀향해 이름 없이 어머니의 자궁 속에
누워 있는 그대들은 복되도다.

허나 들어보라, 꿀벌의 비행과 피어난 꽃에서
삶의 욕구와 기쁨이 내게 노래하는 것을.

땅속 깊이 자라는 뿌리의 꿈으로부터
오래 전에 사라진 존재가 빛을 향한 갈망을 드러낸다.

어둠 속에 묻혀 있는 삶의 파편들은
모습을 바꾸며 현존을 요구한다.

어머니 대지는 출산에 임박하여
위엄 있게 몸을 움직인다.

무덤의 갱도 속 달콤한 평화의 안식처는
한밤의 꿈보다 심하게 흔들리지는 않는다.

죽음의 꿈은 혼탁한 연기일 뿐이나
그 꿈 밑에서는 생명의 불꽃이 타오른다.

2
산길

  좁지만 당당한 길 위로 바람이 분다. 나무와 관목은 더 이상 자라지 않고, 이곳에선 돌멩이와 이끼만 보인다. 이곳에선 아무도 찾아다닐 게 없고, 이곳에선 아무도 소유물이 없다. 이 위에선 농부는 건초도 땔나무도 없다. 하지만 먼 곳으로 끌어당기고, 동경이 불타오른다. 그 동경이 바위와 습지, 눈을 넘어 이러한 좁지만 좋은 길을 만들었다. 그 길은 다른 골짜기와 다른 집, 다른 언어와 다른 사람이 있는 곳으로 나 있다.

  높은 고갯길에서 나는 발길을 멈춘다. 양쪽으로 내리막길이 나 있고, 물도 양쪽으로 흘러내린다. 이 위에선 가까이 옹기종기 모여 있는 것이 두 세계를 향해 길을 떠난다. 내 신발에 스치는 조그만 웅덩이는 북쪽으로 흘러 내려가, 그 물은 머나먼 차가운 대양에 이른다. 하지만 바로 옆의 조그만 잔설은 남쪽으로 녹아

내려, 그 물은 리구리아나 아드리안 해안을 향해 흘러가다 아프리카와 맞닿은 대양에 이른다. 하지만 세상의 모든 물은 다시 서로 만난다. 북극해와 나일 강은 축축한 구름 속에서 서로 섞인다. 오래된 멋진 비유가 내 마음을 신성하게 해준다. 모든 길은 우리 같은 방랑자도 집으로 이끌어주니 말이다.

내 시선은 아직 선택의 여지가 있다. 아직 북쪽도 남쪽도 눈에 보이니까. 오십 걸음만 더 가면 남쪽만 내 눈앞에 펼쳐지리라. 그곳 푸르스름한 골짜기에서 피어오르는 대기는 얼마나 신비로울까! 그걸 보는 내 가슴은 얼마나 두근거릴까! 호수와 정원에 대한 예감, 포도주와 아몬드의 향기, 동경과 로마 원정에 대한 성스러운 옛 전설이 이 위로 불어온다.

먼 골짜기에서 울려나오는 종소리처럼 젊은 시절의 추억이 울린다. 첫 남국 여행 때의 황홀한 기분, 푸른 호숫가의 넘치는 정원 공기를 취한 듯이 마시던 일, 저녁 무렵 희미해지는 설산 너머로 먼 고향에 귀 기울이던 일이! 고대의 신성한 원주 앞에서 최초로 기도했던 일이! 갈색의 암석 뒤의 포말이 부서지는 바다를 최초로 꿈결처럼 바라보던 일이!

이제 더 이상 그런 도취는 없다. 나의 사랑하는 모든 이들에게 아름다운 먼 곳과 나의 행복을 보여주고 싶은 갈망도 더 이상 없다. 내 가슴속은 더 이상 봄이 아니라 여름이다. 낯선 이들의 인사는 내게 다르게 울려온다. 내 가슴속의 반향은 더 잠잠하다. 나는 모자를 공중으로 던지지 않으며, 노래도 부르지 않는다.

하지만 난 미소 짓는다. 입으로만 미소 짓지 않는다. 영혼과 눈으로, 온 피부로 미소 짓는다. 나는 향기를 실어다주는 그 땅에 옛날과는 다른 의미를 부여한다. 좀 더 우아하고 조용하며, 좀 더 예리하고 익숙한 의미와, 또한 좀 더 고마운 의미도. 이 모든 것은 당시보다 더 나의 것이 되어, 수백 배의 뉘앙스를 갖고 더욱 풍요롭게 내게 말을 건다. 취한 듯한 나의 그리움은 베일에 싸인 먼 곳에 대해 더 이상 꿈의 색채를 그리지 않는다. 내 눈은 지금 있는 것에 만족한다. 그도 그럴 것이 보는 법을 배웠으니까. 세상은 그 이후로 더 아름다워졌다.

세상은 더 아름다워졌다. 난 혼자지만, 혼자 있는 것에 고통받지는 않는다. 다른 어떤 것도 원하지 않는다. 나는 햇볕에 푹 삶아질 용의가 있다. 나는 푹 숙성되기를 갈망한다. 죽을 용의도 있고, 다시 태어날 용의도 있다.

세상은 더 아름다워졌다.

밤길

먼지 덮인 밤길을 걷는다.
담벼락엔 그림자 비스듬히 떨어지고
포도덩굴 사이로
개천과 길 위의 달빛이 보인다.

한때 불렀던 노래를
나직이 다시 읊조린다.
숱한 방랑의 그림자가
내 앞길을 가로막는다.

여러 해 동안의 바람과 눈, 뙤약볕이
내 귀에 울려온다.
여름밤과 푸른 빛 번개,
폭풍우와 여행의 괴로움이.

갈색으로 그을리고
이 세상의 풍요로움을 흠뻑 마시며
계속 이끌려가는 기분이 든다,
내 오솔길이 어둠에 잠길 때까지.

3

마을

산의 남쪽 면에 있는 첫 마을. 여기서 비로소 내가 사랑하는 방랑 생활, 즉 정처 없이 떠도는 생활, 양지 바른 곳에서의 휴식, 해방된 나그네 생활이 시작된다. 배낭족으로 살아가고 너덜너덜한 바지를 입고 다니는 게 무척 좋다.

포도주를 술집의 바깥으로 가져와달라고 하는 동안 페루치오 부조니[1]의 말이 불현듯 떠오른다. "당신은 정말로 시골사람처럼 보이군요." 그 사랑스러운 사람은 우리가 마지막으로 만났을 때 내게 슬쩍 빈정대는 말을 했다. 취리히에 있을 때 일어난 그 일은 그다지 오래된 것이 아니었다. 안드레아는 말러의 교향곡을 지휘했고, 우리는 늘 가던 음식점에 함께 앉아 있었다. 나는 다시

---

1 Ferruccio Busoni(1866~1924). 이탈리아의 작곡가이자 피아니스트.

부조니의 유령 같은 창백한 얼굴과 속되지 않은 이 훌륭한 남자의 예리한 의식을 생각하며 즐거워했다. 오늘날에도 그런 속되지 않은 사람이 있다. 그런데 이 자리에서 왜 그 추억이 떠오르는 걸까?

알겠다! 내가 생각하고 있는 것은 부조니가 아니다. 또 취리히도 말러도 아니다. 그것은 언짢은 일이 있을 때 흔히 일어나는 기억의 착각이다. 그러면 무해한 상이 전면에 떠오른다. 이제는 알겠다! 그 음식점에는 젊은 여자도 앉아 있었다. 연한 금발에 뺨이 무척 붉은 여자였다. 나는 그녀와 한 마디도 대화를 나누지 않았다. 천사 같은 그대! 그녀를 바라보는 것은 즐거움이자 고통이었다. 그 시간 내내 그녀를 얼마나 사랑했던가! 난 다시 열여덟 살로 돌아갔다.

갑자기 모든 것이 명료해진다. 연한 금발의 아름답고 활기찬 여인! 그대의 이름은 더 이상 알지 못한다. 난 그대를 한 시간 동안 사랑했고, 산촌의 양지바른 길가에서 오늘 그대를 다시 한 시간 동안 사랑하고 있다. 나 이상으로 그대를 사랑한 이는 아무도 없었다. 언젠가 나만큼 자신을 좌지우지하는 힘, 절대적인 힘을 그대에게 쏟은 이는 아무도 없었다. 하지만 나는 불충이라는 선고를 받은 몸이다. 나는 여자가 아닌 사랑만을 사랑하는 바람둥이에 속한다.

우리 같은 방랑자는 모두 그런 속성을 지니고 있다. 우리의 방랑벽과 나그네 생활 자체가 대부분 사랑이자 에로틱이다. 여행의 낭만이란 절반은 다름 아닌 모험에 대한 기대다. 하지만 나머지 절반은 에로틱한 것을 다른 모습으로 변화시켜 해소하려는 무의식적 충동이다. 우리 같은 방랑자는 실현 불가능하기 때문에 사랑의 소망을 가슴에 품고 다니는 데 익숙하다. 또 원래는 여자에게 향했던 그 사랑을 놀이하듯 마을과 산, 호수와 협곡, 길가의 아이들, 다리 밑의 거지, 목초지의 소, 새와 나비에게 나누어주는 데 익숙하다. 우리는 사랑을 그 대상으로부터 떼어낸다. 우리는 사랑 그 자체로 충분하다. 마치 우리가 방랑 중에 목적지를 찾지 않고 단지 방랑 자체의 즐거움과 길 위의 생활을 추구하듯이.

청순한 얼굴의 젊은 여자, 난 그대의 이름을 알려고 하지 않는다. 그대를 향한 내 사랑을 가슴에 품지도 살찌우지도 않으련다. 그대는 내 사랑의 목표가 아닌 그 자극제다. 나는 그 사랑을 길가의 꽃과 술잔에 비치는 햇살에, 교회 탑의 양파 모양의 붉은 지붕에 주어버린다. 그대는 내가 세상에 반하게 만든다.

아, 쓸데없는 잡담이나 하다니! 나는 간밤에 산막에서 금발 여인의 꿈을 꾸었다. 난 가당찮게 그녀에게 반해버렸다. 그녀가 내 곁에 있었더라면 나는 방랑의 온갖 기쁨과 함께 내 여생을 그녀에 대한 사랑에 바쳤을 텐데. 오늘도 종일토록 그녀 생각을 한다. 그녀를 위해 포도주를 마시고 빵을 먹는다. 그녀를 위해 내 메모지에 마을과 탑을 그린다. 그녀를 위해 신께 감사드린다. 그녀가 살아 있다는 것에, 그녀를 볼 수 있다는 것에 감사드린다. 그녀를 위해 시 한 편을 짓고 붉은 이 포도주에 취하리라.

이리하여 청명한 남쪽에서 맞은 나의 첫 휴식은 산 너머의 어느 연한 금발 여인에 대한 그리움이 되고 말았다. 그녀의 상큼한 입술은 얼마나 아름다웠던가! 이러한 가없은 삶은 얼마나 아름답고 얼마나 어리석으며 얼마나 매혹적인가!

망아忘我

몽유병자처럼 나는 숲과 협곡을 더듬고 다닌다.
마법의 원이 내 주위에서 환상적인 빛을 발한다.
구애든 저주든 상관없이
난 내면의 지시에 충실히 따른다.

그대들이 살아가는 현실은 몇 번이나 날 깨워
자기에게 오라 명령했던가!
현실 속에서 난 말짱한 정신으로 서 있다가
깜짝 놀라 곧 다시 슬그머니 달아나버렸지.

오, 그대들이 내게서 빼앗아간 따스한 고향이여,
오, 그대들이 망가뜨린 사랑의 꿈이여,
물이 대양으로 돌아가듯
내 존재는 수천 갈래 샛길을 지나 그대에게 도망쳐간다.

샘들은 노래로 은밀히 나를 끌어당기고
꿈의 새들은 번쩍이는 날개를 퍼덕인다.
내 어린 시절의 음향이 새로이 울려오고
금빛 햇살과 꿀벌들의 달콤한 노래 속에
어머니 곁에서 흐느끼는 내 모습이 다시 보인다.

4

다리

길은 다리 위에서 계곡물을 넘어 폭포를 지나간다. 전에 한번 지나가 본 적이 있는 길이다. 벌써 여러 번 지나가 보았지만, 한 번은 특별했다. 그때는 전시였다. 내 휴가는 끝이 났다. 나는 다시 길을 떠나 국도와 철도에서 서둘러야 했다. 제때에 다시 복귀해 근무하기 위해서였다. 전쟁과 관청, 휴가와 소집, 붉은색 쪽지와 녹색 쪽지, 각하와 장관, 장군과 사무실, 이 모든 것은 있음직하지 않은 그림자 같은 세계였다. 하지만 그 세계는 살아 있었고, 대지에 독을 넣는 힘과, 하찮은 방랑자이자 수채화가인 나 같은 사람까지 은신처에서 끌어내어 나팔을 불게 하는 힘을 지니고 있었다.

그곳에는 풀밭과 포도원이 있었다. 저녁이었다. 다리 밑 어둠 속에서는 시냇물이 흐느끼고 있었고, 젖은 덤불이 떨고 있었다.

희미해져 가는 저녁하늘이 서늘한 장밋빛으로 그 위에 펼쳐져 있었다. 얼마 안 있으면 개똥벌레들이 날아다닐 시간이었다. 그곳의 돌멩이 중 내가 사랑하지 않는 것은 하나도 없었다. 폭포의 물 한 방울도 내가 사랑하지 않는 것이 없었고, 직접 신의 보고寶庫에서 흘러내린 것이었다. 하지만 이 모든 것은 하찮은 것이었다. 비에 젖어 휘어진 덤불에 대한 나의 사랑은 감상적인 것이었다. 현실은 완전 딴판이었다. 그것은 전쟁이라 불렸다. 장군이나 상사가 입으로 나팔을 불어대면 나는 뛰어야 했다. 세상의 온갖 골짜기에서 수천 명의 다른 사람들이 뛰어나와야 했다. 위대한 시대가 시작되었다. 우리 같은 가련하고 착한 짐승들은 빨리 뛰었고, 시대는 더욱 위대해졌다. 하지만 이동하는 내내 다리 밑의 흐느끼는 시냇물이 내 속에서 노래 불렀다. 서늘한 저녁 하늘의 달콤한 피곤이 울려왔다. 모든 것은 너무나 어리석고 울적했다.

이제 우리는 다시 길을 간다. 저마다 자신의 시냇물과 자신의 길을 지나고, 더 고요하고 피곤해진 눈으로 옛 세상이며 덤불과 경사진 풀밭을 바라본다. 우리는 땅에 묻힌 친구들을 생각한다. 우리가 아는 것이라고는 그럴 수밖에 없었다는 사실뿐이다. 우리는 그런 사실을 슬프게 감내한다.

하지만 아름다운 물은 여전히 흰색과 푸른색을 띠고 갈색의 산 밑으로 흘러내리며, 옛 노래를 부른다. 수풀에는 지빠귀들이 가득 앉아 있다. 멀리서 시끄러운 나팔 소리도 들리지 않는다. 위대한 시대는 다시 마법으로 가득 찬 낮과 밤으로 이루어져 있다.

세계의 심장은 계속 끈기 있게 뛰고 있다. 땅에 귀를 대고 풀밭에 누워 있거나 다리 위에서 물을 굽어보면, 또는 오랫동안 맑은 하늘을 들여다보면 위대하고 고요한 심장 소리가 우리 귀에 들린다. 그것은 우리를 자식으로 둔 어머니의 심장 소리다.

오늘 이곳에서 작별의 길을 떠났던 그날 저녁을 생각하니 벌써 멀리서부터 슬픔이 밀려온다. 먼 곳의 푸른 하늘과 향내는 전쟁과 함성에 대해 알 턱이 없다.

내 삶을 일그러뜨리고 괴롭혔으며, 때로는 심한 불안감으로 채웠던 모든 것이 언젠가는 다 사라지겠지. 언젠가는 최후의 피로감과 함께 평화가 찾아오겠지. 그리고 어머니 같은 대지는 날 받아들여 주리라. 그것은 종말이 아니라 새로운 탄생이 될 것이다. 그것은 목욕과 선잠이 될 것이며, 그 속에서 낡고 시든 것이 스러지고 어리고 새로운 것이 숨쉬기 시작하리라.

그러면 나는 다른 생각을 품고 그러한 길들을 다시 걸으며, 시냇물과 저녁 하늘 소리에 자꾸만 귀 기울일 생각이다.

근사한 세계

젊어서나 늙어서나 항상 느끼는 것은
한밤중의 산, 발코니의 말없는 여인,
달빛 속의 부드럽게 흰 하얀 길.

이들에 대한 동경으로 불안한 내 가슴은 찢어지는 듯하다.

오, 타오르는 세상이여, 오, 발코니의 흰 옷 입은 여인이여,
골짜기에서 짖어대는 개, 멀리서 굴러오는 기차,
오, 그대들은 얼마나 거짓말했으며, 얼마나 쓰라리게 날 속였
던가.
그럼에도 그대들은 여전히 나의 더없이 달콤한 꿈이자 망상
이다.

가끔 끔찍한 '현실'로 들어가려 해본다.
배석판사와 법, 유행과 환시세가 중요한 곳.
허나 늘 실망해서 해방된 기분으로 쓸쓸히 도망쳤지,
꿈과 복된 바보스러움이 솟아나는 곳으로.

나무 사이의 무더운 밤바람, 검은 집시 여인,
어리석은 동경과 시인의 향내가 물씬한 세계,
내가 영원히 빠진 근사한 세계는
그대의 번갯불이 번쩍이고, 그대의 음성이 날 부르는 곳이니!

5

목사관

이 아름다운 집을 지나갈 때면 그리움과 향수의 입김이 느껴진다. 고요함, 안식과 시민생활에 대한 그리움이 담긴 입김이다. 안락한 침대, 정원의 벤치, 고급 요리 냄새에다 서재와 담배, 고서에 대한 향수가 섞인 입김이다. 젊은 시절 신학을 얼마나 무시하고 조롱했던가! 오늘날 내가 알기로 신학은 기품과 매력이 넘치는 학문이다. 그것은 미터나 파운드와 같은 하찮은 것과는 무관하다. 그것은 또한 끊임없이 총을 쏘아대고, 만세를 외치다가 배신하는 오욕의 세계사와도 무관하다. 오히려 신학은 성스럽고 사랑스러운 내면의 문제, 은총과 구원, 천사와 성사聖事에 대해 부드럽고 섬세하게 다룬다.

나 같은 인간이 목사가 되어 저 안에 산다면 얼마나 근사할까! 바로 나 같은 인간 말이다! 내가 혹시 우아한 검정색 상의를 입고 여기저기 돌아다니는 데 적합한 사람이 아닐까? 정원의 배나무 받침대를 부드럽게 단지 정신적이고 비유적으로만 사랑하고, 죽어가는 마을 사람들을 위로해주고, 라틴어로 된 고서를 읽고, 여자 요리사에게 부드러운 지시를 내리고, 일요일에는 머릿속에 훌륭한 설교를 담고 석판 길을 따라 교회로 걸어가는 데 적합한 사람이 아닐까?

날씨가 궂을 때는 불을 세게 때고, 가끔 녹색이나 푸르스름한 타일 난로에 몸을 기댈지도 모른다. 그러는 사이 창가에 몸을 기대고 궂은 날씨에 고개를 절레절레 흔들지도 모를 일이다.

반면 햇볕이 내리쬐는 화창한 날이면 정원에서 격자 받침대를 자르거나 묶어주면서 많은 시간을 보내리라. 또는 열린 창가에 서서 산이 회색과 검은색에서 이글거리는 장밋빛으로 변해가는 모습을 바라보리라. 아, 나는 조용한 우리 집을 지나가는 모든 방랑자를 관심 깊게 바라보겠지. 그를 부드럽고 호의적인 시선으로, 또 그리움도 담아서 좇으리라. 그는 한곳에 붙박여 주인 행세를 하는 나와는 달리 지상의 진정하고 성실한 손님이자 순례자라는 선택을 하여 더 나은 생활을 하니 말이다.

아마 난 그런 목사가 되리라. 어쩌면 다른 목사가 될지도 모른다. 컴컴한 서재에서 독한 부르군트 산 포도주로 여러 밤을 좇으며 수천의 악마와 격투를 벌이거나, 고해하러 온 소녀와 은밀한 죄를 짓고 양심의 가책에 시달리다 밤마다 악몽을 꾸고 잠에서 깨어날지도 모른다. 또는 녹색의 정원 문을 닫아걸고, 교회지기에게 종을 울리게 해놓고는 나의 직무며 마을 일이며 세상일은 개의치 않고 널찍한 안락의자에 누워 담배를 피우며 넋 나간 사람처럼 빈둥거릴지도 모른다. 저녁에는 옷 벗는 것도 귀찮아하고, 아침에는 일어나는 것도 귀찮아할지도 모른다.

요컨대 나는 이 집에 산다 해도 목사로 살지는 못할 것이고, 지금처럼 정처 없이 무해한 방랑자로 살 것이다. 나는 결코 목사가 되지는 못할 것이다. 때로는 현실과 동떨어진 신학자가 되고, 때로는 미식가가 되고, 때로는 지독히 게을러져서 술독에 빠져 있기도 하고, 때로는 젊은 아가씨에게 빠져 있기도 하겠지. 때로는 시인이나 광대가 되고, 이따금 가난한 마음에 불안과 아픔을 담고 향수병을 앓을지도 모른다.

그러니 내가 녹색 대문과 받침대를 한 과일나무, 아담한 정원과 아담한 목사관을 밖에서 들여다보든 안에서 내다보든 상관없다. 나의 그리움이 창문을 통해 거리에서 조용한 목사관을 들여다보든, 또는 부러움과 그리움을 지니고 창밖으로 나그네를 내다보든 상관없다. 내가 목사가 되건 거리의 방랑자가 되건 정말 매한가지다. 내게 매우 중요한 몇 가지를 제외하고는 모든 것은 아무래도 상관없다. 혀끝에서든 발끝에서든, 환희 속에서든 고통 속에서든 내 안에서 생명의 꿈틀거림을 느낀다는 것, 내 영혼이 자유로워서 수많은 환상의 유희를 펼치며 수많은 형태 속으로 슬그머니 들어갈 수 있다는 것이 중요하다. 다시 말해 목사나 방랑자, 요리사나 살인자, 아이나 동물, 또 새나 나무들 속으로 말이다. 내가 원하는 것, 살아가기 위해 필요한 것은 그것이다. 언젠가 그것이 더 이상 불가능하게 되어, 소위 '현실' 속의 삶에 의지하게 되면 난 차라리 죽어버리리라.

나는 분수대에 몸을 기대고 목사관을 그려보았다. 원래 가장 내 마음에 든 녹색 대문과 그 뒤의 교회 탑도 함께 그렸다. 문을 실제보다 더 녹색으로 그리고, 교회 탑을 더 높게 만들 수도 있다. 중요한 것은 이 집에서 15분 동안 고향을 가져보았다는 사실이다. 밖에서만 보았을 뿐 그 안에 누가 사는지 알지 못하는 이 목사관에 대해 나는 언젠가 진짜 고향 같은 향수를 느낄지도 모른다. 어린 시절 행복하게 지낸 곳에 대한 향수 같은 것 말이다. 이곳에서 15분 동안은 정말이지 아이였고 행복했으니까.

6

농장

알프스 남쪽 발치의 이 축복받은 지역을 볼 때마다 유형지에서 귀향해 드디어 산의 진면목을 다시 본 듯한 기분이 든다. 이곳은 태양이 더욱 진심으로 내리쬐고, 산은 더욱 붉은 빛을 띤다. 밤과 포도, 아몬드와 무화과가 이곳에서 자란다. 사람들은 가난하긴 해도 선량하고 예의바르며 친절하다. 그들이 만드는 것은 모두 원래 자연 그대로인 듯 좋고 옳으며 친근해 보인다. 집과 담벼락, 포도원 계단, 길과 농작물, 테라스, 이 모든 것은 새 것도 낡은 것도 아니다. 모든 것은 노력하거나 머리로 짜내어 자연에서 빼앗은 것이 아니라 바위나 나무, 이끼처럼 저절로 생겨난 것 같다. 포도원 담벼락, 집과 지붕, 이 모든 것은 갈색 편마암으로 만들어졌고, 모두 형제처럼 잘 어울린다. 어느 것도 낯설고 적대적이거나 억지로 만들어진 것으로는 보이지 않는다. 모든 것이 친숙하고 명랑하며 이웃처럼 보인다.

앉고 싶은 곳이면 어디나 앉아보라. 담벼락, 바위나 나무그루터기, 풀밭이나 땅바닥 위 어디나. 어디서나 시와 그림이 그대를 에워싸고, 그대 주위의 세상 어디서나 아름답고 행복한 화음이 울린다.

이곳에 가난한 사람들이 사는 농장이 있다. 그들에게 소는 없고 돼지와 염소, 닭만 있을 뿐이다. 그들은 포도와 옥수수, 과일과 야채를 재배한다. 집은 바닥과 계단까지 모두 돌로 지어져 있다. 두 개의 돌기둥 사이의 돌을 깎아 만든 계단은 뜰로 이어져 있다. 초목과 암석 사이 어디서나 호수에 반사되어 푸른빛이 돈다.

생각이나 걱정은 설산 저편에나 있었던 것 같다. 고통 받는 인간과 추한 일들 사이에서 인간은 그토록 많이 생각하고 걱정하는 법이다! 그곳에서는 존재의 정당성을 발견하는 일이 너무나 어렵고 절망적일 만큼 중요하다. 그러지 아니하고 대체 어떻게 살아간단 말인가? 너무 생각에 잠기는 것은 순전히 불행 탓이다. 하지만 이곳에서는 아무 문제가 없다. 존재를 정당화할 필요는 없고, 생각은 놀이가 된다. 사람들은 세상은 아름답고 인생은 짧다고 느낀다. 그렇다고 모든 소망이 조용히 잠들어 있는 것은 아니다. 나는 눈이 몇 개 더 있었으면 하고, 폐도 하나 더 있었으면 한다. 두 다리를 풀밭에 뻗으니 다리가 좀 더 길었으면 하는 욕심이 생긴다.

내가 거인이면 좋겠다. 그러면 알프스의 눈에 머리를 가까이 대고 염소들 사이에 누워 저 아래 깊은 호수에 발가락을 담그고 첨벙거릴 텐데. 그렇게 누워 언제까지나 일어나지 않을 텐데. 내 손가락 사이에는 덤불이, 내 머리카락 속에서는 알프스 들장미가 자라리라. 내 무릎은 알프스 앞의 구릉이 되고, 내 몸 위에는 포도원, 집과 예배당이 서 있으리라. 그렇게 만년 동안 누워 하늘과 호수에 눈짓하리라. 내가 재채기를 하면 뇌성이 울리겠지. 내가 건너편으로 입김을 보내면 눈이 녹아 폭포가 춤을 추겠지. 내가 죽으면 온 세상도 죽는다. 그러면 대양을 건너가 새 태양을 가져올 것이다.

오늘 밤 어디서 잠을 잘 것인가? 아무래도 좋다! 세상은 무엇을 만드는가? 새로운 신들이 만들어지고, 새로운 법과 자유가 만들어지는가? 아무래도 좋다! 하지만 이 위에서는 앵초가 피어나고 꽃잎에 은색 버섯을 맺는다. 저 아래 포플러 나무 사이로는 달콤한 은은한 바람이 노래 부르고, 내 눈과 하늘 사이로는 짙은 금색 꿀벌 한 마리가 윙윙거리며 날아다닌다. 그것은 아무래도 좋은 일은 아니다. 꿀벌은 붕붕거리며 행복을 노래하고, 영원을 노래한다. 꿀벌의 노래는 내 세계사다.

비

미지근한 여름비가
수풀과 나무에서 살랑거리는 소리를 낸다.
언젠가 다시 실컷 꿈을 꾼다면,
오, 얼마나 좋을까, 축복이 넘치겠지!

밝은 바깥에 너무 오래 있었더니
이런 흥분은 내게 익숙하지 않구나.
낯선 곳으로 이끌리지 않고
자신의 영혼 속에 머물러 있으니.

나는 아무런 욕구도 갈망도 없이
어린이 말투로 나직이 웅얼거린다.
따스하고 아름다운 꿈속에서
놀랍게도 고향에 돌아가 있구나.

가슴이여, 그대는 얼마나 상처입고 찢겨져 있느냐,
알지도 못하고 아무 생각 없이
숨만 쉬고 느끼기만 하는 것은
맹목적으로 파헤치는 것은 얼마나 축복받은 일인가!

7
나무

    나무는 내게 언제나 가장 감동적인 설교자였다. 나무가 대중과 가족 속에서, 숲과 정원 숲 속에서 자라면 그것을 존경한다. 그런데 나무가 한 그루씩 따로 자라고 있을 때는 더욱 존경한다. 나무는 고독한 사람 같다. 어떤 약점 때문에 몰래 도망친 은둔자가 아닌 베토벤이나 니체처럼 위대하면서도 고독한 사람 같다. 우듬지에서는 세상 소리 살랑거리고, 뿌리는 무한함 속에 쉬고 있다. 하지만 나무는 쉬면서 자신을 잃어버리지 않고 온 힘을 다해 하나만을 얻으려 애쓴다. 다시 말해 자신의 내부에 깃들어 있는 고유한 법칙을 실현하고 자신의 형상을 완성하며 자기 자신을 표현하려 애쓴다. 아름답고 튼튼한 나무보다 더 신성하고 모범적인 것은 아무것도 없다. 톱에 잘린 나무가 벌거벗은 죽음의 상처를 햇빛에 드러내면 그루터기나 묘비가 되는 밝은 원반에서 나무의 전체 역사를 읽을 수 있다. 나이테와 아문 흉터에는 온갖 투쟁, 온갖 고통과 질병, 온갖 행복과 성장 과정이 충실히 기록되어 있다. 뿐만 아니라 궁핍했던 해와 풍요로웠던 해, 공격을 견뎌내고 폭풍우에 살아남은 이야기도 기록되어 있다. 농부의 아들은 누구나 가장 단단하고 고귀한 목재는 나이테가 가장 촘촘하다는 것과, 가장 견고하고 튼튼한 이상적인 줄기는 높은 산에서 끊임없는 위험을 겪으며 자라난다는 것을 알고 있다.

나무는 신성한 존재다. 나무와 대화를 나누고, 나무에 귀 기울일 줄 아는 자는 진리를 알게 된다. 나무는 교리나 처방을 설교하지 않는다. 나무는 개별적인 것은 개의치 않고 삶의 근본 법칙을 설교한다.

어떤 나무가 말한다. 내 안에는 하나의 핵심과 불꽃, 하나의 사상이 숨겨져 있어. 나는 영생을 사는 삶이지. 영원한 어머니가 내게 감행한 시도와 주사위 던지기는 일회적인 것이다. 내 형상이나 내 피부에 새겨진 무늬도 일회적인 것이다. 내 우듬지에서 벌어지는 잎들의 더없이 하찮은 유희도, 내 껍질의 더없이 사소한 흉터도 일회적인 것이다. 나의 직무는 독특한 일회성에서 영원한 것을 형상화하고 보여주는 것이다.

어떤 나무가 말한다. 내 힘은 믿음이야. 난 선조에 관해 아무것도 모르고, 해마다 내게서 생겨나는 수천의 자식들에 관해서도 아무것도 모른다. 나는 내 씨앗의 비밀대로 끝까지 살아가며, 그 외의 다른 것은 내가 걱정할 일이 아니다. 나는 내 안에 신이 있다는 것을 믿는다. 나는 내 임무가 성스럽다는 것을 믿는다. 그러한 믿음으로 난 살아간다.

우리가 슬픔에 빠져 삶을 더 이상 제대로 감당할 수 없을 때 한 그루 나무는 우리에게 이렇게 말해줄 수 있다. 잠자코 있어! 잠자코 있어! 나를 봐라! 삶은 쉽지도 어렵지도 않아. 그건 어린애 같은 생각이지. 네 안의 신이 말하도록 해봐. 그런 생각이 잠잠해질 거야. 네가 불안해하는 것은 너의 길이 어머니와 고향으로부터 멀어지기 때문이야. 하지만 발걸음 하나하나와 나날이 너를 새로이 어머니에게 다가가게 하는 거야. 고향은 여기나 저기에 있는 게 아니야. 고향은 네 안에 있지 다른 어디에도 있지 않아.

밤바람에 살랑거리는 나뭇잎 소리를 들을 때면 방랑에 대한 동경으로 내 가슴은 찢어지는 듯하다. 오랫동안 가만히 귀 기울이면 방랑에 대한 동경은 그 핵심과 의미를 드러낸다. 방랑에 대한 동경은 고통으로부터 도망치려는 것으로 보인다. 방랑에 대한 동경은 고향과 어머니의 추억, 삶의 새로운 비유에 대한 동경이다. 방랑에 대한 동경은 집을 향한다. 모든 길은 집으로 나 있다. 발걸음 하나하나가 탄생이고, 발걸음 하나하나가 죽음이다. 모든 무덤은 어머니다.

우리가 우리 자신의 어린애 같은 생각에 불안해할 때면 나무는 밤에 너무도 살랑거린다. 나무는 우리보다 오래 사는 만큼 생각도 길어 긴 호흡으로 차분히 생각한다. 우리가 나무에 귀 기울이지 않는다면 나무는 우리보다 지혜롭다. 하지만 우리가 나무

에 귀 기울이는 법을 배웠다면 우리 생각의 짧음과 신속함, 어린
애 같은 성급함은 비할 데 없이 기쁨을 얻는다. 나무에 귀 기울이
는 법을 배운 이는 더 이상 나무가 되기를 갈망하지 않는다. 현재
의 자신이 아닌 다른 것이 되기를 갈망하지 않는 것이다. 그것이
고향이고 행복이다.

화가의 기쁨

논에서는 곡식이 자라지만 돈이 들고,
초원은 철조망으로 둘러싸여 있고,
궁핍이 있고 탐욕이 생겨난다.
모든 것이 못쓰게 되고 막혀 있는 것 같다.

하지만 내 눈엔 이곳에
만물의 다른 질서가 자리하고 있지.
보랏빛은 녹아내리고 심홍색이 군림하니,
나는 그것들의 순진무구한 노래를 부르지.

노랑에 노랑, 노랑에 빨강이 어울려
차가운 푸른색이 불그스레한 빛을 띤다.
빛과 색채가 이 세계 저 세계로 흔들거리다가

사랑의 물결로 아치를 이루며 울림을 멈추네.

온갖 질병을 치유하는 정령이 지배하고,
새로 생겨난 샘에서는 녹색이 울려나오네.
세상은 새롭고 의미심장하게 나누어지고,
마음은 즐겁고 밝아지네.

8

비 오는 날

비가 올 것 같다. 호수 위로 흐늘흐늘한 대기가 회색으로 불안하게 걸려 있다. 나는 여관 근처의 해변을 거닌다.

비 오는 날씨다. 그런 날씨에 나는 생기가 돌고 명랑해진다. 짙은 대기 속에 습기가 오르락내리락 한다. 구름은 끊임없이 아래로 떨어지고, 새로운 구름이 계속 나타난다. 우유부단과 언짢은 분위기가 하늘을 지배하고 있다.

나는 오늘 저녁이 훨씬 멋있으리라 생각했다. 어부들이 드나드는 선술집에서의 저녁식사와 숙박, 해변 산책, 호수에서의 멱감기, 어쩌면 달빛 속에서의 수영이. 그 대신 미심쩍고 음침한 하늘이 짜증스럽고 언짢은 듯 변덕스런 소나기를 내린다. 나 역시 적지 않게 짜증스럽고 언짢은 기분으로 변해버린 풍경 속을 천천히 걷는다. 아마 어젯밤 과음 했거나 너무 적게 마셨는지도 모른다. 아니면 불안한 꿈을 꾸었는지도 모른다. 어찌된 영문인지 알 수 없다. 기분이 무척 좋지 않고, 대기는 흐늘흐늘해져 고통스럽다. 내 생각은 음울하고, 세상은 빛을 잃었다.

오늘 저녁은 생선을 구워 달라 하고, 곁들여 토산土産 적포도주를 실컷 마실 것이다. 그러면 우리는 다시 세상에 조금이나마 빛을 가져다주고, 삶을 좀 더 견딜만하다고 여기겠지. 우리는 선술집에서 난롯불을 지펴 이 게으르고 흐늘흐늘한 빗줄기가 들리지도 보이지도 않게 하리라. 나는 기다란 고급 시가를 피워 물고, 포도주 잔을 불쪽에 갖다 대고 홍옥처럼 붉게 빛나게 하리라. 정말 그렇게 하리라. 그러면 저녁이 지나가고, 난 잠들 수 있을 것이다. 내일 아침이 되면 모든 게 달라지겠지.

해안의 얕은 바닷물에 빗방울이 세차게 내리고, 차가운 습기찬 바람이 비에 젖은 나무들 사이에 몰아친다. 나무들은 죽은 물고기처럼 납빛으로 번쩍인다. 악마가 일을 망쳐버렸다. 아무것도 제대로 되지 않고 아무런 울림도 없다. 기쁘게 하거나 따스하게 해주는 것이 아무것도 없다. 모든 것이 황량하고 음침하며 엉망진창이다. 모든 색은 잘못되었다.

난 왜 그런지 알고 있다. 어제 마신 술 탓이 아니고, 잠자리가 나빠서도 아니다. 또한 비 오는 날씨 탓도 아니다. 악마가 나타나 내 안의 현絃마다 새된 소리 나게 음을 망쳐놓았기 때문이다. 불안이 다시 찾아온 것이다. 아이들 같은 꿈이나 동화, 어린 학생의 운명에서 비롯된 불안이. 그 불안, 어쩔 수 없는 일에 봉착했다는 느낌, 우울감과 혐오감이. 세상은 얼마나 김빠진 맛이 나는지! 내일 다시 일어나 다시 음식을 먹고 다시 살아가야 한다는 것은 얼마나 끔찍한 일인가! 대체 사람들이 사는 이유는 무엇인가? 사람들은 왜 그토록 멍청하리만치 선량하단 말인가? 왜 진작 호수에 빠져 죽지 않는단 말인가?

그것을 막아주는 약은 없다. 너는 방랑자도 예술가도 될 수 없고, 그렇다고 시민이나 예의바른 정상인이 될 수도 없다. 취하도록 마시려 하면서도 뉘우치는 마음도 갖다니! 햇빛과 사랑스러운 상상력을 긍정하면서도 더러움과 혐오감도 인정하다니! 금과 오물, 쾌락과 고통, 아이 같은 웃음과 죽음의 공포, 이 모든 것이 네 마음속에 있다. 모든 것을 긍정하고, 아무것에도 시달리지 말고, 아무것도 속이려 하지 마라! 너는 시민이 아니고, 그리스인도 아니다. 너는 조화에 이르지 않고 너 자신의 주인이 아니다. 너는 폭풍우 속의 한 마리 새다. 폭풍이 치도록 내버려둬라! 적당히 순응해서 살아라! 너는 얼마나 많은 거짓말을 해왔는가! 너의 시와 책에서도 수없이 조화를 이룬 현자인 양, 깨달음을 얻어 행복한 자인 양 굴어왔지! 전쟁 중 공격할 때는 창자가 경련하는데도 영웅인 척 굴었지! 주여, 인간이란 얼마나 가련한 원숭이이며 사기꾼인가! 특히 예술가나 시인은, 특히 나 같은 인간은!

나는 생선을 구워달라고 해서 두꺼운 유리잔으로 노스트라노[2]

---

2 스위스어로 "우리들의 것"이란 뜻이며, 스위스 중남부의 티치노(Ticino) 지역에서 생산되는 적포도주 이름.

를 마실 것이다. 거기에다가 기다란 시가를 피울 것이다. 또 난롯
불에 침을 뱉으며 어머니 생각을 할 것이다. 그리고 나의 불안과
슬픔으로부터 한 방울의 달콤함을 짜내려 할 것이다. 그런 뒤 얇
은 벽 가에 놓인 불편한 침대에 누워, 비와 바람 소리를 듣고 심장
의 고동과 싸우며, 죽음을 바라다가 죽음이 두려워 신을 부를 것이
다. 그 일이 지나갈 때까지, 절망이 지칠 때까지, 다시 잠과 위안
같은 어떤 것이 내게 손짓할 때까지. 내 스무 살 적에 그랬고, 지금
도 그러하며 삶이 끝날 때까지 계속 그럴 것이다. 나는 내 사랑스
럽고 아름다운 삶을 이런 날들로 자꾸만 대가를 치를 것이다. 이
런 날과 밤이, 불안과 혐오감, 절망이 자꾸만 찾아올 것이다. 그래
도 나는 살아갈 것이고, 그래도 나는 삶을 사랑할 것이다.

아, 구름들은 왜 저리 초라하고 음흉한 모습으로 산들에 걸려
있단 말인가! 호수 속의 흐릿한 빛은 얼마나 거짓되고 공허하게
비치고 있는가! 내 마음속에 떠오르는 모든 것은 얼마나 어리석
고 절망적인가!

9

예배당

조그만 차양이 달린 장미처럼 붉은 예배당은 분명 착하고 상냥한 사람들과 매우 신심 깊은 사람들이 지었겠지.

오늘날에는 신심 깊은 사람들이 더 이상 없다는 말을 종종 듣곤 한다. 그렇다면 오늘날에는 음악도 푸른 하늘도 더 이상 없다고 말할 수 있으리라. 나는 신심 깊은 사람들이 많으리라 생각한다. 나 자신은 신심이 깊다. 하지만 항상 그랬던 것은 아니다.

신앙에 이르는 길은 사람마다 다를지도 모른다. 내 경우는 많은 오류와 고통, 숱한 자책을 거치고 상당한 어리석음, 어리석음의 원시림을 지나온 길이다. 나는 무신론자였고, 신앙심이란 영혼의 병이라 알고 있었다. 나는 금욕주의자라서 내 몸을 학대하기도 했다. 나는 신심 깊음이 건강과 명랑을 의미한다는 것을 알지 못했다.

신심 깊음과 믿음은 다를 바 없다. 단순하고 소박하며 건강한 인간, 아이와 미개인은 믿음을 지니고 있다. 단순하지도 소박하지도 않은 우리 같은 사람은 여러 우회로를 거쳐 믿음을 찾을 수밖에 없다. 너 자신에 대한 믿음이 그 시작이다. 보복, 죄나 양심의 가책, 고행이나 희생으로는 믿음을 얻을 수 없다. 이 모든 노력은 우리 외부에 존재하는 신들에게 호소한다. 우리가 믿어야 하는 신은 우리 내부에 있다. 자기 자신을 부정하는 자는 신을 긍정할 수 없다.

오, 이 땅의 사랑스럽고 진심어린 예배당이여! 그대는 나의 신과 다른 신의 표지標識와 비명碑銘을 달고 있다. 그대의 신자들은 내가 알지 못하는 말로 기도드린다. 그럼에도 난 그대들 틈에서 기도드릴 수 있다. 떡갈나무 숲이나 산지 초원에서 기도드릴 수 있듯이. 그대는 젊은이의 봄노래처럼 녹색의 초지에서 노란색이나 흰색, 장밋빛으로 피어난다. 그대에게는 어떤 기도도 허용되며, 그 기도는 신성하다.

기도는 노래처럼 무척 신성하고 놀라운 치유력이 있다. 기도는 믿음이고 확인이다. 진실로 기도드리는 자는 간구하는 것이 아니라 자신의 처지와 곤경을 들려줄 뿐이다. 그는 어린아이가 노래하듯 자신의 고통과 감사를 혼자 노래한다. 피사의 교회 묘지 속 그들의 오아시스와 노루 한가운데에 그려진 복된 은둔자들은 그렇게 기도했다. 세상에서 가장 아름다운 그림이다. 나무와 짐승들도 그렇게 기도한다. 훌륭한 화가의 그림에서는 나무나 산도 모두 그렇게 기도한다.

경건한 신교 집안 출신인 자는 먼 길을 찾아 헤매야 그런 길에 이를 수 있다. 그는 양심의 지옥을 알고 있고, 자책감에서 비롯되는 극심한 고통을 알고 있다. 그는 온갖 종류의 분열과 고통, 절망을 체험했다. 놀랍게도 그는 그 길의 마지막에 가서야 자신이 가시밭길에서 찾아 헤맸던 지복이 얼마나 단순하고 아이 같으며 자연스러운지 알게 된다. 하지만 가시밭길이 무용지물은 아니다. 고향에 돌아온 자는 늘 고향에 있던 자와는 다르다. 그는 더욱 진심으로 사랑한다. 그는 정의나 망상으로부터 훨씬 자유롭다. 정의는 고향에 남은 자들의 덕목으로 낡은 덕목이고 원시인의 덕목이다. 우리 젊은이들은 그 덕목을 이용할 수 없다. 우리는 사랑이라는 하나의 행복만을 알 뿐이다. 그리고 믿음이라는 하나의 덕목만을 알 뿐이다.

나는 예배당의 신자들과 그 교구를 부러워한다. 수많은 기도자들이 그대에게 자신의 고민을 하소연한다. 수많은 어린이들이 그대의 문을 화환으로 장식하고, 예배당에 초를 바친다. 하지만 우리의 믿음, 멀리 돌아다닌 자들의 신앙심은 외롭다. 낡은 믿음을 지닌 자들은 우리를 동료로 받아들이려 하지 않는다. 세상의 조류潮流는 우리가 사는 섬을 멀리 비껴 지나간다.

나는 가까운 초원에서 앵초, 토끼풀, 미나리아재비 같은 꽃을 꺾어 예배당에 갖다놓는다. 나는 처마 밑 난간에 앉아 아침의 정적 속에서 경건한 노래를 읊조린다. 모자는 갈색 담벼락에 놓여 있고, 푸른색 나비 한 마리가 그 위에 앉는다. 먼 골짜기에서는 기차가 희미하고 은은하게 기적 소리를 낸다. 덤불에는 아직 여기저기에 아침이슬이 반짝인다.

무상無常

생명의 나무에서 한 잎 두 잎
내게 떨어진다.
오, 어지럽고 현란한 세상이여!
그대는 얼마나 배부르게 하는가,
그대는 얼마나 배부르고 싫증나게 하는가,
그대는 얼마나 취하게 하는가!
오늘 타오르는 것은
이내 꺼지고 만다.
나의 갈색 무덤 위로
이내 달그락거리며 바람이 불고,
아이의 머리 위로
어머니가 몸을 숙인다.
어머니의 눈을 다시 봐야겠다,
어머니의 시선은 나의 별이니.
다른 모든 것은 지나가고 사라질지 모른다.

모든 것은 죽고, 모든 것은 기꺼이 죽는다.
우리를 낳아준
영원한 어머니만 남는다.
어머니 손가락은 덧없는 허공에
놀이하듯 우리의 이름을 적어준다.

10
정오의 휴식

하늘은 다시 밝게 웃고, 모든 것 위에는 넘쳐흐를 듯한 대기가 춤을 춘다. 낯선 먼 땅이 다시 내게 속하고, 외지가 고향이 되었다. 오늘은 호수 위로 뻗은 나무 근처에 자리 잡는다. 가축이 있는 오두막과 몇 개의 구름을 그렸다. 보내지 않을 편지를 한 통 쓰기도 했다. 이제 자루에서 빵과 소시지, 호두와 초콜릿 같은 먹을 것을 꺼낸다.

가까이에 자작나무 숲이 있다. 거기 땅바닥에 마른 나뭇가지가 잔뜩 쌓인 것이 보였다. 불을 지펴 그것을 동무 삼아 옆에 앉고 싶은 생각이 든다. 나는 그쪽으로 가서 잔가지를 한 아름 가득 모은 뒤 그 밑에 종이를 넣고 불을 붙인다. 가느다란 연기가 가볍고도 즐겁게 피어오른다. 연분홍색 불꽃이 야릇하게도 화창한 날 정오의 햇빛을 들여다본다.

소시지 맛이 좋다. 내일도 이런 소시지를 사야겠다. 구워 먹을 밤 몇 개가 있으면 좋으련만!

식사를 한 뒤 재킷을 풀밭에 펼쳐놓고 그 위에 머리를 눕힌다. 그리고 불에 구운 나의 조그만 제물이 밝은 창공으로 치솟는 것을 지켜본다. 약간의 음악과 축제의 흥겨움이 빠질 수 없다. 외우고 있는 아이헨도르프[3]의 가곡을 곰곰 생각해본다. 생각나는 것은 많지 않고, 가사가 생각나지 않는 것도 몇 곡 있다. 나는 후고 볼프[4]와 오트마르 쇠크[5]의 멜로디에 따라 그 가곡을 반쯤 노래하듯 암송해본다. 「외지를 방랑하려는 자」와 「그대 사랑스럽고 충실한 라우테」가 가장 아름답다. 가곡들은 애수에 차 있지만, 그 애수는 한 점의 구름일 뿐 그 뒤에는 태양과 믿음이 자리하고 있다. 그것이 아이헨도르프다. 그런 점에서 그는 뫼리케[6]나 레나우[7]를 능가한다.

---

3 Joseph Freiherr von Eichendorff(1788~1857). 독일의 시인·소설가. 후기 낭만파를 대표하는 문학가로, 사랑과 경건을 기조로 하는 민요조의 서정시를 썼다. 작품에 소설 『어느 건달의 생활』, 『봄과 사랑』 등이 있다.

4 Hugo Philipp Jakob Wolf(1860~1903). 오스트리아의 작곡가. 바그너 계통에 속하며, 작품은 피아노곡·실내악곡·오페라·가곡·합창곡 등 다방면에 이르고 300곡을 넘는 독일가곡이 중심을 이룬다. 시를 심리적·주관적으로 해석했고, 운율이 아닌 언어의 리듬에 밀착한 음악화를 통해 독일가곡의 한 흐름인 데클러메이션을 많이 쓴 양식을 완성했다.

5 Othmar Schoeck(1886~1957). 20세기 스위스를 이끈 위대한 작곡가 중 한 사람. 성악곡과 합창곡에 폭넓게 기여한 그는 화가인 아버지 알프레드의 지도로 음악에 대한 재능을 개발하였으며 당대의 막스 레거로부터 작곡을 배웠다. 쇠크의 오페라는 현대 음악의 기법에 기본을 두었지만 전통적인 선율(멜로디)의 아름다움을 강조하였다. 오페라 『마시밀리아 도니(Massimillia Doni)』는 발자크의 소설을 원작으로 한 것이며 『펜테질레아(Penthesilea)』는 클라이스트의 작품에 기본을 둔 것이다.

어머니가 아직 살아계신다면 어머니를 생각하며, 어머니께서 나에 관해 알아야 하는 모든 것을 말씀드리고 고백할 텐데.

그 대신 검은 머리의 소녀가 다가온다. 열 살쯤 됐을까. 소녀는 나와 모닥불을 유심히 살펴본다. 호두 한 알과 초콜릿 한 개를 주자 소녀는 풀밭의 내 옆에 앉는다. 소녀는 어린이답게 품위 있고 진지한 태도로 자기 염소와 오빠 이야기를 들려준다. 우리 같은 늙은이는 얼마나 어릿광대 같은 존재인가! 이제 소녀는 집에 돌아가야 한다. 소녀는 아버지에게 식사를 날라다준 것이었다. 소녀는 공손하고 진지하게 인사하고, 나막신과 붉은 털양말을 신고 떠나간다. 소녀의 이름은 아눈치아타다.

모닥불이 꺼졌다. 태양은 어느새 많이 기울었다. 오늘은 좀 더 먼 거리를 걸을 작정이다. 짐을 꾸리고 묶는 중에도 계속 아이헨도르프가 떠오른다. 나는 무릎을 꿇고 노래를 불러본다.

"곧, 아! 곧 조용한 시절이 오겠지,

그때는 나도 쉬어야지. 내 머리 위에는

---

6 Eduard Mörike(1804~1875). 독일의 시인·소설가. 목사·교사 등으로 가난한 일생을 보냈다. 1832년 발표한 자전적 장편소설 『화가 놀텐』으로 명성을 얻고 뒤이어 그의 본령이라고 할 수 있는 서정시 『시집(詩集)』, 『보덴 호(湖)의 가목』 등으로 괴테 다음 가는 본격적 서정 시인으로 인정되었으며, 특히 그 음악성은 독보적이라고 평가되고 있다.

7 Nikolaus Lenau(1802~1850). 본명은 Niembsch von Strehlenau. 헝가리 태생의 오스트리아 시인. 우수와 정열이 조화를 이루는 특색 있는 서정시를 발표하였다. 복잡한 성격의 소유자로 불안과 초조에 시달리다 정신착란으로 사망하였다. 많은 명성을 가져다준 『시집』과 시적 운문소설인 『사보나롤라』를 남겼다.

아름다운 숲의 고독이 살랑거리고
여기도 더 이상 날 알아보는 이 없네."

이 아름다운 시구에도 애수가 한낱 구름의 그림자에 지나지 않음을 처음으로 느낀다. 이러한 애수는 무상의 부드러운 음악에 다름 아니며, 그것 없이는 아름다운 것이 우리를 감동시키지 못한다. 애수에는 고통이 없다. 나는 애수를 지닌 채 길을 떠나 만족스런 기분으로 산길을 계속 걷는다. 저 아래에는 깊은 호수가 있다. 나는 밤나무와 잠든 물레방아가 있는 방앗간 옆 개울을 지나 고요하고 푸르른 낮의 세계로 들어간다.

죽음 곁으로 가는 방랑자

내게도 언젠가는 그대가 오겠지,
그대 날 잊지 않고,
고통이 끝나
사슬은 끊어진다.

아직은 그대 사랑하는 형제인 죽음이
낯설고 멀게 느껴진다,
그대 차가운 별이 되어
나의 고난 위에 서 있다.

허나 언젠가 그대 가까워져
불꽃에 가득 차 있으리라.
오라, 사랑하는 이여, 나 여기 있으니
날 데려가라, 난 그대 것이니!

11
호수, 나무와 산

옛날 호수가 하나 있었다. 푸른 호수와 푸른 하늘 너머로 봄 나무 한 그루가 녹색과 노란색으로 솟아 있었다. 건너편에는 하늘이 활처럼 둥근 산 위에 조용히 쉬고 있었다.

한 방랑자가 나무의 밑동 부분에 앉아 있었다. 노란 꽃잎이 그의 양 어깨에 내려앉았다. 그는 피곤에 지쳐 두 눈을 감았다. 그러자 노란 나무로부터 꿈이 그에게로 내려앉았다.

방랑자는 작아져서 소년이 되었다. 집의 뒤뜰에서 어머니의 노랫소리가 들려왔다. 소년은 귀여운 노랑나비 한 마리가 푸른 하늘에서 즐겁게 나는 것을 보았다. 그는 그 나비를 좇아갔다. 초원과 시냇물, 호숫가를 지나 달렸다. 그러자 나비는 높이 맑은 호수 위를 계속 날았다. 소년은 나비를 좇아 밝고 경쾌하게 하늘을 떠다니며, 행복하게 푸른 하늘을 날았다. 태양이 그의 양 날개를 비추었다. 그는 노랑나비를 좇아 호수와 높은 산을 넘어 날았다. 그때 어느 구름 위에 신이 서서 노래를 부르고 있었다. 천사들이 신 주위를 에워싸고 있었다. 그중 한 천사가 소년의 어머니처럼 보였다. 그 천사는 화단에서 허리를 굽힌 채 녹색 물뿌리개로 튤립에 물을 주고 있었다. 소년은 그 천사한테 날아가서 자기도 천사가 되었다. 그리고 어머니를 껴안았다.

방랑자는 두 눈을 비빈 뒤 다시 감았다. 소년은 붉은 튤립 한 송이를 꺾어 어머니의 가슴에 꽂아드렸다. 또 한 송이 꺾어서는 머리에 꽂아드렸다. 천사와 나비들이 날아다녔고, 그곳에는 세상의 온갖 새와 동물, 물고기 들이 있었다. 이름을 부르기만 하면 뭐든지 소년의 손에 날아들어 그의 것이 되었다. 소년이 쓰다듬거나 무엇을 물어보거나, 다른 곳으로 날려 보내도 가만히 있었다.

방랑자는 꿈에서 깨어나 천사를 생각했다. 나무로부터 섬세한 잎이 살랑거리는 소리가 들렸다. 나무 안에서는 황금빛 물줄기 속의 섬세하고 고요한 생명이 오르내리는 소리가 들렸다. 산이 그를 건너다보고 있었고, 갈색 외투를 걸친 신이 거기에 기대어 노래 부르고 있었다. 유리처럼 투명한 호수면 위로 신의 노래 소리가 들렸다. 소박한 노래였다. 그 노래는 나무속의 나직한 힘의 흐름, 꿈에서 깨어나 그의 몸을 흐르는 나직한 황금빛 흐름과 섞여 함께 울렸다.

그러자 그 자신도 느릿느릿 길게 끄는 음으로 노래 부르기 시

작했다. 그의 노래는 기교가 없었으며, 공기 같고 파도치는 소리 같았다. 그것은 웅얼거림이고 꿀벌의 윙윙거리는 소리일 뿐이었다. 그 노래는 멀리서 들려오는 신의 노래에 대한 응답이었고, 나무속의 노래하는 흐름과 혈관 속에 흐르는 노래에 대한 응답이었다.

방랑자는 그렇게 오래토록 혼자 노래 불렀다. 봄바람 속에서 초롱꽃이 혼자 소리 내고, 풀밭에서 메뚜기가 음악을 연주하듯이. 방랑자는 한 시간 동안, 아니 일 년 동안 노래 불렀다. 그는 어린이처럼 또 신처럼 노래 불렀다. 그는 나비와 어머니를 노래했고, 튤립과 호수를 노래했다. 그는 자신의 피와 나무속의 피를 노래했다.

그가 길을 떠나 아무 생각 없이 따뜻한 고장으로 들어가자 자신의 길과 목표, 그 자신의 이름이 다시 서서히 생각났다. 화요일이라는 것과, 건너편의 기차가 밀라노로 간다는 것도 생각났다. 다만 아주 멀리서는 호수 너머로 아직 노래 소리가 들려왔다. 그곳에는 갈색 외투를 걸친 신이 서서 여전히 노래 부르고 있었다. 하지만 방랑자 귀에는 그 소리가 점점 사라져 갔다.

색채의 마법

여기저기 신의 숨결 느껴지고
하늘 위와 하늘 아래로
빛이 수천 가지 노래 부르며,
신은 알록달록한 세계가 된다.

흰색은 검은색에 온기는 냉기에
늘 새로 이끌리는 기분이 든다.
혼돈의 아수라장을 헤치고 영원토록
무지개가 새로이 선명해진다.

이처럼 신의 빛은 창조하고 행하며
수천 배의 고통과 환희 속에서
우리의 영혼 속을 돌아다닌다.
그리고 우리는 신을 태양이라 찬미한다.

12

구름 낀 하늘

바위틈에 아주 조그만 풀들이 무성하게 자라고 있다. 나는 누워서 저녁 하늘을 바라본다. 몇 시간 전부터 하늘은 서로 뒤엉켜 움직이지 않는 조그만 구름으로 서서히 덮이고 있다. 저 위에는 바람이 불고 있겠지만, 여기서는 느껴지지 않는다. 바람은 구름의 실을 그물처럼 엮는다.

땅 위에서 물은 일정한 리듬에 따라 증발했다가 다시 비가 되어 내리고, 계절이나 썰물과 밀물은 정해진 시간과 순서를 따른다. 그처럼 우리 내면에서도 모든 것이 법칙과 리듬에 따라 일어난다. 플리스라는 교수가 있다. 그는 생명과정의 주기적인 회귀를 나타내기 위해 모종의 수열數列을 생각해냈다. 그것은 카발라 Kabbalah[8] 같은 느낌이 들지만, 카발라 역시 학문이라 할 수 있다. 카발라가 독일 교수들의 비웃음을 받는다는 것은 학문에 큰 도움이 된다.

내가 살면서 두려워하는 어두운 파도 역시 어떤 규칙성을 갖고 찾아온다. 나는 그 날짜와 숫자는 알지 못한다. 나는 지속적으로 일기를 써본 적이 없다. 나는 숫자 23이나 27, 또는 다른 어떤 숫자가 그 어두운 파도와 관계 있는지 알지 못하고 또 알려고도 하지 않는다. 내가 알고 있는 것은 때로 외적 계기 없이 나의 영혼에서 어두운 파도가 일어난다는 사실 뿐이다. 구름의 그림자가 지나가듯 세상 위에는 하나의 그림자가 지나간다. 기쁨은 진정성이 없다는 느낌이 들고, 음악은 진부하다. 우울한 기분에 젖어 사느니 죽는 편이 낫다. 이러한 멜랑콜리는 때때로 발작처럼 찾아오지만, 나는 얼마의 간격을 두고 오는지는 알지 못한다. 멜랑콜리는 나의 하늘을 구름으로 뒤덮는다. 그것은 마음속의 불안, 두려움에 대한 예감, 필시 밤의 꿈과 함께 시작된다. 평소에는 마음에 들었던 집, 색채와 음조가 미심쩍어지고 잘못되었다는 느낌을 준다.

음악은 두통을 일으킨다. 비꼬는 표현이 숨겨져 있는 모든 편지는 기분을 상하게 한다. 이럴 때 사람들과 대화를 나눌 수밖에 없다는 것은 고통이며, 불가피하게 언짢은 장면을 야기한다. 사람들이 총기를 소지하지 않는 것은 바로 이런 순간 때문이고, 총기를 아쉬워하는 때도 바로 그런 순간이다. 모든 것에 분노와 고

---

8 중세 유대교의 신비주의.

민, 비난이 쏟아진다. 인간이나 짐승, 날씨나 신, 읽고 있는 책이나 입고 있는 옷감에 대해. 하지만 분노와 초조, 비난과 미움은 사물들을 향한 것이 아니라, 그 모든 것들로부터 나 자신에게 되돌아온다. 미움을 받아야 할 사람은 나다. 세상에 불화와 추함을 가져다주는 것은 나다.

나는 오늘 그런 날에서 벗어나 휴식을 취하고 있다. 이젠 잠시만 휴식을 기대할 수 있을 뿐이다. 나는 세상이 무척 아름답다는 것을 알고 있다. 세상은 때로 다른 어느 누구보다도 내게 무한히 더 아름답다. 색채는 더욱 달콤하게 느껴지고, 대기는 무척 복되게 흐르며, 빛은 훨씬 부드럽게 떠돈다. 또 나는 이 대가로 삶을 견디기 힘든 날이 있다는 것도 알고 있다.

우울증을 치료하는 좋은 약제가 있다. 노래, 경건한 마음가짐, 음주, 음악 연주, 시 짓기, 방랑이 그것이다. 은둔자가 성무聖務 일과로 살아가듯 나는 그런 약제로 살아간다. 때로는 저울의 접시가 아래로 기울었고, 나쁜 순간과 균형을 맞추기에는 좋은 순간이 너무 드물며, 너무 적게 좋다는 기분이 들기도 한다. 나는 가끔 그와 반대로 내가 발전을 해서 좋은 순간이 늘어났고 나쁜 순간이 줄어들었다고 생각하기도 한다. 최악의 순간이라 해도 내가 결코 원하지 않는 것은 좋음과 나쁨 사이의 중간 상태, 즉 견딜만한 미지근한 중간이다. 아니, 차라리 굴곡이 더 심한 것이 낫고, 차라리 고통이 더 지독한 것이 낫다. 그러면 복된 순간은 더욱 광채가 더할 테니!

내게서 불쾌감이 점차 사라진다. 삶은 다시 마음에 들고, 하늘은 다시 개며, 방랑은 다시 의미심장해진다. 그런 날이 돌아오면 나는 다시 몸이 낫는 느낌이다. 피곤해도 정말 고통스럽지는 않고, 현실에 순응해도 마음이 쓰리지 않으며, 감사하는 마음을 가져도 자조감이 들지 않는다. 다시 생명선이 서서히 상승하기 시작한다. 다시 노래 가사를 웅얼거린다. 다시 꽃을 꺾고 다시 산책용 지팡이를 가지고 논다. 아직 살아 있는 것이다. 다시 이겨낸 것이다. 또다시 이겨낼 것이다. 어쩌면 자주.

이 구름 긴 하늘, 자체 내에서 조용히 움직이는 이 다채로운 하늘이 내 영혼 속에 반영되고 있는 것일까. 아니면 그 반대로 이 하늘로부터 내 내면의 상을 읽어내고 있는 것일까. 이것을 말하기란 아예 불가능할지도 모른다. 때로는 이 모든 것이 너무나 불확실해지는 것이다! 지상의 어떤 인간도 대기나 구름의 어떤 분위기, 색채의 어떤 음향, 어떤 향내, 습도의 변화를 작가나 방랑자의 오래되고 신경질적 감각을 지닌 나만큼 섬세하고 정확하며 충실하게 관찰할 수 없으리란 확신이 드는 날들이 있다. 그러다가 오늘처럼 무언가를 보고 듣고 냄새 맡았는지, 내가 지각한다고 여기는 모든 것이 내 내면의 삶이 외부로 투사된 상에 불과한지 미심쩍은 기분이 들기도 한다.

13

빨간 집

빨간 집, 너의 조그만 정원과 포도원에서는 알프스 남부 지역 전체의 냄새가 내게 풍겨오는구나! 나는 여러 번 네 곁을 지나갔다. 벌써 처음 지나갈 때 내 방랑벽은 움찔하며 그 반대 극을 떠올렸다. 나는 또다시 종종 연주하던 옛 선율을 연주한다. 고향을 갖는다는 것, 녹색 정원이 있는 조그만 집, 주변의 정적, 저 아래쪽 마을을. 동쪽으로 난 작은 방에는 내 침대, 나 자신의 침대가 있고, 남쪽으로 난 작은 방에는 내 책상이 놓여 있으리라. 거기에 예전 여행 시즌에 언젠가 브레시아에서 사온 낡고 작은 성모상을 걸어 놓으리라.

하루가 아침과 저녁 사이에서 지나가듯 여행하고 싶은 충동과 고향을 갖고 싶은 소망 사이에서 내 삶이 지나간다. 언젠가는 여행과 먼 곳이 영혼 속에서 내게 속하게 되는 날과, 그것들을 실현하지 않고도 그 상들을 내 안에 지니게 되는 날이 오리라. 아마 내 안에 고향을 갖게 되는 날이 또다시 올지도 모른다. 그러면 정원과 조그만 빨간 집에 더 이상 추파를 던지지 않으리라. 자신의 내부에 고향을 갖게 된 것이다!

그러면 사람이 얼마나 달라지겠는가! 하나의 중심이 있어서, 그 중심으로부터 온갖 힘이 퍼져 나가리라.

허나 내 삶은 중심이 없고 수많은 극과 반대 극 사이를 부단히 떠다닌다. 여기 고향에 있고 싶은 동경, 저기 길 떠나고 싶은 동경. 여기 고독과 수도원에 대한 갈망, 저기 사랑과 공동체에 대한 욕망! 나는 책과 그림들을 수집했다가 다시 내버렸다. 사치와 악습에 물들었다가 그것을 버리고 금욕과 고행의 길을 갔다. 나는 믿음을 갖고 삶을 실체로서 숭배했다가 그것을 단지 기능으로서만 인식하고 사랑할 수 있게 되었다.

하지만 나를 다르게 만드는 것은 내 일이 아니다. 그것은 기적의 일이다. 기적을 찾아 헤매는 자, 기적을 이끌어내고 그것이 일어나기를 도우려는 자에게는 기적이 도망칠 뿐이다. 내가 할 일은 수많은 팽팽한 긴장들 사이를 떠다니며 기적이 서둘러 내게 올 때를 대비하는 것이다. 내가 할 일은 만족하지 않으면서 마음속 불안에 시달리는 것이다.

녹지에 둘러싸인 빨간 집! 난 이미 너를 체험했으니 또 한 번 체험하려 해선 안 된다. 난 벌써 한 번 고향을 가졌다. 집을 지었고, 벽과 지붕을 재보았으며, 정원에 길을 내고 자신의 벽에 자신의 그림을 걸어보았다. 인간에게는 누구나 그런 충동이 있다. 나도 한때 그런 충동을 좇아 살지 않았던가! 나의 많은 소망이 삶에서 실현되었다. 나는 시인이 되려 했고, 시인이 되었다. 집을 갖고 싶어서 집을 하나 지었다. 처자식을 갖고 싶어서 아들을 가지게 되었다. 사람들에게 말하고 영향을 주려 해서 그렇게 했다. 모든 소망이 실현되자 곧 포만감을 느끼게 되었다. 하지만 난 배불러지는 것을 견딜 수 없었다. 시를 짓는 것이 내게 미심쩍어졌다. 집은 내게 좁아졌다. 도달한 목표는 목표가 아니었고, 모든 길은 우회로였다. 휴식은 매번 새로운 그리움을 낳았다.

난 아직 수많은 우회로를 갈 것이고, 수많은 실현은 나를 실망시킬 것이다. 모든 것은 언젠가 자신의 의미를 보여줄 것이다.

대립이 소멸되는 곳에 열반이 있다. 내게는 아직 대립이 밝게 불타고 있다. 사랑스런 동경의 별들이.

저녁에

저녁에 한 쌍의 연인들이
느릿느릿 들판을 거닌다.
여인들은 머리칼을 풀고
장사꾼은 돈을 세며,
시민들은 석간에서

불안스레 최신 뉴스를 읽는다.
아이들은 조그만 주먹을 쥐고
곤히 실컷 잠을 잔다.
저마다 유일하게 참된 일을 하고,
숭고한 의무에 따른다.
시민이나 젖먹이, 한 쌍의 연인도.
그런데 나 자신은 그러지 못하는가?

그렇지 않아! 세계정신은
내가 헌신하는
저녁 일에도 없어서는 안 된다.
저녁 일 역시 의미가 있다.
이처럼 난 이리저리 거닐며
마음속으로 춤을 춘다.
시시한 유행가를 읊조리며
신과 나를 찬미한다.
포도주를 마시고
내가 터키 고관이라는
환상에 빠진다.
신장을 염려하면서도
미소 지으며 계속 마신다.
내 가슴에 찬성하고

(아침에는 그게 안 된다.)
지나간 고통을 꺼내
놀이하듯 한 편의 시를 자아낸다.
달과 별의 운행을 지켜보고
그것들의 의미를 예감하며
함께 여행한다고 느낀다.
어디로 가든 상관없이.

6부
테신

Reise von Hermann Hesse

1

남쪽의 여름날

부유해진 우리 독일 사람들이 자유로이 여행할 수 있었던 평화 시 여름날에 그들을 남쪽 땅에서 만나기가 쉽지 않았다. 불확실한 소문에 따르면 남국의 여름이 참을 수 없을 만큼 더워 무척 고통스럽다는 것이었다. 그래서 사람들은 북쪽 땅에 앉아 있거나 해발 2천 미터가 넘는 알프스의 호텔에서 여름에 덜덜 떠는 것을 선호했다.

그러나 지금은 사정이 달라졌다. 한때 운 좋게도 남쪽에서 전시에 이득을 본 군수업자는 그곳에 머무르며, 모든 것을 견디는 태양 아래 여름이 주는 축복을 함께 누리고 있다. 우리 같은 늙은 외지 독일인은 뒷전에 물러나 있다. 수심 가득한 얼굴에 너덜너덜한 바지를 입고 전면에 당당히 나설 수도 없는 노릇이다. 그 대신 제때에 몰래 빼돌린 돈으로 이곳에서 집과 정원, 시민권을 사들인 작자들이 보란 듯이 우리 민족을 대변한다.

하지만 이런 사소한 일엔 아랑곳없이 아침마다 해는 떠오른다. 새들은 끝없는 밤나무 숲 속에서 노래하기 시작한다. 나는 빵 한 조각, 책 한 권, 연필 한 개, 수영복 한 벌을 가방에 집어넣는다. 긴 여름날 숲과 호수의 손님이 되려고 마을을 떠난다. 숲의 꽃은 시들었고, 어느새 가시 많은 조그만 과일들이 잔뜩 열렸다. 월귤나무의 철은 벌써 지났고, 나무딸기들이 제철을 만난 듯 열매를 맺기 시작한다.

사랑스런 조그만 꽃과 풀, 이끼와 버섯 들을 여기서 다시 만난다. 그것들의 이름을 알려고 단단히 결심했지만 여전히 알지 못하고 있다. 나는 조그만 식물도감을 들고 이 사랑스런 꽃들 옆에 조용히 앉아 연구하기로 마음먹었다. 그것은 훗날 언젠가 조용한 정원에서 채소를 기르고 조용히 살면서 담장 너머의 일은 아예 생각하지 않으려는 계획과 비슷하다. 이 계획은 멋지고 우리를 기쁘게 한다. 하지만 그 계획을 지키기엔 우리 인생이 너무 짧은 것 같다.

아무튼 지금은 여름이다. 연중 여러 달 동안 사실상 추위와 석탄을 생각할 필요가 없는 여기 남쪽에서 믿기지 않는 이 금빛 여름날이 한 번의 짧은 탐욕스런 날갯짓으로 급히 지나가고 있다. 해, 별과 달도 멸망과 세상의 고난을 예감한 듯 서둘러 또 한 번 회전한다. 우리 같은 가련한 인간들도 그렇게 한다. 우리는 이 성급하고 무상한 태양열 속에서 우리의 노래를 부르고 우리의 춤

을 춘다. 숲 속 깊은 곳에 우리의 은밀하고 멋진 보고寶庫인 농부의 작고 서늘한 포도주 저장 창고가 있다. 그곳에서 일과가 끝난 후 가령 저녁에 보치아[1] 놀이를 하면서 다정한 사람들이 한 잔의 토산 포도주를 마시고 한 조각의 빵을 먹으며 서로 잡담을 나눈다. 여기서 나의 따스하고 조용하며 사려 깊은 많은 저녁이 지나간다. 어리석음과 여름의 향기, 우수와 고독, 사고와 어린이다운 치기로 가득 찬 저녁이.

정오의 휴식 뒤 나는 숲 그늘 아래 월귤나무 덤불과 조팝나무 속에 오랫동안 누워 내가 아는 독일 노래와 남국의 노래를 부른다. 사이사이에 내가 가져온 작고 검은 책을 읽기도 한다. 프랑스 작가 프랑시스 잠[2]이 쓴 단편소설 「알메이드」다. 목가적 이상향을 노래한 사랑과 축복이 넘치는 책이다.

하지만 저녁녘엔 호수나 그 뒤편 숲 속의 모래밭, 갈대나 풀밭을 찾아갈 시간이 된다. 호수는 따스한 혓바닥으로 석양에 물든 모래밭을 핥고 있다. 낚시꾼들이 긴 낚싯대를 여윈 장딴지 위에 올려놓고 꿈꾸듯 개울 어귀에 서 있다. 산들은 저녁의 색조를 띠어가고, 저녁의 금빛 마법이 세상을 넘어간다. 마음속의 슬픔이 시간이 흐르면서 달콤하고 감칠맛 나게 변해간다. 태양은 많은,

---

1 고대 그리스 시대의 공 던지기에서 유래한 것으로 여겨지고 있으며 로마 시대 때 전역에서 성행했다고 한다. 후에 론볼이나 나인볼 등으로 파생되었다.

2 Francis Jammes(1868~1938). 프랑스 상징파의 후기를 장식한 신고전파 시인이자 소설가 겸 수필가로 남프랑스의 피레네 산록에서 살면서 자연과 동물, 농민과 신을 노래했다.

너무나 많은 산들 중의 하나를 넘어갈 때까지 내 갈색 등을 그을린다. 내 허기진 몸은 고마운 호수가, 두 발은 시냇물이 식혀준다. 우리에겐 소망할 것이 얼마나 많은가. 그러나 원래는 아무것도 없었는데. 우리의 삶이 얼마나 애처로워졌는가. 그리고 삶을 그토록 슬프게 받아들이다니 우리는 얼마나 어리석은 존재인가!

마을에선 쌀밥 한 그릇이나 마카로니, 선술집에선 포도주를 곁들인 빵 한 조각을 먹는다. 그러고 나면 자신이 어디 있는지 곰곰 생각하는 시간이 된다. 그런 뒤 밝게 빛나는 국도를 지나 천천히 집으로 돌아가는 길에 접어든다. 어두운 숲을 지나 산에 난 길로 올라간다. 숲 속엔 낮의 온기가 꿀처럼 묵직하고 달콤하게 매달려 있다. 이미 베어버린 밀밭, 주렁주렁 매달린 녹색 포도송이들, 부유한 밀라노 인들이 사는 별장의 정원을 지나 들길을 지나간다. 떠오르는 달빛을 받으며 수많은 수국 덤불이 곱고 창백한 색으로 신비하게 빛난다. 마을에 돌아왔을 때는 거의 자정이 되었다. 달은 줄무늬가 생긴 구름들 사이로 얼굴을 내민다. 커다란 검은 나무들 속에서 키 큰 여름 목련이 짙은 레몬 향기를 풍긴다. 저 아래 호숫가엔 마을의 등불들이 반짝인다.

달은 마치 쫓기는 듯, 뜨개바늘로 찔러 다시 가게 해놓은 시계의 기계장치처럼 하늘을 달리고 또 달린다. 그런 다음 달은 갑자기 덜거덕거리는 소리를 내며 홱 움직인다. 시계바늘은 무엇에 홀린 듯 단거리 선수처럼 문자판 위를 달린다. 인생은 짧다. 우리는 많은 애와 꾀를 쓰고 많은 낭비를 하며 인생을 망치고 힘들게 만들었다. 최소한 얼마 안 되는 좋은 시간, 따스한 여름날의 며칠 낮과 밤이라도 실컷 마시고 즐기기로 하자. 벌써 장미꽃과 등나무가 두 번째 피고 있다. 어느새 낮이 짧아져 간다. 모든 나무와 잎사귀 뒤에서 무상의 탄식 소리가 들린다.

밤바람이 창밖의 우듬지 사이에서 살랑거린다. 달빛이 빨간 포석 위로 떨어진다. 고향의 벗들이여, 너희들 무슨 일을 하고 있는가? 손에 꽃을 들고 있는가, 아니면 수류탄을 들고 있는가? 아직 살아있는가? 내게 정다운 편지를 쓰고 있는가, 아니면 다시 비방 기사를 쓰고 있는가? 사랑하는 벗들이여, 너희들 하고 싶은 대로 하라. 허나 인생이 얼마나 짧은지 가끔 잠시라도 생각하도록 하라!

(1919)

2

남쪽에서 띄우는 겨울 편지

베를린의 사랑하는 벗들에게!

그렇습니다. 이곳의 여름은 달랐습니다. 루가노의 우아한 호텔을 가득 메운 우리 독일인들은 호숫가의 조그만 플라타너스 그늘에 불안한 심정으로 앉아 오스트엔데[3]를 걱정하고 있었습니다. 반면에 우리 같은 사람은 배낭에 빵 조각을 넣고 화창한 여름을 즐기고 있었습니다. 당시 작열하던 여름날은 어떻게 지나가 버렸으며, 얼마나 덧없고 무상했는지!

아무튼 이곳에도 아직 태양이 있습니다. 지금도 우리는 태양의 손님입니다. 제가 이 글을 쓰는 때는 12월 마지막의 어느 날 오전 11시입니다. 바람이 들지 않는 숲 모퉁이의 마른 나뭇잎에

---

3 벨기에 동쪽 해안의 도시 이름.

도 태양이 비칩니다. 3시나 4시까지도 그렇습니다. 그런 뒤에는 추위집니다. 산들은 온통 담자색으로 덮입니다. 하늘이 맑고 옅어지는 것이 이곳 겨울만의 특징입니다. 사람들은 꽁꽁 얼어붙습니다. 장작을 벽난로 속에 집어넣어야 하고, 남은 시간은 난롯가에서 보내야 합니다. 일찍 잠자리에 들었다가 늦게 일어나지요.

하지만 햇볕이 내리쬐는 정오 시간은 우리의 것입니다. 태양은 우리를 따뜻하게 데워줍니다. 그때 우리는 풀밭이나 나뭇잎에 누워 겨울날의 바스락거림에 귀 기울입니다. 가까운 산들에 하얀 눈발이 내리는 모습이 보입니다. 이따금 히스나 시든 밤나무 낙엽 속에서 아직 약간의 생명체가 발견되기도 합니다. 동면 중인 조그만 뱀이나 고슴도치 같은 것 말입니다. 나무 아래 여기저기에는 아직 마지막 남은 밤알들이 떨어져 있습니다. 그것들을 주머니에 넣었다가 저녁에 난롯불에 구워먹습니다.

여름에 오스트엔데를 생각하며 너무 걱정했던 저 밀매업자들은 꽤 잘 지내는 것 같습니다. 상황이 완전히 바뀌어 그들은 이제 힘을 회복했습니다. 저는 최근에 그들을 약간 살펴볼 기회가 있었습니다. 어느 큰 호텔에 점심 초대를 받았던 것입니다.

그래서 저는 그 큰 호텔을 찾아갔습니다. 으리으리한 호텔이었습니다. 저는 제일 좋은 옷을 입었습니다. 전날 여관집 여주인이 무릎에 난 작은 구멍을 푸른색 모직물로 꿰매주었습니다. 내 모습은 근사해 보였고, 그래서 실제로 어려움 없이 호텔 도어맨으로부터 입장 허락을 받았습니다. 사람들은 소리 나지 않는 유리 출입문을 통해 마치 화려한 수족관 안으로 들어가듯 거대한 홀 속으로 부드럽게 흘러 들어갔습니다. 거기엔 푹신한 안락의자들이 놓여 있었습니다. 거대한 공간 전체가 쾌적하고 따뜻하게 데워져 있었습니다. 옛날 스리랑카 섬의 갈 페이스 호텔과 같은 분위기였습니다. 여기저기 안락의자들에는 잘 차려입은 밀매업자들이 부인들과 함께 앉아 있었습니다. 그들은 무얼 하고 있었을까요? 그들은 유럽 문화를 견지하고 있었습니다. 실제로 이곳에는 아직 유럽 문화가 존재하고 있었습니다. 클럽의 안락의자, 수입 시가, 굽실거리는 종업원, 지나치게 난방 된 홀, 종려나무, 잘 다린 바지 주름, 가르마 탄 머리, 심지어 외알 안경 같은 파괴되어 크게 아쉽게 여겨졌던 문화 말입니다. 모든 것이 아직 그대로 있었습니다. 이런 것을 다시 발견한 감동에 저는 두 눈을 비볐습니다.

밀매업자들은 다정한 미소를 띠고 저를 관찰했습니다. 그들은 우리 같은 사람을 제대로 평가하는 법을 익히고 있었습니다. 저를 관찰하는 표정에는 공손함과 관대함, 심지어 존경심과 아울러 미소와 은근한 조롱이 매우 은밀히 섞여 있었습니다. 저는 곰곰 생각해 보았습니다. 이런 야릇한 시선을 전에 어디서 보았던가? 그렇습니다, 저는 그것을 다시 발견했습니다. 전시 부당 이득자들이 전시 희생자를 바라보던 시선이었습니다. 저는 그런 시선을 전쟁 중 독일에서 자주 보았습니다. 당시 상업 고문관[4] 부인이 거리의 부상당한 병사를 바라보던 시선이었습니다. 시선의 절반은 "가엾은 녀석 같으니라고!"라고 말하고 있었습니다. 시선의 절반은 "영웅이야!"라고 말하고 있었습니다. 절반은 우월감에 차 있었고, 절반은 꺼리는 눈치였습니다.

저는 패배자로서 떳떳한 양심으로 명랑하게 밀매업자들을 관찰했습니다. 그들은 화려해 보였습니다. 특히 부인들이 그러했습니다. 선사시대가 생각났습니다. 우리 모두 이런 우아하고 만족스런 상태를 자명하고도 유일하게 바람직한 것으로 여겼던 1914년 이전의 시대 말입니다.

저를 초대한 주인은 아직 나타나지 않았습니다. 그래서 저는 몇 마디 대화를 나누려고 어느 밀매업자에게 다가갔습니다.

"안녕하세요, 어떻게 지내세요?"

"오, 꽤 잘 지냅니다. 가끔 약간 지루하기도 합니다만. 이따금 당신처럼 무릎에 푸른 천을 댄 사람이 부럽기도 합니다. 당신은 지루함을 모르는 사람 같군요."

"바로 보셨습니다. 저는 남몰래 할 일이 많습니다. 세월이 너무 빨리 흐르니까요. 누구나 자신의 역할이 있는 법이지요."

"그건 무슨 뜻인가요?"

"말하자면 저는 노동자지요, 당신은 상인이고요. 저는 생산하고, 당신은 전화 겁니다. 후자가 돈을 더 많이 벌지요. 대신 생산은 훨씬 즐겁습니다. 시를 짓고 그림을 그리는 것은 즐거운 일입

---

4 1919년까지 독일에서 상공업 공로자에게 주어지던 칭호.

니다. 아시다시피 그 대가로 돈을 요구하는 것은 원래 천박한 일입니다. 당신의 직업은 사들인 물건을 두 배의 가격으로 파는 일이지요. 그것은 분명 덜 행복한 일입니다."

"아, 이런! 나와 얘기할 때마다 당신은 늘 빈정대는 투군요. 하지만 실은 우리가 무척 부럽다는 걸 솔직히 인정하시지요, 바지를 기워 입은 양반."

"물론입니다, 가끔 부러울 때가 있지요. 나는 배고픈데 당신네들은 창문 뒤에서 파이를 먹는 모습을 볼 때면 부럽기도 하지요. 난 파이를 좋아하거든요. 하지만 이보세요, 먹는 즐거움만큼 순간적이고, 우스울 만치 허무한 즐거움이 또 있을까요. 사실 아름다운 옷, 반지나 브로치, 바지 같은 것도 마찬가지지요! 아름다운 새 옷을 입는 것은 기분 좋은 일입니다. 하지만 이 옷이 당신을 하루 종일 즐겁고 행복하게 해줄지는 의문입니다. 내가 기운 무릎을 생각하지 않듯이, 당신네들도 종일 다린 바지 주름과 번쩍이는 단추를 생각하진 않겠지요. 그렇지 않나요? 그렇다면 그런 것이 무슨 의미가 있을까요? 물론 난방 된 방이 부럽기는 합니다. 하지만 햇살이 비치면 지금 같은 겨울에도 몬타뇰라 근처의 한 장소가 생각납니다. 두 암벽 사이지요. 그곳은 바람이 없고, 이 호텔만큼이나 따뜻합니다. 훨씬 나은 사교 장소지요. 그리고 돈이 하나도 들지 않습니다. 심지어 가끔은 낙엽 밑에서 먹을 수 있는 밤을 발견할 수도 있습니다."

"뭐, 그럴 수도 있겠네요. 하지만 그렇게 살아가겠다는 거요?"

"나는 작품을 생산해서 살아가고 있습니다. 아무리 보잘것없다 해도 난 그런 것에 세상의 가치를 둡니다. 예컨대 난 수채화를 그립니다. 나보다 더 예쁘게 그리는 사람이 없다고 생각하면서 말입니다. 얼마 안 되는 돈이면 수채화로 장식한 시 원고를 내게서 살 수 있습니다. 암거래 상인한테는 그런 것을 사는 것이 가장 현명한 일일 수도 있습니다. 내가 몇 년 지나 죽으면 그것이 세 배는 값이 더 나갈 것입니다."

나는 농담 삼아 그렇게 말했습니다. 그러나 밀매업자는 내가 돈을 달라는 줄 알고 겁을 먹었습니다. 그는 당황한 듯 연방 헛기침을 해대더니 갑자기 홀의 가장 먼 구석의 지인을 발견하고 인사하러 달려갔습니다.

베를린의 사랑하는 벗들이여, 저를 초대한 주인과 함께 즐긴 오찬 이야기는 하지 않겠습니다! 식당은 하얗고 유리처럼 투명하게 빛났습니다. 극진한 시중을 받으며 멋진 식사를 즐겼습니다. 무슨 포도주였을까요! 그것에 대해선 침묵하렵니다. 밀매업자들이 식사하는 모습은 퍽이나 인상적이었습니다. 그들은 매너를 중시하며 자제하는 멋진 모습을 보이더군요. 그들은 아무리 맛있는 음식도 진지하게 의무 수행을 하는 얼굴, 그러니까 부담 없이 경멸하는 얼굴로 식사했습니다. 그들은 오래된 부르고뉴 산 포도주를 마치 약을 복용하는 듯 태연하고도 약간 고통스러워하는 표정으로 마셨습니다. 나는 그들을 지켜보는 동안 그들에게 이런저런 소망을 했습니다. 저는 저녁식사를 위해 빵 한 조

각과 사과 한 알을 주머니에 넣었습니다.

여러분은 제가 왜 베를린으로 오지 않느냐고 물으시는가요? 그렇습니다, 그것은 사실 우스운 일입니다. 하지만 저는 정말로 이곳이 더 마음에 듭니다. 저는 고집이 센 사람이지요. 그렇습니다, 저는 베를린으로도 뮌헨으로도 돌아가지 않으렵니다. 그곳의 저녁 산은 이곳만큼 장밋빛을 띠지 않습니다. 그리고 제게 이것 저것 아쉬운 것이 있을 겁니다.

(1920)

3

테신의 여름밤

오랜 폭염과 가뭄 뒤 마침내 단비가 내렸다. 오후 내내 천둥소리가 크게 울렸고, 약간의 우박도 후드득 떨어졌다. 숨 막힐 듯 찌는 무더위가 지나자 서늘한 기운이 감돌았다. 흙과 돌멩이, 씁쓰레한 나뭇잎 냄새가 멀리까지 진동한다. 저녁이 되었다.

산의 응달진 쪽 숲 속에 인공 동굴인 포도주 저장 창고들이 모여 있다. 숲 속의 난쟁이 이야기처럼 환상적인 조그만 동화 마을이다. 뒷면이 없고 순전히 정면만 있는 돌로 된 조그만 박공지붕 집들이다. 그도 그럴 것이 지붕과 집은 땅 속으로 사라지기 때문이다. 땅속 깊이 바위를 뚫어 만든 포도주 저장 창고다. 거기 회색 술통에 포도주가 들어 있다. 지난 가을과 지지난 가을에 담근 포도주다. 더 오래된 포도주는 없다. 그것은 붉은색의 부드럽고 매우 순하며 맛 좋은 포도주. 시원하고 시큼한 그것은 과일즙이나 두꺼운 포도 껍질 맛이 난다.

우리는 숲의 가파른 경사면에 있는 인공 동굴 부근의 조그만 테라스 위에 앉는다. 들쭉날쭉한 계단을 올라가면 한 개나 두 개의 테이블을 놓을 공간이 나온다. 나무줄기들이 엄청나게 높이 치솟아 있다. 밤나무, 플라타너스, 아카시아나무 같은 거대한 고목들이다. 그것들은 높이 오르려고 열망한다. 무성한 가지들 사이로 하늘이 빠끔 얼굴을 내민다. 나는 비가 내릴 때 가끔 이곳 숲 속 야외에 몇 시간이나 앉아 있곤 했다. 그런데도 비 한 방울 젖지 않았다. 우리는 어둠 속에 말없이 앉아 있다. 이곳에 사는 몇 명의 외지 예술가들이다. 흰색과 푸른색 줄무늬가 있는 조그만 도기 그릇에 장밋빛 포도주가 담겨 있다.

우리가 앉은 작은 테라스 바로 밑 포도주 저장 창고의 현관에 불그스름한 불빛이 가물거린다. 우리는 오래된 너도밤나무의 무성한 잎사귀 사이로 아래를 내려다본다. 거기 램프 불빛에 놋쇠가 즐겁게 반짝인다. 조그만 술잔을 앞에 둔 한 남자의 무릎 위에 호른이 놓여 있다. 그는 호른을 입에 갖다 댄다. 반쯤만 보이는 옆의 한 남자가 베이스트럼펫을 집어 든다. 그들이 연주를 시작하자 세 번째 소리가 끼어든다. 바순을 연상시키는 부드러운 목관악기다. 그들은 조심스레 자제하며 현명하게 연주한다. 좁고 작은 현관에 앉아 있으며, 청중이 얼마 없다는 것을 잘 알고 있는 듯하다. 그들의 차분한 연주는 순박하고 유쾌하며 진실하다. 감동과 유머도 없지 않다. 박자도 완전히 정확하고 활기에 넘친다.

그러나 분위기가 완전히 순수하지는 않다. 이 음악은 우리가 마시는 포도주 같은 종류다. 선량하고 순진무구하며, 소박하고 믿음직하며, 격렬한 자극도 교활한 간계도 없다.

이러한 음악소리가 우리 귀에 들리기 무섭게 우리는 좁은 벤치 위에서 몸을 돌려 모두 아래를 내려다보았다. 거기엔 어느새 춤꾼들이 와 있었다. 저장 창고 앞의 좁은 공간에 아직 남아 있는 일광 속에서, 현관에서 새어나오는 램프 불빛 속에서 세 쌍이 춤을 추고 있었다. 그들은 무성한 너도밤나무 사이로 보이다가 이따금 모습이 완전히 사라지기도 했다.

첫 번째 쌍은 열두 살과 일곱 살 난 두 명의 어린 소녀들이다. 큰 소녀는 앞치마와 양말, 구두가 온통 검은색이다. 작은 소녀는 매우 밝은 색이다. 하얀색 앞치마에다 다리와 발은 맨살을 드러내고 있다. 열두 살짜리는 제대로 춤을 춘다. 박자가 엄격하고 양심적이며 원칙대로 스텝을 밟는다. 박자에 맞춰 정확히 발을 움직이고, 알맞은 장소에서 서두르고 머뭇거린다. 그녀의 얼굴은 진지하다. 아주 진지하다. 연한 꽃잎처럼 하느작거리며 헤엄쳐서 숲 속의 축축하고 희미한 저녁 어둠 속에서 제대로 식별하기 어려울 정도다. 일곱 살짜리 소녀는 아직 제대로 춤출 줄 모른다. 이제야 배우려는 모양이다. 그 아이의 스텝은 엄청나게 넓다. 소녀는 자신에게 조용히 지시하는 파트너의 발을 물끄러미 바라본다. 도톰한 아랫입술은 이빨로 지그시 물고 있다. 두 소녀는 진지함과 행복감에 사로잡혀 있고, 그들의 춤에서 천진난만한 품격

이 풍긴다.

두 번째 쌍은 이십 대의 두 소년으로 이루어져 있다. 키가 더 큰 쪽은 맨머리에 짧은 곱슬머리를 하고 있다. 다른 쪽은 펠트 모자를 머리에 비스듬히 쓰고 있다. 둘은 약간 미소 짓는 표정이다. 둘은 약간 긴장된 마음으로 춤에 몰두하고 있다. 동작 하나하나를 제대로 하려고 할 뿐 아니라 표현과 꾸밈에서 어떤 가능성을 충족시키려 애를 쓴다. 그들은 서로 맞잡은 손을 멀리 뻗는다. 머리는 목 뒤로 한껏 젖히고 때로 무릎을 깊이 꿇기도 한다. 그들은 등을 움푹 하게 만들고, 날렵한 동작과 우아함에서 극단적인 것을 추구한다. 그들의 열성적인 춤에 목관악기 연주자는 고무된다. 그는 더욱 부드럽게 연주한다. 양 볼을 더욱 부풀리며 한층 애절하게 연주한다. 두 춤꾼은 미소 짓는다. 춤에 폭 빠진 큰 소년은 행복한 표정으로 자기 자신과 자신의 춤에 반해 세상을 높이 나는 듯하다. 다른 소년은 반쯤 장난기를 띠고, 쉽게 당황하기도 한다. 칭찬을 받기 위해선 약간 비웃음을 받아도 좋다는 태도다. 큰 소년이 더 순탄하게 인생을 살아갈 것이다.

세 번째 쌍인 두 소녀의 이름은 루이기나와 마리아다. 나는 두 소녀가 2년 전 아직 학교에 다닐 때 본 적이 있었다. 루이기나는 남방 타입의 소녀로 경쾌하고 매우 날씬하며 무척 말랐다. 길고 부드러운 다리, 길고 가느다란 목은 애틋한 사랑스러움으로 넘친다. 이와는 달리 마리아는 더 유약하고 훨씬 더 아름답다. 얼마 전까지만 해도 그녀에게 말을 낮췄는데 이젠 더 이상 그럴 엄두가 나지 않는다. 그녀는 싱싱한 색조가 감도는 강인한 얼굴을 지니고 있다. 두 뺨의 혈색은 좋고, 연푸른색 두 눈은 강철같이 단단해 보이며, 갈색 머리칼은 숱이 많다. 몸매와 동작에서 어느새 처녀티가 완연하다. 약간 굼떠 보이긴 하지만 눈빛에는 힘과 순수함이 넘친다. 내가 마을의 젊은이라면 다름 아닌 마리아를 택하리라. 그녀는 붉은 원피스를 입고 있다. 그녀는 늘 붉은색이나 장밋빛 옷을 입고 다닌다. 마리아가 루이기나와 춤추는 동안 붉은 옷이 가끔 나타났다가 다시 너도밤나무 잎사귀 사이로 사라지곤 한다. 두 소녀의 춤은 정말 아름답다. 그들은 행복감에 차 있다. 그들은 순진한 어린 소녀들처럼 심한 진지함에 얽매여 있지 않고, 두 소년들처럼 아직은 자유분방하거나 우쭐대지 않는다. 마리아와 루이기나, 이 두 소녀에게는 악사의 곱고 부드러운 음, 앞꾸밈음과 도약음이 풍부한 경쾌한 음악이 가장 잘 어울린다. 그들의 정수리 위에는 녹색을 띤 숲의 어스름이 노닐고, 이마에는 홀의 램프에서 반사된 조그만 불빛이 반짝인다. 그들의 두 다리는 박자에 맞춰 종종걸음으로 탄력 있게 움직인다.

저 아래 검은 구름처럼 무성한 너도밤나무의 잎사귀 뒤에는 아직 불빛이 흐르고 있다. 거기에 음악이 흐르고, 거기에 젊은이들이 춤을 추고 있다. 다른 이들은 홀의 기둥이나 나무줄기에 기대어 지켜보며 칭찬하거나 고개를 끄덕이며 웃음을 터뜨린다. 그러나 여기 위쪽 어둠 속에는 우리 외지인과 예술가들이 앉아 있다. 다른 불빛과 다른 공기 속에서, 다른 음악에 휩싸여. 우리는 저곳 사람들이 유의하지 않는 것에 매혹되고 감동받는다. 즉 돌 위의 나뭇잎 그림자, 블라우스의 은은한 푸른 빛, 일곱 살짜리 아이가 무릎 굽혀 하는 진지한 인사가 그것이다. 우리는 저들에게 무가치하고 당연한 것을 열망하고 부러워한다. 하지만 저들은 우리의 진기한 물건과 풍습을 보고 부러워한다. 우리에겐 진작 싫증난 것들이다. 우리는 원하기만 하면 저들에게 내려갈 수 있다. 저들과 섞여 저들의 음악에 맞춰 춤추는 것이 우리에게 금지되어 있지는 않다. 하지만 우리는 오래된 플라타너스 아래 어둠 속에 앉아 세 악사의 멜로디에 귀 기울인다. 우리는 밝은 얼굴들 위에 노니는 달콤한 불빛을 지켜보고, 스러져가는 어둠 속에서 마리아의 붉은 옷이 여운을 남기며 살랑거리는 소리에 귀 기울인다. 어스름 속의 마법의 입김과 조그만 시골 세계의 사랑스러운 평화를 감사하는 마음으로 호흡한다. 그 세계의 놀이는 우리의 눈을 감동시킬 뿐 그 세계의 고뇌와 행복은 우리의 것이 아니다.

우리는 장밋빛 포도주를 푸른색 도기 그릇에 따른다. 그동안 아래서 춤추는 형상들은 점점 그림자로 변한다. 붉은 옷을 입은 마리아도 이제 지는 해처럼 어둠 속에 잠긴다. 꽃처럼 연한 밝은 얼굴들 역시 스러지며 가라앉는다. 현관의 따스한 빨간 불빛만이 더욱 강렬하게 빛난다. 이것마저 녹아내리기 전에 우린 그곳을 떠난다.

(1921)

4

조그만 길

　마을에서 호숫가로 조그만 길이 하나 나 있다. 사람이나 산양이 다니는 조그만 길이다. 나는 자주 이 길을 걷곤 한다. 여름에는 수백 번 이상, 겨울에도 가끔씩.

　그 길은 찾기가 아주 쉽지는 않다. 차도로부터 아무도 예상하지 못하는 지점에서 굽어지기 때문이다. 신록의 계절에는 길 입구가 나무딸기 덩굴과 양치식물 같은 덤불숲으로 완전히 뒤덮여 있다. 이 울창한 덤불을 뚫고 굽어지자마자 길이 나타난다. 넓진 않지만 촘촘한 숲, 줄기가 가늘고 늘씬한 어린 밤나무 숲을 지나 거의 수직으로 떨어지는 길이다. 아니 어리다기 보다 오히려 아주 오래된 나무라 할 수 있다. 하지만 나무들은 수십 년 전부터 베어졌다. 지금처럼 무성하고 재미있고 즐거운 숲을 이루는 것은 오래된 거대한 땅 속 뿌리에서 돋아난 수많은 어린 나무들이다. 어린잎이 돋아나는 5월과 6월 초에 나무들은 장관을 이룬다. 그때는 나뭇잎이 엄청나게 커진다. 어린 밤나무 줄기들이 모두 같은 방향으로 빗질한 듯 하늘을 향해 치솟아 있듯이, 줄기의 양쪽에 깃털이 달린 듯한 이 나뭇잎들 역시 같은 방향을 향하고 있다. 그래서 밝은 숲 전체가 똑같은 모양의 구역으로 나누어진 수많은 그물망이 된다.

몇 분 걸으면 산속의 계단식 지형에 이르게 된다. 여기 숲 언저리에는 아직 오래된 밤나무 몇 그루가 서 있다. 발치에 이끼, 줄기에 담쟁이덩굴이 자라는 이 크고 고귀한 아버지 나무들은 머리에 엄청난 수관樹冠을 이고 있다. 그 밑에는 지난해에 열린 열매들의 잔해, 즉 지난 가을에 떨어진 밤알과 가시 돋친 밤송이들이 무더기로 모여 있다. 그 옆에는 풀이 자라고 있다. 가늘고 매우 짧은 마른 풀이 조그맣고 가파른 풀밭을 이룬다. 위쪽은 밤나무 그늘에 덮여 있고, 아래쪽엔 해가 비친다. 종종 먼지가 이는 이 작고 건조한 풀밭에서 이른 봄에 늘 귀여운 것을 볼 수 있다. 말하자면 사방에 지천으로 깔려 있는 아주 짧고 아주 가는 흰색의 작은 크로커스들이다. 그 무리가 마치 은색 버섯처럼, 미세한 하얀 입김이나 곰팡이처럼 아래쪽으로 뻗어있다.

풀밭 저편에서는 곧바로 풀밭이 시작된다. 처음에는 다시 작은 밤나무 숲이, 그 다음엔 5월에 열대의 꿈의 정원 같은 향기를 풍기는 아카시아나무가, 그 사이엔 함석 같은 이파리가 두텁게 마음을 진정시키듯 빛나는 감탕나무가 무성하게 자란다. 겨울엔 그것의 붉은 열매가 황량한 작은 숲에서 반짝인다. 조그만 길은 여기서 다시 가팔라진다. 우기엔 거친 계곡물이 이 아래로 흐른다. 그래서 이곳의 작은 길은 깊이 패여 있다. 깊은 도랑이나 참호 속을 걸어가는 기분이다. 눈앞에 밤나무의 땅 속 뿌리가 드러난다. 가을에는 그 옆에서 시든 나뭇잎 같은 색의 아름다운 돌버섯을 여기저기서 볼 수 있다. 그러나 그 버섯을 보려면 제때에 가서 잘 찾아봐야 한다. 마을 사람들이 부지런히 그 버섯을 찾아 나서기 때문이다. 여름이 끝날 무렵부터 휘영청 달 밝은 밤엔 종종 온 가족이 출동하기도 한다. 그들은 놀라운 솜씨를 발휘해 꽁꽁 숨어 있는 버섯을 잘도 찾아낸다.

6월이면 이곳은 월귤나무로 가득 찬다. 나무를 모두 벤 숲 속의 널찍한 빈터에는 해가 비치는 날이면 일 년 내내 월귤나무와 에리카 냄새가 은은히 진동한다. 늦여름엔 색색의 수많은 나비들, 예컨대 깃발나비와 작은 멋쟁이나비도 날아다닌다.

이제 길은 경사가 좀 완만해진다. 잠시 거의 평탄한 길을 가다 보면 숲이 높고도 무성해진다. 멋진 고목들이 이곳에 모여 보호받고 있다. 그중엔 서양물푸레나무도 몇 그루 서 있다. 이 지점의 개울은 여름이 될 때까지 조그만 웅덩이로 남아 있다. 그 외에 우리 독일의 산에서는 찾기 어려운 꽃들도 몇 그루 자란다.

작고 좁은 길이 복원되어 이제 좀 더 넓어진다. 가끔 두 배로 넓어지는 곳도 있다. 그래서 똑같이 좁은 길이 나란히 이어지기도 한다. 그러다가 예기치 않게 오래된 숲이 나타난다. 숲이 끝나는 곳에는 외양간이나 헛간으로 보이는 오두막이 하나 서 있다. 따뜻한 황갈색 벽에 지붕은 붉은색이다. 오두막의 그늘을 빠져나오면 녹색의 조그만 계단식 지형에 이른다. 거기엔 조그만 포도밭이 있고 그 사이에 어린 복숭아나무와 오래된 뽕나무가 서 있다. 뽕나무는 가지치기가 잘 되어 있고, 혹 모양의 돌기는 자못 당당하다.

이곳의 아래가 넓고 위가 뾰족한 짧은 사다리 위에서는 거의 언제나 노인이 서서 가지치기 하는 것이 보인다. 노인은 평생 동안 가지치기 하느라 애써왔다. 땅 가까이의 뽕나무 잎을 보기 좋게 하고 쉽게 꺾을 수 있게 하기 위해서다. 수십 년 동안 해마다 사람들은 이 나무들의 가지를 다듬고 쳐주었다. 그러면 새로 움이 트고 가지가 새로 돋았다. 세월이 흐르면 나무들은 새로운 가지를 얻으면서도 더 높이 자랄 것이다. 칼과 톱을 든 그 노인은 결국 나무를 올바로 손질하지 못하고 죽으리라.

숲을 빠져나오면서 이러한 녹색의 조그만 계단식 지형을 지나고 포도밭과 복숭아나무를 따라 다시 숲을 향해 가다보면 멋진 순간이 나온다. 숲의 아래쪽에서 무언가 빨갛고 하얗고 푸른 것이 번쩍거리는 것이다. 그것은 계절과 잎이 무성한 정도에 따라 조금씩 달라진다. 그런 뒤 가파른 아래쪽에서 붉은 지붕들이 불타는 듯 빛나는 것을 점차 알게 된다. 조그만 마을이 있는 것이다. 수탉들이 홰를 치며 우는 소리가 들린다. 그 뒤에는 장밋빛 호안과 가장자리가 하얀 푸른 호수가 있다. 그 사이에 갈대숲이 바람에 힘없이 하늘거리고 있다.

　나는 이곳에 늘 잠시 머무르곤 한다. 나는 나무줄기를 단단히 붙잡고, 아래쪽을 내려다본다. 급격한 내리막을 이루는 조그만 길을 따라 눈앞 풍경이 거의 수직을 이루고 있다. 마을의 붉은 지붕들, 빨랫줄에 걸린 빨래와 불그스름한 보치아 놀이 장소 너머로 호수와 갈대숲이 보인다. 그런 다음 서너 번 훌쩍 건너뛰면 다시 좁은 도랑과 촘촘히 움푹 파인 곳이 나온다. 그리고 드문드문 서 있는 고목들을 지나면 공터가 보인다. 어떤 낡은 담장에 나무딸기 덩굴이 가려져 있다. 그 담장을 넘으면 눈부신 하얀 길에 도달한다. 그 거리 건너편에 호수가 있다. 갈대가 바람에 흔들리고 배들이 떠다닌다. 대나무 낚싯대를 든 사내아이들이 갈색 다리를 드러내고 얕은 물속에 서 있다.

(1921)

5

테신의 성모 마리아 축제

밤나무 숲이 끝없이 이어진 아르보스토라 산의 높은 곳에 오래된 작은 교회가 하얀 빛을 내며 서 있다. 성모 마리아를 봉헌하는 성지의 교회다. 종소리는 일 년에 몇 번밖에 울리지 않는다. 밝은 종탑과 정겨운 현관을 지닌 이 교회는 숱한 마법과 비밀에 싸인 채 숲 속의 찾기 힘든 오솔길 옆에 외따로 떨어져 있다. 근처에 단 하나의 마을이 있는데, 이나마도 반시간 걸리는 거리에 있다.

숲 속의 이 성지 교회는 사람들을 찾지 않고 알려지기를 원하지도 않는다. 내가 그 교회를 무척 좋아하는 이유는 바로 그 때문이다. 이 교회는 명성이 아닌 은둔을 원한다. 일과 예술, 학문과 문학, 어린이 같은 이 모든 활동을 시장에 내다놓고 파는 것이 아니라 익명성을 추구한다. 그 점에서 그 교회는 완성된 인간, 현자나 성자와 유사하다.

나는 이 성소聖所를 몇 년 전부터 잘 알고 있다. 자주 이곳에 와서 주변에 감도는 분위기와 비밀에서 즐거움을 맛본다. 여름날, 다시 말해 밤나무 꽃이 피는 시기에 교회는 숲에서 숨바꼭질 놀이를 한다. 며칠 동안 우리 눈은 오전 내내 교회를 찾아내지 못한다. 사라져 자취를 감춘 것이다. 서산에 지는 해가 담장 위에 떨어지는 저녁이 되어서야 다시 모습을 드러낸다. 다시 정확히 이전 자리에 있는지도 확실하지 않다. 인근 마을에선 이 교회에 도달하기 쉽다. 그러나 그 마을 자체에는 도달하기가 쉽지 않다. 이 지역에서 빈곤하고 사람 발길이 닿지 않는 산간 마을이기 때문이다. 골짜기에서 올려다보면 이 교회는 무척 하얗고 다정한 모습으로 사람을 유혹한다. 그러나 산의 다른 쪽에서 성모 마리아 교회를 찾아가려는 사람은 멀고 험난한 길 때문에 낭패를 보게 된다. 그는 염소가 다니는 가파른 오솔길을 따라 숲을 지나야 한다. 위쪽의 제법 높은 곳에 이르면 작은 오솔길이 서너 개의 더 작은 오솔길로 나누어진다. 그러나 어떤 길도 올바른 길이 아니다. 특별한 행운을 얻지 못하는 한 결국 모든 길이 끝나고 말기 때문이다. 사람들은 자갈과 금작화(양골담초) 덤불, 나무딸기 덩굴로 뒤덮인 골짜기를 헤매고 다니게 된다. 골짜기에선 밝고 뚜렷이 보여 쉽게 도달할 것 같았던 교회가 우듬지 뒤로 잔뜩 몸을 움츠려 발견되지 않는다.

나는 가끔 그곳에 가보곤 했다. 대부분의 경우 나는 길을 잘못

들었다. 그런데 몇 번은 내가 찾지도 않았는데 교회가 나를 자기 쪽으로 이끌었다. 혼자 숲 속을 헤매다가 놀랍게도 갑자기 불그스름한 담장 앞과 아늑한 현관을 지닌 밝은 정면 앞에 서 있게 되었다. 헌금함 옆 격자 창문을 통해 어두컴컴한 신성한 공간을 들여다보았고, 뒤쪽에 무언가 황금 같은 것이 신비하게 은은히 빛나는 것을 보았다. 나는 그것이 황금 성모 마리아 상이란 것을 알고 있었다. 여름날 저녁 일몰 무렵 숲 속 교회 앞의 이 작은 장소는 이 지역 일대에서 가장 아름다운 곳이다. 그러나 이 시각 무렵 저 위에서 다른 사람을 만나는 일은 거의 없다.

　나는 이 성모 마리아 상 이야기에 수백 번이나 귀 기울였고, 수천 번이나 먼 거리에서 바라보았다. 수십 번이나 녹색의 앞뜰과 기막히게 전망이 좋은 담장의 난간을 찾아가서 조그만 창문 너머로 황금상을 주의 깊게 살펴보았다. 그것은 나 같은 부류의 사람에겐 하나의 성물일지도 모른다. 가톨릭 신자가 아니라서 성모 마리아에게 제대로 기도할 수 없어 유감이다. 그동안 성 안토니우스와 성 이그나티우스에겐 믿음이 가지 않았는데 성모 마리아 상에겐 어쩐지 믿음이 간다. 성모 마리아는 우리 같은 이교도도 이해하고 인정해주기 때문이다. 나는 성모 마리아를 가지고 나 자신의 경배와 신화를 만들어본다. 성모 마리아는 나의 경건함의 사원에서 비너스와 크리슈나 옆에 세워져 있다. 하지만 영혼의 상징이자 살아 있다 소멸하는 불빛의 비유로서 성모 마리아는 모든 종교 중 가장 신성한 형상이다. 그 불빛은 세계의 양극인 자연과 정신 사이에서 이리저리 떠돌다가 사랑의 불을 점화한다. 가끔 나는 가장 정통 신앙을 가진 어떤 경건한 순례자 못지않게 성모 마리아를 올바르게, 또 헌신적으로 공경한다고 생각한다.

이처럼 나는 산간의 이 조그만 교회와 밀접한 관계를 맺고 있다. 내가 가장 좋아하는 것은 그 교회의 은둔적 성격, 신비로운 정적, 자기 은폐, 남의 눈에 띄지 않으려는 노력, 소음과 무리를 꺼리고 거부하는 점이다. 나는 이런 특성을 완전히 이해한다고 생각한다. 그러나 성모 마리아도 일 년 중 어느 일요일엔 미소를 지으며 뭇 사람을 초대하여 축복을 내린다. 이것이 성모 마리아의 연례축제다. 황금 성모상은 그 축제를 성모 마리아의 달이 아닌 매년 구월의 어느 일요일에 연다. 이 시기엔 한 해의 녹음과 충만함이 안개와 부드러운 황금빛으로 변한다. 포도와 사과 속에서 결실과 삶의 기쁨이 승리를 구가하고, 동시에 누렇게 물드는 낙엽에서 무상의 노래가 간절히 울리는 시기다.

이 시기에는 일대의 경건한 신자들이 숲 속의 성모 마리아상에 초대받는다. 이날은 성모 마리아상이 하루 종일 컴컴한 교회를 떠나 사람과 새, 나비 들이 있는 숲 속으로 나온다. 이 연례 축제는 전에, 몇 십 년 전만 해도 무한히 아름답고 품위 있었음이 분명하다. 그러나 오늘날엔 장바닥 행사처럼 변했다. 시끄럽고 소란스러우며 장난 짓거리 같다. 사람들은 풀밭과 양치식물 속에서 성모 마리아상 앞에 더 이상 무릎을 꿇지 않는다. 그들은 신식 나들이옷을 입고 서서 성모상이 나타날 때 모자를 벗는 것으로 충분히 참을성을 보였다고 여긴다.

그런데 그 축제는 변할 수 없다. 품위와 경건함의 잔재가 여전히 남아 있는 것이다. 아무튼 내겐 이 마돈나 축제가 이런저런 일에도 불구하고 진정한 축제다. 한번은 내가 그곳에 주교를 초대하도록 도와줌으로써 그의 온화한 설교를 들을 수 있었다. 또 한번은 서늘하고 축축한 날씨 탓에 방문객이 얼마 오지 않아 조용한 축제가 되었다. 그러나 축제는 항상 아름다웠다. 나는 매번 색다른 정경과 음색, 향기를 체험했으며, 매번 내게 위대한 순간인 축제의 순간을 감사하는 마음으로 감동해서 함께 축하했다.

올해에도 나는 그곳에 다녀왔다. 아침에 축축한 숲을 지나 산위로 올라갔다. 수많은 도마뱀들이 화들짝 놀라 히스 덤불 밖으로 뛰쳐나왔다. 축축한 이끼 속엔 시클라멘 한 송이가 때늦게 피어 있었다. 나는 정오쯤에 교회에 도착했다. 흥겨운 소란함이 나를 맞아주었다. 숲 속엔 간이 노점들이 열렸고, 깃발들이 나부끼고 있었다. 빨간 애드벌룬과 화환, 꽃 장식이 교회로 올라가는 계단을 아름답게 꾸미고 있었다. 악단이 와 있었고, 빵이나 과자며 장난감을 파는 상인들이 진을 치고 있었다. 어떤 주인은 포도주와 커피를 따랐고, 많은 가족들이 풀밭에 앉아 점심식사를 하고 있었다. 그들은 바구니며 배낭, 종이 속에서 빵과 치즈, 포도를 꺼냈다. 진정 경건한 자들에겐 축제의 주요 행사인 오전 미사가 이미 끝나 있었다. 그러나 나에겐 축제에서 절정을 이루는 순간이 임박해 있었다.

나는 친구들을 만났다. 우리는 숲 속에 앉아 포도주와 빵, 차가운 고기와 케이크, 복숭아를 먹었다. 우리는 흥겨운 기분이 되었다. 나는 수년 전부터 이 지역의 온갖 시골 축제에 참석해서 이런 음악과 사람들에 친숙해졌다. 세상의 온갖 언어로 노래할 수 있는 마리오가 기타를 들고 그곳에 왔다. 입으로 만돌린의 음을 감쪽같이 흉내 낼 수 있는 소녀도 그곳에 왔다. 낯익은 얼굴이 많이 있었고, 우리 마을에서 온 사람들도 있었다. 그들에게는 나처럼 그 길이 그리 멀지 않았던 것이다. 울려 퍼지는 음악과 아이들의 시끄러운 트럼펫 소리를 들으며 우리는 벌써 노란 빛으로 물든 나무들 밑 숲 속에서 맛있는 음식을 먹었다. 이때 말고는 일 년 내내 신비로운 정적이 감도는 이 아름다운 계단식 지형에서, 저기 밤나무 아래 진을 치고 즐거워하는 대부분의 사람들은 영원한 정적 속에 파묻힌 이 장소를 결코 알지 못하리라. 그들이 아는 것은 매년 이곳의 시끄러운 이 하루뿐이다. 그러나 이날은 내게도 해마다 똑같은 깊은 마력을 지닌 무언가 유일무이한 것을 가져다준다.

식사의 즐거움이 끝나고 사람들이 좀 더 조용해지자 천사의 날개를 단 소녀들의 행진이 시작되었다. 예수의 형상이 달린 대형 십자가가 선두에 선다. 그리고 이제 교회의 정면 입구, 번쩍이는 현관 아래서 성모상이 직접 모습을 드러낸다. 평소에는 어두컴컴한 교회 안에서 따스한 금빛으로서만 보이던 대형 황금상이다. 성모상은 이들 짐꾼의 어깨 위에서 조용히 흔들리며 나온다. 머리에 쓴 관에서부터 발끝까지 황금빛을 띤 성모상이 가을 햇빛을 받아 번쩍거린다. 아기 예수를 팔에 안은 그 모습은 자비롭고 아름다우며 깊은 애정이 담겨 있다. 성모상의 우아함과 품위, 고귀함과 부드러움이 빛을 발한다. 이 순간이 한 해를 위한 나의 축제요 예배다.

성모상은 교회에서 나와 조그만 공터 위를 흔들거리며 간다. 강렬한 빛이 먼 호수까지, 아주 멀리 있는 눈 덮인 산까지 전달된다. 방향을 돌려 모자를 쓰지 않은 남자들의 머리와 두건을 쓴 여자들의 머리 위를 지나 숲 쪽으로 향한다. 성모상은 꽃 장식 아래서 구부러진 뒤 양치식물을 뚫고 숲 속으로 들어간다. 그리고 신성한 분위기가 감도는 나무들 속에서 금빛으로 반짝이며 조용히 사라진다. 우리는 서서 성모상이 사라지는 모습을 본 뒤 모자를 손에 들고 그것이 다시 나타나기를 기다린다. 성모상은 이내 다른 방향에서 다시 나타난다. 음악과 천사, 사제와 깃발과 함께 빛을 발하며 숲에서 빠져나와서는 자신의 성소로 되돌아간다. 성모상은 금빛 외투에 금빛 관을 쓰고 환히 미소 짓는다. 햇빛과 눈부신 금빛 속에서 성모상은 교회가 매우 자주 보여주었던 것과 똑같은 모습을 연출한다. 금방 나타났다가 금방 사라진다. 때로는 손에 잡힐 듯 너무도 또렷하게 화려한 금빛 모습을 드러내기도 하고, 때로는 가물거리며 사라져서는 눈에 보이지 않게 된다. 교회로 되돌아가기 전에 성모상은 잔디밭 위에 세워져 경배를 받는다. 먼저 동쪽으로부터, 다음엔 남쪽으로부터, 그 다음엔 서쪽으로부터, 그런 다음엔 북쪽으로부터. 그리고 이제 성모상은 다시 높이 사람들 위로 흔들거리며 지나간다. 현관을 통해 들어가서 흔들리는 금빛 관을 쓰고 자신의 정적과 고향 같은 어스름 속에 잠긴다. 금빛 숲이 무상함의 향내를 풍기는 동안 어린 소녀들은 미소를 짓고, 우리 같은 중늙은이들은 땅을 내려다보며 생각에 잠긴다. "금빛 성모상이여, 우리가 그대를 또다시 볼 수 있을까요?"

이것으로 나의 축제는 끝난다. 이제 작고 좁은 오솔길을 걸으며 귀가하기에 알맞은 시각이다. 잠시 후면 어둠이 찾아와 이 길을 다닐 수 없다. 숲을 통과해 하산하는 동안 음악 소리가 계속 귓전에 맴돈다. 뒤돌아보니 빨간 풍선 하나가 우듬지 위로 날아간다. 하늘에서 불타오르는 붉은색으로 이글거리며.

(1924)

6

몬타뇰라에서 보낸 40년 세월

41년 전 도피처를 찾아 처음으로 몬타뇰라에 와서, 당시 조그만 발코니 아래에 늦게 핀 목련 이외에 엄청나게 높은 유다나무[5]의 꽃이 만발하고 있던 조그만 집을 빌렸을 때 나는 '전성기'를 맞고 있었다. 나는 4년간의 전쟁이 끝난 뒤 처음부터 시작할 생각이었다. 전쟁으로 나 역시 패배와 파산으로 끝났었다. 몬타뇰라는 당시 조그만 마을이었다. 그 일대의 다른 많은 마을처럼 초라하고 볼품없는 마을은 아니었지만, 그래도 수수하고 작은 조용한 마을이었다. 그곳에는 옛날부터 내려오는 몇 채의 고급 주택과 두서너 개의 별장이 있었다. 그러나 그 마을은 주로 시골풍의 모습을 보여주고 있었다. 수십 년이 지난 오늘날 나는 좋은 시절을 맞는 전

---

5 유다가 예수의 사형판결을 본 뒤 후회하고 은전을 돌려주고 목매어 죽었다고 하는 나무.

성기의 남자가 아니라 노쇠하고 다소 우스꽝스러운 시골 노인들 중의 한 명이 되었다. 나는 무언가를 처음부터 시작할 생각을 하지 않고, 사는 곳에서 좀체 벗어나려 하지 않는다. 그리고 나는 성 아본디오 공동묘지 저 아래의 매력적인 조그만 땅을 사들였다. 몬타뇰라는 이제 마을이 아니고, 더 이상 시골 같은 인상을 주지 않는다. 그것은 당시보다 네 배나 많은 주민이 살고, 호화스러운 우체국과 소비재 가게, 하나의 카페와 신문 가판대가 있는 소도시가 되었다. 우리끼리는 함순[6]을 생각하며 그 마을을 '세게르포스의 도시'라고 부른다.

이처럼 세월이 흐르면서 사람과 사물은 변하게 마련이다. 그 흐름은 어떤 것도 거스를 수 없다. 그러나 나는 이 몇 십 년 동안 이 몬타뇰라에서 클링조어의 가물거리며 타오르는 여름에서부터 오늘날까지 좋은 것, 그러니까 놀라운 많은 체험을 했다. 나는 마을과 마을 풍경에 무척 감사해야 한다. 나는 감사하는 마음을 번번이 글로 표현하려고 했다. 나는 산과 숲, 포도밭 언덕과 호수 골짜기를 몇 번이고 시로 노래했다. 또한 클링조어의 거처가 있는 조그만 발코니와 높은 유다나무도 묘사하고 찬미했다. 유다나무는 내가 본 가장 높은 나무였는데, 후일 뢴 폭풍의 제물이 되어 쓰러지고 말았다. 나는 수백 장의 그림용 전지와 수많은 물감

---

6 Knut Hamsun(1859~1952). 본명은 크누트 페데르손(Knut Pederson). 노르웨이의 소설가로 작품을 통해 고독한 방랑자의 애환을 격조 높은 시적 문체로 묘사하거나 근대 사회를 통렬히 비판하였다. 대표작으로 『세게르포스의 거리』, 『흙의 혜택』 등이 있다.

을 소모했다. 수채화 물감이나 제도용 펜을 가지고 오래된 집과 목조 지붕, 정원의 담벼락, 밤나무 숲, 가까운 산과 먼 산에 나의 존경을 표하기 위해서였다. 나는 이곳에 많은 나무와 관목도 심었고, 숲 가장자리에는 조그만 대나무 숲도 조성했으며, 많은 꽃들도 가꾸었다. 그러므로 내가 비록 테신 사람이 되지 않았다 해도, 클링조어의 저택과 언덕의 붉은 집이 오랫동안 그랬듯이 성 아본디오 교회[7]의 땅은 다정히 내게 자리를 제공할 것으로 희망한다.

(1959)

---

7 1962년 8월 9일 사망한 헤세는 평소에 소원했던 대로 이틀 후 몬타뇰라 근방의 성 아본디오(St. Abbondio) 교회의 공동묘지에 묻혔다.

7부

뉘른베르크 여행

Reise von Hermann Hesse

뉘른베르크 여행

    이 여행 회고록의 저자는 자신의 행동에 대한 뚜렷한 이유를 의식하는 사람들 부류에 속하는 행운을 누리지 못하고 있다. 또한 자신이나 다른 사람들의 경우 그들 행동의 이유를 신뢰하는 행운도 누리지 못하고 있다. 이유란 언제나 불분명한 것 같다. 인과성이란 삶 속 어디서가 아니라 오직 사고 속에서만 생겨날 뿐이다. 완벽하게 정신화되어 자연에서 완전히 벗어난 사람은 자신의 삶 속에서 빈틈없는 인과성을 인식할 수 있을 것이며, 자신의 의식으로 접근 가능한 원인과 동인을 유일한 것으로 여길 권한이 있으리라. 그의 존재를 이루는 것은 오직 의식밖에 없을 테니까. 그렇지만 나는 그런 인간이나 그런 신을 아직 결코 만나본 적이 없다. 우리 같은 보통 사람은 어떤 행위나 사건의 모든 근거가 의심스러워지기 마련이다. '이유'가 있어 행동하는 사람들은 아무도 없다. 그들은 이유가 있다고 착각할 뿐이다. 그들은 허영심과 미덕 때문에 다른 사람들이 이유가 있어 행동한다고 그릇되게 믿어버리려 한다. 아무튼 나 자신의 경우에는 나의 지성도 의지도 도달할 수 없는 영역에 내 행위의 동인動因이 있음을 언제나 확신할 수 있었다.

나는 오늘 테신을 떠나 뉘른베르크로 가을 여행을 떠난다. 두 달이나 걸리는 여행이다. 그런데 그 여행의 이유가 무엇인지 자문해보자니 무척 당혹스런 기분이 든다. 자세히 살펴볼수록 이유와 동인은 더욱 갈라지고 쪼개지며 나누어져서 결국은 먼 과거까지 거슬러 올라간다. 하지만 그것들은 단선적인 인과성의 열列이 아니라 그런 열이 얽히고설킨 그물로 이루어져 있다. 따라서 결국은 그 자체로 사소하고 우연한 이 여행이 내 이전 삶의 무수한 점들에 의해 정해져 있었던 것 같다. 내가 알 수 있는 것이라곤 그 직물에서 가장 거친 몇 개의 매듭뿐이다.

작년 슈바벤에 잠시 머물 때 블라우보이렌에 사는 슈바벤의 한 친구는 자기를 찾아오지 않았다고 볼멘소리를 한 적이 있었다. 그래서 다음에 슈바벤 여행을 가면 소홀히 한 것을 보상하겠다고 약속했다. 겉으로 보기에는 이것이 내 여행의 첫 번째 동인이었다. 하지만 나중에 분명히 알게 되었듯이 이 약속은 배후의 부수적인 이유에 불과했다. 나 역시 내 방문을 고대하는 옛 친구를 너무 보고 싶다. 그렇지만 나는 여행과 사람을 꺼리는 게으른 남자다. 조금 떨어진 외진 곳으로 기차 여행을 하는 것도 그다지 좋아하지 않는다. 내가 약속을 지킨 것은 우정 때문도 예의바른 마음씨 때문도 아니었다. 배후에는 또 다른 무언가가 있었다. '블라우보이렌'이라는 이름 뒤에는 어떤 매력과 신비로움, 밀려드는 수많은 울림과 추억, 유혹이 숨겨져 있었다. 블라우보이렌, 먼저 그곳은 슈바벤의 사랑스럽고 오래된 작은 도시였고, 내가 소년 시절에 다녔던 수도원 학교가 있는 곳이었다. 더욱이 블라우보이렌과 그 수도원 학교에서는 고딕식 제단 같은 유명하고 소중한 볼 것들이 있었다. 말할 것도 없이 이런 예술사적인 논증거리가 내 마음을 심하게 움직였으리라.

그러나 '블라우보이렌'이란 복합체에는 뭔가 다른 것이 함께 울리고 있었다. 슈바벤적이고 시적인 동시에 내게는 특별한 매력으로 다가온 무언가. 블라우보이렌 근처에는 유명한 클뢰츨레 블라이가 있었고, 블라우보이렌의 블라우토프에는 한때 아름다운 라우가 살고 있었다. 이 아름다운 라우는 땅 밑에서 수녀원의 지하실로 헤엄쳐 건너가, 그곳의 트여 있는 우물 속에서 모습을 드러냈다. 사가史家의 말에 따르면 "가슴까지 물에 잠겨 있었다."고 한다. 블라우와 라우라는 이런 마법적인 이름을 둘러싸고 떠도는 이 아리따운 환상 속에서 블라우보이렌에 대한 나의 갈망은 커져만 갔다. 한참 뒤에야 나는 그런 사실을 깨달았고, 블라우토프와 아름다운 라우, 수녀원 지하실의 그녀 욕실을 보는 것이 나의 소망이었음을 확인할 수 있었다. 그리고 바로 이런 연유에서 블라우보이렌으로 기꺼이 여행가고 싶은 각오가 생긴 것을 확인할 수 있었다. 나는 나뿐만 아니라 자신의 행위에 대해 이유를 댈 줄 아는 저 부러워할 만한 사람들 역시 실은 결코 이러한 이유에 의해 움직이고 끌리는 것이 아니라 항상 무언가에 빠져서 그렇게 되는 것을 발견했다. 나는 자신이 이처럼 무언가에 빠져 있는 것을 고백하는 것에 이의가 없다. 무언가에 빠져 있는 것은 내 젊은 날의 가장 강력하고 아름다운 것 중의 하나였기 때문이다.

문학 작품에 나오는 두 여자 인물은 내 젊은 시절 사랑스러운 모범이 되어 나의 문학적이고 감각적인 환상을 이끌어주었다. 둘 다 아름답고 신비에 싸여 있으며, 둘 다 물에 씻겨 있다. 다시 말해 『꼬마 요정』에 나오는 아름다운 라우와 켈러의 『녹색의 하인리히』에 나오는 목욕하는 아름다운 유디트가 그들이다. 나는 오래 전부터, 아주 오래 전부터 이들 둘을 생각해본 적이 없었다. 그들의 이름을 발설해 본 적도 없었고, 그들의 이야기를 읽은 적도 없었다. 그런데 블라우보이렌이란 단어를 생각하자 불현듯 아름다운 라우가 다시 보였다. 가슴까지 물에 잠기고, 하얀 양팔을 지하 우물의 돌난간에 기댄 라우 말이다. 나는 빙그레 미소 지었다. 내가 여행을 떠나도록 자극한 동인이 무엇인지 알게 된 것이다. 나는 라우가 옛날 살던 곳에서 그녀를 만나게 되기를 별로 기대해서는 안 되었다. 그렇지만 그 아름다운 라우 말고도 내 청춘과 그 강력한 꿈의 세계에 대한 추억, 시인 뫼리케, 슈바벤의 아주 오래된 말, 놀이와 동화, 내 어린 시절의 언어와 정경에 대한 추억이 이러한 울림이나 환상의 영역과 밀접하게 결합되어 있었다. 내가 태어난 집도 어린 시절을 보낸 도시도 내게 그와 비슷한 마력을 발휘하지는 못했다. 그런 곳은 너무나 자주 다시 보았으며, 너무나 철저히 잃어버렸다. 그러나 여기 '블라우보이렌'이라는 울림이 만들어주는 상상에는 청춘, 고향과 민족에 대한 마음의 관계로부터 내 안에 아직 살아 있었던 모든 것이 집약되어 있었다. 그리고 이 모든 관계와 추억, 감정은 비너스와 아름다운 라우로 특징지어졌다. 그보다 더 강력한 마력은 물론 생각할 수 없었다.

그 사이 이 모든 것은 내 안에 잠들어 있었고, 그 중 어느 것도 내 의식 속으로 밀고 들어오지 않았다. 그래서 여행 전체가 맨 처음에는 하나의 약속에 불과했기에, 나는 그것을 2년 후에 또는 10년 후에 실행해도 상관없었다. 그럴 때 어느 봄날 나는 울름의 어느 문학 낭송회에 초대받게 되었다. 다른 때 같으면 다른 모든 초대와 같은 식으로 처리했을 것이다. 정중하게 거절하는 우편엽서 한 장이면 일이 해결됐으리라. 그런데 이 울름에서의 초대는 임의의 순간이 아닌 특별한 순간에 일어났다. 그때 나는 삶에 특히 힘들어 하고 있었고, 내 주위에는 걱정과 근심, 불만만 가득했으며 기뻐하는 모습은 어디서도 찾아볼 수 없었다. 그러니 변화나 전환, 도피와 관련된 생각이라면 어느 것도 반가울 수밖에 없었다. 그래서 정중한 거절의 우편엽서를 쓰지 않고 초대장을 두 번이나 꼼꼼히 읽어보았다. 두 번째 읽을 때는 벌써 울름이 블라우보이렌과 아주 가까운 곳에 있으리란 생각이 들기 시작했다. 나는 하루나 이틀 동안 우편엽서를 책상에 그대로 내버려두었다. 그런 뒤 단 하나의 조건을 달고 승낙했다. 낭송회를 추운 한겨울이 아닌 가을이나 봄에 개최하자는 것이었다. 울름 사람들은 낭송회를 11월 초에 열기로 확정했다. 나는 그것에 동의했다. 기간을 길게 잡아 승낙할 때는 물론 약간의 심리적인 유보가 없지 않다고 할 수 있다. 다시 말해 '아직 멀었으니 언제라도 취소 전보를 보낼 수 있지'라는 은밀한 감정이 담겨 있는 것이다.

그러니까 지금은 봄이라 11월이 되려면 아직 한참 멀었다. 나는 이 약속을 그다지 진지하게 여기지 않았다. 더 급하고 긴박한 다른 생각과 걱정이 있었던 것이다. 울름 일을 다시 떠올릴 때마다 그 가치를 신뢰할 수 없고 결국 짐스런 의무가 될 어떤 행사에 또다시 말려들었다는 생각에 좀 언짢은 기분이 들었다. 아무래도 대중 앞에 서는 일이 직업인 가수나 연주자, 배우는 직업의 성격상 반년이나 일 년 전에 미리 특정한 날과 시간에 출연 약속을 하는 성가신 관행을 감수해야 한다. 그들은 당일의 분위기나 기분에 관계없이 언제든지 자신의 예술을 펼칠 수 있어야 한다. 그러나 별로 여행하지 않는 조용한 마을 주민이자 서재에만 틀어박혀 사는 문필가에게는 다다음달 12일에 이런저런 도시에서 마지못해 낭송회를 가져야 한다고 생각하면 경우에 따라서는 끔찍한 일이다. 바로 그 기간에 병이 날 수도 있지 않은가! 바로 그때가 글쓰기 좋은 시간일 수도 있지 않은가! 종종 오랫동안 헛되이 기다렸던 좋은 시간일 수도 있지 않은가! 그런데 글이 가장 잘 써지는 기간에 며칠 동안 이 모든 것을 제쳐놓고 가방을 꾸려 열차 시간표를 알아보며 여행을 떠나야 하다니! 그리고 낯선 도시의 호텔 침대에서 잠을 자고 낯선 사람들 앞에서 자신의 시를 낭송해야 하다니! 그 시점에서는 자신과 더 이상 아무 관계없을지도 모를, 이미 처리되어 자신에게 달갑잖게 여겨지는 시를 말이다! 작가가 허영심이나 탐욕 또는 여행 욕심으로 인한 유혹 때문에 낭송회를 하는 경우 무척 역겹게 속죄를 해야 하는 경우가 종종 있다.

작가는 빈둥거리며 불규칙하고 기분 내키는 대로 시간을 낭비하며 미심쩍은 인생을 보낸다. 규칙적이고 틀에 짜인 생활을 하는 이들은 그런 사정을 전혀 알지 못하리라! 그들은 매일 8시나 2시에 일을 시작하는 데, 전보를 받고 최단시간 내에 먼 여행을 떠나는 데 익숙해져 있다. 그들에게는 자유로운 오후는 조그만 천국을 의미한다. 그들은 손목시계에서 맛보는 즐거움을 만끽한다. 물론 의무에 충실하며 나름의 규칙성과 인내를 가지고 자신의 일에 전념하는 작가들도 있다. 그들은 일정한 아침 시간에 일을 시작해 끈질기게 책상에 붙어 있다. 그들은 날씨나 주변의 소음뿐만 아니라 자신의 기분이나 태만에도 동요되지 않도록 교육받았다. 그런 영웅적이고 고귀한 사람들의 신발 끈이라도 풀어줄 준비가 되어 있는 나로서는 그들을 본받으려 노력한다는 것은 아예 시작부터 가망 없는 일이리라.

나로 말할 것 같으면 점잖고 근면한 사람이라면 더는 내게 손을 내밀지 않을 것이다. 내가 시간을 그다지 중시하지 않고 며칠이나 몇 주, 심지어 몇 달을 마구 낭비하며, 내가 어떤 쓸데없는 짓을 하며 인생을 허비하는 것을 그가 안다면 말이다. 아침에 언제 일어나고 밤에 언제 잠자리에 들어야 하는지, 언제 일하고 쉬어야 하는지 내게 지시하는 상사도 직책도 규칙도 없다. 내 일에는 기한이 정해져 있지 않다. 세 연으로 된 시 한 편을 쓰는 데 오후 반나절이 걸리든 또는 석 달이 걸리든 아무도 상관할 일이 아니다. 일하면서 보내기에는 무척 아름답다고 생각되는 날이면 나는 산책을 하거나 수채화를 그리면서 또는 아무 일도 하지 않으면서 그날에 경의를 표한다. 일하기에 너무 흐리거나 무덥고, 너무 춥거나 덥다고 생각되는 날이면 소파에 누워 책을 읽으며 그날을 허비하거나 또는 색연필로 혼란스러운 상상력에 가득 찬 그림을 종이에 그린다. 또한 겨울이고 몸이 아프기라도 하면 침대에 누워 지낸다. 만년필을 어디에 두었는지 잊어버리거나, 인도와 중국 신화의 관계에 대해 깊이 생각할 필요를 느낄 때, 또는 아침 산책길에 아름다운 여성을 만나기라도 하면 아예 일할 생각을 하지 않는다.

　반면 일하는 것이 나의 강점이 못되고 내게 기본적으로 거슬리긴 해도 지속적으로 일할 자세를 갖추려 노력하는 것이 물론 나의 고귀한 의무다. 나는 사실 아무 일도 하지 않을 시간은 있지만 여행이나 사교, 낚시나 다른 멋진 일을 할 시간은 없다. 그

　　　　　　　　　　　　　　7부　뉘른베르크 여행

렇다, 난 항상 내 작업실 근처에서 혼자 아무런 방해를 받지 않고 언제든지 일할 태세를 갖추고 있어야 한다. 내일 저녁 루가노로 식사초대를 받았다면 내게는 방해가 된다. 내일 저녁 마법의 새가 내게 노래불러주고 일하고픈 욕구가 아우성치는 아름답고 희귀한 순간이 날아올지 누가 알겠는가? 그런데 이런 종류의 게으름뱅이는 그래도 언제나 매일 은밀히 일할 준비를 갖추고 있으려 한다. 그런 자에게는 정해진 어떤 날에 어떠어떠한 장소에 나타나 어떤 일을 해야 하는 것을 몇 달 전부터 미리 알고 있는 것만큼 역겨운 일은 없다.

나의 관심사가 무질서하고 허비하는 삶을 정당화하는 일이라면 마음의 부담을 덜기 위해 물론 몇 가지 변명을 할 수도 있겠다. 자주 있는 일은 아니지만 진정으로 일을 하는 순간에는 날씨나 건강, 방해, 낮이나 밤이 내게 더 이상 존재하지 않는다. 그럴 때는 수도승처럼 광적으로 세상과 나 자신을 잊고 나 자신을 일의 소용돌이 속에 내던지고는, 기진맥진하고 초라해져서 낙담한 채 거기서 빠져나온다고 말할 수 있을지도 모른다. 내가 시간을 허비하는 것도 게으름이나 무질서뿐만 아니라 현대 세계의 가장 어처구니없고 가장 신성한 원칙에 대한 의식적인 저항이기도 하다는 점을 언급할 수 있겠다.

다시 말해 그것은 시간은 돈이라는 원칙이다. 이 원칙 자체는 전적으로 옳다. 전류를 쉽게 빛이나 온기로 바꿀 수 있듯이 시간을 쉽게 돈으로 바꿀 수 있다. 인류의 모든 원칙들 중 가장 어리석은 그 원칙이 어처구니없고 천박한 것은 단지 '돈'을 무조건 최고의 가치를 지닌 것으로 칭한다는 점 때문이다. 하지만 변명하려는 것은 아니다. 아니라고 근거를 댈 궤변이 있긴 하지만 사실상 나는 게으름뱅이이자 시간 허비자이며, 나태하고 일하기 꺼리는 인간이다. 다른 악습에 관해선 아직 얘기하지 않겠다. 그 때문에 사람들은 나를 경멸할지도 부러워할지도 모른다. 내가 악습 때문에 얼마나 값비싼 대가를 치르는지 나 밖에는 아무도 모른다.

그러므로 그 문제는 이 정도로 해두기로 하자. 하지만 '시간은 돈이다'는 말에 대해선 한 마디 해야겠다. 이것은 내 여행 이야기와 아주 밀접한 관계가 있기 때문이다. 현대 세계의 이 교리, 그리고 기계 문화 전체로 이해되는 이러한 현대 세계 자체에 대한 나의 반감은 너무나 커서 나는 되도록이면 이 세계의 법칙에 순응하기를 거부한다.

예컨대 하루에 기차로 천 킬로미터나 그 이상의 거리를 갈 수 있다는 것은 오늘날 큰 성과로 인정된다. 반면 나는 달리는 기차 안에서 기껏해야 네댓 시간 남짓 견디는 것에 대해 인간의 존엄을 해치는 것이라 간주한다. 다른 사람 같으면 하루 낮과 밤이면 될 여행에 나는 일주일이 필요하다. 그래서 여행 중에 나를 묵게 해주는 친구들은 이따금 약간 성가시게 생각하기도 한다. 그도 그럴 것이 어떤 곳이 좀 마음에 들면 여행의 계속이나 짐 꾸리기, 역이나 기차 안에서 벌어지는 온갖 거추장스럽고 피곤한 일을 가끔 며칠 동안 거부하곤 하기 때문이다.

많은 현자들의 생활수칙에 이런 격언이 있다. "매일을 너의 마지막 날로 여기고 살아라." 그런데 누가 자신의 마지막 날 매연을 마시고 가방을 질질 끌고 사람들 틈에 끼여 개찰구를 통과하며, 기차 여행에 필요한 이 모든 우스꽝스런 짓거리를 하고 싶겠는가? 이때 단 하나 좋은 점은 선택의 여지없이 다른 사람들과 함께 갇힌다는 사실이다. 아무리 마음에 든다 해도 그것은 몇 시간 뒤면 대체로 매력을 잃게 된다. 그런데 뜻밖의 행운을 만나 너의 막역한 친구가 될 사람, 그 사람 없이는 더 이상 살고 싶지 않을 생각이 드는 사람이 옆자리에 앉게 된다 생각해보자. 이때 잠시 후 그가 너와 함께 기차에서 내려 어느 멋진 역에 풀과 꽃, 푸른 하늘과 구름이 아직 있는지 네게 보여주도록 그를 설득하지 못한다면 넌 서툰 사람이 분명하리라.

나는 매우 빨리 여행하는 타입이 아니라 가령 중세의 단계에 머물러 있는 것을 부인할 수 없다. 내가 만약 베를린에 갈 결심을 한다면 (지금까지는 그것을 피할 수 있었다.) 최소한 12일은 걸리는 여행이 될 것이다. 나의 여행 방식을 인정하고 그것의 큰 이점을 보려면 완전히 전근대적인 생각을 지녀야 한다. 물론 그 방식에는 단점도 있다. 예컨대 내 방식으로 여행하려면 경비가 제법 많이 든다. 그 대신 내 방식으로 여행하면 현대적인 방식으로는 결코 얻을 수 없는 많은 즐거움을 맛볼 수 있다. 그런 즐거움을 얻는 대가로 나는 기꺼이 얼마간의 돈을 지불한다. 나는 원래 상상

할 수 없을 만치 즐거움을 추구하는 사람이므로, 그런 즐거움을 특히 높게 평가한다. 나름의 이념이나 어떤 문학적이고 미적인 비관주의에서 뿐만 아니라 신체적으로나 현실적으로도 삶을 대체로 고뇌와 고통으로 느끼는 것은 많은 사람의 운명이다. 나는 유감스럽게도 그런 부류에 드는 사람이다. 그래서 쾌감에 대한 느낌보다 고통에 대한 느낌에 더 민감한 재능을 타고 났다. 숨 쉬고 자고 먹고 소화하는 일, 가장 단순한 온갖 동물적인 일은 이런 사람들에겐 즐겁다기보다는 오히려 힘들고 고통스럽다. 그렇지만 이들은 본성의 의지에 따라 삶을 긍정하고 고통을 좋게 생각해서 용기를 잃지 않으려는 본능을 내면에서 느낀다. 그러므로 이런 사람들은 약간이라도 기쁘게 해주고 명랑하게 해주며 약간이라도 행복하게 해주고 따스하게 해주는 모든 것에 유별나게 집착한다. 그리고 평범하고 건강하며 일에 유능한 사람들은 무가치하게 생각하는 그 모든 멋진 일에 가치를 부여한다. 자연은 이런 방법으로 거의 대부분의 사람들이 일종의 경외심을 품고 있는 무언가 극히 아름답고 복잡한 것인 유머를 실현시킨다.

다시 말해 고통 받는 사람들, 너무 여리고 또 약삭빠르지 못하며 너무 즐거움을 추구하고 위로에 집착하는 사람들에게서 유머라고 불리는 것이 때때로 생겨난다. 유머란 단지 깊고 지속적인 고통 속에서만 자라나며, 아무튼 인류의 좀 더 나은 생산물에 속하는 수정水晶이라 할 수 있다. 이러한 유머는 고통 받는 자들이 힘든 삶을 견디고 심지어 찬미하기 위해 생각해낸 것이다. 그런

데 그 유머는 고통을 모르는 다른 건강한 이들에게 우스꽝스럽게도 늘 그와 반대되는 작용, 즉 도저히 제어하기 어려운 삶의 애착과 흥겨움을 분출시키는 작용을 한다. 건강한 이들은 그럴 때 무릎을 치며 큰 소리로 웃는다. 그러다가 매우 인기 있는 성공한 코미디언 X가 이해할 수 없게도 우울증에 걸려 물에 빠져 죽었다는 것과 같은 뉴스를 가끔 접하면 언제나 어처구니없어 하며 약간 감정이 상한다.

내가 무척 시간이 많다 보니 자꾸 샛길로 빠져도 좋게 봐주길 바란다. 즉시 원래 주제로 되돌아올 것이다. 혹시 그렇게 되지 않는다면 이렇게 자문해보길 바란다. 철도를 거부하면서도 이용하는 나 같은 인간, 빈둥거리기 좋아하고 오락이나 놀거리를 호시탐탐 노리며 나날을 허비하는 인간, 또 낭송회 같은 행사에 심히 회의적으로 생각하면서도 그런 초대에 응하는 인간, 진지하고 현실적이며 유능하고 근면한 현대적 삶을 거부하고 조롱하는 것이 일종의 귀찮은 스포츠처럼 된 인간이 여행에 대해 이야기하는 것이 뭐가 그리 중요하겠는가? 그렇다, 그런 낭만주의자가 여행에 대해 무슨 말을 하든 결코 중요할 수 없다. 그런데도 어릿광대의 말을 듣겠다고 하는 자는 그 어릿광대가 해학가의 방식으로 소위 자신의 주제라는 것을 자꾸 눈에서 놓쳤다가 힘들여 찾아야 하는 위험을 무릅쓰는 것이다. 그를 일종의 해학가라 해도 무방하겠다. 해학가들은 무엇을 쓰든 제목이나 주제는 언제나 모두 핑계로 삼을 뿐이다. 진실로 그들 모두의 주제는 한 가지뿐이다. 다시 말해 그것은 기이한 슬픔, 이런 표현을 쓰기 뭣하지만 인생의 고약함, 또 이런 가련한 삶이 그럼에도 무척이나 아름답고 소중할 수 있다는 것에 대한 놀라움이다.

그럼 이제 내 여행에 대해 이야기하도록 하겠다. 여름이 다가왔고, 그때 내 삶의 선율은 더 우호적이지 않았다. 외부에서 오는 근심에 시달렸고, 내게 위로를 주던 오래된 취미이자 즐거움인 그림 그리기와 독서의 행복은 많이 사라졌다. 지속적인 눈의 통증에 시달렸기 때문이다. 이미 오래 전부터 그런 증세가 있었지만 근래에 들어 매우 격렬하게 지속되었다. 나는 또다시 슬프게도 내 소원이 실현되지 않을 것이며, 그에 따라 내 삶이 다시 새로운 의미를 얻으려면 어떤 새로운 징조 속으로 들어가야 한다는 것을 뚜렷이 감지했다. 나는 여러 해 동안 많은 희생을 치르며 은둔 생활을 할 수 있었다. 나는 사람들 눈에 띄지 않는 곳에 숨어 완전히 홀로 골방에 앉아서 쓸데없는 유희와 악습, 즉 사색과 공상, 독서와 그림 그리기, 음주와 글쓰기에 몰두할 수 있었다. 이제 그런 소원은 성취되었고, 그런 시도는 충분히 해보았다. 눈이 아파왔다. 독서와 그림 그리기를 포함해 일은 더 이상 행복을 가져다주지 못했다. 그러한 상태가 일단 참을 수 없게 되어 내가 그 불에 화상을 입게 된다면, 이미 매우 자주 겪어왔듯이 그런 상태에서 어떤 새로운 상태, 새로운 삶의 시작, 새로운 확신이 생겨나리라.

이제 고통을 충분히 맛보며, 두 눈을 감고 겸허히 자신을 낮추

어 운명을 받아들이면 되었다. 이런 입장에서 나는 11월 초에 하기로 한 울름 여행을 무척 반가이 맞아들였다. 그 여행이 다른 아무것도 가져다주지 못한다 해도 기분전환과 새로운 이미지를 가져다줄 것이고, 새로운 사람을 사귀게 해줄 것이다. 여행은 고립된 상황에서 벗어나게 하고 동참과 관심을 강요하며 외부로 눈을 돌리게 했다. 정말이지 그 여행은 내게 반가운 것이었다. 나는 벌써 약간이나마 여행 계획을 세우기 시작했다. 울름에서 낭송을 하기 전에 반드시 먼저 블라우보이렌을 방문할 생각이었다. 나는 그곳 아름다운 라우와 내 친구한테 가면서, 가령 낭송회 뒤에 가끔 엄습하곤 하는 의기소침과 역겨움은 함께 가져가고 싶지 않았던 것이다.

그러므로 10월 말에 여행을 떠나야 했다. 그런데 내가 사는 마을 테신에서 블라우보이렌까지는 멀었기에 이 긴 여행을 쾌적하게 여러 부분으로 잘게 나누어, 그것을 즐기고 소화할 수 있게 하는 데 착수해야 했다. 어떤 일이 있더라도 내 친구들이 있는 취리히에서는 꼭 묵었다 가리라 마음먹었다. 거기서는 호텔 생활의 공포에 방치되지 않고, 음악과 질 좋은 포도주, 영화나 연극 같은 도시 생활도 어쩌면 약간 즐길 수 있을지도 몰랐다. 그 대신 계산을 해볼수록 여행 경비가 만만치 않을 것 같았다. 그런데 울름 낭송회의 사례비는 며칠이면 될 여행을 몇 주일이나 걸려서 하는 사람을 위해 산정된 것이 아니었다.

따라서 아우크스부르크에서도 갑자기 낭송회 초청장이 왔을

7부 뉘른베르크 여행

때 거절할 이유가 전혀 없었다. 내가 알기로 울름에서 아우크스부르크까지는 기차로 약 두 시간 거리였으므로 중간역도 필요없었다. 나는 아우크스부르크 낭송회를 울름 낭송회 이틀 뒤로 잡았고, 우리는 의견일치를 보았다. 이제 내 여행은 한층 더 중요해지고 실현 가능성이 더 커졌다. 그도 그럴 것이 이제 슈바벤의 고도인 울름과 아우크스부르크를 볼 뿐만 아니라 아우크스부르크에서 당연히 많은 친구들이 있는 뮌헨까지도 갈 것이기 때문이다. 뮌헨은 여러 해 전, 전쟁이 터지기 오래 전에 내가 한때 행복하고 즐거운 시간을 보낸 곳이기도 하다.

우선 나는 울름, 아우크스부르크, 뮌헨의 친구들에게 이런 사실을 알렸다. 기뻐하는 답신과 초대가 내 여행 욕구를 한껏 고조시켰다. 그런데 가만히 생각해보니 취리히와 블라우보이렌 구간을 하루 만에 가기란 불가능할 것 같았다. 그러려면 물론 아침 일곱 시나 여덟 시에 벌써 취리히에서 출발해야 했다. 그런데 10월 말의 그 시각은 서글플 만치 이른 새벽일 것이란 생각이 들었다. 하지만 결국 조그만 희생은 감수할 수도 있다고 생각하고, 미소를 지으며 열차들 시각을 골라서 적었다.

여름 몇 달 간은 내 본업이 문학이 아니라 그림이다. 그래서 나는 눈이 허락하는 한 우리의 아름다운 숲 언저리 밤나무 아래에 앉아 테신의 맑은 언덕과 마을을 수채화로 그렸다. 10년 전에 벌써 나는 지상의 어느 누구도 나만큼 그곳을 속속들이 아는 사람이 없으리라 자부했는데, 그 이후로 그곳의 많은 것에 대해 더욱 자세히 알게 되었다. 내 그림 가방은 더 두툼해졌다. 해마다 그렇듯이 들판은 모르는 사이 조금씩 더 누런색을 띠어 갔고, 새벽 공기는 더 시원해졌으며, 저녁 산은 더 보랏빛으로 변해갔다. 그리고 나의 녹색에는 노란색과 붉은색을 점점 더 많이 섞어야 했다. 갑자기 밀밭은 텅 비어 있었고, 붉은 대지는 벵갈라[1]와 꼭두서니 빛[2]의 칠을 요구했다. 옥수수 밭은 금빛과 담황색을 띠고 있었다. 9월이 되자 늦여름의 청명함이 펼쳐지기 시작했다. 나는 어느 때보다 이럴 때 무상의 외침을 가장 심하게 느낀다. 연중 어느 때도 이때만큼 대지의 색깔을, 술꾼이 잘 만든 포도주의 마지막 잔을 들이마시듯이 내 속으로 그처럼 탐욕스럽고도 조심스럽게 들이마시지 않는다. 내가 약간 야심을 가진 그림에서도 몇 가지 조그만 성과를 거두었다. 내 그림 몇 점이 팔렸고, 독일의 한 월간지는 테신의 경치를 다룬 어떤 글에 내 그림을 넣는 데 동의했다. 나는 벌써 조그만 그림들의 사본을 보았고, 그림 사례비도 받았다. 그리고 문학에서 완전히 손 떼고 더 마음이 가는 화가의 일을 하면서 그럭저럭 생계를 이어갈 수 있지 않을까 하는 사고의 유희를 즐기기도 했다. 며칠간 즐거운 시간이었다. 그런데 즐거운 가운데 눈을 너무 혹사시키는 바람에 더 이상 그림을 그릴 수 없었다. 그리고 여러 가지 면에서 가을의 징조가 느껴지기 시작했을 때 불안한 기분이 들었다. 이제 지금의 생활 상태가 허물어져

---

1 쇠에 녹슬지 않도록 바르는, 누런 빛깔을 띤 붉은 도료인 철단의 옛 용어.
2 꼭두서니를 원료로 하여 만든 물감과 같이 붉은 빛깔.

가려는 참에, 생활에 변화를 주어 여행하기로 마음먹고 보니 더 오래 기다리는 것은 아무 의미가 없었다. 9월 말경 나는 여행을 결심했다.

그러자 이제 갑자기 할 일이 많아졌다. 지금 벌써 여행하려면 몇 주일 묵을 짐을 꾸려야 했다. 몇 주일 내내 여행객의 생활을 할 생각이 없었고, 도중에 여기저기 들러 느긋하게 머물며 어쩌면 그림도 그리고 글도 쓸 생각이었다. 아무튼 취사도구를 챙겨가고 책도 엄선해서 가져갈 생각이었다. 옷과 세탁물도 살펴보아야 했다. 단추를 달고 해진 곳은 기웠으며, 모든 상자와 서랍은 열어두었다. 강연할 때 입을 검은 양복은 더 이상 좋지 않은 상태다. 그래서 양복 때문에도 온갖 야단법석을 떨어야 했다. 그리고 트렁크를 채 닫기도 전에 또 다른 낭송회 초대장이 왔다. 뉘른베르크에서 온 초대장이었다. 아우크스부르크에서 그곳으로 곧장 와달라는 요구를 담고 있었다. 그 문제는 곰곰이 생각해봐야 했다. 뉘른베르크는 내 여행과 아주 잘 맞았다. 울름과 아우크스부르크에 갈 때 교양 있는 도시 여행자라면 빼먹지 말고 추가로 꼭 들러야 할 곳이었다. 그래서 나는 승낙을 했다. 그러나 아우크스부르크를 방문한 다음 날이 아니라 닷새 뒤에 가겠다고 했다. 그 정도 기간이면 아우크스부르크와 뉘른베르크 구간을 품위 있게 여행하기에 충분하리라.

이제 떠날 수 있었다. 첫 목적지는 취리히였다. 거기서부터 건강에 좋은 유황온천이 있는 리마트 강변의 바덴에 들러 그곳에서 조용히 요양하며 체류할 생각이었다. 커다란 트렁크는 보내고 작은 짐은 들고 가기로 하고 여행 준비를 마쳤을 때 9월의 태양이 너무 강렬하게 내리쬐고 있었고, 포도원은 익은 청포도로 가득 차 있어서, 이런 마당에 잿빛 하늘의 싸늘해진 취리히로 간다는 것은 죄가 될 것 같았다. 지금 떠나면 포도 수확을 놓치게 된다는 생각을 하지 못하다니! 그렇다고 다시 짐을 풀고 이곳에 남아서 내가 견뎌냈다고 하더라도 이제 벗어나려고 한 상태로 또다시 기어들어간다는 것은 생각할 수 없는 일이었다. 그러나 스위스의 로카르노에는 아주 오랫동안 보지 못한 친구들이 있었다. 그곳에서는 태양이나 포도와 작별하지 않고도 나의 새 삶을 시작할 수 있었다. 나는 로카르노로 떠났다.

그곳의 조그만 도시와 풍경이 나를 반가이 맞아주었다. 나는 오래 전부터 그곳의 모든 계곡과 틈새에 조그만 양치식물과 붉은 패랭이꽃이 가득한 외벽을 속속들이 알고 있었다. 전쟁 중에도 세 번이나 나를 잠깐씩 묵게 하고 위로해주며 다시 기쁨과 감사의 마음을 갖게 해준 풍경이었다. 로카르노 주민들은 무척 기분이 좋았다. 로카르노는 지금 막 외교관 회의 개최지로 선정되었고, 주민은 도시를 새롭게 정비하며 단장하고 있었다. 도시는 화려하게 변모하고 있었다. 슈트레제 씨가 만약 로카르노에 체류하는 동안 광장의 어느 멋진 벤치에 앉았다면 양복을 망치게 된다. 벤치에 온통 새로 유성 페인트를 칠해 놓았기 때문이다.

로카르노로 떠나기 잘했다. 로카르노는 내 여행의 좋은 시작이었다. 나는 브리오네와 고르돌라의 가장 양지바른 언덕에서 달콤한 포도를 외교관 몫까지 몇 파운드 더 먹었다. 그리고 오랫동안 고독한 생활을 한 뒤 다시 친구들 곁에 앉아 잡담하며, 순간 순간 우리 내부에 살아 있는 것, 펜을 이용하는 우회로에서는 언제나 최상의 것과 가장 독특한 점을 잃어버리는 것을 입과 눈으로 표현하는 즐거움을 누렸다. 나는 어떤 기술보다 교제의 기술에서 가장 딜레탕트고 초보자다. 하지만 우호적인 분위기에서 교제를 나누는 드문 순간이야말로 나를 가장 황홀하게 해준다. 타마로 산 위로는 하루씩 걸러 화창한 날이 펼쳐졌다. 리바피아나의 경이로운 좁은 해안 길에서는 20년 전 아니 10년 전만 해도 고독과 망아의 매력을 누릴 수 있었는데 지금은 더 이상 그렇지 않았다.

그렇지만 해안의 이 벽지는 여전히 친근한 도피처다. 또한 호텔 근처나 가장 인기 있는 몇몇 소풍 길을 지나 거칠고 가파른 산악지대로 뚫고 들어가면, 유럽과 시대를 벗어나 돌과 덤불, 도마뱀과 뱀, 색과 작고 부드러운 매력이나 사랑스러움으로 가득 찬 빈곤하지만 따스하고 정겨운 땅에 들어서게 된다. 지난날 나는 이곳에서 도마뱀, 나비와 메뚜기를 연구하고 전갈과 사마귀를 잡았으며, 최초의 그림 습작을 했다. 내게 찾아들어온 개 리오와 함께 더운 날 길도 없는 곳을 돌아다니며 즐거운 시간을 보냈다. 어디서나 아직 당시의 향기가 남아 있었고, 어디서나 소소한 추억의 표시, 집 모퉁이, 정원 울타리가 내 이전 삶의 가장 힘든 시기에 그곳에서 발견했던 각성과 치유의 순간을 불현듯 상기시켜 주었다. 내가 평생 동안 진정한 고향 감정을 느낀 곳은 슈바르츠 발트의 내 고향 도시 말고는 로카르노 부근 지역밖에 없었다. 그런 감정이 아직 얼마간 내 안에 남아 있어서 나는 기뻤다.

나는 로카르노에서 4, 5일간 머물렀다. 사흘째 되는 날에 벌써 나는 전에는 전혀 생각지 못했던 여행이 주는 이점 중 하나를 느끼기 시작했다. 나는 우편물을 받지 않았던 것이다! 우편물이 가져다주는 온갖 걱정과 요구, 내 눈과 가슴, 기분에 가해진 무리한 요구가 갑자기 없어진 것이다! 물론 그것이 일시적인 수렵 금지기에 불과하며, 좀 더 오래 머무르는 다음 체류지에서는 온갖 자질구레한 것, 적어도 편지들이 다시 내게 전송될 것임을 알고 있었다. 하지만 오늘과 내일, 모레는 최소한 우편물이 오지 않을 것이다. 나는 한 인간이었고, 신의 자식이었다. 내 눈과 생각, 내 시간과 기분은 내 것이었고, 오로지 나와 내 친구들 것이었다. 원고 재촉을 하는 편집자도, 원고 수정을 바라는 발행인도, 자필 수집가도, 젊은 시인도, 자신의 글에 충고해달라는 고등학생도 없었고, 또한 그 어떤 게르만의 난폭한 자들 단체의 협박이나 비방 편지도 없었다. 그 어떤 것도 없었으며, 정적과 휴식 외에 아무것도 없었던 것이다! 맙소사, 며칠간 우편물이 오지 않으면 그때야 비로소 우리가 평생 동안 얼마나 많은 허섭스레기와 소화하기 어려운 쓸데없는 짐을 날마다 집어삼켜야 했는지 알게 된다. 마찬가지로 한동안 신문을 읽지 않으면(나는 벌써 오래 전부터 그렇게 하

고 있다.) 전에는 신문 사설에서부터 시세표에 이르기까지 얼마나 많은 자질구레한 일에 매일 아침 시간을 허비하고 정신과 마음을 상하게 했는지 부끄러울 만치 명백해진다. 우편물에 시달리지 않고 그야말로 내 기분대로 생각하고 잊어버리며 상상하는 모든 것에 지원받을 수 있다는 것은 얼마나 기분 좋은 일인가! 무엇보다 끊임없이 문학을 떠올리지 않아도 된다. 어떤 신분과 직업에 소속되고, 미심쩍고 그다지 내세울 것 없는, 따라서 그다지 존중받지 못하는 직업을 가졌다는 것, 한때 이해하기 어려운 청춘의 광기에 사로잡혀 재능을 직업으로 삼는 오류를 범한 것을 떠올리지 않아도 되는 것이다!

나는 이제 이런 수렵 금지기—어쩌면 그렇게 말할 수 있을지도 모른다.—를 의식적이고도 신중히 즐겼다. 또한 때로 이런 상태를 계속 유지할 수 없을까, 어떤 속임수를 써서 연락이 안 되게 하고 주소도 없앤 채 가여운 새들이 하늘 아래, 가여운 벌레들이 지상에서, 구두 견습공이 아무것도 모르고 누리는 행복을 다시 얻을 수 없을까 하는 생각의 유희를 하기도 했다. 다시 말해 알려지고 싶지 않고, 바보 같은 인물 숭배의 희생자가 되고 싶지 않으며, 세간의 여론이라는 불결하고 거짓되며 숨 막히는 공기 속에서 살고 싶지 않은 것이다! 아, 벌써 여러 번 이런 현기증에서 벗어나려고 시도했었다. 그럴 때마다 세상은 무자비하다는 것과, 세상이 작가에게 원하는 것은 작품이나 사고가 아니라 주소와 작가라는 인물임을 경험해야 했다. 세상은 작가를 존경하다가 다시 내팽개치고, 치장해주다가 다시 옷을 벗기며, 즐기다가 다시 그에게 침을 뱉는다. 버릇없는 여자아이가 인형을 가지고 놀다가 그러듯이 말이다. 언젠가 필명을 쓴 덕분에 거의 일 년 동안 내 생각과 상상력을 낯선 이름으로 표현할 수 있었다. 그때는 명성과 적대감에 성가시게 시달리지 않았고 낙인 찍혀 휘둘리지 않았다. 하지만 그러다가 그것도 끝이 났다. 기자들이 진상을 알아내어 내 정체가 폭로된 것이다. 사람들은 내 가슴에 권총을 들이댔다. 나는 자백할 수밖에 없었다. 짧은 기쁨은 끝이 났다. 그 이후로 나는 다시 유명 문사 헤세가 되었다. 보복하기 위해 할 수 있는 유일한 일은 극소수의 사람만 즐길 수 있는 소재로 글을 써서 내가 그 후로 아무튼 좀 더 조용한 생활을 할 수 있도록 노력하는 일이었다.

그럼에도 그 사이 문학에 대한 기억이 완전히 사라진 것은 아니었다. 나는 알게 된 어느 독자로부터 『페터 카멘친트』의 작가로서 열렬한 환영을 받았다. 그때 나는 우두커니 서서 얼굴이 붉어졌다. 그 남자에게 무슨 말을 해야 한단 말인가? 그 책이 더 이상 기억나지 않는다고, 15년 동안 더 이상 읽지 않았으며, 내 기억 속에서는 자주 『제킹겐의 나팔수』[3]와 혼동된다고 말해줘야 할까? 게다가 내가 싫어하는 것은 그 책 자체가 아니라 그 책이 내 삶에 끼친 영향뿐이라고, 다시 말해 그 책이 전혀 뜻하지 않게

---

3 요제프 빅토르 폰 셰페르의 희곡.

성공을 거둬 아무리 필사적으로 발버둥 쳐도 다시 빠져나올 수 없었던 문학의 세계로 나를 영원히 몰아넣었다고 말해야 할까? 그렇게 말했다 한들 그는 이 모든 것을 하나도 이해하지 못했으리라. 그는(난 고약한 경험이 있어 그런 사실을 알고 있다.) 문인으로서의 명성에 대한 내 반감을 짐짓 꾸미는 행위이자 겸손을 가장해 자신을 내세우는 행위로 파악했으리라. 어떤 상황에서도 그는 나를 오해했으리라. 그래서 난 아무 말도 하지 않았고, 얼굴이 약간 붉어졌지만 될 수 있는 한 자제했다.

그런 뒤 이젠 여름이나 남국과 단호히 작별하고 취리히까지 곧장 가야겠다고 결심하고 여행을 계속했다. 그러자 여행에서 얻은 또 다른 성과를 기분 좋게 느끼게 되었다. 다시 말해 일단 떠나겠다고 마음먹으면 작별이 매우 쉬워진 것이다. 전에는 로카르노의 친구들과 헤어져 집으로 돌아갈 때마다 이제 한참 지나서야 서로 다시 보겠구나 하는 느낌이 늘 들곤 했다. 그래서 이별이 힘들었고 내 마음을 무겁게 짓눌렀다. 감정이나 감상적 기분을 배척하거나 싫어하지 않는다는 점에서, 또 우리가 우리의 감정 속에서가 아니라면 대체 무엇으로 살아가, 삶을 어디서 느끼는가라고 자문한다는 점에서 나 역시 전근대적인 인간이다. 가득 찬 돈지갑, 많은 돈이 예금되어 있는 은행 계좌, 멋진 바지주름, 또 예쁜 소녀를 보고도 아무런 느낌이 없고 영혼의 감동이 없다면 그런 것들이 내게 무슨 소용이란 말인가? 그렇다, 다른 사람의 감상적 기분은 아무리 싫어한다 해도 나 자신의 감상적 기분은 좋아하고 오히려 약간은 그 기분에 맞추어준다. 감정, 섬세함, 영혼의 동요에 대한 민감함, 그것이 바로 나의 지참금이며, 그런 것으로 내 삶을 떠맡아야 한다.

내가 만약 내 근력에 의지해서 레슬링 선수나 복싱 선수가 되었다면 어느 누구도 내게 근력을 무언가 종속적인 것으로 여기라는 요구를 하지 않으리라. 내가 암산 능력이 뛰어나 큰 사무실의 장이 된다면 어느 누구도 암산 능력을 열등한 것으로 무시하라고 내게 부당한 요구를 하지 않으리라. 하지만 요즘 시대가 작가에게 요구하고, 일부 젊은 작가들이 자기 자신에게 요구하는 것은 바로 작가의 본질을 이루는 것, 바로 이러한 강점, 즉 영혼의 민감함, 사랑에 빠지는 능력, 사랑하고 뜨겁게 타오르며 헌신하는 능력, 감정의 세계에서 들어보지 못한 것과 정상을 넘는 것을 체험하는 능력을 싫어하고 부끄러워하며, '감상적'이라 불릴 수 있는 모든 것에 저항해야 한다는 것이다. 뭐, 그들은 그렇게 한다 해도 나는 동참하지 않는다. 내게는 나의 감정이 세상의 모든 단호함보다 수천 배는 더 사랑스럽다. 전쟁 기간에 단호한 자들의 감상적 기분에 동참하지 않고, 총질에 열광하지 않도록 나를 지켜준 것은 오로지 그러한 감정이었다.

그러므로 나는 이제 홀가분한 심정으로 로카르노를 떠났다. 이처럼 고향의 자기 골방으로 돌아가지 않고 넓은 세상으로 나갈 때의 작별에는 마음을 짓누르는 기분이 없다. 오히려 머물러 있는 자들보다 우월한 기분이 들기도 한다. 곧 다시 돌아오겠다고 흔쾌히 약속하고, 더욱이 여행 도중 헤매며 떠돌아다닐지도 모른다고 생각하기도 한다. 고트하르트를 통과할 때 로카르노에서 울려온 마지막 여운은 작별이 이렇게 쉬울 수도 있구나 하는 것이었다. 나는 취리히에 머무는 동안에도 우편물을 전송받지 않고 바덴으로 오도록 해야겠다고 마음먹었다.

이 길에는 내 삶에 중요한 역할을 한 정거장들이 있다. 괴셰넨, 플뤼엘렌, 추크, 그리고 특히 이번 여름 오트마르 셰크가 자신의 『펜테질레아』를 완성한 곳인 브룬넨이 그것이다. 그곳 그의 작은 방의 피아노 옆에서 보낸 어느 날 오후는 내게 행복한 추억으로 남아 있다. 나는 그 모든 곳을 지나가면서 취리히를 흔쾌히 통째로 삼켜버렸다. 그것은 취리히가 사람마다 뭔가 다른 것을 의미할 수 있는 하나의 단어이기도 하다는 뜻이다. 내게는 취리히가 수년 전부터 아시아적인 것을 의미한다. 그곳에는 오랫동안 태국에서 살았던 친구들이 있다. 나는 인도와 바다, 아득히 먼 곳에 대한 수백 가지 추억을 생각나게 하는 그들의 집에서 내렸다. 쌀과 카레 향내가 나를 맞아주었고, 태국의 황금빛 신전이 빛을 발하고 있었으며, 청동 불상이 조용히 바라보고 있었다. 이러한 이국풍의 동굴에서 빠져나와 며칠 동안 시내의 현대적이고 우아한 놀이 장소인 음악회와 전시회, 극장과 영화관을 돌아다니면서 다시 순수한 즐거움을 맛보았다.

나는 지금도 도시에 대한 완전히 소박하고 순진한 관계를 지니고 있다. 전체의 조망을 힘들게 여겨 어디서나 개별적인 것을 포착하고 즐긴다. 시가 전차에서 많은 사람들의 얼굴을 관찰하고 현수막의 문구를 읽으며, 호주머니에 손을 넣고 번잡한 거리에서 자전거를 타고 지나가는 조립공이나 견습공을 보고 경탄한다. 나는 그가 휘파람으로 부는 노래가 무엇인지 알아내려 노력한다. 또한 차가 붐비는 네거리에 서서 흰 장갑을 낀 큰 손으로 어지럽게 달리는 차들의 교통정리를 하는 경찰관을 한참 동안 관찰한다. 영화관의 광고에 유혹을 느끼고, 진열창마다 빼놓지 않고 바라보며, 책과 장난감, 모피 제품, 담배나 그 외의 멋진 물건들이 대량으로 쌓인 것에 놀라워한다. 그런 뒤 옆길로 빠져들어 과일과 채소 가게, 고물상, 옛 우표로 가득 찬 먼지 쌓인 전지全紙가 있는 작고 흐릿한 진열창으로 간다.

그런 다음 다시 간선 도로로 나가 자동차들 사이에서 생명의 위험 속에 빠져든다. 그러다 보니 피로를 느끼지만 어딘가에 앉을 수 있다는 것에 곧 기뻐한다. 그것도 카페나 신식 레스토랑이 아닌 어부 골목이나 고물상 골목의 담배 연기 자욱한 어느 술집에서 말이다. 그곳에는 셔츠 차림의 우편집배원이나 일꾼들이 백포도주가 든 작은 잔을 앞에 두고 탁자들마다 잔뜩 차려진 브레첼이나 소시지 또는 삶은 달걀을 먹고 있다. 밀라노나 취리히든, 뮌헨이나 제노바든 나는 그런 장소에 으레 멈추어 서서 다소 흐릿하고 곰팡내 나는 옆 골목의 조그만 술집에 들어가곤 한다. 술집의 장식은 두 마리 금붕어나 조화 꽃다발이 그려진 하나의 유리로 되어 있다. 술집의 벽에는 나폴레옹 3세의 누렇게 변색된 사진과 교외의 어느 스포츠클럽 사진이 걸려 있다. 그곳의 무언가는 학창 시절 금지를 어기고 처음 술집에 들어간 때를 생각나게 해준다. 사람들은 그곳에서 다리 없는 두꺼운 유리잔으로 질 좋은 토속 백포도주를 마시며, 그에 곁들여 카룸이 뿌려진 기묘한 비스킷, 기다란 과자, 작고 두꺼운 소시지 같은 식탁 위에 널려 있는 것들을 먹고 있다.

이곳에서는 지방 토속어를 순수하고도 힘차게 말하는 소리가 들린다. 옷이나 근무복으로 사람들의 신분을 알 수 있다. 모피 외투를 입은 한 운전기사가 들어와 스탠드 옆에 서서 화주 한 잔을 마시며 주인 행세를 한다. 그는 술집 주인의 등을 한 번 치고 개를 차고는 입을 쓱 훔치며 문을 쾅 닫고 나간다. 초라한 행색의 창백한 여자가 들어와 문가에 잠시 비굴하게 서 있다가 여주인에게 조심스럽게 다가가서는 앞치마 속의 빈 병을 가리키며 소근소근 무슨 거래를 시작하다가 쫓겨나고 만다. 한 젊은이가 머리를 문 안으로 들이밀고 "로베르트 거기 있어요?"라고 소리친다. 주인은 고개를 가로 저으며 "그는 오늘 57번가에 있어."라고 말한다. 어느 짐꾼이 붉은색의 플러시 쿠션 의자와 관상용 종려나무 화분을 들고 온다. 그는 쿠션 의자를 벽에 기대어 놓고 종려나무를 탁자 위에 세운 뒤 그 밑에 앉아 츠바이어 노이엔 한 잔을 마신다. 지금까지 무슨 이유로 그런지 따져보진 않았지만 이 모든 과정이 재미있다. 나는 그런 과정을 오랫동안, 두 시간이든 세 시간이든 지켜볼 수 있다.

취향이 그다지 세련되지 못하니 나는 영화관에도 간다. 그곳에서 나는 채플린의 가장 솔직한, 내 착각에 의하면 가장 이해심 있는 숭배자에 속한다. 나는 이탈리아 배우 마치스타도 무척 좋아한다. 반면 역사 속의 화려한 궁정 의상으로 치장한 대작은 피한다. 그런 영화는 교훈을 주려고 하니까.

어느 국제 예술 전시회에도 갔었다. 무척 혼잡했지만 카를 호퍼의 새 그림들이 정말 아름답고 힘차서 기뻤다. 그에 이어서 몇 명의 화가, 문인들과 카페에 앉아 있었다. 그리고 짧은 시간 내에 예술계의 최신 동향을 모두 알게 되어, 이제 이 영역에서도 잠시나마 첨단을 걸을 수 있었다.

이런 소풍을 끝내고 나는 만족스런 기분으로 태국의 친구들 곁으로 되돌아와 불상 아래 중국의 접시들 사이에서 휴식을 취했다. 은둔자나 외딴 곳에 홀로 지내는 자에겐 이런 것이 여행에서 얻는 가장 멋진 일이다. 즉 다시 친구들을 만나 다시 손님이 되어 따뜻하고 호의적인 분위기에 둘러싸이는 것, 누군가와 잡담을 나누고 누군가와 진지한 대화를 하며, 누군가와 웃음을 나누고, 누군가와는 잔을 부딪치며 건배하는 것 말이다. 나는 지속적으로 어떤 무리에 합류해 어딘가에 소속되어 함께 생활하며, 어떤 식으로든 다른 이들과 꾸준히 공생관계를 가져본 적이 없었다. 하지만 그 대신 비교적 짧은 시간 동안 짬을 내어 그리운 친구들을 찾아가 만나는 행운을 늘 누릴 수 있었다. 그러면서 조심성도 정치색도 없이 터놓고 말하며 나 자신을 쏟아놓을 수 있는 즐거움을 맛보았다. 내 친구들, 나와 막역한 사이라서 나의 모든 어리석음과 기행奇行을 잘 아는 친구들 역시 그럼에도 내게 충실하다는 것은 나의 약간 우스꽝스러운 삶에 끌어들일 수 있는 유일한 설득력 있는 정당화가 된다.

취리히에서 보낸 이러한 나날과 함께 이제 나의 여행은 당분간 끝이 났다. 바덴의 베레나호프에 비교적 오래 체류하기 위해 정착했으며, 책상과 그림용 탁자를 갖추고 작업 준비를 했다. 이곳에는 열흘 동안 받지 않고 피해 있었던 우편물도 날아왔다. 이제 나는 다시 이 모든 우편엽서를 써야 했다. "매우 존경하는 선생님! 친절하게도 공동 작업에 초대해주셔서 진심으로 감사드립니다. 하지만 유감스럽게도……." 또 다른 낭송회 초대장들도 왔다. 내 관심을 끈 초대장도 있었는데, 현대 유럽이 인도와 중국 같은 동양을 편애하는 것에 대한 강연 부탁이었다. 그에 대해선 이런저런 말을 할 수 있었을지도 모른다. 그러니 강연 장소가 먼 북독일 쪽이 아니고 내게 강연 재능이 있다면 그토록 단순한 구조와 의미를 지닌 이러한 아시아 애호의 징후를 밝히는 것은 내게 즐거운 일이었을지도 모른다. 하지만 강연은 내 본업이 아니었다. 나는 딱 한 번 강연을 해본 적이 있었는데, 그것도 어쩔 수 없이 한 일이었다. 난 그날 내 평생의 모든 엄숙하고 중요한 행사에서보다 더 큰 무대 공포증을 느꼈다. 고맙지만 사양하겠다. "매우 존경하는 선생님들! 동서양에 대한 강연을 해달라는 여러분의 초청장을 매우 관심 있게 읽었습니다. 하지만 유감스럽게도……."

젊은 작가들의 원고도 몇 개 와 있었다. 한숨을 내쉬면서도 처음에는 어쩔 수 없이 꼼꼼히 검토해봐야겠다고 마음먹었다. 하지만 이틀째 되는 날 우편물을 다 읽고 났을 때 눈의 상태도 끝장나게 되었다. 나는 극심한 눈의 통증에 냉찜질을 하며 앉아 있었다. 게다가 한 작가가 자신의 원고와 함께 동봉한 편지가 심히 내 마음에 들지 않았다. 그 편지는 너무나 비굴한 거짓 숭배와 아첨으로 가득 차 있어서 금방 읽기를 포기하고 말았다. 아무튼 나는 세 명의 작가 각각에게 눈의 통증에 시달리고 있으며 비서도 없으니 유감스럽게도 원고를 읽을 수 없다고 정중하게 몇 줄씩 썼다. 그런 뒤 두꺼운 원고에 주소를 쓰고 우표를 붙였다. 열흘간의 휴식이 아무 효과 없음을 깨닫고 눈을 새로이 혹사해서는 안 된다는 사실을 순순히 인정했다.

그럴수록 바덴의 온천장에는 더 열심히 다녔다. 이 온천장에 대해서는 이미 다른 곳에서 기술했으므로 여기서 다시 언급할 필요가 없겠다. 나는 내 주치의와 거기서 많은 좋은 시간을 보냈다. 그리고 내가 친구처럼 생각한 온천장 주인은 저녁에 걸핏하면 "헤세 씨, 포마르 한 병 하는 게 어떨까요?"라고 내게 물었다. 나를 찾아오는 방문객도 심심찮게 있었다. 여러 해 동안 보지 못한 옛 친구 피스토리우스가 나타났다. 그 사이 나 못지않게 머리가 벗겨지고 모습이 변했다. 나는 감사하는 마음으로 다시 그와 함께 희미하게 이글거리고, 신성한 상징으로 가득 찬 그의 정신세계 속을 돌아다녔으며, 그 사이 나와 우리가 한때 틔웠던 싹이 어떻게 되었는지 그에게 보여주었다. 인정머리 없는 루이스도 어느 날 여행용 가방을 들고 나타났다가 단 몇 시간 있은 뒤 훌쩍 가버렸다. 그는 벨레아렌으로 가서 그곳에서 그림을 그릴 생각이라면서, 같이 가자고 내게 간곡히 청했다. 그 이후로 다시는 그의 소식을 듣지 못했다.

바덴에서의 휴식은 생각했던 것보다 훨씬 빨리 끝났다. 언제나 그렇듯이 이번에도 나는 읽을거리와 일거리를 너무 많이 가져갔다. 이제 다시 짐을 꾸려야 할 때가 온 것이다. 책과 빨랫감을 죄다 독일로 끌고 갈 필요는 없을 것 같았다. 나는 끙끙거리며 없어도 되는 것을 모두 대형 트렁크에 꾸려 넣어 집으로 부쳤다. 그런 뒤 마지막 날 오후에 여행용 손가방을 꾸리려고 보니 남은 물건이 들어가지 않았다. 그래서 할 수 없이 검은 양복을 마분지 상자에 쑤셔 넣고 노끈으로 묶어야 했다. 아무튼 마지막 며칠 밤은 잠을 제대로 이루지 못했다. 다시 여행을 떠나야 한다는 생각에 마음이 편치 못했다. 내일 아침 7시나 8시경에 길을 떠나 블라우보이렌까지 가야 했기에 그곳에 사는 내 친구에게 알렸다. 빌어먹을 마분지 상자를 들고 서 있다가 여행을 계속하는 데 꼭 필요한 몇몇 물품까지 대형 트렁크에 집어넣었음을 알게 되었다.

그래서 경솔히 약속을 해버린 것에 대한 대가를 지금 또다시 톡톡히 치러야 했다. 내일 아침 7시면 취리히에 가 있어야 하는데 아직 바덴에 있었다. 짐은 거의 충분히 꾸린 셈이나 곧 다시 3주간 유황이 함유된 광천수에 들어가는 것이 제일 좋을 듯싶었

다. 그런 다음 불면의 밤을 보낸 뒤(닭이 울 때 다시 일어나야 한다면 어떻게 베로날을 복용할 수 있겠는가) 내일 투트링엔에서 기차를 갈 아타고 블라우보이렌까지의 전 구간을 달려 지치고 짜증난 상태 로 블라우보이렌에 도착할 것이다. 이 모든 일은 오로지 이틀 뒤 울름의 모르는 사람들 앞에서 내 시를 낭송하기 위해서였다. 그 뒤는 아우크스부르크에서, 그 다음은 뉘른베르크에서다! 이런 계획을 따르다가는 어쩜 미쳐버릴지도 몰랐다! 아니, 지금은 일 단 취리히에서 밤을 보내기 위해 그곳으로 향했다. 그곳에서 내 친구들과 이 멍청한 일을 상의해본 다음, 테너 선생이 유감스럽 게도 심한 감기에 걸려 갈 수 없을 거라는 세 통의 깔끔한 전보를 작성할 예정이었다. 휴, 다행이다.

나는 취리히로 향했고, 내 친구 아내에게 역에 나와 달라고 부 탁해 놓았다. 그녀를 기다리며 앉아 역 구내 식당에서 마콩 산産 적포도주를 마셨다. 기분이 좋지 않았다. 마분지 상자가 부담스 러웠고, 여행에 대한 걱정으로 수심에 차 있었다. 으슬으슬 추운 날씨였다. 감기에 걸렸고 목이 쉬었다. 바덴에 그대로 남지 않은 것을 후회했고, 진작 다시 테신의 집으로 돌아가지 않은 것을 후 회했다. 이윽고 엘리스가 왔고, 우리는 그녀의 집으로 갔다. 내가 겪은 고생과 주저하는 마음을 얘기하는 동안 대형 불상이 비웃 듯이 나를 내려다보았다. 엘리스는 내가 여행하는 것에 찬성했 다. 만약 기분이 나쁘다고 체념한다면 나중에 후회할지도 모른 다고 했다. 나는 기분이 나쁜 것은 괜찮다고 생각했다. 너희들처

럼 훨씬 정상적인 사람들은 잠도 못 자고 다음 날 꼭두새벽에 일
어나 장시간 기차를 타야 하는 것, 프로그램에 따라 행동하고 의
무를 이행하는 것이 우리 같은 사람에게 어떤 것인지 알지 못할
거야. 나는 저항했다. 대화가 더욱 격해지자 나는 내일 새벽에 일
어나 여행 떠나는 것에 완강히 저항했다. 다행히도 그녀는 한 발
물러섰다. 그러니 내일 아침은 푹 자도 되겠다. 그런 뒤에도 아직
전보 칠 시간은 있으리라.

　나는 구원을 받고 안도의 한숨을 쉬었다. 밤과 아침 시간을 얻
은 것이었다. 친구가 집에 돌아왔고, 우리는 식사하면서 포도주
를 한 잔씩 마셨다. 나는 베로날 한 알을 내게 기꺼이 허락했다.
그리고 다음 날 아침 10시와 11시 사이 정신이 맑은 시간에 다시
내 사정을 들려주었다. 나는 마분지 상자 대신 태국, 싱가포르,
자바에서 만들어졌다는 멋진 상표가 붙은 작고 편리한 트렁크를
하나 빌렸다. 그리고 식사를 마치고 내 운명과 반쯤 타협을 한 뒤
독일 국경을 향해 떠났다. 그런데 어리석은 영웅심을 발휘해 새
벽열차를 타고 블라우보이렌 구간을 단숨에 가려는 계획이 애당
초부터 잘못된 것임이 나중에 밝혀졌다. 블라우보이렌으로 가는
대신 이제 그냥 투트링엔으로 갔다. 그곳에서 하룻밤 묵고 어쩔
수 없이 약속보다 하루 늦게 내 친구한테, 그리고 클뢰슬레 블라
이로 가기 위해서였다. 나는 체념한 상태로 내 열차 칸에 앉아 있
었다. 내 맞은편에는 뚱뚱한 사업가가 담요로 무릎을 덮은 채 자
고 있었다. 창가에는 보덴 호에서 지내던 시절부터 내게 친숙한

경치가 스쳐 지나갔다. 라인 강과 라인 폭포가 나타났고, 세관원과 여권 검사를 하는 사람이 나타났다. 헤가우 산맥이 불쑥 나타났고, 이러한 경치 속에서 살았던 옛 고향 시절이 주마등처럼 지나갔다. 징엔 역에 도착했다. 불현듯 옛 친구들이 아직 살고 있는 이곳을 그냥 지나가면 안 되겠다는 생각이 들었다. 그러나 여행 계획을 짤 때 징엔과 그곳의 친구들은 생각하지 못했다는 것이 어쩌면 납득할 만한 일일지도 모른다. 그도 그럴 것이 나의 보덴호 시절을 그다지 생각하고 싶지 않다는 충분한 이유가 있었기 때문이다.

그 사이 나는 징엔에서 창문을 열고 플랫폼을 내다보고 있었다. 제복을 입은 한 남자가 정중한 자세로 서서 열차가 40분간 정차한다고 알렸다. 잘 됐다 싶어 열차에서 내려 시내에 있는 친구들에게 전화를 하자 친구들이 달려왔다. 남편과 아내, 대학생 아들까지. 그 아들을 내가 마지막으로 본 것은 어린 꼬마였을 때였다. 이 일도 잘 마무리가 되었다. 40분쯤 지난 뒤 나는 양심에 거리낌 없이 여행을 계속할 수 있었다. 우리가 투트링엔에 당도하기 전에 밤이 되었다. 불이 켜지자 사업가가 잠에서 깨어났다. 그는 작센 사람이었다. 그는 말하기 시작했다. 불만스러워 보인 그는 사업차 이탈리아에서 오는 길이었다. 이탈리아와 스위스에서 안 좋은 일을 많이 겪은 모양이었다. "이것 보세요, 당신 같은 사람한텐 속지 않을 겁니다. 나도 잘 알고 있어요, 그렇고말고요. 인생이란 명백한 사기입니다. 그렇습니다. 당신도 하고 싶은 애기를 해보세요."

나는 그가 말하는 내용에 완전히 동의했다. 다만 어투는 마음에 들지 않았다. 나는 묵묵부답으로 있었다. 우리가 투트링엔에 도착하자 나는 기뻤다. 이제 내 고향 슈바벤에 온 것이다. 또다시 슈바벤의 소도시에서 하룻밤 묵게 되었다. 호텔 사환이 나와 있었고, 나는 그를 따라 어느 오래된 훌륭한 숙소에 이르렀다. 도착해서 숙소에 들어가기 직전 곧게 뻗은 넓은 간선 도로 위로 보름달이 휘영청 떠올랐다. 그러니까 달이 여기서 나를 다시 맞아준 것이다. 나는 보름달을 반가운 마음으로 받아들였다. 견실하지만 낡고 품위 없는 숙소였고 방은 안락했다. 나는 계속 쿡쿡 쑤시는 눈을 잠시 차가운 물속에 담근 뒤 이제 야식으로 닭고기 수프를 주문했다. 닭고기 수프는 맛이 좋았다. 투트링엔에 대해 아직 잘 몰랐으므로 잠자리에 들기 전 시내를 한 바퀴 돌아보는 것이 좋을 것 같았다. 나는 외투 깃을 높이 세우고 시가를 입에 문 채 어슬렁어슬렁 거리를 돌아다녔다. 나는 간선 도로를 벌써 잘 알고 있었다. 그것은 저녁나절에 슈바벤의 작은 도시가 보여주는 이상에 그다지 근접하는 것 같지는 않았다. 그래서 나는 첫 번째 샛길로 접어들어 몇 개의 잡동사니에 걸려 비틀거리면서 잔디가 깔린 낮은 경사면을 내려갔다. 갑자기 보름달이 다시 나타나 밤 중의 놀랍고 고요한 호수에 비쳤다. 뾰족한 박공이 희미한 하늘에 솟아 있었다. 주변 일대에는 인적이 없었고, 어느 집 뜰의 울타리 뒤에서 개 한 마리가 짖어댔다. 나는 천천히 골목을 이리저리 돌아다녔고, 다리를 건넜다가 다시 돌아오기도 했다. 차가운 물 냄새가 올라왔다. 뾰족한 박공은 내 고향도시의 모습과 같았다. 고향과 나의 어리석은 삶, 고독하게 늙어가는 삶을 생각하는 동안 지붕들의 뾰족한 열 사이로 달이 다시 모습을 드러냈다. 벌써 하얀색을 띤 조그만 달이었다.

이 순간 소년 시절의 어떤 추억이 나를 찾아왔다. 어쩌면 나를 작가로 만들었을지도 모르는 어느 순간(나는 그 전에도 이미 시를 짓긴 했지만)이 불쑥 내게 떠오른 것이다. 그 추억은 이랬다. 라틴어 학교에 다니는 열두 살짜리 학생의 독본에는 통상적인 시와 이야기, 프리드리히 대제와 수염으로 뒤덮인 에버하르트[4]의 일화가 적혀 있었다. 나는 그 모든 것을 즐겨 읽었다. 하지만 이런 것들 사이에는 무언가 다른 것, 무언가 경이로운 것, 전적으로 마법에 걸린 듯한 것, 그때까지의 내 삶에서 마주친 가장 아름다운 것이 적혀 있었다. 그것은 휠덜린의 「밤」이라는 미완성 시였다. 아, 몇 줄 안 되는 이 시구를 당시 얼마나 자주 읽었던가. 시란 이런 것이구나! 시인이란 이런 것이구나! 하는 감정이 얼마나 경이롭고도 은밀히 격정과 두려움을 불러일으켰던가. 그때 내 어머니와 아버지의 언어가 내 귀에 처음으로 무척 깊고도 신성하며 강력하게 울려왔다. 소년인 내게는 별다른 내용이 아니었던

---

4 Johann August Eberhard(1739~1809). 칸트와 동시대의 철학자이자 신학자. 할레 대학에서 신학, 문헌학, 철학을 공부했다. 신학, 인식론, 윤리학, 미학, 문헌학, 철학사에 관한 저작이 있다.

이 믿기지 않는 시구에서 천리안의 마법과 시 문학의 비밀이 내게 어떻게 밀려왔던가!

> 별이 총총한 밤이 오네.
> 우리를 개의치 않는 듯
> 놀라움을 주는 별 하나가 저기 빛을 발한다.
> 사람들 사이 이방인이
> 산들의 비웃음 너머로 슬프고도 찬란하게.

소년 시절 무척 많이 읽고 정말 큰 감동을 받기도 했지만, 이 시구가 소년을 매혹시킨 것만큼 시인의 언어가 나를 그토록 완전히 매혹시킨 적은 없었다. 훗날 스무 살 청년이 되어 처음으로 차라투스트라를 읽고 비슷한 매혹에 사로잡혔을 때 곧바로 독본에 나왔던 휠덜린의 시가 떠올랐고, 최초로 소년의 영혼이 예술에 경탄했던 일이 떠올랐다.

그러므로 아름다운 라우와 작가 뫼리케에 대한 희미한 기억으로 시작된 이 슈바벤 여행은 어린 시절의 울림이 있는 곳으로 나를 도로 데려가기 위해, 또 모든 것이 얼마나 깊이 뿌리박혀 있고 거기서 벗어날 수 없는 것임을 말해주기 위해 내게 정해져 있는 것이었다. 설사 여행으로 환멸만 느낀다 해도 투트링엔의 보름달 밑에서 부지불식간에 휠덜린의 시구가 떠오른 이 순간은 충분히 성과가 있었다.

우리 같은 인간은 별 것 아닌 것에 만족하긴 하지만 또한 최고의 것에만 만족한다고도 할 수 있다. 고통과 절망, 목을 조르는 듯한 삶의 혐오감 사이에서 어느 성스러운 순간 이처럼 감내하기 어려운 삶의 의미에 대한 질문에 번번이 긍정의 답변을 듣는 것으로 우리에겐 충분하다. 비록 다음 순간이면 다시 혼탁한 홍수에 씻긴다 해도 말이다. 우리는 그런 긍정의 답을 듣는 것으로 다시 오랫동안 계속 살아간다. 단지 살아가며 삶을 감내하기만 하는 것이 아니라 삶을 사랑하고 찬미하는 것이다.

　　내 청년기의 성물들 중 하나와 뜻하지 않게 만나 감동하고 위로도 받은 채 횔덜린의 달과 호숫가의 잠들어 있는 골목에서 내 숙소가 있는 곳으로 되돌아왔다. 밤새 오랫동안 그 시구가 내게 울려왔고, 청년기의 깊은 우물에서 나오는 목소리가 내 귀에 계속 들렸다. 아, 그 목소리가 날 유혹해 데려가지 않은 곳이 있었던가! 낙인찍히지 않은 다른 이들에게 소중하고 중요한 모든 것으로부터 그 목소리는 나를 오랜 세월동안 얼마나 멀리 데려갔던가! 그 목소리는 남에게 전할 수 없는 고독하고 깊은 환희를 내게 얼마나 많이 가져다주었던가! 그 마법의 목소리, 우리가 타고난 삶보다 더 고귀한 삶과 더 고상한 인간성을 노래하는 그 위험한 노래는 고통과 갈등에 나를 얼마나 깊이 얽혀들게 했던가! 그 목소리는 나를 온갖 현실과 갈등하고 투쟁하게 만들었으며, 더 이상 치유될 길 없는 차디찬 고독 속으로, 자기경멸이라는 끔찍한 심연 속으로, 경건함이라는 신적인 허황된 생각으로 나를 몰아갔다. 갈수록 삶의 압박을 받으면서 오늘날 내가 유머로 도망치고 이른바 익살스러운 면의 현실성을 바라보게 되었다면, 그것이 비록 중간 단계의 짧은 순간에 불과하다 해도, 그 역시 저 신성한 목소리에 대한 하나의 긍정에 불과하며, 그 목소리와 현실, 이상과 경험 사이의 심연에 부서질 것 같은 날아가는 다리를 놓으려는 일시적인 시도에 불과하다. 비극과 유머는 결코 대립되는 것이 아니며, 대립되는 것이라면 오히려 하나가 다른 하나를 가차 없이 요구한다는 점에서만 그러하다.

다음 날 아침 늦게 아침식사를 하고 보니 소도시 투트링엔이 눈에 띄게 마법에서 풀려 있었다. 그것은 단지 내 탓이 아니고, 아침 시간에 세상으로부터 어떤 좋은 것을 찾아내지 못하는 나의 무능력 때문만은 아니었다. 믿을 만한 증인들의 말에 의하면 투트링엔은 전반적으로 오히려 쌀쌀맞은 도시라고 일컬어질 수 있기 때문이다. 나는 그런 사실에 신경 쓰지 않았고, 그럼에도 나는 호숫가의 길을 걸었다. 박공들이 있는 곳으로 가보니 다시 모든 것이 그대로 제자리에 있었다. 다만 달과 밤 시간의 은총만 없었을 뿐이다. 그러니 내가 그야말로 적절한 순간에, 다시 말해 투트링엔이 신비로운 동화의 도시였던 무한히 드문 은총 받은 순간에 이곳에 온 셈이었다. 이제 그곳을 쉽게 떠날 수 있었다. 그래서 버터 빵을 하나 사고 역에서 태국산 트렁크를 찾아 흡족한 기분으로 열차에 올라탔다. 아름다운 도나우 골짜기로 가는 만원인 주말 열차였다.

밝은 햇살을 받아 반짝이는 보이론과 베렌바크가 보였다. 차에서 내려 이 유혹적인 장소에 좀 더 가까이 다가가고 싶은 호기심이 생겼다. 하지만 나는 어제 가지 않아 실망한 친구가 블라우보이렌에서 날 손꼽아 기다리고 있다는 것을 잘 알고 있었기에, 내리는 것을 단념했다. 열차는 짙은 안개 속을 달렸다. 굽어진 어느 골짜기에서는 갑자기 푸른 하늘과 태양이 사라져버려, 역에 적힌 지명을 제대로 읽을 수도 없었다. 이른 오후에 도착한 블라우탈도 날씨가 흐리고 안개가 자욱했다. 그때 1분쯤 늦게 그리운 친구가 넓고 썰렁한 거리를 달려왔다. 조그만 블라우탈 안쪽과 블라우보이렌의 비밀이 있는 쪽으로 통하는 길이었다. 역에 도착한 자는 그 길을 따라가면 그런 곳이 있으리라고 전혀 눈치 채지 못한다. 우리 두 사람은 그곳에 서서 세월이 흐르면서 더 말끔해지지는 않은 서로의 얼굴을 들여다보았다. 우리 둘 다 깊고 솔직한 기쁨을 맛보았을 것으로 생각된다. 스무 살부터 고향에서 멀리 떨어져 살아온 나로서는 적어도, 함께 소년 시절을 보냈으며, 나를 학창 시절의 별명으로 불러도 무방한 몇 사람이 실제로 있다는 것을 가끔 알게 되면 무척 기분이 좋고 마음이 훈훈해지는 것을 느낀다. 또 소년 시절에 알았던 사람들이 전혀 변하지 않은 것을 매번 확인하는 것은 얼마나 감동적이고 우스꽝스러운 일인가!

내 친구도 그와 마찬가지였다. 우리의 우정은 우리가 열네 살 때였던 시점부터 시작되었다. 그는 당시의 소년 얼굴로 내 상상속에 살아 있었다. 그는 이제 대학교수의 신중한 걸음걸이로 걸어오고, 콧수염을 넓게 기른 채 약간 피곤한 뺨과 세기 시작하는 머리로 나타난다 해도 이 모든 것은 나를 속이지 못하고 내게 깊은 감명도 주지 못할 것이다. 그는 무덤에 들어갈 때까지 내 학교 동창일 것이고, 내게는 약 열다섯 살의 나이로 머물러 있을 것이다. 나 역시 그에게 마찬가지이리라. 이것을 다시 확인하고 즐거움을 느꼈다. 우리는 곧바로 이야기꽃을 피우며 기분 좋게 골짜기 속으로 황량한 거리를 걸어갔다. 그리고 남의 눈에 띄지 않게 목골 박공과 훌륭한 지붕이 있는 유서 깊은 고택들로 가득 찬 멋진 소도시로 들어갔다가 다시 조용한 수도원 구역으로 들어갔다.

그때 불현듯 아름다운 라우가 다시 떠올랐다. 나는 친구에게 그녀 이야기와 수녀원 지하실에 있는 석조 욕실을 상기시켜주었다. 그리고 이 지하실과 욕실을 보는 것이 블라우보이렌에서 내게 가장 중요한 일이니 좋은 시간에 나를 그곳으로 데려가 달라고 말했다. 하지만 내 친구는 지하실과 욕실에 대해 금시초문이라고 말했다. 그래서 나 역시 그것이 뫼리케가 그럴듯하게 꾸며낸 이야기가 아닐까 하는 의문을 갖게 되었다. 그러는 중에 우리는 한 남자를 만나게 되었다. 그런데 웬걸, 그는 박물관 관리인인 동시에 블라우보이렌의 귀중품에 대한 주도면밀한 보호자이자 전문가인 수도원의 건물 관리인이었다. 그래서 나는 그에게 내 관심사를 들려주었고, 뫼리케의 이야기에 나오는 상황을 자세히 묘사해주었다. 그러자 그의 얼굴이 환해졌다. 정말로 그 지하실이 존재한다는 것이었다. 지하의 어느 수로가 그 지하실을 블라우토프와 연결시켜주었다. 그는 시간이 허락하면 곧장 나를 그곳으로 안내해주겠다고 했다. 우리는 다음 날 한 시간쯤 시간을 내기로 약속했다. 그런 뒤 우리는 내 친구가 지금 살고 있는 예전의 수도원으로 들어갔다. 우리는 친구 부인의 영접을 받고 곧장 점심식사를 하도록 안내받았다. 친구 부부가 점심을 차려놓고 나를 기다렸던 것이다. 슈바벤식 감자 샐러드와 맛 좋고 순한 베직하임 산 포도주가 있었다. 이제야 비로소 나는 슈바벤, 즉 고향에 온 것이었다. 나는 스스로 슈바벤 사투리로 말했다. 나는 이제 이곳저곳을 돌아다니는 선생이 아니라 형제였고, 더 이상 멍청한 은둔자가 아니었다. 나는 이런저런 질문을 받았고, 학우들과 옛 스승들, 그들의 아들딸들에 대한 소식을 들었다. 나는 이곳 수도원의 교수가 되어 있는 예전의 라틴어학교 교장 아들을 만났다. 다른 동창생 한 명은 내일 오기로 되어 있었다. 그는 시골 목사였는데, 이곳의 학교에 다니는 아들이 하나 있었다. 나는 주인을 유심히 지켜보았다. 그는 신중하게 식사했고, 넓은 코밑수염을 쓰다듬었으며, 아내와 사리에 맞고 품위 있는 대화를 주고받았다. 눈가에는 조그만 주름이 있었다. 하지만 그래봤자 달라질 것은 없었다. 그는 내게 소년 빌헬름이었던 것이다.

나는 블라우보이렌에서 이틀간 머물렀다. 건축학적으로 보면 끔찍하지만 무척 내 마음에 들게 된 수도원의 신축 건물에서였다. 언제나 내 몸 상태가 좋은 것은 아니었다. 밤에는 잠을 이루지 못했고, 갖가지 불편한 일이 느껴졌다. 이러다 보니 울름을 생각하면 미리 심기가 불편해졌고, 남쪽의 내 골방을 돌이켜 생각하니 불안해졌다. 가끔은 직책을 갖고 합리적인 활동을 하며 매일 의무를 수행하는 내 친구가 부럽게 생각되기도 했다. 하지만 이 모든 것은 부차적인 일이었을 뿐 그다지 중요한 일이 아니었다. 반면 다른 모든 것이 무척 중요하고 멋진 일이었다. 수도원 학생들과 몇 번 만남을 가진 것도 멋진 일이었다. 그들에게는 내가 일종의 볼만한 구경거리였다. 그도 그럴 것이 한때 수도원 학생으로 열다섯의 나이에 잠깐 견디다가 수도원에서 도망쳐 나온 내가 그들 앞에 서 있었기 때문이다. 나는 이 수도원에서 전해져 내려오는 황당무계한 이야기의 주인공으로 아직 얼마간 기억되고 있었다. 하지만 그게 어쨌단 말인가? 하지만 이 어리고 귀여운 사내 녀석들이 옛날 수도원 학생이었던 우리와 정말 같은 나이일까? 그 이마와 금발의 어린 정수리 뒤로 예전의 우리와 같은 격렬한 문제가, 그와 같은 변증법과 철학적인 욕구가, 그와 같은 불타오르는 이상이 들끓어 오를 수 있을까? 내 친구 역시 수도원 생활만 해도 우리 때보다 훨씬 쉬운 판에, 요즘의 젊은이는 우리보다 문제의식이 훨씬 부족하고, 더 쉽게 살아간다는 견해였다. 하지만 그런 이야기를 하는 동안 나의 사랑하는 빌헬름은 더 이상 열다섯 살이 아니었고, 나 역시 마찬가지였다. 우리의 눈가에는 수많은 주름이 나 있었고, 희끗희끗한 우리의 머리칼은 뻔뻔스럽게 소리치고 있었다.

우리의 첫 블라우토프 행은 아름답고 중요했다. 동화 같은 호수 위 나무 밑에서는 노란 낙엽이 떠다녔고, 방죽과 개천에는 거위와 오리들로 가득했다. 바닥 깊은 곳에서는 아름다운 라우가 앉아 푸르스름한 빛을 띠며 위쪽을 향해 미소 짓고 있었다. 그 옆에는 어느 옛 왕의 눈물 날 정도로 우스꽝스러운 기념비가 외롭게 절망적으로 서 있었다. 모든 것에서 고향과 슈바벤, 검은 호밀빵과 동화의 냄새가 났다. 이 놀라울 만치 생동감 있고 극히 독특한 경치가 최근 독일 화가들에게 너무나 알려져 있지 않다는 사실이 또다시 기이하게 생각되었다. 곳곳에 라우가 숨어 있었고, 곳곳의 청춘과 유년, 꿈과 렙쿠헨[5]의 향기가 났다. 횔덜린과 뫼리케의 향기도 적잖게 났다. 그들의 기념비가 세워져 있지 않다고 해도 나는 아쉬워할 수 없었다. 충분히 수긍할 수 있는 일이었다. 슈바벤 사람들에게는 늘 왕보다 더 많은 시인들이 있었으니까.

그리고 우리는 드디어 수녀원 지하실로 갔다! 안내자는 낡은 계단과 어두워지는 앞쪽의 둥근 천장을 지나 견고하고 아름다운 벽으로 둘러쳐진 천장이 높은 어느 지하실로 데려갔다. 그는 우리에게 방위를 가리키면서 지하의 수로가 어디로부터 흘러나오는지 보여주었다. 나는 더 이상 기다릴 수 없어 욕실에 대해 물어보았다. 그러자 그는 장엄한 방의 어느 구석 쪽에 손전등을 비추었다. 그러자 흔히 보는 어떤 거친 부분이 드러났다. 다시 말해 시멘트로 처리된 얼룩으로 시멘트를 매끄럽게 바른 부분이었는

---

5 당밀이나 꿀, 여러 향료로 만든 생과자.

데, 아직 거의 새것 그대로였다. 그러니까 여기에 라우의 욕실이 있었던 것이다! 이 빌어먹을 시멘트 얼룩 밑에서 신비로운 차가운 물이 솟아나왔고, 아름다운 라우는 가슴까지 물에 담근 채 물 속을 헤엄쳐 다녔던 것이다! 다행히도 건축가는 시멘트에 적어도 하나의 둥근 구멍을 남겨 놓았는데, 그것 역시 시멘트로 만든 뚜껑으로 덮여 있었다. 우리는 뚜껑을 열었다. 그러자 마치 능욕당한 시신을 덮기라도 하듯 우리가 말없이 구멍을 다시 덮을 때까지, 약한 빛 속에서 검은 물이 은은한 빛을 내고 있었다.

그런데 오늘날의 슈바벤 사람과 다른 곳의 사람들이 정말 완전히 신들의 버림을 받은 것일까. 그들은 라우와 뫼리케, 독일 어디보다 슈바벤에 풍부한 이 모든 기적으로 얻는 것이 무엇인지 정말 모르는 것일까. 우린 그런 것에 대해선 얘기하지 않았다. 우리는 이런 복잡한 문제는 논의하지 않고 내버려둔 채 옛 보물, 완전히 시멘트로 덮이지 않은 유산이 아직 블라우보이렌에 존재하고 있다는 사실에 기뻐했다. 우리는 온갖 것을 찾아다니며 유명한 제단, 합창대, 넋을 잃게 하는 둥근 천장, 수도원 회의실, 묘비를 애정 어린 마음으로 눈여겨보았다. 밤에 채 15분도 안 되는 동안 꾸벅꾸벅 졸면서 나는 욕실을 헤엄쳐 다니며 시멘트 뚜껑에 머리를 부딪치는 라우가 아닌 아무에게도 털어놓고 싶지 않은 훨씬 더 사랑스러운 것에 대해 꿈꾸었다. 친구인 우리가 좀 더 경건했던 시대의 기념비들을 찾아가본 뒤에도 블라우보이렌을 다 보려면 아직 멀었다. 우리 시대와 좀 더 가까우면서도 적지 않은 매력을 지닌 중세가 있었다. 그것은 우리의 청춘이었다. 이제 우리는 전설적인 시절의 유물인 우스꽝스러우면서도 사랑스러운 학급 사진들을 구경했다. 거기서 탈주자인 내 사진은 더 이상 찾을 수 없었다. 또한 학교의 강당과 침실, 학생 식당, 특히 사랑스러운 어린 시절 친구들의 편지들을 보았다. 그 편지들을 볼 때는 알텐부르크의 츠비카우어 가에 사는 우리 친구의 귀가 간질거렸을 것이다.

내 경험상 슈바벤의 신학자와 철학자들은 열차 시간에 늦게 나타나지만 그래도 막 출발하는 기차에 꼭 올라타곤 한다. 중세가 끔찍하리만치 후딱 지나가 버리고 내가 낭송회를 하기 위해 울름으로 떠나야 했을 때 우리도 마찬가지였다. 하마터면 나는 기차를 놓칠 뻔했다. 그 바람에 우리는 제대로 작별인사도 못하고 헤어졌다. 저녁 어스름에 나는 울름에 도착했다.

그런데 바덴에 있을 때 일어난 사소한 체험을 잊어버리고 이야기하지 않았다는 생각이 이제야 떠오른다. 다시 말해 어느 날 그곳의 의사 진찰실에서 한 울름 사람을 알게 된 것이다. 그는 울름의 자기 집에 묵으라고 나를 초대했다. 그래서 역에서 기다리고 있는데 그와 함께 울름의 한 오래된 지인이 나타났다. 20년 이상 전 언젠가 내게 처음으로 이 도시를 구경시켜준 사람이었다. 나는 정다운 아이들과 사랑스러운 사람들이 있는 집으로 들어갔다. 그곳에 낯선 이는 아무도 없었다. 나는 아직 슈바벤에 있었던 것이다. 반면 이제 의무 수행을 시작했다. 나는 그곳에 도착하자

마자 옷을 갈아입고 낭송회를 생각해야 했다. 여기서도 내 행동의 원인을 완전히 깨닫지 못하고 그 일을 즐거운 마음으로 하지 못했다. 그렇지만 이 인과의 끈 중 내가 붙잡을 수 있는 것을 될 수 있는 한 정리하는 일을 회피해서는 안 되었다.

내가 공개적인 낭송회를 꺼리는 것은 홀로 은둔해 지내는 사람으로서 사교적인 행사에 대해 심리적 압박감을 느끼기 때문만은 아니다. 그런 것은 경우에 따라 쉽게 극복할 수 있는 문제다. 오히려 꺼리는 이유는 그런 데서 원칙적이고 깊이 뿌리박힌 무질서와 분열에 부딪히기 때문이다. 거두절미하고 아주 간단히 말해 그런 무질서와 분열은 문학 일반에 대한 나의 불신에 근거하고 있다. 그런 것들은 낭송할 때뿐만 아니라 작업할 때 훨씬 더 나를 괴롭힌다. 나는 우리 시대 문학의 가치를 신뢰하지 않는다. 물론 각각의 시대는 자신의 정치와 이상, 자신의 유행을 지녀야 하듯이 자신의 문학을 가져야 한다고 본다. 그렇지만 나는 우리 시대의 문학이 덧없고 절망적인 것이며, 제대로 경작되지 않은 빈약한 토양에서 자라난 씨앗이란 확신을 결코 떨쳐버릴 수 없다. 그런 문학은 사실 재미있고 문제성으로 가득 차 있긴 하지만, 성숙하고 완전하며 장기간 지속되는 결과는 얻을 수 없다. 따라서 실질적인 형상화나 진정한 작품을 이루기 위한 현대 독일 작가들(당연히 나 자신을 포함해서)의 시도가 언제나 다만 왠지 불충분하고 아류적인 것으로 느껴질 수 있다. 어디서나 천편일률적인 낌새, 생명력을 잃은 모형이 감지되는 것 같다.

반면 나는 과도기 문학, 즉 문제성 있고 불확실하게 된 문학의 가치란 문학이 문학 자신의 궁핍과 시대의 궁핍을 고백하듯 최대한 솔직하게 표현하는 데 있다고 본다. 내가 오늘날의 작가들이 아름답고 성실히 작업한 끝에 내놓은 많은 작품들은 더 이상 즐기지도 인정하지도 못하는 반면, 젊은이들의 꽤 거칠고 거리낌 없이 만든 선언문에 대해서는 가차 없는 솔직성과 공감을 얻기 위한 시도라고 느낄 수 있는 것도 바로 그 때문이다. 그러한 분열은 나 자신의 작은 세계와 문학을 관통하는 문제다. 나는 마지막 위대한 시기인 1850년까지의 독일 작가들을 사랑한다. 나는 괴테와 횔덜린, 클라이스트와 낭만주의 작가들을 온 마음으로 사랑한다. 그들의 작품은 내게 불멸의 작품이다. 나는 장 파울[6]과 브렌타노[7], 호프만[8], 슈티프터[9], 아이헨도르프의 작품을 읽고 또 읽는다. 마찬가지로 헨델과 모차르트, 그리고 슈베르트에까지 이르는 모든 독일 작곡가의 음악을 듣고 또 듣는다. 그 작품들은 언제나 완벽하다. 비록 진작부터 우리의 감정이나 문제를 더 이상 표현

---

6 Jean Paul(1763~1825). 독일의 소설가. 독일 문학사상에서 레싱이나 괴테와 비견되기도 한다. 그의 문학론의 총결산이라고 할 수 있는 『미학 입문』은 독일 낭만주의를 해명해주는 귀중한 문헌이다.

7 Clemens Brentano(1778~1842). 독일의 낭만파 시인. 괴테, 슐레겔 형제, 티크, 피히테 등과 친교를 맺었고, 아르님과 더불어 〈은자신문〉을 발행하였다. 서정시·소설·동화 등에 선천적인 풍부한 시재를 나타내어 '하이델베르크 낭만파'의 융성을 보게 했다.

8 Ernst Theodor Wilhelm Hoffmann(1776~1822). 독일의 작곡가·작가·만화가. 후기 낭만파의 대표적 인물로 음악·미술 등 다방면에서 재능을 발휘하였다.

9 Adalbert Stifter(1805~1868). 오스트리아의 소설가. 괴테의 전통을 계승한 독특한 이상주의를 전개하였다. 작품에 『늦여름』 등이 있다.

하지 않는다 해도 그것들은 형상물로서 완전하고, 시대를 초월해 있다. 적어도 오늘날의 무수히 많은 이들에겐 아직 그렇다. 그러한 작품들에서 나는 문학을 사랑하는 법을 배웠다. 그 선율이 내게는 공기나 물처럼 자명하고, 그 같은 모범이 내 젊은 시절을 따라다녔다. 하지만 나는 그러한 사랑스러운 모범을 모방하는 것은 (번번이 절망적으로 그런 시도를 할 수밖에 없겠지만) 쓸데없는 일임을 오래 전부터 매우 잘 알고 있다.

나는 오늘날 우리 같은 사람들이 쓰는 글은 그것에서 오늘날 장기간에 걸쳐 하나의 형식과 문체, 하나의 고전이 생겨날지도 모른다는 데서가 아니라 궁핍을 겪는 우리에게 최대한 솔직해지는 것 외에는 다른 도피처가 없다는 데에 가치가 있을 수 있음을 알고 있다. 솔직함과 고백, 최종적인 자기포기에 대한 요구와, 다른 한편 젊은 시절부터 우리에게 익히 알려진 아름다운 표현에 대한 요구, 이 두 가지 요구 사이에서 내 세대의 전체 문학은 절망적으로 이리저리 흔들리고 있다. 그도 그럴 것이 우리가 자기포기에까지 이르는 최종적인 솔직함을 지닐 용의가 있다 해도 그런 솔직함을 위한 표현을 어디서 발견한단 말인가? 우리의 문어文語나 학교 언어는 그런 표현을 제공해주지 못하며, 우리의 필체는 이전부터 틀에 갇혀 있다. 니체의 『이 사람을 보라』와 같은 절망으로 가득 찬 개별적인 책들은 하나의 길을 가리켜주는 것 같지만, 결국은 길이 없음을 더욱 분명히 보여준다. 정신분석은 우리에게 하나의 보조수단이 될 것 같았다. 그것은 진보를 가져다주었다. 그러나 아직 어떤 작가나 정신분석가, 또 분석 훈련을 받은 어떤 작가도 오늘날까지 너무나 편협하고 너무나 도그마에 치우치며 너무나 공허한 아카데미즘으로부터 그러한 종류의 정신분석학을 해방시켜주지 못했다.

이만 하면 됐다. 문제가 무엇인지 충분히 암시되어 있다. 그런데 내 글을 낭송해달라는 초대를 받은 문필가인 내가 손에 메모지를 들고 사람들 앞에 설 때면 온통 이 문제가 내 앞에 떠오른다. 그래서 손에 든 메모지는 무용지물이 되고, 아름다움은 고려하지 않고 솔직함을 추구하려는 나의 생각은 갑절로 절실해진다. 그럴 때 난 불을 끄고 사람들에게 이렇게 말하고 싶다. "저는 낭송할 것이 없고, 거짓말에서 벗어나고자 애쓰고 있다는 사실 외에는 말할 것도 없습니다. 그러는 저를 도와주세요. 그리고 우리 집으로 갑시다."

이 같은 심적 압박에도 불구하고 설득당해 몇 번 낭송회를 가졌는데, 거의 대부분 주최 측에서 그럭저럭 만족하는 수준에서 끝냈다. 그러나 나는 한 시간 동안 낭송하느라 조금 애쓰는 일이 때로는 탈진해 쓰러지게 할 정도로 사람을 지치게 할 수 있다는 것에 대해 매번 놀라곤 했다.

그런데 만약 추상적이거나 이상적인 작가가 추상적이거나 이상적인 청중과 마주 앉는다면 일이 아예 진행되지 않으리라. 그럴 경우 일은 순전히 비극적으로 되어, 작가가 자멸하든가 또는 청중이 돌로 쳐 죽이는 것으로 끝나리라. 그렇지만 경험 세계에

7부 뉘른베르크 여행

서는 모든 것이 약간 달라 보인다. 여기서는 부당 특혜의 여지가 있고, 여기서는 무엇보다 현실과 이상 간의 오래된 중개자인 유머의 여지가 있다. 그런 날 저녁이면 난 유머, 갖가지 종류의 유머들, 다시 말해 억지 유머를 사용한다. 이 같은 순수한 광선의 굴절, 현실에 대한 이 같은 초라한 적응을 역시 짧막한 공식으로 만들어보기로 하자!

그러니까 자신과 자신의 문학적 노력의 가치에 대해 마음 깊이 회의하는 한 작가가 청중으로 가득 찬 강당에 서 있다고 치자. 그럴 때 그가 그곳에서 달아나 목매달아 자살하지 않고 어떻게 원고를 낭송할 수 있단 말인가? 우선 작가에게 허영심이 있다면 그것이 가능할 것이다. 그는 자기 자신과 청중을 진지하게 여기지 못하면서도 허영심에 차 있다. 누구나 그런 법이니까. 금욕주의자도 자기 자신에 대해 회의하는 자도 마찬가지다. 내가 이런 말을 하는 것은 아첨하기 위해서가 아니다. 유럽의 통상적인 정도를 넘어서는 것이 중요한 문제라면, 나는 내 개인과 무관하게 사물을 볼 수 있는 능력이 있다고 믿는다. 다시 말해 나는 우리 안의 영원한 자기自己가 죽을 운명인 자아를 어떤 상태에서 바라보는지, 연민과 조소, 중립성으로 가득 찬 자아의 도약과 찡그린 모습을 어떤 상태에서 감정鑑定하는지 어느 누구보다도 잘 알고 있다. 그렇지 않다면 내가 어떻게 아는 것이 더 적은 독자의 조소에 내 자아를 내맡길 생각을 한단 말인가? 그런데 나는 이 점에서 평균 이상으로 알고 있으며 때로는 감당할 수 있는 한계에까지 알고 있으므로 바로 그 때문에 작가의 허영심을 상당히 냉정하게 고려할 수 있다.

그 허영심은 생각하는 재능을 지닌 인간의 경우 기대하는 것 이상으로 크다. 하지만 사유의 재능과 허영심이 서로 배척한다는 견해는 사실 잘못된 것이다. 아니 그 반대다. 바로 정신적인 인간보다 더 허영심이 있고, 반향과 긍정에 더 집착하는 자는 없다. 정신적인 자는 실제로 반향과 긍정을 절실히 필요로 한다. 내 경우는 다른 모든 작가보다 이 허영심이 크지 않다. 아무튼 그 허영심은 사람마다 크기가 서로 다르다. 청중은 내게서 뭔가를 기대하지만 난 청중에게 줄 것이 없다. 그런데 청중 앞에 선 이러한 절망적인 상황에서 허영심은 내게 도움을 준다. 내 안의 무언가가, 3분의 2쯤은 허영심으로 이루어진 무언가가 강당에 모인 이 사람들에게 굴복당해 자신의 무가치를 고백하는 것을 막아준다. 내 안의 무언가가 어떤 행동을 보이거나 박수까지는 치지 않더라도, 견해나 의미가 청중의 그것과 완전히 배치되는 내 생각과 시詩에 주의를 기울이며 말없이 경청하도록 군중을 몰고 가는 것이 내게 바람직하게 보이도록 한다. 그러니까 나는 이를 악물고 안간힘을 쓰는 것이다. 그리고 정신적인 일에는 개인이 군중보다 훨씬 강하므로 나는 싸움에서 승리를 거둔다. 군중은 말없이 경청하고, 나는 정말로 할 말이 있는 사람이라는 인상을 불러일으킨다. 빠듯이 한 시간 남짓한 동안 그 일을 수행해내야 한다. 그런 뒤 나는 멈추어야 하고, 그런 뒤 나는 기진맥진하게 된다.

7부 뉘른베르크 여행

경험 세계의 흐릿한 차원에서 나를 도와주는 것은 내 인격의 동물적이면서도 우스꽝스러운 병적 욕구를 관철하려는 어리석은 허영심만은 아니다. 청중과 청중에 대한 나의 입장 또한 도움을 준다. 내가 많은 동료들보다 강한 점이 여기에 있다. 다시 말해 청중 그 자체에 대해 나는 완전히 무관심하다. 청중과 나 사이에 아주 불편한 일이 생기거나 내가 완전히 추락해 조소의 대상이 된다 해도 난 그런 일로 그다지 동요하지 않을 것이다. 내 안의 누군가가 함께 맹렬히 야유할 테니까. 그렇다, 나는 강당에 앉아 있는 사람들이 두렵지 않으며 그들에게서 많은 것을 기대하지도 않는다. 나는 더 이상 어리지 않고, 그런 곳을 속속들이 알고 있다. 나는 이 청중 가운데 나중에 얼마나 많은 사람들이 직접 또는 서면으로, 사적이고 순전히 이기적인 문제를 가지고 나를 귀찮게 할 것인지 무척 잘 알고 있다. 나는 저명인사 앞에서는 머리를 조아리다가도 나중에 그에게 독설을 퍼붓는 족속을 알고 있다. 면전에서는 입이 아프도록 최상의 어휘를 써가며 그토록 장황하게 찬사와 존경을 보이다가 그런 노력에 반응이 없음을 알게 되면 즉시 등을 돌려버리는 야심만만한 족속을 알고 있다. 또한 나는 정신적 소인배가 공인이나 정신의 인물 역시 인간이며 자체적으로 우스꽝스런 점이 있고 허영심이나 편견을 보이는 것을 즐겨 확인하면서 고소해하는 것도 알고 있다. 나는 이 모든 것을 알고 있다. 나는 이 사람들이 나 때문에, 나라는 인물이 특출해서 이곳에 모여 있다고 착각하는 신출내기가 더 이상 아니다. 요들송 사중주단이 올 때도 마찬가지일 것임을 알고 있다. 루덴도르프[10]의 연설은 사람들을 수백 배는 더 끌어 모으고, 권투 경기는 수천 배는 더 끌어 모으리라는 것을 알고 있다. 나 자신, 나 개인은 시민 사회의 바깥에서 살아가고 손님으로만 교류할 뿐이므로 이 사회에서의 존경과 성공(바로 나의 원초적인 허영심이 나를 끌어들이지 않는 한)에 완전히 무관심할 수 있다. 이 점에서 나는 늘 인도에 한 발을 걸치고 살아가는 아웃사이더이자 은둔자로서 지니는 온갖 이점을 누리고 있다. 줄 것도 받을 것도 없는 나는 그러한 이점을 의식하고 있다.

그러나 더없이 강력한 핑계와 심적 압박에도 불구하고 가끔 낭송회를 갖도록 하는 것은 허영심의 추진력도 청중에 대한 아웃사이더로서의 무관심도 아니다. 다행히도 이 경우에도 뭔가 다른 것, 좀 더 나은 무엇이 있다. 그것은 존재하는 것 중 유일한 선인 사랑이다. 이 말은 내가 청중에 대한 무관심에 대해 말한 모든 것과 모순되는 듯이 보일 수도 있다. 그런데 정말 그렇다. 다시 말해 내가 경험으로 얻은 지혜를 통해, 경험으로 얻은 청중 앞에서의 저열하고 약간 인색한 무관심을 통해 자신을 구제하는 반면, 그럴수록 개개인에게는 더 큰 사랑과 더 따뜻한 노력을 아끼지 않는다. 내가 사랑하고 그를 위해 기꺼이 전력을 다할 수 있

---

10 Erich Friedrich Wilhelm Ludendorff(1865~1937). 제1차 세계대전 중에 리에주 요새 공방전과 파울 폰 힌덴부르크와 함께 한 타넨베르크 전투에서 승리를 거둔 독일 제국 육군 장교.

는 한 인간이 실제로 강당에 가령 어떤 친구의 모습으로 앉아 있다고 치자. 그러면 나는 오직 그에게만 관심을 쏟고, 나의 낭송 전체를 오로지 이 한 개인을 위해서만 하게 된다. 하지만 그런 사람이 오지 않아 내가 그 사람에 대해 아무것도 모르는 경우 나는 그를 속으로 생각하며 마법을 걸어 내 눈앞에 데려다놓는다. 멀리 있는 친구든, 연인이나 내 누이든, 또는 내 아들 중 하나를 생각하면서, 아니면 강당에서 호감이 가는 얼굴 하나를 골라내면서 말이다. 나는 그 얼굴에 매달려 그 얼굴을 사랑한다. 나는 모든 온정과 관심, 이해받기 위한 모든 노력을 쏟는다. 이것이 바로 나를 도와주는 부적인 셈이다.

그런데 울름에서는 이런 일이 어렵지 않았다. 강당에는 친근하고 잘 아는 얼굴이 몇몇 있었을 뿐만 아니라 전반적인 분위기도 친구들 사이나 슈바벤의 집에 있는 것 같았다. 그래서 일이 수월하게 진행되었다. 우리는 시립 박물관인 무척 호감 가는 집에 앉아 있었다. 그 박물관장이 행사를 주최한 사람이었다. 그는 내일 자기 박물관을 관람해달라고 나를 초대했으며, 몇몇 다른 이들과 함께 내 손님들이 있는 자리에 동석해서 포도주 한 잔을 마셨다. 내가 낭송한 것 중 다소 문제가 되는 부분이 있더라도 불쾌한 여운이 남지 않도록 하기 위해서였다. 나는 무척 피곤하긴 했지만, 일이 끝난 만큼 기쁘기도 했다.

이제 울름에 온 지 거의 이틀이 되었다. 아름다운 일에 대한 기억은 그런 데에 재능 있고 교육받았다고 자처하는 이들에게도 미심쩍은 것임을 확인할 수 있었다. 그도 그럴 것이 젊은 시절 언젠가 이 대단히 아름답고 독특한 도시를 구경한 적이 있지만 다시 많은 것을 잊어버렸으니 말이다. 그래도 울름의 도시 성벽과 푸줏간 탑은 잊지 않았고, 대성당의 성가대와 시청도 잊지 않았다. 그 모든 이미지는 내 안에 있는 기억의 이미지와 마주쳤으며, 그 기억의 이미지와 그리 다르지 않았다. 그 대신 내가 처음 본 듯한 무수히 많은 새로운 이미지들이 있었다. 컴컴한 물속에 비스듬히 주저앉은 태곳적 어부의 집들이 서 있었고, 도시의 성벽에는 조그만 난쟁이 집들이 있었다. 골목에는 중산층의 집들이 있었는데, 여기에는 독특한 박공이, 저기에는 고상한 정면 입구가 있었다. 하지만 그 외에 이미 유명해진 것과 등급이 매겨진 것에 대해 더 이상 그다지 민감하지 못한 나는 이것저것 들여다보기 좋아하는 옛 버릇 때문에 이곳에서도 자질구레한 것을 대거 내 안으로 받아들였다. 한 마리의 볼로냐 개, 반쯤 가려진 유리창 뒤로 보이는 슈바벤 사람들의 얼굴, 그림엽서 가게의 벌써 약간 크리스마스 분위기를 풍기는 잡동사니들을. 내게 언제나 매력적이고 아무리 봐도 질리지 않는 것은 회사의 간판들이었다. 장편 소설을 읽을 때와 마찬가지로 낯선 도시에서 사업가나 수공업자의 이름과 성을 읽는 것은 내게 언제나 하나의 기본 욕구이자 즐거움이었다. 이름은 내게 늘 매우 중요했고, 때로는 유익했다. 문학 작품에서만 알던 이름을 처음으로 실생활에서 마주칠 때마다 그것은 신기하기도 했으며 체험의 가치도 있었다.

7부 뉘른베르크 여행

그래서 수년 전 언젠가 엘사스에서 아르보가스트라는 이 아름다운 동화 같은 이름과 마주쳤을 때는 전율의 감정을 느꼈다. 나는 오랫동안 뫼리케가 자신의 주옥같은 소설을 위해 특별히 만들어낸 이름이라고 믿고 있었다. 회사 간판을 읽다보면 도시의 주민 중 가톨릭교도가 많은지 개신교도가 많은지, 도시에 유대인이 많이 사는지 아닌지 알아낼 수 있다. 뿐만 아니라 예컨대 세례명으로 주민의 성향과 출신, 그들이 특히 좋아하는 것과 그들의 수호신에 관한 것도 알아낼 수 있다. 곳곳에서 슈바벤의 억센 토속 사투리가 들려왔고, 곳곳에서 '하 노'나 '하 겔트'같은 오랫동안 더 이상 듣지 못한 말들이 들렸다. 이는 우리의 기억 세계 속에 있던 석회나 사암砂巖, 나무나 꽃을 어딘가에서 다시 만난 것과 같다. 또한 오랫동안 더 이상 맛보지 못해 수많은 이름 없는 기억을 매달고 있는 물과 포도주, 음식과 사과, 약을 갑자기 다시 맛보거나 냄새 맡는 것과 같다. 나는 그러한 냄새 속으로, 이름 없는 추억의 구름 속으로 들어갔다. 나는 울름의 위트와 이야기에 관해 들었다. 그 사이 나는 집 주인의 아이들에게 전날 낭독한 동화를 보여주었다. 그것은 손으로 그린 알록달록한 조그만 그림이 든 손으로 쓴 책이었다. 인플레이션이 극심하던 시절 이 그림책들은 내 생계를 이어가는 데 도움이 되었다. 어느 날 오후 우리는 울름 박물관이 있는 바움 교수 댁을 찾아갔다. 그 박물관은 정말 볼 만한 가치가 있는 것이었다.

　　나는 젊은 시절 언젠가 내게 처음으로 울름을 구경시켜준 그

지인의 집에서 커피를 마시고 케이크를 먹었다. 아름답고 색다른 물건으로 가득 찬 아늑한 방이었다. 그때 나는 다시 뫼리케와 밀접한 관계를 맺게 되었다. 나의 지인은 뫼리케의 회고록과 책을 다량으로 소장하고 있었기 때문이다. 그 지인은 책 속에 메모를 하거나 좋아하는 구절에 밑줄을 쳐놓기도 했다. 이듬해 봄에 정원에 심을 씨앗에 대한 메모였는데, 채소에 관한 것은 별로 없었고 대부분은 꽃에 관한 것이었다. 뫼리케 목사님이 예전에 여행할 때 들고 다니던 수놓은 여행가방도 있었다. 보기 힘든 아주 오래된 가방이었다. 이 집에서는 조그만 보물들이 많이 있었는데, 그 보물은 적절한 자리에 있었다. 나는 이 집에 들어올 때 녹초가 되어 예민하고 지친 상태였다. 안 그래도 원래 몸이 건강한 편이 아닌데다 여행으로 몸 상태가 더욱 나빠진 것이다. 그런데 얼마 안 되어 컨디션이 좋아지고 마음이 평온해졌다.

울름에서의 마지막 밤이었다. 잠자리에 들면서 나는 슈바벤을 여행하며 마주친 이것저것에 대해 골똘히 생각해보았다. 징엔과 투트링엔, 블라우보이렌과 울름, 아름다운 박물관을 생각했다. 이 모든 것이 얼마나 과거의 징표 속에 있었는지, 얼마나 많은 망자들이 그때 말에 한몫 끼었는지, 망자들이야말로 모든 것 중 가장 생동감 넘치는 것이 아니었는지 하는 생각이 불현듯 떠올랐다. 그 순간 투트링엔의 박공 집 아래에 횔덜린이 있었고, 아름다운 라우와 함께 뫼리케가 있었다. 또한 그곳에서는 아르님[11]과 그의 작품 『왕관지기』가 종종 생각나는 느낌이 들었다. 모든 제단과 합창대석, 묘비의 대리석판, 웅장한 건축물을 만든 장인들이 있었다. 그리하여 이 여행에서는 언제 어디서나 내 주위에는 망자들, 오히려 불멸의 망자들이 있었다. 오래 전에 사망한 이 사람들의 언어가 내게 살아 있었고, 그들의 사상은 나를 가르쳤으며, 그들의 작품은 무미건조한 세상을 아름답고 있음직하게 만들었다. 그런데 그들 역시 모두 병들고 고통스러워하며 까다로운 특별한 사람들이 아니었을까? 행복이 아니라 궁핍에서 생겨난 창조자, 현실과 타협해서가 아니라 현실에 대한 혐오감에서 생겨난 건축가가 아니었을까? 결국 빵 굽는 사람이자 상인, 만족하고 건강하며 안락한 사람들이었던 중세의 도시인이 정말 이 성당들을 원해서 건축했을까? 그 성당들은 소수의 다른 사람들의 불만족에 의해 그렇게 될 수밖에 없지 않았을까? 그리고 현실이 정당했다면, 우리 같은 사람이 단순히 불쌍한 신경쇠약증 환자에 불과했다면, 시민이자 가장과 납세자가 되고 장사를 하고 자식을 낳는 것이 더 낫고 올바른 일이었다면, 공장과 자동차, 사무실이 인간에게 정말로 정상적이고 진정하며 의미에 맞는 것이었다면, 그들은 무엇 때문에 그러한 박물관을 만들었을까?

그들은 블라우보이렌의 제단을 보호하기 위해 무엇 때문에 박물관 관리인을 고용했겠는가? 그들은 무엇 때문에 스케치와 그래픽으로 가득 찬 대형 유리 진열장을 전시하고, 심지어 국가의

---

11 Karl Joachim Friedrich Ludwig von Arnim(1781~1831). 독일의 시인·극작가·소설가. 후기 낭만파의 대표적 인물. 작품으로 『소년의 요술피리』, 『왕관지기』 등이 있다.

차원에서 이를 위한 경비를 지출했겠는가? 무엇 때문에 위로가 필요한 예술가의 이 같은 어리석은 짓과 바보 짓거리, 이 같은 병적인 장난질을 숭배하고 수집하고 전시하며, 그에 대한 강연을 한단 말인가? 그런 장난질에 일말의 본질적인 것, 존재의 의미와 본래적인 가치가 들어 있지 않다면 말이다. 울름 사람들은 낡은 잡동사니를 헐어 공장이나 임대 주택을 짓는 대신 무엇 때문에 오래된 도시 상을 잘 보존한 것에 자부심을 느끼겠는가? 공장주들은 사무실을 나와 차에서 내리고는 무언가 기분 전환을 좀 하고 싶을 때 공장에서 번 돈으로 무엇 때문에 오래된 수도원에 대한 삽화가 든 작품과 고인이 된 거장들의 그림을 사들였을까? 그 거장들은 생전에 오늘날 그 작품들 하나의 그림 값에 해당하는 것의 100분의 1만큼도 소유하지 않았을 것이다. 내가 이곳 울름에서 우리의 현대 건축술에 대해서 들은 최고의 찬사는 그 건축술이 옛 도로 모습에 매우 고상하게 어울린다는 것이었다. 그들은 무엇 때문에 그런 건축물을 지었단 말인가? 그리고 오늘날에 지은 모든 것은 무엇 때문에 그토록 추할 수밖에 없단 말인가? 땅이 인간의 손에 의해 변질되고 그 위에 건축물이 세워지는 한, 취리히에서 울름까지에는 옛 건축물로 이루어진 몇몇 개의 조그만 섬들 말고는 아름다운 것이 아무것도 없었다. 다른 건축물로는 역사, 공장, 임대 주택, 백화점, 군대 막사, 우체국 건물이 있었는데, 그것들은 하나같이 추하고 절망적이었으며, 사람들에게 혐오감을 주고 자살을 부추기기에 안성맞춤이었다.

내가 이런 질문을 제기한 것은 추함과 절망적 상태의 원인을 분명히 밝히기 위해서가 아니었다. 나는 (국가와 사회는 장려하는 대신 사람들은 온갖 수단을 동원해 제한하려 한다는) 인구의 증가에도 (고딕 성당을 건축하던 시기에도 오늘날과 같았던) 경제 법칙에도 관심이 없었다. 나를 사로잡은 것은 다음과 같은 질문이었다. 너, 여행 중인 정신 나간 작가여, 정말 제 정신이 아닌가? 네가 병들어 있고 삶에 시달리며 때로 더 이상 살고 싶어 하지 않는 것은 '지금 이대로의' 현실에 적응하지 못해서가 아닌가?

그리고 나 자신의 희생에 대해 객관적으로 생각할 용의가 있음에도 나는 이미 자주 그렇게 답했듯이 이렇게 답하지 않을 수 없었다. 아니야, 이 끔찍한 '지금 이대로의 세상'에 대한 너의 저항은 골백번 옳아. 이 세상을 인정하는 대신 이 세상 때문에 죽어 가고 질식하는 것이라면 네가 옳아.

그리고 나는 다시 두 극 사이에서 움찔하는 기분을 느꼈다. 현실과 이상, 현실과 아름다움 사이에 있는 간극 위의 공중 다리가 흔들거리고 있음을 느꼈다. 그것은 유머였다. 그렇다, 유머로 흔들거림을 감내할 수 있었다. 심지어 역사도, 심지어 군대 막사도, 심지어 문학 낭송회도 유머로 견뎌낼 수 있었다. 웃음으로, 현실을 심각히 받아들이지 않고 현실의 파괴 가능성을 끊임없이 인식함으로써 흔들거림을 견뎌낼 수 있었다. 기계들은 언젠가 미쳐 날뛰며 서로에게 살인극을 벌일 것이고, 병기고에서는 총기를 발사할 것이다. 오늘날 대도시가 있는 곳에서는 언젠가 다시 풀이 자라고 족제비와 담비가 살금살금 다닐 것이다. 그렇다, 이 세상을 진지하게 여기는 명예를 그 우스꽝스러운 세상에 안겨줄 필요는 없으리라.

다음 날 식사를 한 뒤 작별인사를 하며 다시 만날 것을 약속하고 열차에 올라탔다. 오늘 밤, 그러니까 9시가 지나면 나의 두 번째 낭송회가 이미 끝나 있을 것이고, 나는 며칠간 자유를 얻겠지. 아, 이런 기차역이란! 지저분하고 음침한 이런 홀, 불행하리만치 성급하게 짐을 끌고 가는 불안한 인간들로 가득 찬 이런 계단, 이 바보 같은 개찰구, 코안경을 쓰고 표를 모으는 남자가 있는 이 보잘것없는 조그만 집. 이러니 세상을 진지하게 여길 수 있겠는가!

아우크스부르크의 어느 호텔 전용 버스가 나를 유리 회전문 앞에 내려놓았다. 문 뒤에서는 카페 음악이 울리고 있었다. 현대인의 이 웃기는 고안물은 잠깐 동안 쉬고 피로를 푸는 순간에도 말을 하거나 주목하지 않고, 생각하거나 긴장하고 있지 않도록 생겨난 것이다. 나는 투숙 수속을 하고 방을 부탁했다. 한 사환이 나를 안내했다. 레스토랑, 홀, 옷 보관소 등 주위의 모든 것은 현대적이었다. 사환은 나를 2층으로 데려갔고, 엘리베이터 문이 열렸다. 갑자기 나는 널찍한 옛 궁전 안에 서 있었다. 복도는 조용하고 웅장했으며, 문은 높고 매우 컸다. 문마다 위에는 새겨지고 색칠된 문장紋章이 있었고, 계단실은 복고풍이었다. 문이 열리자 천장이 높은 아름다운 방이 나타났다. 창문은 녹색의 온실 쪽으로 나 있었다. 내가 이제껏 독일의 더 큰 도시에서 마주친 호텔

중 가장 독창적이고 멋진 호텔을 잡은 것이 기뻤다. 나를 방해하는 유일한 물건은 방 안의 전화기였다. 이 기구는 위험한 것이었다. 그래, 비상시에는 코드를 뽑든가 박살내버리면 되었다. 하지만 먼저 그 기구를 사용해 저녁에 낭송할 예술가가 도착했음을 내 고용주에게 알렸다.

그런 다음 휴식을 취했고, 약간의 짐을 풀었다. 또 옷을 갈아입은 뒤 우유와 코냑을 조금 마셨다. 나는 외투 주머니에 잡지 〈짐플리치시무스〉[12]를 넣고 있었는데, 그 안에서 내가 매우 좋아하는 링엘나첸의 여행 편지 하나를 읽었다. 그런 뒤 문에서 노크 소리가 들렸고 나를 낭송회에 데려가려는 사람들이 왔을 때 나는 내내 잠들어 있었다는 것을 알았다. 밤이 되었고, 날씨가 추웠다. 사람들은 넓고 당당한 거리를 지나 어느 콘서트홀로 나를 데려갔다. 그런데 이번에는 상황을 감지해서 익숙한 심리학적 기제를 가동시키는 일을 제대로 하지 못했다. 그렇지만 이내 군중 속에서 내가 의지할 수 있는 얼굴 하나를 다시 낚아 올릴 수 있었다. 그래서 나는 내 원고를 용감하게 읽어내려 갔다. 가끔씩 굉장히 맛좋은 물을 한 모금씩 마시기도 했다. 마음속으로 저항감이 미처 생겨나기 전에 모든 행사가 끝이 났다. 그래, 그건 잘된 일이었다. 나는 대기실로 달려 들어가서 잽싸게 외투를 걸치고 시가에 불을 붙였다. 이제 사

---

12 1896~1944년까지 발행된 뮌헨의 정치풍자 주간지. 이 잡지에 발표된 토마스 테오도르 하이네와 노르웨이의 올라프 굴브란손의 삽화는 뮌헨 유겐트슈틸의 대표적인 판화예술로 손꼽히고 있다.

람들이 왔고, 나는 침착하게 몸에 밴 공손한 태도를 취했다. 이 도시에 아는 사람이 없는 것이 내심 기뻤다.

하지만 그때 뺨이 붉은 한 숙녀가 어느새 내 앞에 서 있었다. 그녀는 나를 보고 미소 지으며 슈바벤 사투리로 말했다. "절 모르시겠어요?" 그녀는 슈바르츠발트 사람으로 나와 같은 고향인 칼프 출신이었다. 그녀는 내 누이들과 함께 학교에 다닌 여자였다. 그녀 뒤에는 딸도 보였다. 역시 꽃이 피어나는 뺨을 가진 귀엽고 유쾌한 아가씨였다. 우리는 웃으며 대화를 나누다가 오늘 조금 더 같이 있기로 결정했다. 하지만 나는 오늘 밤 약간 멍한 상태라는 것을 이내 깨달았다. 어떤 신사가 내 책 한 권을 앞으로 내밀더니 자기 아내를 위한 헌사를 써달라고 부탁했다. 나는 방금 뉘른베르크를 생각하며 이제 다행히도 그 도시의 일만 하면 끝이라고 생각하고 있었다. 그러면서 그 남자의 책에 무언가를 적어넣고 친절한 미소를 지으며 되돌려주었다. 그는 글을 읽어보더니 내게 다시 책을 건네주었다. 나는 "뉘른베르크에서의 밤을 추억하며!"라고 적었던 것이다. 그래서 지우고 다시 고쳐 써야 했다. 그런 뒤 우리는 포도주를 마시러 호텔로 갔다. 그 칼프 여자는 칼프에 관해 말했고, 우리는 아직 기억할 수 있는 모든 칼프 사람에 관해 이야기를 주고받았다. 그녀의 딸도 옆에 앉아 나이든 우리를 재미있어 했다.

그때 갑자기 노이엔뷔르크 출신의 어떤 사람이 나타났다. 나는 여전히 슈바벤의 한가운데 있다는 것을 깨달았다. 밤늦은 시

7부 뉘른베르크 여행

각에 나는 으리으리한 계단을 지나 내 방으로 올라갔다. 사실 그런 낭송회를 통해 밥벌이를 하기란 쉬운 일이었다. 그렇지만 내게 필요한 것은 빵이 아니라 공기였다. 그런데 그러한 공기, 생활 능력이 되고 내 직업과 행위에 대한 만족과 신뢰를 주는 공기, 그러한 바람은 아우크스부르크에서도 불지 않았다. 여기서 받는 사례비도 그런 것에 대한 대가가 아니었다. 그와 반대로 (또 그 때문에 신은 테너와 거장에게 자존심이라는 천재적인 장점을 부여했다.) 이처럼 문학의 밤이라는 오락 행사의 강연자로, 테너이자 음유시인으로 도시를 돌아다니다 보면 그것이야말로 자신의 중요성을 확신하는 자만심 강한 예술가에게 정반대의 사실을 확신시켜주는 절호의 기회가 되었다. 자신은 없어도 되는 존재고, 자신이라는 인물이나 자신의 특기가 완전히 무의미하다는 사실에 대한 확신 말이다. 문인협회의 사람들에겐 토마스 만[13]의 강연을 듣든 게르하르트 하우프트만[14]의 강연을 듣든, 뮌히하우젠[15]의 강연을 듣든 테너 헤세의 강연을 듣든, 베를린의 어느 교수가 그들에게

---

13 Thomas Mann(1875~1955). 독일의 소설가·평론가. 사상적인 깊이, 높은 식견, 연마된 언어 표현, 짜임새 있는 구성 등에 있어서 20세기 독일 최고의 작가로 알려져 있다. 1929년 노벨 문학상을 받았다. 대표작으로 『마의 산』, 『파우스트 박사』 등이 있다.

14 Gerhart Hauptmann(1862~1946). 독일의 극작가·시인·소설가. 정치·신학·문학 등 여러 분야에 손을 대는 동시에 자연주의와 사회주의 이념에 흥미를 지닌 일군의 과학자·철학자·전위작가들과 교제했다. 사회극 『헤뜨기 전』으로 널리 알려졌다.

15 Karl Friedrich Hieronymus von Münchhausen(1720~1797). 중부 독일의 수렵가·군인·모험가. '허풍쟁이 남작'으로 알려졌다. 그가 겪은 경험과 사건을 허황된 이야기로 풀어내던 것이 전해져 1786년 『뮌히하우젠 남작의 놀라운 수륙여행과 출진(出陣)과 유쾌한 이야기』라는 제목으로 출판되었다.

호메로스에 대한 강연을 하든, 또는 뮌헨의 어느 교수가 마티아스 그뤼네발트[16]에 대한 강연을 하든 그 모든 것은 아무래도 전혀 상관없었다. 이들 하나하나의 특기는 무늬의 한 올, 직물의 한 가닥 실에 불과했다. 여기서 무늬는 정신 산업을, 직물은 교양 기업을 뜻하는데, 전체도 하나하나의 특기도 아무런 가치를 지니지 못했다. 주여, 내가 유머를 잃지 않게 하소서, 내가 조금만 더 살게 해주소서! 그리고 이런 대목장보다 더 많은 의미와 가치가 있는 어떤 작업과 일에 동참하게 해주소서! 독일이 마침내 국립 학교를 다시 닫고, 유럽이 출생률 감소에 적극적으로 힘을 쏟는 데에 내가 매우 하찮은 종으로나마 기여하게 해주소서! 이 강연료를 받는 대신, 명예를 얻고 아첨의 말을 듣는 대신 한 입 가득 공기를 들이마시게 해주소서!

회의론자들은 아직 가슴이 터져 죽은 사람은 아무도 없었다고 단언한다. 그들은 문인이 공기 부족으로 죽을 수 있다는 사실도 부인할 것이다. 문인은 뭐든지 호흡할 수 있음을, 어떤 가스나 악취도 걸러 문예란을 증류해낼 수 있음을 부인하는 것처럼 말이다.

이튿날은 날씨가 좋았다. 아우크스부르크를 구경하려고 외출했을 때 오늘이 장날이라는 것을 알았다. 나는 역사 공부를 많이 하지 않았고, 나의 지식은 모두 작가들에게서 나온 것이었다. 블

---

16 Matthias Grünewald(1472~1528). 독일의 화가. 종교적 정열이 넘치는 대표작 〈이젠하임 제단화〉를 남겼다.

7부 뉘른베르크 여행

라우보이렌의 비밀에 대해 그곳의 교수들보다 뫼리케를 통해 더 잘 배웠듯이, 아우크스부르크에 대해서는 아르님의 왕관지기에 대한 기억을 통해, 뉘른베르크에 대해서는 바켄로더[17]나 호프만을 통해 가장 잘 준비되었다. 이 자리에서 아우크스부르크가 매우 아름다운 도시라고 단언할 필요는 없겠다. 하지만 그곳에서 특히 내 마음에 들고 내게 도움이 된 어떤 것과 마주쳤다. 엄청난 양의 버터와 치즈, 과일과 소시지 또 그와 같은 것이 진열된 매주 서는 장에 아주 많은 농부들, 다시 말해 농부의 아내들과 심지어 몇몇 자식들까지 함께 있는 것을 발견했다. 그들은 모두 아직 옛 그대로의 민속 의상을 입고 있었다. 처음 여자아이를 보고는 무척 기쁜 나머지 하마터면 목을 껴안을 뻔했다. 나는 오래된 골목들을 지나며 그 아이를 오랫동안 몰래 따라갔다. 조그만 꽃무늬가 있는 코르셋 형 조끼, 독특하게 부풀렸다가 다시 좁힌 소매, 재미있게 생긴 두건. 오, 그런 것은 나의 유년 시절과 칼프의 가축시장을 얼마나 생각하게 했던가! 칼프의 가축시장에는 수많은 농부와 농부의 아내들이 한 사람도 빠짐없이 모두 민속의상을 입고 왔었다. 그래서 산림 지대나 곡물 지대와 같은 다양한 지역의 농부들을 가죽바지 색깔로 벌써 멀리서부터 정확히 알 수 있었던 것이다!

---

17 Wilhelm Heinrich Wackenroder(1773~1798). 독일의 초기 낭만파 시인·평론가. 소박하고 깊은 독일 예술정신의 본원으로의 복귀를 지향하였다. 티크와의 공저 『예술을 사랑하는 한 수사(修士)의 심정 토론』 및 유고 『예술에 관한 환상』은 낭만파 예술의 전형이다.

아우크스부르크에서 보낸 가장 아름다운 순간은 마지막 시간이었다. 나는 이 도시에서 운이 좋았다. 어젯밤 이곳을 뉘른베르크와 혼동한 일은 이 도시에 정말 부당한 짓을 한 것이었다. 이곳에서 이미 마주한 온갖 멋지고 사랑스러운 것 외에 특별히 놀라운 일이 일어나기도 했다. 아우크스부르크에는 14년 전에 나의 어떤 책을 읽고 그때 내게 편지를 보낸 한 부부가 있었다. 그 부부는 그때 태어난 딸에게 내 책의 어느 인물을 따서 세례명을 주었다. 그런데 이제 그 부부가 나타나서 내게 식사 초대를 한 것이다. 그들은 지극 정성을 다해 먼저 특별히 좋은 음식을 대접한 뒤, 차에 태워 얼마 안 되는 시간 동안 오래된 아우크스부르크에서 가장 중요하고 아름다운 곳을 구경시켜주었다. 그러한 온갖 사랑과 관심을 지금 보면 참기 어렵게 생각되는 어떤 책 덕택이라고 하는 것이 무척 부끄럽기도 했지만 그럼에도 즐거운 시간이었다. 아, 동화 같은 이 도시에서 그처럼 아름답고 특별한 것들을 보게 되다니! 성 모리츠의 성물 납실에는 옛 미사복이 다량으로 수집되어 있어서 로마에 온 듯한 느낌이 들었다. 바로 그 옆의 예배당에서는 네 명의 주교가 화려한 제복을 입고 앉아 있었다. 그들은 가령 목조상이나 석조상이 아니라 사람의 몸, 즉 미라 자체였다. 내가 보기에 가장 아름다운 것은 성당의 작은 놋쇠 문이었다. 하지만 이 존경스러운 성당의 내부에는 다른 광경도 눈에 들어왔다.

거기서 나는 촌스러운 외모에 넓은 갈색 수염을 기른 한 남자를 보았다. 그는 빛바랜 녹색 옷을 입고 등에는 배낭을 메고 있었다. 처음에 나는 그가 성당 안으로 들어오는 것을 보았다. 그는 성당 안 바로 내 앞으로 온 다음 무언가를 찾는 듯 웅장한 성당 안을 돌아다녔다. 그런 뒤 그것을 찾고서 예배당 앞에 무릎을 꿇었다. 그는 모자를 쓰고 앉았고, 눈은 제단의 종교 그림을 향하고 있었다. 그리고 두 팔을 활짝 뻗고 두 손은 애원하듯 벌린 채 기도했다. 눈과 입으로, 무릎으로, 활짝 뻗은 팔로, 벌린 손으로 기도했다. 세상에 눈멀고 귀 먹은 채 몸과 마음을 다해 기도했다. 이곳에서 신을 찾는 대신 로마네스크 양식의 청동상이나 고딕식 창유리를 찾는 우리 같은 호기심에 찬 불신자不信者들이 성전 안에 있어도 그는 개의치 않았다. 내 마음속 깊이 저장되어 있는 그림 책 대신 아우크스부르크에서 얻은 이미지는 이 기도하는 남자와 농부 복장을 한 여자들이었다. 내가 얻은 이미지는 황금 홀도 아니었고, 당당한 우물이나 중산층 저택도 아니었으며, 푸거라이[18]도 아니었다.

저녁에 나는 뮌헨으로 갔다. 이제 푹 쉬면서 혼란스런 여러 이미지를 정리하고, 또 뉘른베르크에 가야 한다는 사실에 대해 유감으로 생각할 며칠간의 여유가 있었다. 어느 날 저녁 하마터면 위험에 처할 뻔한 적이 있었는데, 그때 나는 파크 호텔 지배인을 찾아갔다. 그는 언젠가 이 땅의 다른 장소에서 질 좋은 포

---

18 중세의 호상 푸거 상사가 건설한 아우크스부르크의 시 구역 이름.

도주 애호가로서 나를 알게 되었으므로, 특별히 고른 오래된 포도주 몇 병을 자기 지하실에서 가져와 내게 대접하는 것을 즐기는 취미가 있었다. 나는 사실 술을 마시긴 하지만 많은 양을 마시는 데는 익숙하지 않았으므로 마지막에 가서는 약간 자제해야 했다. 하지만 끝장을 보게 되었다. 그런데 술김에 한 기분 좋은 착각이었는지 몰라도, 갑자기 리마트 강변 바덴의 내 주인이자 친구도 거기 앉아 웃으며 나와 건배를 했다. 또한 다음 날에는 내 교양에 유익한 어떤 일을 하기 위해 큰 신문사의 편집부로 갔다. 하지만 그 공간은 내게 편안하지 않아 15분 이상 견딜 수 없었다.

하지만 나는 뮌헨에 대해 너무 많은 얘기를 해선 안 된다. 그곳에선 늘 왠지 양심의 가책을 느꼈던 것이다. 그곳에는 한때 나와 가까이 지냈고 나를 잘 아는 사람들, 내가 좋아했으며 원래는 모두 찾아가봐야 할 사람들이 많이 살고 있다. 하지만 그것은 무척 거창한 계획이었으리라. 그럴 적에 내게 무슨 일이 일어났을까? 서른 명이면 모두 내게 잘 지내는지, 내가 무슨 일을 하는지, 내 생활이며 건강, 활동에 만족하는지, 또 그런 데서 곤혹스러운 문제는 무엇인지 내게 다정하게 물었겠지. 그러면 나는 가만히 앉아 다정하게 미소 지으며 고개를 끄덕여야 했으리라. 그런데 그것이야말로 끔찍하게 피곤한 일이다. 그렇지만 나는 그들 중 내가 진지하게 친구로 여길 만한 몇 명을 만나기도 했다. 부인이나 아이들이 있는 그들 집이나 일터에서가 아니라 저녁에 어느 지하 술집이나 선술집에서 우리끼리 마음 편히 만난 것이다. 우리는 그곳에서 경기 침체에 대한 담소를 나누었고, 발트울름이나 아펜탈러에서는 가끔 옛 시절에 대해, 즉 보덴 호에서 보낸 여름, 이탈리아 여행, 전쟁 때 전사한 친구들 이야기를 했다. 이 무렵 내 기분이 썩 좋지는 않았다. 그것은 내가 문학에 너무 질렸으며, 또한 만약 뉘른베르크에 더 이상 갈 필요가 없었다고 한다면 그 일에 너무 많은 힘을 쏟은 셈이었기 때문만은 아니었다. 그 외에 다른 이유들도 있었다.

내 여행은 차츰 끝을 향하고 있었다. 여섯 주에 걸쳐 나는 테신에서 종착점 가까이까지 한 발짝씩 다가갔다. 나는 늘 여행 도중에 있었고, 의식적으로 많이 생각하진 않았지만 내 마음은 이런 질문으로 가득 차 있었다. 이제 어떻게 할 것인가? 네가 이 여행에서 얻고 도달한 것은 무엇인가? 다시 하던 일에 착수하고 은둔 생활에 들어가 아픈 눈으로 혼자 서재에 앉아 있을 수 있을까? 아니면 뭔가 다른 일을 시도할 것인가? 이 질문은 아직 해결되지 않았다. 나는 낭송회를 가졌으며, 친구들과 애정과 진심어린 대화를 나누었다. 여기저기서 질 좋은 포도주를 마셨고, 따뜻하고 쾌적한 방에서 유쾌한 시간을 보냈다. 그동안 견디기 힘든 일은 억지로 감수했고, 옛 건축물(그 중 내가 가장 감격한 것은 고딕 건축의 그물 형 아치였다.)을 보면서 몇 시간 동안 자신의 존재를 망각했다. 또한 너무 많은 말을 한 뒤 여행의 피로를 느끼는 순간 여러 차례나 얼핏 나의 먼 은거지에 대한 그리움을 느끼기도 했다.

그러나 아무것도 달라지지 않았고, 아무것도 정리되지 않았다. 나는 이런 상태가 주는 압박감을 갈수록 심하게 느꼈다. 그래서 마침내 마지막으로 뉘른베르크로 떠날 때는 쉽게 감동하거나 감사할 만한 기분이 아니었다. 그런데도 전보를 띄워 그 일에서 해방되지 못하고 그곳에 간 것에 대해 이제 속죄하지 않을 수 없었다. 그 일을 위해 어리석은 영웅심을 발휘해야 한다고 생각했으니 말이다. 그도 그럴 것이 뉘른베르크는 내게 커다란 환멸을 가져다주었기 때문이다.

나는 눈비가 섞여 내리는 어느 음산한 날 출발했다. 다시 아우크스부르크를 지나면서 대성당과 성 모리츠 성당이 도시 위로 높이 솟아 있는 것을 보았다. 그런 뒤 모르는 지역이 나타났다. 마지막 구간에는 인적 없는 거칠고 대단한 야생 풍경이 시작되었다. 그곳에는 커다란 소나무 숲이 있었는데, 나무의 우듬지는 눈보라에 흔들리고 있었다. 아름답고 신비로운 광경이었다. 하지만 남부 출신인 나는 압박감과 불안감도 느꼈다. 그렇게 계속 달리면서 앞으로 소나무가 점점 많아지고, 눈도 점점 더 많이 올지도 모른다는 생각이 들었다. 그런 뒤 가령 라이프치히나 베를린이 나타나고, 그런 다음에는 얼마 안 가 노르웨이의 슈피츠베르겐 군도나 북극이 나올지도 모른다는 생각이 들었다. 맙소사, 만약 드레스덴에도 초대받았더라면! 그건 생각지도 못할 일이었다.

그렇잖아도 열차는 충분히 오랫동안, 끔찍하리만치 오랫동안

탔다. 그러니 열차가 뉘른베르크에 도착했을 때 나는 기뻤다. 몰래 나는 이 고딕 도시에서 갖가지 기적이 일어나길 기대했었다. 호프만과 바켄로더의 정령과 만나길 희망했다. 그런데 그런 일은 전혀 일어나지 않았다. 도시는 내게 끔찍한 인상을 주었다. 물론 그것은 도시가 아닌 단지 내 탓일 뿐이다. 나는 정말로 황홀감을 안겨주는 고도古都를 보았다. 울름보다 풍요로웠고, 아우크스부르크보다 더 독창적인 도시였다. 성 로렌츠 성당과 성 제발트 성당을 보았고, 말할 수 없이 우아한 분수가 있는 뜰과 시청을 보았다. 이 모든 것을 보았다. 모든 것은 무척 아름다웠지만, 모든 것은 크고 냉혹하며 황량한 상업 도시의 건물에 에워싸여 있었다. 사방에서 엔진 소리가 부릉거렸고, 사방에서 자동차들이 구불구불 줄지어 달리고 있었다. 모든 것이 그물 형 아치를 짓지 않고 고요한 뜰에 분수를 꽃처럼 곱게 세울 줄 모르는 다른 시대의 속도 아래서 나직이 떨리고 있었다. 모든 것이 다음 순간 무너질 준비를 하는 것 같았다. 그도 그럴 것이 거기에는 더 이상 아무런 목적도 영혼도 없었으니 말이다.

이 멋진 도시에서 얼마나 아름다운 것과 얼마나 황홀감을 안겨주는 것을 보았던가! 유명한 곳과 성당, 분수와 뒤러의 집, 성채뿐만 아니라 기본적으로 좀 더 내 마음에 드는 수많은 사소하고 우연한 것들도. 나는 눈 때문에 쿠겔이라는 약국에서 새 물안경을 구입했는데, 그 약국은 견고하게 지어진 아름다운 고가였다. 그곳 진열창에는 막 알에서 기어 나온 악어 새끼가 박제된 상태로 알껍데기와 함께 놓여 있었고, 그와 비슷한 것이 더 있었다. 하지만 그 모든 것은 아무 소용없었다. 내가 보기에 모든 것은 이 빌어먹을 자동차들의 배기가스로 뒤덮여 있을 뿐이었다. 모든 것의 기반이 뒤흔들리고 있었고, 모든 것이 내가 비인간적이고 다만 악마 같다고 느낄 수 있을 뿐인 삶에 의해 진동하고 있었다. 이 세상에 구역질을 느끼고 목적 없이 존재하며 영혼 없이 아름 다운 모습을 보이는 데 싫증난 나머지, 모든 것이 붕괴와 몰락을 그리워하며 죽어 먼지가 될 준비가 되어 있었다.

문인협회에서 나를 친절하게 맞아준 것도, 내가 마지막 낭송 회(영원히 계속될 것 같은 긴 시간 동안)를 마치고 안도의 한숨을 쉰 것도 아무 소용없었다. 모든 것이 절망적이었다. 호텔에는 밤새 차가워지지 않도록 과열되게 증기난방이 되었고, 도로의 교통 소음 때문에 창문을 열어둘 수 없었다. 게다가 방에는 다시 천박 한 기구인 전화기가 있었다. 전화기는 격심한 통증으로 불면의 밤을 보낸 나의 마지막 아침 휴식시간마저 앗아가 버렸다. 인간 들이여, 대체 무엇 때문에 날 그토록 괴롭히는가, 차라리 얼른 죽 게 해다오!

그 사이 내 안의 관찰자는 녀석이 이번에는 폭발해버릴지 아 니면 또 견뎌낼지 궁금해 하며 이 모든 실상을 으레 그렇듯이 차 분히 지켜보고 있었다. 여행하는 음유시인의 우연한 기쁨과 고 통을 기록하는 것 외에 그 기쁨이나 고통과는 아무 상관이 없는 (이 이야기의 등장인물에는 속하지 않는 인물인) 내 안의 관찰자가 관여하고 있었다. 그는 다음번에 이 체험에 대해 좀 더 객관적으로 말할 것이다. 오늘은 다만 여행하는 테너, 우연한 일을 겪으며 고통스러워하는 내 안의 우연한 인간이 말할 뿐이다.

뉘른베르크에서 나는 다 죽어가는 아흔 살 노인처럼 생각되었다. 그래서 땅에 묻히고 싶은 바람밖에 없었던 바로 그곳 뉘른베르크에서 나는 주로 젊은 사람들과 접촉하게 되었다. 그들 중 고등학생인지 대학생인지는 몰라도 한 학생이 낭송회가 끝난 뒤 나를 당황스럽게 했다. 그는 어떤 책에다 무언가를 써달라고 부탁했다. 그런데 내게 아무 생각이 떠오르지 않자(이런 상황에서 대체 무슨 생각이 떠오를 수 있겠는가?) 그 학생은 나의 어떤 책에 나오는 신약성서 인용구절을 그리스어로 몇 자 적어주면 좋겠다고 제안했다. 나는 20년 넘게 그리스어 철자를 더 이상 그려본 적이 없었다. 그 비명碑銘이 어떤 꼴이 되었는지 누가 알겠는가!

나는 짧은 뉘른베르크 체류 기간 동안 다른 어떤 젊은이와 대부분의 시간을 보내고 그에게서 기쁨을 얻었다. 그는 젊은 작가였다. 그는 벌써 얼마 전에 나의 호감을 샀다. 부분적으로는 나에 대한 총명한 글 때문이었다. 그는 그 글에서 나의 문학적 시도가 헛된 일이라는 것과 그 이유를 매우 훌륭하게 기술했다. 다른 한편으로는 작가 그라베를 주인공으로 한 짤막한 문학 작품 때문이었다. 진정한 매력을 지닌 작품이었다. 이 젊은 작가는 나와 함께 뉘른베르크를 돌아다녔고, 금욕주의자인데도 밤에는 나와 함께 술집에 참을성 있게 눌러앉아 있었다. 편안한 얼굴과 조그만 부드러운 손을 지닌 그는 내가 여기 이 도시에서 극단적인 일을 겪지 않도록 호출 받은 천사처럼 늘 생각되었다.

아무튼 나는 이제 어찌 할 바 모르고 버림받은 상태로 거기에 앉아 있었다. 되도록 빨리 이곳을 떠나야 한다는 한 가지 사실만은 내게 분명했다. 그런데 뮌헨에는 훌륭하고 신뢰할 만한 한 친구가 있었다. 나는 이곳에서 견딜 수 없어 다음 급행열차로 갈 테니 뮌헨에서 기다려 달라고 그에게 전보를 쳤다. 여하튼 내 소지품을 다시 가방에 집어넣었고, 여하튼 다시 호텔을 나와 역으로 갔다. 망가진 상태로 열차를 탔다. 하지만 구원받은 것에 행복해하며 마치 몰락에 내맡겨진 듯한 뉘른베르크를 다시 떠났다. 아무데도 정차하지 않고 뮌헨까지 직행하는 훌륭한 급행열차였지만, 너무 오랜 시간이 걸렸다. 나는 아흔 살 노인처럼 되어 망가진 두뇌와 쿡쿡 쑤시는 눈, 꺾인 무릎으로 뮌헨에 도착할 때까지 거의 아무것도 체험할 수 없었다. 어쩌면 이것이 내 여행에서 가장 아름다운 순간이었을지도 모른다. 나는 다시 뮌헨에 왔으며 아직 살아 있었다. 모든 일을 다 치렀으며, 이제 더 이상 낭송회를 할 필요가 없었다. 크고 튼튼한 내 친구가 눈웃음을 지으며 서 있다가 내 작은 트렁크를 받아들었다. 그는 장황한 질문이나 논쟁 대신 술집에서 지인들이 기다리고 있다고 내게 말했다. 나는 차라리 잠자리에 들고 싶었지만, 술집도 괜찮다고 생각되어 그러자고 했다. 문학과 비평의 여러 다양한 대가들이 그곳 어느 테이블에 앉아 우리를 기다리고 있었다. 정말 질 좋은 고급 모젤 포도주가 잔에 따라졌다. 나는 더없이 흥미로운 대화와 토론을 들었으며, 매우 만족스러웠다. 그 모든 것이 나와는 전혀 관계없었고, 내게 아무것도 요구하는 것이 없었으며, 단지 재미있을 뿐이었기 때문이다. 나는 그들 곁에 앉아 흥분해 있는 총명한 얼굴들을 들여다볼 수 있었고, 모젤 주를 마시며 스르르 잠이 오는 것을 느낄 수 있었다. 내가 괜찮으면 다음 날 누워 있을 수 있었다. 하루 종일, 아니 일 년이나 백 년 동안도. 아무도 내게 무언가를 요구하지 않았다. 기관차가 나를 위해 기적 소리를 울리지도 않았고, 강연대가 나를 위해 불이 밝혀져 있지도 않았으며 물병으로 장식되지도 않았다. 그리스어 철자나 다른 철자를 그릴 필요도 없었다.

내 친구 집에서 여러 날 머물렀다. 원기를 되찾고 귀환 여행의 기술에 대해 분명히 알기 위해서였다. 친구 집은 뮌헨에서 멀리 떨어진 시골 지역에 있었다. 이곳에서 나의 양심이 활발하게 움직여 오히려 귀향이 두려워졌다. 나는 내 우편물이 이곳으로 배송되도록 결단을 내렸다. 서류가 한꺼번에 밀어닥쳐 며칠간 일할 거리가 생겼다. 그 모든 자질구레한 것 중 약간 흥미로운 것도 있었다. 그것은 내가 원고를 되돌려 보내야만 했던 그 젊은 작가의 비교적 긴 편지였다. 당시 그의 너무 가식적인 아첨의 편지는 내 감정에 약간 거슬렀다. 하지만 이번에는 비할 데 없는 솔직함으로 나를 기쁘게 했다. 그는 힘차고 애정 어린 매우 적절한 표현으로 내가 늘 그에게 얼마나 이루 말할 수 없이 멍청하고 어리석

헤르만 헤세와 토마스 만

으며 못마땅하게 생각되었는지 알려준 것이다. 브라보, 젊은 작가 형제여, 계속 그렇게 하라! 우리가 젊은 작가의 문학에서 기대하는 것은 아름다운 미사여구가 아니라 솔직함이다.

어느 날 저녁 나는 내 바이에른 친구들 중 가장 좋아하는 친구를 그가 사는 상부 바이에른 지역으로부터 불러낼 수 있었다. 그를 생각할 때 잊을 수 없는 즐겁고 흐뭇한 어느 저녁이었다. 다시 공적 입장이 아닌 사인私人의 위치가 된 나는 이제 문학에 대해서도 좀 더 소박한 관계를 가졌고, 몇몇 동료들과 개인적으로 가까워지려고 과감히 노력하기도 했다. 전에는 살면서 그런 일을 해본 적이 극히 드물었다. 요제프 베른하르트와는 그런대로 생산적인 시간을 가졌다. 개신교와 가톨릭이 그 당시의 우리만큼 서로 가까워지기는 어려우리라. 어느 날 저녁에는 토마스 만의 집을 찾아갔다. 나는 그의 방식에 대한 나의 옛 사랑이 사라지지 않았음을 보여주려고 했다. 그리고 자신의 일을 그토록 충실하고 견실하게 수행하면서도 우리 직업의 미심쩍은 점과 절망스러운 면을 너무나 깊이 알고 있는 것 같은 그 사람은 사는 형편이 어떤지 알고 싶은 생각도 약간 있었다. 밤늦도록 오랫동안 나는 그의 탁자에 앉아 있었다. 그는 멋진 저택, 그의 현명함과 훌륭한 형식의 비호를 받아 약간은 진심으로 약간은 조롱하듯, 유쾌한 기분으로 일을 멋지고 세련되게 처리했다. 나는 그날 저녁에 대해서도 감사하고 있다. 그리고 이제 〈짐플리치시무스〉 지紙에서 곡예사의 편지를 쓰고 있는 요아힘 링엘나츠도 꼭 보고 싶었다. 어느 날 저녁 그는 친절하게도 와 주었다. 우리는 시청의 지하 식당에서 갖가지 질 좋은 포도주를 마시며 흥겨워했다. 그것이 끝나자 시가 전차를 타고 집으로 갔다. 그 정도로 충분했으므로 나는 잠자리에 누웠다. 하지만 링엘나츠는 이 시간에 비로소 일하기 시작했다. 그는 자신의 스키를 타고 또 나타나야 했는데, 나는 그러는 그가 부럽지 않았다.

님펜부르크의 바깥에서 나는 행복한 시간을 가졌고, 취향이 까다로워졌다. 나는 종일 눈을 차가운 물에 담그고 있거나 또는 장중한 고목 밑을 거닐며 시든 잎, 우리의 어린 형제들이 바람에 무척 재미있게 흩날리는 모습을 지켜볼 수 있었다. 때로 나는 그 잎을 울적한 기분으로 바라보았고, 때로 그것을 바라보며 웃음 짓기도 했다. 나도 그랬듯이 잎이 오늘은 뮌헨으로, 내일은 취리히로 날아갔다가 다시 되돌아온다고 생각하며. 고통을 피하려는 충동에서, 죽음을 잠시 미루려는 충동에서 무언가를 찾아서 말이다. 대체 무엇 때문에 그렇게 저항하는 걸까? 나는 울적해졌다. 그것이 삶의 유희니까, 하며 나는 웃었다.

웃음은 내게 좋은 것이자 매우 바람직한 것으로 생각되었다. 그 때문에 나는 전에 이곳에서 이런저런 배우를 체험했듯이 현재 뮌헨에 진정한 고전적인 희극 배우가 없는지 내 친구에게 물어보았다. 물론, 친구는 한 사람을 알고 있었다. 발렌틴이라는 배우였다. 우리는 신문을 샅샅이 뒤져 그가 밤에 소극장에서 『뮌헨 근방의 약탈기사』라는 실내극을 공연한다는 사실을 알아냈다. 그래서 우리는 어느 날 저녁 그곳으로 갔다. 10시까지 그들은 소극장에서 스트린드베리의 작품을 공연했다. 그런 뒤 발렌틴의 차례가 되었다. 그는 소규모의 무리와 함께 『뮌헨 근방의 약탈기사』를 연기했다. 훌륭한 극이었고 대단히 힘든 일이었다. 극의 목적은 보초병인 발렌틴에게 긴 군도를 차고 이리저리 오가며 웃기는 행동과 말을 할 기회를 주는 것이었다. 가끔은 흐느끼며 울먹여야 할 정도로 슬플 때도 있었다. 예컨대 차가운 어둠 속에서 도시의 성벽에 앉아 손풍금을 켜며 자신의 젊은 인생이며 전쟁과 죽음을 생각하지 않을 수 없을 때 그러했다. 또는 그가 생각에 잠겨 장시간 어떤 꿈 이야기를 할 때 그러했다. 그가 오리가 되어 하마터면 기다란 벌레를 잡아먹을 뻔한 꿈이었다. 이 장면에서는 가장 단순한 형태로 인간 인식 능력의 불충분성이 감동적으로 묘사되었다. 이러한 비극적인 장면도 손풍금 장면과 마찬가지로 장내가 떠나갈 듯한 갑작스런 폭소를 자아냈다. 나는 이제껏 그보다 더 즐거운 공연장을 본 적이 없었다.

모든 인간은 얼마나 즐겨 웃는지! 그들은 단지 잠시 동안 웃을 수 있기 위해 먼 교외에서 추위를 무릅쓰고 이곳으로 달려온다. 그리고 돈을 내고 한참 기다렸다가 한밤중이 되어서야 집으로 돌아간다. 나 역시 많이 웃었다. 나로서는 그 극이 아침까지 지속되었으면 좋겠다. 언제 다시 웃게 될지 누가 알겠는가. 그 희극 배우가 위대할수록, 그가 우리의 우둔함과 어리석고 불안한 인간의 운명에 대해 희극적인 상투어를 써서 끔찍하고 속수무책으로 표현할수록, 우리는 더 많이 웃을 수밖에 없는 것이다! 내 뒤의 관객 중 젊은 여성이 한 명 앉아 있었다. 그녀는 양 팔꿈치를 내 어깨에 얹었다. 혹시 나한테 반했나 싶어 돌아다보았다. 하지만 그냥 웃느라 그랬던 것이다. 그녀는 악마에 홀린 여자처럼 웃느라 정신이 없었다. 발렌틴에 대한 추억은 이 여행에서 가장 값진 것 중 하나였다.

그런데 내가 뮌헨에 와서 친구의 식탁에 앉은 지 충분히 오랜 시간이 흘렀다. 나는 자신에게 '사내답게 굴어라'고 소리쳤다. 그리고 뮌헨을 떠나기로 결심했다. 이제는 더 이상 예전의 로카르노에서와 같지 않았다. 이제 더는 작별이 쉽지 않았다. 이제 나는 세상으로 여행 떠나는 것이 아니었고, 우월감을 지니고 뒤에 남은 이들을 바라볼 수 있었다. 이제 다시 새장 속으로, 추위 속으로, 유배지로 돌아갔다. 아무렴 그렇고말고, 나뭇잎은 바람에 버티며 자기가 가고 싶은 곳으로 가야 한다.

나는 이제 어디로 갈 것인가? 며칠 정도나 귀향을 지연시킬 수 있을 것인가? 추측건대 아직도 오랫동안 여행할 것이다. 아마 겨울 내내, 어쩌면 평생 동안. 결국은 곳곳에서 이런저런 친구를 만나 저녁이면 포도주를 마실 것이다. 때로는 나의 천사가 어느 어스름한 시간에 다시 내 앞에 나타나리라. 또 내 청춘의 성소聖所들이. 그리고 어디서나 내 자유의지로, 차가운 바람을 맞거나 흩날리는 나뭇잎을 보고 단지 슬퍼하지만 않고 웃으리라. 내가 가끔 그렇게 생각했듯이, 아마 내 안에 어떤 해학가가 숨어 있을지도 모른다. 아마 그러면 나는 잘 해나갈 것이다. 그 해학가가 아직은 완전히 발전된 것은 아니지만, 아직은 내가 보기에 완전히 나빠진 것도 아니었다.

(1927)

헤르만 헤세 연보

1877년 7월 2일 독일 남부의 뷔르템베르크 주의 작은 도시 칼프Calw에서 개신교 선교사인 요하네스 헤세Johannes Hesse(1842~1916)와 마리아 군데르트Marie Gundert(1847~1902) 사이에서 태어남. 아버지는 발틱계 독일인이고, 어머니는 슈바벤 스위스 혈통이었음. 인도에서 선교사로 활동하던 아버지는 건강상의 문제로 귀국하여 고향에서 헤르만 군데르트 목사의 기독교 서적 출판 사업을 돕다가 그의 딸과 결혼하였음. 헤세의 어머니 마리 군데르트는 영국 출신의 선교사였던 첫 남편 찰스 아이젠버그Charles Isenberg가 세상을 떠나자 32살의 나이에 요하네스 헤세와 재혼하였음. 그녀는 첫 남편과의 사이에 두 아들이 있었고, 재혼으로 아델레, 헤르만, 파울, 게르트루트, 마룰라, 한스를 낳음.

1881년 부친이 스위스 바젤로 이주. 그곳에서 부친은 바젤 선교학원의 교사로 근무함.

1882년 부친이 스위스 시민권을 취득함(그 전에는 러시아 국적이었음).

1886년 가족이 다시 고향 칼프로 돌아왔고, 헤르만 헤세는 그곳에서 라틴어 학교 2학년에 들어감.

1890년 괴핑엔의 라틴어 학교에 입학하여 뷔르템베르크 주 시험에 대비. 시험 자격 취득을 위해 헤르만 헤세의 부모는 스위스 시민권을 갱신하고, 헤세에게 1890년 11월 뷔르템베르크 주정부로부터 혼자 시민권을 취득하게 함.

1891년 7월에 뷔르템베르크 주 시험에 합격. 그 해 9월에 케플러, 휠덜린을 배출한 유명한 마울브론 수도원 학교에 입학하여 7개월 간 다님.

1892년 3월 7일 마울브론 신학교에서 도망침. 작가가 되기 위해, 혹은 전혀 아무것도 되지 않기 위해 자유로운 생활을 하려고 함. 바트 볼에 있는 크리스토프 블룸하르트의 감화원에서 치료받음(4월에서 5월까지). 6월에 짝사랑으로 인한 자살 시도. 슈테텐에서 신경과 병원에 입원(6월부터 8월까지). 9월에 슈투트가르트 근교의 바트 칸슈타트 김나지움에 들어가 9개월간 다님.

1893년 하이네의 시만 읽음. 10월에 에스링엔에서 서점 직원으로 근무하다가 3일 만에 달아남. 그 후 아버지의 조수로 일함.

1894~95년 고향 칼프의 페로트 탑시계 공장에서 15개월 동안 견습공 생활. 브라질 이주 계획을 세움.

1895~98년 튀빙엔의 헤켄하우어 서점 점원으로 일함.

1895년 루트비히 핑크와 사귐.

1896년 최초의 시 「독일 시인의 고향Das deutsche Dichterheim」 발간.

1899년 소설을 쓰기 시작함. 습작소설 『고슴도치Schweinigel』를 썼으나 원고를 분실함. 처녀 시집 『낭만적인 노래Romantishe Lieder』, 『한 밤중 뒤의 한 시간Eine Stunde hinter Mitternacht』 발간.

1899~1903년 스위스 바젤에 있는 라이히 서점(1899년 9월부터 1901년 1월까지)과 바텐빌 고서점(1901년 8월부터 1903년 초까지)에서 근무.

1900년 『헤르만 라우셔의 유작집Hinterlassene Schriften und Gedichte von Hermann Lauscher』 바젤의 라이히 서점에서 간행.

1901년 최초로 이탈리아 여행(3월에서 5월까지). 피렌체, 제노아, 라베나, 피사, 베네치아 등지를 돌아봄.

1902년 모친 사망. 베를린의 그로테 출판사에서 시집 『시들Gedichte』 출간. 이 시집은 출간 직전 사망한 그의 어머니에게 헌정됨.

1903년 서적 관계 일로 두 번째 이탈리아 여행을 하여 피렌체와 베네치아를 둘러봄. 서점 점원 생활을 청산하고 집필에만 몰두함. 그 후 베를린 피셔 출판사로부터 작품 집필을 의뢰받고 소설 『페터 카멘친트Peter Camenzind』를 탈고함.

1904년 소설 『페터 카멘친트』를 피셔 서점에서 출판하여 신진 작가의 지위를 확보함. 8월에 아홉 살 연상인 마리아 베르누이Maria Bernoulli와 결혼. 9월에 보덴 호 근교의 가이엔호펜 마을에 있는 농가로 이사하고 작가생활을 시작함. 소설 『보카치오Boccaccio』, 『아시시의 프란체스코Franz von Assisi』 출간.

1904~12년 자유 작가 생활을 하며 〈짐플리치시무스Simplicissimus〉, 〈라인렌더Rheinländer〉, 〈노이에 룬트샤우Neue Rundschau〉 지의 동인으로 활동.

1905년 첫 아들 브루노Bruno 출생. 오스트리아의 문학상 바우어른펠트Bauernfeld 상 수상.

1906년 소설 『수레바퀴 밑에Unterm Rad』를 피셔 출판사에서 출간. 빌헬름 2세의 권위에 노골적으로 도전하는 진보적인 주간지 〈3월März〉 창간에 참여하여 1912년까지 공동 편집자로 활동함.

1907년 중단편집 『이 세상에서Diesseits』 출간.

1908년 중단편집 『이웃 사람들Nachbarn』 출간.

1909년 차남 하이너Heiner 출생. 취리히, 독일, 오스트리아로 강연 여행.

1910년 뮌헨의 랑엔Langen 출판사에서 소설 『게르트루트Gertrud』 출간.

1911년 시집 『도상에서Unterwegs』 출간. 3남 마르틴Martin이 출생하였고, 친구인 화가 한스 쉬투르체네거와 함께 3개월 간 인도 여행. 가정생활의 파탄을 타개하기 위해 연말에 귀국함.

1912년 단편소설집 『우회로Umwege』 출간. 가족들과 함께 스위스의 베른 교외에 있는 죽은 화가 친구 벨티(Albert Welti)의 집으로 이사.

1913년 인도 여행 경험을 바탕으로 피셔 출판사에서 『인도에서·인도 여행으로부터의 스케치Aus Indien. Aufzeichnungen von einer indischen Reise』 출간.

1914년 결혼 문제를 주제로 한 장편소설 『로스할데Roshalde』 출간. 스위스

국적을 신청했으나 거부당함. 7월에 제1차 대전이 일어나 자원했지만 시력 때문에 복무 불능 판정을 받음. 베른의 '독일 전쟁포로 후원회'에서 일하며 전쟁포로와 억류자들을 위한 〈독일 억류자 신문Deutsche Interniertenzeitung〉의 공동 발행인, 〈독일 전쟁포로를 위한 책Bücherei für deutsche Kriegsgefangene〉, 〈독일 전쟁포로를 위한 일요일 전령Sonntagsbote für deutsche Kriegsgefangene〉의 발행인. 전쟁 중 전쟁을 비판하는 글을 신문에 발표하여 독일 국민의 반감을 샀으며, 또한 독일 저널리즘에서도 배척당함. 자신의 출판사를 만들어 1918년에서 1919년까지 스물두 권의 소책자를 펴냄.

1914~19년 수많은 정치적 논문, 경고 호소문, 공개서한 등을 독일, 스위스, 오스트리아 신문 잡지들에 발표.

1915년 소설 『크눌프·크눌프 삶의 세 가지 이야기Knulp. Drei Geschichten aus dem Leben Knulps』, 시집 『고독한 자의 음악Musik des Einsamen』, 단편 집 『길가에서Am Weg』 출간.

1916년 3월 부친 요하네스 헤세 사망. 부인 마리아의 정신병이 악화되고 막내아들 마르틴이 중병에 걸리자 자신도 심한 신경쇠약에 시달리게 되어, 루체른 근처 존마트(Sonnmatt)의 요양소에서 심리학자 C. G. 융의 제자인 랑 박사로부터 정신 요법 치료를 수십 회 받음. 『청춘은 아름다워라Schön ist die Jugend』 출간.

1919년 『데미안·어떤 청춘의 이야기Demian. Die Geschichte einer Jugend』를 '에밀 싱클레어'라는 이름으로 발표하여 호평을 받았으며, 신인으로 오해되어 폰타네 상이 수여되었으나 이를 사양하고 9판부터 저자의 이름을 헤세로 밝힘. 이 외에 『작은 정원Kleiner Garten』, 『동화Märchen』 출간. 『차라투스트라의 귀환·어느 독일인이 독일 젊은이들에게 보내는 한 마디 말Zarathustras Wiederkehr. Ein Wort an die deutsche Jugend von einem Deutschen』 익명 출간 후 이듬해 베를린에서 실명 출간. 4월에 베른을 떠나 가족과 떨어져 테신 주의 중심도시 루가노 근교의 어느 농가와 조렌고의 어느 숙소에 잠시 머무르다가, 5월 11일 몬타뇰라로 이사해 카사 카무치[1]에서 1931년까지 거주. 본격적으로 수채화를 그리기 시작.

1919~23년 잡지 〈비보스 보코Vivos voco〉의 동인 발행자로 활동.

1920년 수채화의 시문집 『방랑Wanderung』, 색채 소묘를 곁들인 열 편의 시 『화가의 시Gedichte des Malers』, 『혼돈 들여다보기Blick ins Chaos』라는 제목으로 도스토옙스키에 대한 에세이 출간. 단편집 『클링조어의 마지막 여름Klingsors letzter Sommer』 출간. 후고 발Hugo Ball 부부와 가깝게 지냄.

1921년 『시선집Ausgewählte Gedichte』 출간. 창작의 위기. C.G. 융의 정신분석을 받음. 『테신에서 그린 수채화 11점Elf Aquarelle aus dem Tessin』 출간.

1922년 소설 『싯다르타Siddhartha』 출간.

1923년 산문집 『싱클레어의 비망록Sinclairs Notizbuch』 간행. 9월 4년 전부터 별거 중이던 부인 베르누이와 이혼.

1924년 스위스 여류작가 리자 벵어의 딸인 루트 벵어Ruth Wenger와 결혼. 스위스 국적 재취득.

1925년 소설 『요양객Kurgast』 발표. 가을 남독일 강연 여행. 뮌헨에서 토마스 만을 방문.

1926년 독일 프로이센 예술원 문학분과 국제위원으로 선출됨. 감상과 기행문집 『그림책Bilderbuch』 출간.

1927년 소설 『황야의 늑대Steppenwolf』, 산문집 『뉘른베르크 여행Nürnberger Reise』 출간. 후고 발 출판사에 의해 헤세의 50회 생일 기념으로 그의 자서전이 출간됨. 결혼생활의 실패로 두 번째 부인 루트 벵어의 요청으로 협의 이혼.

1928년 산문집 『관찰Betrachtungen』, 『위기·일기 한 토막Krise. Ein Stück Tagebuch』 출간. 빈 실러 재단의 메이스트릭Mejstrik 상 수상.

1929년 시집 『밤의 위안Trost in der Nacht』, 『세계 문학 총서Eine Bibliothek der

---

1 사냥을 위해 지은 신 바로크식 성으로 궁전 모습의 건물.

Weltliteratur』출간.

1930년 장편소설『나르치스와 골트문트*Narziß und Goldmund*』출간. 프로이센 예술원 탈퇴.

1931년 프랑스 귀화인으로 체르노비츠의 아우슬랜더 가 출신인 예술사가이자 역사학자인 니논 돌빈*Ninon Dolbin*과 결혼. 친구인 한스 보드머가 임대해준 몬타뇰라의 카사 로사(일명 카사 헤세)로 이사해서 평생 그곳에서 거주. 산문집『내면으로 가는 길*Weg nach innen*』출간. 장편소설『유리알 유희*Glasperlenspiel*』집필 시작.

1932년 산문집『동방순례*Die Morgenlandfahrt*』간행.

1933년 소설『작은 세계*Kleine Welt*』출간.

1934년 시선집『생명의 나무에서*Vom Baum des Lebens*』출간. 동생 한스 자살. 문학 계간지 〈노이에 룬트샤우*Neue Rundschau*〉에『유리알 유희』발표 시작.

1935년 『우화집*Fabulierbuch*』간행.

1936년 스위스 최고 권위의 문학상인 '고트프리트 켈러 문학상' 수상. 시집『정원에서 보낸 시간*Stunden im Garten*』출간.

1937년 산문집『기념첩*Gedenkblätter*』, 시집『신시집*Neue Gedichte*』,『다리를 저는 소년*Der lahme Knabe*』간행.

1939년 제2차 세계대전 발발. 나치스의 탄압으로 헤세의 작품들은 몰수되고 출판이 금지되어『수레바퀴 밑에』,『황야의 늑대』,『관찰』,『나르치스와 골트문트』가 더 이상 인쇄되지 못함. 히틀러 집권 기간인 1933~1945년 사이 독일에는 총 20권의 헤세 저서가 나와 있었는데 12년 동안 총 481권의 문고본밖에 팔리지 않음. 그래서 전집은 스위스 프레츠 & 바스무트 출판사에서 펴냄.

1942년 『시집*Gedichte*』이 스위스 취리히에서 출간됨.

1943년 장편소설『유리알 유희』를 2권으로 발표.

1945년 시선집『꽃 핀 가지*Der Blütenzweig*』, 미완성 소설『베르톨트*Berthold*』, 새로운 단편과 동화를 모은『꿈길*Traumfährte*』출간. 제2차 세계대전이 끝난 후 규칙적으로 실스 마리아에서 여름을 보냄.

1946년 헤세의 작품이 다시 독일에서 나오기 시작함. 프랑크푸르트 시의 괴테상 수상. 노벨 문학상 수상. 정치적 평론집『전쟁과 평화. 1914년 이래로 전쟁과 정치에 대한 고찰*Krieg und Frieden. Betrachtungen zu Krieg und Politik seit dem Jahr 1914*』출간.

1947년 베른 대학에서 명예 문학박사 학위를 받음. 고향 칼프 시의 명예시민이 됨.

1950년 빌헬름 라베 상 수상.

1951년 『후기 산문*Späte Prosa*』과『서간집*Briefe*』출간.

1952년 독일과 스위스에서 헤세 탄생 75년 기념행사. 75회 생일 기념으로 주어캄프 출판사에서『헤세 문학 전집*Gesammelte Dichtungen*』전6권을 출간.

1954년 산문집『픽토르의 변신*Piktors Verwandlungen*』출간. 롤랑과 주고받은 편지를 모은『헤르만 헤세와 로맹 롤랑의 서한집*Briefwechsel. Hermann Hesse-Romain Rolland*』간행.

1955년 후기 산문『마법으로 악령을 부름*Beschwörungen*』출간. 독일출판협회의 평화상 수상.

1956년 바덴 뷔르템베르크 지방의 '독일예술후원회'에 의해 '헤르만 헤세 상' 제정.

1957년 탄생 80회 기념사업으로 이미 간행된『헤세 문학 전집』6권을 증보하여『헤세 전집*Gesammelte Schriften*』7권으로 출간.

1962년 몬타뇰라의 명예시민이 됨. 바이블러가 쓴 헤세 전기『헤르만 헤세·한 편의 전기』나옴. 85세로 8월 9일 몬타뇰라에서 뇌출혈로 세상을 떠남. 이틀 후 성 아본디오 묘지에 안장됨.

1966년 9월 헤세의 부인 니논 돌빈 71세로 사망함.